Le périple du chien

Didier Cornaille

Le périple du chien

ROMAN

Albin Michel

22, rue Huyghens, 75014 Paris
www.albin-michel.fr

ISBN 2-226-15089-7

1

« Hôtel de la Poste et des Voyageurs – On accepte les randonneurs. » L'enseigne aux lettres jaune vif sur fond bleu fit sourire Simon. Fraîchement repeinte, elle occupait presque toute la largeur de la façade d'une solide bâtisse qui, faute d'être bien grande, n'en imposait pas moins par son étage dominant les maisons basses qui l'entouraient. Des bacs de géraniums à chaque fenêtre et la treille couvrant la longue terrasse, à laquelle on accédait par une volée de marches en pierre, corrigeaient agréablement l'aspect sévère de la maçonnerie. De l'ensemble, il parut à Simon qu'émanait une impression de sérieux aimable, un appel discret et de bon aloi à l'étape.

Il fut lui-même surpris par l'intérêt qu'il porta à cette vision imprévue. Il ne la devait qu'à ce troupeau de vaches qui, sans daigner faire un pas plus rapide que l'autre, prenait tout son temps pour traverser la route, à trois voitures devant la sienne. Il avait bien sûr regimbé lorsqu'une forte femme vêtue d'une blouse grise informe, un fichu sur les cheveux et chaussée de bottes de caoutchouc, s'était installée autoritairement au milieu de la chaussée en agitant un petit drapeau rouge qu'il avait trouvé parfaitement ridicule. L'affaire ne devait pas être particulièrement exceptionnelle puisque les voitures qui le précédaient, toutes immatriculées dans la région, avaient sagement obtempéré à l'ordre énergique de la fermière.

Il y avait là une forme d'embouteillage à laquelle il n'était pas habitué ! Ce n'était pourtant pas faute de devoir subir ceux de la capitale à longueur de semaines. Où allait-on si, au plus profond d'une campagne paisible, même les vaches s'en mêlaient !

Dans un premier mouvement d'exaspération, après avoir tapé d'un poing rageur sur son volant, il avait détourné les yeux de ce spectacle affligeant. Il avait alors aperçu ce petit hôtel de village devant lequel le hasard l'avait contraint à s'arrêter. Il n'y avait pas, sur l'instant, prêté autrement attention. Seule l'importance du troupeau, dont on se demandait s'il finirait un jour de couler d'un bord à l'autre de la route, l'avait amené à tourner à nouveau la tête et à s'intéresser pour de bon, cette fois, à l'aimable façade de l'« Hôtel de la Poste et des Voyageurs ».

Qu'il ait paru nécessaire aux rédacteurs de l'enseigne de préciser qu'on acceptait les randonneurs lui sembla d'une incongruité totale. Il savait très peu de chose des habitudes de la campagne, ne nourrissait aucun complexe du fait de cette ignorance, mais avait tout de même vite appris à ne surtout pas s'étonner de telles bizarreries. Tout, ou presque, dès qu'il s'éloignait par trop de la ville, lui paraissait échapper au sens commun. Il préférait se contenter de constater sans chercher à comprendre.

Moyennant quoi, parvenant une fois encore à faire taire la manie qu'il avait de tout critiquer, il se plut, depuis la fenêtre ouverte de la portière de sa voiture, à contempler le tableau rafraîchissant de cet établissement aux allures aimables. Toutes ces voitures poireautant au milieu de la rue ou négligemment garées deux roues sur le trottoir lui apparurent tout à coup comme autant d'offenses à la belle et toute simple balustrade en fer forgé qui courait au long de la terrasse. Lui, le cartésien, le matérialiste irréductible, se surprit à rêver. Il aurait aimé qu'un cocher s'affairât autour de quelques solides carrossiers, qu'aillent et viennent voyageurs en redingotes et voyageuses en robes à crinoline. Il aurait voulu, devant ces pierres usées d'âge et cette fine dentelle de fer aux barreaux de laquelle se mêlaient les rameaux d'une clématite et d'un chèvrefeuille, que virevoltent quelques élégantes ombrelles et que s'affairent de rustiques portefaix autour de malles épaisses serties de cuir et bouclées de cuivres étincelants.

Un grand chien de berger un peu efflanqué, gourmandé par un paysan en casquette et braies de toile sombre, fit danser sur la route la dernière vache en lui mordillant cruellement les jarrets. Le drapeau rouge s'abattit. La forte femme en fichu et bottes de caoutchouc, qui le maniait si bien, alla sans hâte rejoindre son mari qui fermait sur le monde, l'œil grave, les lourds battants du portail de sa ferme.

Les voitures s'ébranlèrent. Au passage, Simon eut l'impression de croiser brièvement leurs regards. L'un poussait le vantail de gauche, l'autre celui de droite. Lourdement penchés sur leur effort, ils ne quittaient pas des yeux le défilé de ces gens pressés au nez desquels ils prenaient soin de clore à nouveau leur univers. Il y avait, dans cette contemplation, quelque chose comme une lourde réprobation. Ce fut du moins ce que crut y lire Simon, lui qui, pour une fois, avait subi sans trop tempêter.

La sensation avait été fugitive. Elle le laissa pourtant particulièrement mal à l'aise. Pourquoi fallait-il toujours qu'il se sente mis en accusation, lourdement responsable de quelque incongruité, dès lors qu'ils se trouvait un tant soit peu éloigné des trottoirs de sa ville ? C'était exactement comme si les mots, dont il usait à chaque instant de son existence, venaient tout à coup à changer de sens ou, à tout le moins, à prendre ici des résonances, des sonorités et donc des valeurs qui n'avaient pas cours « là-haut », comme on disait.

C'était là d'ailleurs un parti pris de différence qui le crispait encore un peu plus. Il y avait dans cette parodie d'altitude, que les campagnards prétendaient affecter à la ville, une sorte d'ironie facile, une cauteleuse et fausse modestie dont il ne doutait pas qu'elle ait pour unique objet de tourner en dérision la prétendue suffisance des citadins. Cette guéguerre absurde et pourtant récurrente entre citadins et campagnards l'horripilait.

Il avait fallu toute l'insistance de Laurette et de Pierre pour qu'il finisse par répondre à leur invitation. Il était assez proche de Pierre pour que celui-ci ait été le premier informé de sa douloureuse rupture. On ne tourne pas la page de cinq ans d'une liaison, restée longtemps apparemment parfaite, sans avoir à affronter quelques sérieuses turbulences. Qu'Aurélie, de son côté, parût avoir trouvé un tel bonheur qu'elle en était plus resplendissante que jamais n'avait évidemment pas été de nature à simplifier les choses pour ce pauvre Simon.

Ce n'était d'ailleurs peut-être pas totalement un effet du hasard si la mécanique, pourtant jusque-là parfaitement huilée, de ses activités professionnelles avait commencé à s'enrayer au pire moment de cette crise. Oh ! bien sûr, il n'était pas au chômage. Ses compétences, comme la passion avec laquelle, durant des années, il avait pratiqué un métier pour lequel il nourrissait une véritable vocation, le mettaient à l'abri de telles déconvenues. Du moins, pour l'instant. Car il est bien connu qu'il n'y a rien de plus proche de l'amour que la haine, et à ne plus parvenir à aimer passionnément ce qu'il avait tant adoré, il n'était pas très loin de le haïr.

Pierre savait tout ça. Il le savait et le comprenait d'autant mieux que c'était cette même passion qui les avait rapprochés. Ils s'étaient connus sur les bancs de la même école professionnelle dont ils avaient brillamment et simultanément décroché le diplôme. Ils ne s'étaient plus guère quittés depuis, partageant les mêmes joies, les mêmes réussites, les mêmes espoirs.

Longtemps, on aurait pu croire que rien ne pouvait venir entraver ce cheminement de conserve au large des écueils ordinaires de l'existence. Pierre, pourtant, s'était marié. Son tempérament placide et égal s'était bien trouvé d'une vie paisible qu'il avait soigneusement organisée pendant que Simon papillonnait.

Celui-ci avait longtemps habité un minuscule studio sous les toits, dans le XIXe arrondissement. Puis il avait trouvé plus à la mesure de sa nouvelle réussite de louer un appartement dans un immeuble fraîchement rénové du quartier de la Bastille. Son vaste living devint vite le repaire de la bande d'amis dont il fallait qu'il s'entoure pour ne pas céder à l'angoisse de ses incertitudes. C'était à peu près à cette époque que, renonçant à ses conquêtes aussi nombreuses que brèves, il avait paru heureux de s'attacher plus sérieusement à Aurélie.

Pierre, sans le lui dire, en avait ressenti un véritable soulagement. Déjà, il commençait à pressentir la faille qui risquait de gâcher l'existence de son ami. Simon ne parvenait pas à se stabiliser. Derrière ses allures très affranchies, Pierre n'avait aucun mal à discerner ses hésitations, ses troubles, ses perpétuelles remises en question. Longtemps, il nourrit l'espoir qu'Aurélie parviendrait à contenir cette sorte d'incertitude dont il avait craint, lorsqu'il l'avait détectée, qu'elle finisse par emporter Simon. Cela avait tout de même duré près de cinq ans, assez, pensait Pierre, pour que le ciment de ce qu'il y avait de solide en Simon ne puisse plus céder à la tourmente dans laquelle le départ d'Aurélie n'allait pas manquer de le jeter.

Il n'avait que partiellement vu juste. Simon s'était cramponné. Il avait eu assez de clairvoyance pour comprendre qu'il ne lui fallait surtout pas s'abandonner au désespoir. Il avait fait la part des choses et luttait courageusement. L'ennemi, pourtant, était ailleurs, qu'ils n'avaient vu venir ni l'un ni l'autre. Que peut-on faire contre le doute ? Il s'était insidieusement installé. Pierre lui-même ne s'était pas inquiété outre mesure lorsque Simon avait commencé à tout remettre en cause et jusqu'à son métier. « Ça lui passera, avait-il pensé. C'est normal. C'est le contrecoup. Il faut lui changer les idées. »

Peut-être, d'ailleurs, n'avait-il pas trop bonne conscience. Son épouse et lui venaient de s'enticher d'une vieille bicoque au fond d'une lointaine campagne. Ils y disparaissaient presque tous les week-ends et leur plus grand bonheur était de découvrir l'aisance avec laquelle leurs deux enfants assimilaient la vie au village. Pendant qu'ils s'adonnaient aux joies incomparables du ciment, du plâtre, de l'électricité et de la plomberie, les chers bambins couraient les chemins en compagnie de quelques chenapans ruraux, se faisaient offrir de plantureux goûters dans des fermes perdues dont ils ne connaissaient même pas le nom, et rentraient à pas d'heure crottés comme des barbets et les joues maculées de chocolat !

Chaque lundi ou presque, c'était la même pénible comédie. Lorsque Pierre retrouvait Simon, comme ils en avaient l'habitude, à l'heure du déjeuner, dans un self vers Réaumur, il lui fallait faire taire son enthousiasme.

Il lui fallait dissimuler. Simon ne pouvait pas comprendre, c'était trop évident. Pierre, pourtant, était si heureux ! Il aurait tant aimé partager avec son ami les mille petits plaisirs qu'il rapportait de leurs expéditions campagnardes. Il avait bien tenté l'expérience, mais Simon ne s'était pas gêné pour lui montrer à quel point l'ennuyaient ces anecdotes venues d'un monde dont il ne savait rien et qu'il ne désirait nullement découvrir.

« Au moins, s'était dit Pierre, qu'il vienne passer un week-end avec Laurette et moi. On ne lui demandera pas de courir la campagne et d'aller faire copain-copain avec les gens du pays. La maison est bien assez grande et assez agréable pour qu'il trouve plaisir à y être avec nous. Plutôt que de le laisser se morfondre seul à Paris... »

Parce que, peu à peu, Simon en venait même à se couper de sa bande d'amis. Il lui arrivait de plus en plus souvent d'avouer à Pierre, qui s'en inquiétait, qu'il avait passé son dimanche seul chez lui, entouré de tous les souvenirs, les infimes marques qu'avaient pu laisser dans son appartement cinq années de présence d'Aurélie. C'était absurde, et Pierre lui en voulait autant qu'il s'en voulait d'en être réduit à s'accuser d'abandonner son ami.

– Viens passer un week-end avec nous, insistait-il aussi souvent qu'il le pouvait.

Mais Simon, immanquablement, déclinait l'offre et détournait la conversation pour qu'on n'ait pas à y revenir. Laurette fut plus adroite. Elle souffla à son fils aîné que ce serait tout de même drôlement bien si son parrain venait participer à la fête qu'ils se promettaient à l'occasion de son neuvième anniversaire. Reprenant immédiatement l'idée à son compte, le gamin n'eut plus de cesse que de la faire partager audit parrain.

Simon se fit encore tirer l'oreille quelques jours, mais son filleul y mit tant de gentille insistance qu'il ne put faire autrement que de céder.

2

Pour son filleul et pour les bons moments qu'ils avaient passés ensemble, bien sûr, il ne le regrettait pas. Mais jamais au grand jamais, se disait-il en s'éloignant du village où cet interminable troupeau de vaches l'avait retenu quelques instants, il n'aurait l'idée complètement saugrenue de venir s'enterrer, ne serait-ce qu'en fin de semaine, dans de pareils trous.

Pierre n'avait que partiellement tenu sa promesse de ne pas lui faire subir la campagne. Certes, il n'était pas allé jusqu'à vouloir lui présenter tous ses amis paysans, mais il avait suffi à Simon de le suivre, comme il le lui demandait, lorsqu'il était allé faire les courses au village pour vérifier que ses craintes étaient fondées. Pierre connaissait déjà tout le monde. Il ne pouvait pas faire trois pas sans serrer une main et échanger quelques mots au demeurant totalement insignifiants. Il en était très fier, parfaitement heureux, au point qu'il ne réalisa pas à quel point Simon était mal à l'aise. Qu'il se garde d'intervenir ou qu'il tente une timide approche, invariablement, il lui semblait qu'au premier regard, aux premiers mots, tous ces lourdauds de la campagne le mettaient à nu, le jugeaient et le rejetaient hors du cercle dans lequel il sentait Pierre tellement à l'aise.

Quelle étrangeté le faisait ainsi si particulier, si remarquable qu'il ne lui servait à rien de tenter de timides, et au demeurant très maladroits, gestes d'ouverture ? Stupéfait et malheureux, il lui fallait constater qu'une insondable et inexplicable différence s'établissait entre Pierre et lui dès lors qu'ils abordaient à ce monde mystérieux des campagnes. Pierre dont, durant tant d'années, il avait été si proche !

Bref, Simon était revenu de ces courses complètement exténué. Peut-être, d'ailleurs, s'en serait-il remis sans trop de dommage si, dans l'après-midi, Pierre n'avait pas rechuté. Prétextant l'impossibilité qu'il y avait, selon lui, à ignorer le temps radieux qu'il faisait, il avait voulu à toute force que Simon l'accompagne dans une expédition par monts et par vaux. En se retranchant derrière le prétexte de quelque tâche ménagère ne pouvant tolérer aucun retard, Laurette, forte probablement d'une longue expérience, parvint à échapper à ce que Simon assimila tout de suite à une corvée. Les enfants, eux, bien sûr, se précipitèrent, en même temps que leur chien, une espèce d'horripilante boule de poils sans cesse en mouvement, totalement imprévisible et se croyant obligée, pour plaire à ses jeunes maîtres, d'être encore plus bruyante qu'eux, ce qui atteignait souvent au paroxysme.

Simon eut la tentation d'un refus catégorique. Il craignit pourtant de froisser Pierre tant il était évident que celui-ci se faisait une joie de lui révéler « sa » campagne. Jamais, jusque-là, il n'y avait eu l'ombre d'un désaccord entre eux. Fallait-il qu'un prétexte si futile soit l'occasion du premier ? Et puis, après tout, n'était-il pas là pour faire plaisir à son jeune filleul qui, bien entendu, se pendait à son bras pour l'entraîner ? Simon, faisant contre mauvaise fortune bon cœur, se résolut à les suivre.

Il avait si bien décidé que cette promenade ne pouvait être que profondément ennuyeuse qu'elle le fut plus encore ! Certes, il faisait un temps superbe. Les premiers jours de juin avaient eu raison des derniers bancs de fraîcheur attardés au flanc des rudes collines au pied desquelles se nichait la maison de Pierre. On n'en était pourtant pas encore aux grandes chaleurs estivales. La végétation elle-même, en ayant fini de proclamer le miracle annuel de son retour à la vie, paraissait saisie d'une exubérance un peu fébrile. Elle brûlait les étapes entre ces jours déjà lointains où sa renaissance devait composer avec les dernières morsures de l'hiver, et les temps proches où son opulence retrouvée s'assoupirait sous la charge épaisse des canicules.

Entre victoire sur les frimas et soumission aux plus grandes ardeurs du soleil, de ne plus avoir à relever le col et de ne pas avoir encore à s'éponger le front naissait une sensation de bien-être rare qu'il n'est donné de ressentir qu'à quelques heures du printemps et de l'automne. C'était comme si la terre, les plantes, les êtres et l'atmosphère se donnaient le temps d'une apaisante relaxation avant de s'en remettre à nouveau à la loi implacable des saisons.

Si Simon admettait sans difficulté qu'il faisait effectivement délicieusement bon, son appréciation de ce qui l'environnait s'arrêtait là. Du chant d'un oiseau dans un arbre, qui laissait Pierre en arrêt de longues minutes, et du tintamarre des cris des enfants et des aboiements du chien, il ne retenait que ces derniers. Les jeux des rayons du soleil au travers des feuillages, sur un sous-bois de mousse ou de fougères, le laissaient parfaitement insensible. Sans oser le dire, il trouvait même un peu ridicule et puérile la façon qu'avait Pierre d'annoncer triomphalement qu'il avait identifié le chanteur de l'arbre ou de s'extasier devant quelques rais de lumière éclaboussant le sous-bois de vermeil. Simon ne parvenait qu'à se faire, *in petto*, la remarque qu'elles soulignaient surtout la densité de la poussière en suspension dans l'air !

La pénitence dura deux bonnes heures. Il lui fallut subir avec le sourire les explications interminables et insipides de Pierre, du moins de son point de vue, lorsqu'ils atteignirent enfin le modeste sommet dont son ami avait fait le but de leur promenade. Il tenait absolument à lui démontrer sa connaissance parfaite de son pays d'adoption qu'ils découvraient, à leurs pieds ; vaste panorama certes assez grandiose, mais moins tout de même que ceux qu'il pouvait admirer, depuis son fauteuil, en suivant les reportages de la chaîne « Voyages » ! Il fallut encore, au retour, porter la petite Sandra, qui n'en pouvait plus et qui, d'un instant à l'autre ou presque, pendant que son frère et le chien s'obstinaient à brailler à qui mieux mieux, était passée de la plus grande excitation aux pleurnicheries les plus exaspérantes.

La route à faire et le peu d'expérience qu'il avait de si longs déplacements furent d'excellents prétextes pour mettre un terme à ce week-end d'ennui. Il n'attendit pas d'avoir fini de répondre aux au revoir de ses amis, le bras tendu par la vitre ouverte, pour s'avouer la sensation de profond soulagement qu'il ressentait à l'idée d'échapper enfin à l'impression d'être un poisson qu'on aurait sorti de son bocal. Il y retournait, et c'était pour le mieux.

D'abord, il crut que le bref intermède du troupeau de vaches bloquant la circulation n'avait atteint en rien ce sentiment de retour vers sa normalité. Décidément, pensa-t-il, il ne pourrait plus jamais s'en éloigner. Son microcosme parisien gravitant autour de son appartement de la Bastille était une fois pour toutes le marigot de son bien-être. Il s'en persuadait en appréciant en gourmet, à petites gorgées, l'immense plaisir qu'il ressentait à laisser cette idée simple balayer, comme un agréable souffle d'air frais, l'étouffante sensation de devoir composer qui l'avait étreint tout au long de son séjour dans la campagne de Pierre. C'était comme si, n'y tenant plus, il s'éclipsait en douce d'un salon surchauffé et bourdonnant des propos convenus d'une réunion trop mondaine. Une porte était là qu'il poussait. La pénombre, la fraîcheur et le silence d'une chambre à la fois ignorée et très familière lui était une caresse d'une infinie tendresse. Il en poussait un profond « ouf » de soulagement.

« Attention, Simon. Tu es au volant, mon petit. Ce n'est pas le moment de rêvasser ! » Il eut un doux sourire de connivence avec lui-même. Il portait tant d'indulgence à son naturel rêveur et facilement perdu dans des songes étranges !

Ce n'était nullement un choix. Il n'avait ni favorisé ce penchant ni cherché à le nier. Il existait, voilà tout. Il avait toujours existé en lui et il s'en trouvait fort bien. En somme, il aimait cette étonnante capacité que lui avait donnée la nature de s'abstraire, lorsque l'envie lui en venait, des réalités du quotidien. À moins que les circonstances ne s'y prêtent, ces sortes d'escapades ne duraient jamais très longtemps. Sans fausse honte, à ses amis ou même à ses collègues de travail qu'étonnait cette étonnante propension à leur échapper, il répliquait que c'étaient ses récréations.

– On a bien le droit de prendre des récréations de temps à autre ! revendiquait-il.

Aurélie elle-même avait fini par s'y résoudre. Non sans

difficulté, il fallait bien l'admettre, tant il lui avait paru difficile de le laisser, ne serait-ce que l'espace de quelques instants, échapper au cercle étroit de ses attentions. C'était une possessive. Simon le savait. Il ne vit pourtant jamais le mal qu'il pouvait y avoir à s'évader très régulièrement en continuant, comme par le passé, à sacrifier à ses joyeuses réunions d'amis. Il lui revenait toujours. De quoi pouvait-elle se plaindre ?

Il ne commença à comprendre qu'en voyant Aurélie franchir la porte de son appartement, ses valises à la main. Et c'est alors seulement qu'il entrevit avec effroi la profondeur du gouffre de solitude qui s'ouvrait sous ses pieds, malgré tous ces amis dont il n'avait pas voulu s'éloigner.

Ce fut presque irréfléchi. Une aire de stationnement s'ouvrait devant lui. Il freina, s'y engagea, rangea sa voiture sur l'espace le plus isolé qu'il put trouver et coupa le contact. Les mains bien à plat sur le volant, il se laissa aller contre le dossier de son siège. Le bruit nerveux de la circulation, sur la route toute proche, lui rendit plus perceptible encore le silence, qui s'établit dans l'espace étroit de l'habitacle, lorsque le moteur se tut.

Il appuya fortement la nuque sur le coussin de l'appuitête, cherchant douloureusement à comprendre les raisons du véritable vertige dont il venait d'être pris. La solitude, bien sûr ! Cette hydre insupportable à laquelle Pierre et Laurette, gentiment, sachant à quel point elle pouvait le terroriser, avaient tenté de le soustraire en l'entraînant presque de force avec eux dans cet épouvantable week-end.

Ils y avaient presque réussi. Puérile victoire par l'absurde ! Dès le départ, il était tellement persuadé qu'il ne supporterait pas ce séjour à la campagne qu'il n'avait fait en somme, durant ces deux jours, que chercher à se donner raison. Cela l'avait occupé à un point tel qu'il avait effectivement oublié d'être malheureux. Il avait troqué sa peine d'amour contre le soin qu'il avait mis à démontrer qu'il n'était pas fait pour séjourner à la campagne, et surtout pour affronter le commerce de ses habitants !

Plus un seul instant, accaparé qu'il était par cette étrange volonté de refus, il n'avait imaginé qu'abandonner l'un était inévitablement courir au-devant de l'autre. Elle était pourtant prévisible, cette angoisse de la solitude qui le saisissait à nouveau, et avec une telle violence qu'il lui avait fallu s'arrêter.

Toujours figé dans sa voiture silencieuse, il eut l'impression de sentir ses yeux s'agrandir d'effroi à la seule idée de la dramatique vacuité de l'appartement qu'il allait retrouver. Y passer une soirée entière ? Qu'y faire ? À quoi occuper ses mains, sa pensée ? Il ne s'en sentait ni la force ni même la capacité. L'idée lui vint d'alerter quelques amis, de battre le rappel des plus fidèles. La mémoire de son téléphone portable regorgeait de numéros possibles. Il en composa un premier. On était dimanche soir. Il n'obtint qu'une boîte vocale. Qu'à cela ne tienne : le choix ne manquait pas. Il fit un second numéro, pour le même résultat. Le troisième répondit, mais ne put que s'excuser : il avait déjà accepté une autre invitation...

Alors, Simon baissa les bras. Bien sûr, il aurait pu continuer. Ce n'était pas la première fois qu'il éprouvait des difficultés à rassembler les quelques participants nécessaires à une joyeuse soirée. En insistant, cela aurait bien été le diable s'il n'avait pas, à force de patience, décroché deux ou trois volontaires.

Tout à coup, pourtant, l'envie lui en manquait. Sans qu'il s'en explique le pourquoi, il lui semblait qu'il y avait là quelque chose de totalement vain. Jamais, jusque-là, une pareille idée ne lui était venue. De diluer sa solitude dans les rires et les grasses plaisanteries d'une soirée de célibataires lui paraissait soudain plus ennuyeux encore que de rentrer seul chez lui.

En même temps, comme une ritournelle à cent sous dont on ne peut plus se défaire, l'image de l'« Hôtel de la Poste et des Voyageurs » lui tournait inlassablement dans la tête. Avec une étonnante obstination, elle parvenait même à s'imposer...

– Pourquoi pas ? finit-il par prononcer tout haut.

Personne ne l'attendait. Il avait tout son temps. Et puis il y avait cette mystérieuse invitation, cette irrépressible envie de s'arrêter que lui avaient donnée tout à la fois la simplicité naïve de l'enseigne, l'aspect propret de la façade, les géraniums au bord des fenêtres, la treille sur la terrasse, la balustrade en fer forgé aux barreaux de laquelle s'enlaçaient la clématite et le chèvrefeuille.

– Pourquoi pas ? répéta-t-il alors qu'à sa décision déjà prise ne manquait plus que le geste qui la rendrait irrévocable.

Un long moment encore, il resta immobile, le regard perdu sur le paysage de prés et de collines couvertes de forêts sur lesquels le soleil au couchant commençait à déverser ses flots de poussière d'or. Très vaguement, de plus en plus vaguement continuait à tourner au fond de lui la question : « Pourquoi ? Pourquoi là plutôt qu'ailleurs ? Plutôt que chez Pierre et Laurette ? Plutôt que dans ton appartement, à faire la fête, avec quelques copains ? Pourquoi ? » Mais, au fur et à mesure que s'en éloignait l'écho, s'installait la certitude qu'il n'y avait pas de réponse à chercher.

Alors, il se redressa.

– Allons, dit-il en tournant la clef de contact.

3

Simon remercia, posa son bagage et alla écarter le discret voilage qui prétendait préserver l'intimité de la pièce aux yeux de possibles curieux. C'était une chambre d'hôtel comme il n'en avait jamais vu. La dernière disponible, à ce que lui avait expliqué l'hôtesse, une femme très brune chez qui l'embonpoint de l'âge ne parvenait pas à dissimuler qu'elle avait certainement été très belle. Il lui en restait une sorte de distinction sans ostentation dont Simon avait tout de suite décrété qu'elle s'harmonisait parfaitement à l'aspect avenant de son établissement.

Elle avait eu l'air sincèrement désolé lorsqu'il lui avait fallu annoncer à ce voyageur tardif que toutes ses chambres étaient prises, et elle avait longuement hésité avant d'oser lui proposer ce qu'elle appelait sa « chambre de secours ».

– Vous comprenez, avait-elle expliqué, l'air navré, elle est au rez-de-chaussée.

Simon, soulagé de voir enfin s'estomper la menace d'avoir à renoncer, avait éclaté de rire.

– Si ce n'est que ça !

La chambre était vaste. Outre un énorme lit à rouleaux couvert d'un édredon d'une épaisseur prodigieuse, elle n'était meublée que d'une grande et belle armoire en merisier et de deux chaises. Un lavabo occupait le coin le plus discret, à peine dissimulé par un petit paravent. Elle prenait le jour par une large fenêtre et par une porte vitrée aux carreaux de laquelle Simon, en écartant le voilage, vint coller le nez.

Devant lui, dans le soir couchant, s'allongeaient les plates-bandes parfaitement soignées d'un jardin potager comme on n'en voit plus. Il descendait en pente douce jusqu'à une haie au-delà de laquelle un paysage très verdoyant se perdait doucement dans les écharpes de brumes diaphanes qu'étendait la fraîcheur vespérale.

Simon, apaisé, sut qu'il ne s'était pas trompé. Depuis l'aspect avenant de la façade qui avait attiré son attention jusqu'à cet étonnant potager d'une tenue impeccable, en passant par l'amabilité discrète de l'hôtesse et par la propreté méticuleuse de cette chambre aux allures de cellule monastique, rien, pas le moindre détail malencontreux, ne venait rompre l'impression de paisible sérieux que la seule vue de l'« Hôtel de la Poste et des Voyageurs » avait fait naître en lui. Il fut heureux d'y être revenu bien qu'il ne sût toujours pas les raisons qui l'avaient poussé à ce geste lui ressemblant si peu.

Le repas fut à l'image de l'hôtel. D'ailleurs, Simon vint se mettre à table avec de telles dispositions d'esprit qu'il aurait fallu que le menu unique soit franchement exécrable pour qu'il le remarquât. Dans une vaste salle à manger décorée de naïves aquarelles représentant l'hôtel sous tous ses angles et des paysages probablement voisins, il échangea quelques propos anodins, au moment du café, avec d'autres pensionnaires comme lui en retour de week-end. Puis il prit congé et regagna sans déplaisir sa modeste chambre.

La nuit était tombée. Une belle nuit d'été, déjà très claire bien que la lune ne fût pas encore levée. Conscient et surpris de l'état d'étonnante décontraction dans lequel il se trouvait, il eut la présence d'esprit de ne pas allumer. Privilégiant, pour une fois, ses impressions plutôt que la réalité, il traversa la chambre plongée dans un clair-obscur très doux. Il vint se glisser sous le voilage et eut tout de suite la conviction que le paysage qu'il découvrait avait une existence propre, qui lui était totalement étrangère et qu'il pouvait, sans risque, se contenter d'observer.

Ne pas avoir à se composer un comportement, ne pas avoir à s'inquiéter de la place qui lui revenait au milieu de tout cela, fut pour lui un prodigieux soulagement. Jamais, peut-être, retranché comme il l'était entre le voilage et la vitre, il n'avait ressenti cette impression d'être enfin libre. Il y avait, dans cette étonnante lumière venue de nulle part, quelque chose de très fort qui donnait aux choses et aux formes une consistance, que devait escamoter la grande et complexe clarté du jour. C'était un monde dont il ne faisait pas partie. Rien ni personne, dans cet univers de feutre bleuté, ne se souciait de ce qu'il était ou de ce qu'il pensait. Il fut tout de suite convaincu qu'il lui suffirait de pousser la porte qui s'ouvrait sur le jardin pour pouvoir atteindre à une sorte de bien-être simple né de nulle autre chose que de l'indifférence dans laquelle il serait tenu.

Il se garda bien, pourtant, de le faire. Quelque rigidité lui restait encore, probablement, des convenances diurnes qui veulent qu'un jardin potager ne soit pas un lieu de promenade. Quitter sa chambre d'hôtel à une heure si tardive pour le seul plaisir de déambuler entre des planches de poireaux, de carottes et de laitues aurait été de la plus grande excentricité. À la rigueur, on allait retrouver quelques amis au bar, mais dans un potager...

Il jugea plus sage d'aller se coucher. Il s'endormit sitôt qu'il eut la tête sur l'oreiller, comme si les étonnantes sensations qu'il venait d'éprouver agissaient sur lui à la façon d'un puissant soporifique...

Il s'éveilla brutalement, convaincu de n'avoir sombré que quelques instants dans le sommeil. Une lumière blanche à la fois douce et intense avait envahi sa chambre. En se tournant légèrement, il put contrôler, sur le cadran verdâtre de son petit réveil de voyage, qu'il avait posé sur la table de nuit, que trois heures du matin étaient largement passées.

Curieusement, il lui parut urgent de se lever. Lui qui, d'ordinaire, avait des réveils si laborieux, lui à qui il était si dur de s'arracher au cocon douillet de la couette, il fut dans l'instant debout, rejetant négligemment derrière lui l'énorme édredon de plumes que son geste avait entraîné à sa suite. La fraîcheur du carreau fut agréable à ses pieds nus. Il alla jusqu'à la fenêtre et en écarta le voilage.

Toute ronde, droit devant lui, la lune l'attendait. Ce fut du moins ce dont il se convainquit tant il lui sembla évident qu'elle lui souriait, mi-avenante, mi-ironique. Il baissa les yeux. Son pyjama tire-bouchonnant sur ses pieds, la veste ouverte sur son torse trop maigre ne plaidaient certainement pas en sa faveur. Il rectifia vaguement sa tenue, remontant son pantalon, fermant sa veste et se passant une main négligente dans les cheveux. La même main, subrepticement glissée sur ses joues et son menton, le conforta dans l'opinion qu'il devait avoir une mine patibulaire. Qu'à cela ne tienne, il n'allait tout de même pas perdre son temps à aller se raser quand il avait bien plus urgent à faire.

À l'exception de quelques très fines nappes de brume grisonnant légèrement au ras de la haie, au-delà du jardin potager, le clair de lune marquetait l'ombre de ciselures d'argent infiniment délicates. Elles se renvoyaient leur éclat entre elles, s'en éclaboussaient, en éclaboussaient comme à plaisir de grands pans de velours noirs qui devenaient sur-le-champ de somptueux brocarts déposés avec une feinte négligence au flanc d'un coteau, en lisière d'un bois ou même simplement au long d'un talus.

Simon réalisa que le paysage, dissimulé à ses yeux, à son arrivée, par la brume vespérale, puis, avant qu'il ne se couche, par l'ombre de la nuit, avait pris une ampleur saisissante. Le potager aux planches impeccablement alignées était évidemment toujours là, mais, sous la lumière sans relief de la lune, sans les comètes d'argent qui le parcouraient, ses formes trop géométriques auraient paru tristes. Alors que, la veille au soir, tout s'y passait, il semblait maintenant à Simon que le monde débutait vraiment au-delà de la haie qui le fermait. Un portillon s'y ouvrait. Il voyait parfaitement le filigrane noir de sa maigre charpente dessiné avec une précision méticuleuse sur le camaïeu scintillant des grandes étendues d'herbes qu'il imaginait, tapissant le fond d'un vallon, puis montant à l'assaut de collines coiffées de forêts très noires.

Il lui fallait y aller voir. Cela ne se discutait pas ni ne se réfléchissait. Il s'habilla rapidement, eut la prudence de sortir de son bagage le pull épais et bien chaud dont Laurette lui avait recommandé de s'équiper.

Il dut batailler quelques instants avec la porte vitrée qu'on ne devait pas ouvrir souvent. Lorsqu'elle céda enfin, il reçut comme une caresse la bouffée d'air qui se glissa dans la pièce et l'enveloppa d'un geste très doux, comme si sa mission avait été de l'accueillir et d'accompagner ses premiers pas dans l'univers nocturne du potager.

4

Une chouette, là-bas, au fond, très loin sur la gauche, hulula longuement, puis se tut. Simon, debout sur une allée de gazon, à deux pas de la porte de sa chambre, se dit que jamais il n'avait connu de silence si profond. Aussitôt, l'absurde de sa réflexion lui apparut. L'intérieur de la pièce n'était évidemment pas moins silencieux. Et pourtant, il lui avait fallu faire ces deux premiers pas dans la fraîcheur de la nuit, dans la lumière d'argent de la pleine lune pour que, à l'instant où la chouette, en se taisant, lui avait rendu sa plénitude, il prenne conscience de la profondeur de ce silence.

Un long moment, il demeura immobile, respirant profondément, s'imprégnant d'une infinité de microscopiques sensations nouvelles. Elles lui donnaient l'impression curieuse de ces premiers pas prudents et frigorifiés que l'on fait dans une eau inconnue avant d'oser l'immersion. Il y avait ce silence, mais il y avait aussi d'étranges effluves, d'imperceptibles odeurs additionnées, des fragrances si subtiles qu'il eût été vain de prétendre les identifier. Il y avait des fluides étonnants, des vibrations, des frissons peut-être qu'il sentait courir autour de lui et, progressivement, en lui, au plus intime de son être, sans qu'il puisse discerner le plus léger souffle d'air qui aurait pu en être porteur.

Une autre chouette répondit à la première. Elle était si proche que les modulations pourtant très douces de son cri le firent sursauter. Il eut envie d'aller au-devant de ces appels d'une mélodie infiniment vivante. À pas lents, il s'avança dans l'allée de part et d'autre de laquelle s'agençaient les minutieuses plates-bandes. Il en passa la revue, régiments de tomates après compagnies de haricots, bataillons de pommes de terre et escouades de concombres. Il le fit lentement, avec toute la solennité que requérait un acte d'une telle importance, malgré l'impatience qu'il sentait monter en lui. Cette incontournable formalité n'était qu'un préambule pour qu'il puisse atteindre le portillon, là, à quatre plates-bandes, puis à trois, puis à deux... au-delà duquel, il n'en doutait plus, s'ouvrait le monde, le vrai !

Enfin, il y fut. La chouette hululait toujours dans un arbre par là, devant lui, vraisemblablement au pied du coteau, de l'autre côté du long ruban d'argent frissonnant qui venait de se révéler à lui. C'était une petite rivière qui semblait prendre tout son temps pour aller et venir, méandre après boucle, au fond du vallon herbeux. Quelques rares chiffons de brume translucide maraudaient encore entre les vernes hirsutes qui montaient la garde sur chaque rive du ruisseau. Cinq ou six vaches dont les robes blanches prenaient, sous la lune, des reflets presque fluorescents, semblaient flotter, au gré de ces minuscules bancs de brume, dans l'irréel de leur pâturage saisi de nuit.

Simon s'était appuyé des deux cuisses au portillon. Il donnait confiance, ce portillon-là. Fait de solides bois ronds soigneusement ajustés, verrouillé sur un pieu de chêne par un gros loquet rustique, il n'avait rien d'une barrière. Il n'était pas là, c'était évident, pour s'opposer au passage. Bien au contraire, ses fortes pentures de fer forgé semblaient une invite à le faire tourner sur des gonds discrètement grinçants, rassurants. Il n'était en fait qu'une aimable façon de marquer le point de rencontre de deux mondes. D'un côté l'ordre précis et soigneux du potager, de l'autre l'aimable et brouillonne exubérance de la nature. Il ne fallait pas confondre ! Et peut-être, accessoirement, il ne fallait pas que quelque rôdeur à quatre pattes argue de son ignorance de ces nuances pour user des mêmes comportements voyous d'un côté comme de l'autre de ce respectable portillon.

Un chien, d'ailleurs, passait.

Il fallut quelques instants à Simon pour mesurer ce que cette présence nocturne avait de surprenant ; le temps, en fait, que le chien défile devant lui, trottinant avec beaucoup de décontraction, le panache de la queue quelque peu conquérant, qu'il décoche à Simon un regard dans lequel celui-ci crut lire beaucoup d'ironie, et qu'il se fonde dans l'ombre de la haie qui bordait le chemin.

Car un chemin longeait le talus, en contrebas du portillon. On y accédait en descendant trois marches rustiques. Pour Simon, c'était plus qu'une invite. Aucun doute n'existait. Il allait de soi que son prochain geste serait de franchir cet aimable démarcation et de s'engager sur ce chemin qui n'était là que pour l'inciter à prolonger en plus sauvage les quelques pas faits au long des allées du potager.

Tout juste lui fallait-il décider de quel côté il s'engagerait. Il franchit le portillon, descendit les trois marches, regarda à gauche, puis à droite. Rien ne permettait de trancher pour l'amont plus que pour l'aval. Sauf, peut-être, une courbe, là-bas, très loin sur la droite, qui semblait si attirante.

« Elle a la rondeur du sein d'une femme », se dit Simon en s'engageant dans sa direction.

Il marcha longtemps. Il dépassa cette courbe lointaine, franchit le ruisseau par un beau petit pont de pierre, suivit encore le fond de la vallée sans se soucier de temps ou de distance. Lorsque le chemin, obliquant à gauche, décida pour on ne sait trop quelle raison de s'éloigner du cours du ruisseau, de traverser les prés et de s'engager sous le couvert de la forêt, il ne chercha pas plus à discuter. Dans l'ombre fraîche que n'atteignaient, par place, que quelques rares et discrètes éclaboussures de lumière lunaire, il lui fallut mesurer son souffle de citadin dans une longue côte.

À son faîte, il fut comme ébloui par la vision qui lui fut tout à coup offerte de rangées successives de collines découpées en ombres chinoises sur la clarté laiteuse du ciel. Un peu d'or, à l'est, commençait à déchirer les écharpes blafardes tendues par la lune. Déjà plus basse sur l'horizon, celle-ci semblait ne rien perdre pour autant de la bienveillante attention qu'elle portait à ce marcheur solitaire perdu dans un océan de nuit.

Il entreprit de se laisser conduire, comme il l'avait fait jusque-là, dans la descente qu'amorçait le chemin vers une autre vallée. Il eut ainsi, sans s'en formaliser outre mesure, à franchir plusieurs brèves lignes de crêtes et à plonger vers d'étroits vallons dans l'ombre épaisse desquels le chant des ruisseaux qui les peuplaient ressemblait à une courtoise invitation.

Une dernière fois, au sommet d'une courte côte, il

rendit son radieux sourire à la lune. Le chemin parut s'engager dans une longue descente, puis il se ravisa. Il obliqua à droite et, allant à flanc de coteau, il atteignit bientôt un vaste chaume. Cette fois, l'est flamboyait. Haut dans le ciel, on devinait l'embrasement des rayons du soleil tandis que, au ras du sol où ce n'était plus la nuit, la lumière, dans l'attente de cette quotidienne résurrection, avait encore des reflets d'ombres bleutées, extrêmement doux.

Ce chaume immense auquel il venait d'aborder parut à Simon être suspendu entre ciel et terre. Plus il avançait, plus les lointains, que lui révélait peu à peu le jour levant, s'enfonçaient vers les vallées encore mangées de nuit. Il était sur le toit du monde. S'il avait encore fallu ce détail pour l'en persuader, il remarqua tout à coup qu'une infime brume se levait du sol. Elle glissait doucement, en longs voiles arachnéens, sans parvenir à s'élever, coulant avec une exquise lenteur vers les sombres frondaisons, dont l'assaut s'était interrompu à mi-pente.

Il allait ainsi, à grandes enjambées, les pieds perdus dans ce coton léger et la tête à même le ciel qui s'illuminait. Droit devant lui, apparut un bosquet, quelques arbres râblés, aux formes tourmentées, qui semblaient flotter, mirage d'une île improbable, au-dessus de cet océan gris. On eût dit que ce minuscule bosquet, qui tendait vers le ciel ses branches tordues de vent et de neige, était la source de toutes ces lentes nuées s'écoulant vers les vallées.

Bien qu'il ne vît plus son chemin noyé de brume, Simon devina qu'il s'y dirigeait. Il pressa le pas. Quelque chose lui disait qu'il y avait là un but et cela l'intriguait d'autant plus qu'il ne s'en connaissait pas.

Le temps qu'il lui fallut pour atteindre le bosquet lui parut étonnamment long. Bien qu'il n'eût pas ralenti l'allure de sa marche, cet amer curieux, sur cet infini d'herbe rase et de brume, n'en finissait pas de s'éloigner de lui. Il flottait sur l'inconsistance d'un lieu rendu plus improbable encore par l'instant hésitant entre nuit et jour. Il s'impatienta, força encore l'allure.

Le bosquet enfin fut proche. Simon, pris tout à coup d'un sentiment d'inquiétude aussi vague qu'irraisonné, brisa tout net son élan. Les quelques pins qui dressaient là leurs silhouettes un peu bancales ne devaient d'avoir pu survivre qu'à une infime dépression, une minuscule cuvette dont le bord le plus relevé les avait protégés, dans leur jeune âge, des assauts du vent dominant. Peut-être même une microscopique anomalie des couches souterraines entretenait-elle là quelque courant tellurique plus chaud au plus profond duquel ils s'étaient empressés de plonger leurs racines.

Simon, sans s'étonner d'un sens de l'observation dont, jusque-là, il ne s'était guère embarrassé, attribua même à cette possible particularité l'absence totale de brume dans cette cuvette d'où, l'instant d'avant, il lui semblait la voir naître. À pas lents, il s'engagea entre les arbres. Le lieu l'impressionnait. Il en avait une conscience très claire bien qu'il ne pût en discerner les raisons. La quasi-certitude, peut-être, d'une présence, là, partout, impalpable et pourtant certaine. La conviction, venue on ne sait d'où, de quelque chose d'immémorial, comme un fil tendu par-dessus le temps, qu'il sentait, curieusement, vibrer des pas et des paroles de tous les hommes passés par là.

Jamais, bien sûr, il ne lui avait été donné de connaître pareille sensation. Il n'eut pourtant aucun doute. Et lorsque, écartant de son passage quelques branches basses d'un pin plus envahissant que les autres, il eut la surprise de déboucher sur un carrefour, il sut qu'il avait raison. Avec une précision étonnante, il crut les voir, tous ces hommes qui, depuis le fond des temps, avaient eu à passer par là. Chasseurs sur la trace des aurochs, pasteurs poussant devant eux leurs troupeaux vers l'estive, hordes orientales cédant à la tentation de l'Occident, soldats de toutes les guerres déferlant là ou prétendant défendre leurs bouts de champs en prenant de dérisoires positions autour de ce carrefour de nulle part. Simon s'étonnait à peine de se reconnaître une sorte de complicité avec chacun d'eux.

D'ailleurs, n'était-il pas peu ou prou chacun d'eux ? Il lui semblait l'avoir toujours connue, cette croix de chemin si loin de tout que n'y accédait pas le moindre de ces bruits dont nous obsède ordinairement la société des hommes. Pas un son de cloche, pas un aboiement, pas même le ronronnement d'un moteur, l'avertissement d'un klaxon. Rien qu'un silence peuplé d'une infinité de présences. Il n'aurait pas été autrement surpris si s'étaient élevés des bruits de roulement, la mélopée des bouviers, les craquements sourds des charrois à la peine et le souffle puissant des bœufs sous le joug. Tout cela lui paraissait tout à coup étonnamment familier et comme partie intégrante de ce lieu dont il se persuadait qu'il l'avait toujours connu.

Il se tenait debout au bord de l'intersection. Deux chemins herbeux, en s'abordant là, déterminaient une sorte de petite place quadrangulaire qu'une croix avait longtemps ombragée. Sur le bas-côté, à l'abri des charrois, on en voyait encore le socle, grosse pierre ourlée de mousse dont les angles trop réguliers trahissaient la taille rustique, entourée de quatre petites bornes désormais de guingois et désespérant de pouvoir résister longtemps encore à la lente aspiration de la nature. À l'opposé de ces quelques vestiges, tout aussi retirée du passage, une grosse pierre semblait avoir été disposée là pour la méditation et le repos du passant. Simon n'eut même pas l'idée de se dérober à son invité. Sans souci de l'épaisse couverture végétale qui, depuis que plus personne n'était venu s'asseoir là, avait sans vergogne œuvré au retour à la nature du vieux banc, il s'installa. Cette paisible conviction qu'il restait quelque chose, tout autour de lui, des hommes innombrables qui, depuis la nuit des temps, avaient usé de ce passage, lui convenait bien. Il n'en ressentait ni crainte ni puéril enthousiasme. Il lui semblait beau, simplement, qu'en un lieu comme celui-ci, remarquable par son seul isolement, ait pu subsister, uniquement par le sentiment qu'on en avait, l'empreinte de toutes ces humanités.

Dans le désert de ce chaume où le jour levant ne lui avait révélé aucune autre trace de présence physique que la sienne, le voisinage fort, épais, de toutes ces virtualités lui parut étonnamment confortable.

5

Peut-être Simon s'abandonna-t-il quelques instants, sur son banc, au plaisir d'une douce somnolence. Après tout, il n'attendait rien et n'était attendu nulle part.

Ce fut la conscience soudaine d'une présence qui le ramena aux réalités. Le carrefour était pourtant apparemment toujours le même, toujours aussi solitaire. Simon put s'en assurer d'un rapide regard circulaire. Il s'en fallut de très peu qu'il s'abandonnât à nouveau à ses rêveries et à sa somnolence. Ce fut à peine si, au dernier moment, un infime détail attira son attention. Quelque chose bougeait là-bas, dans l'ombre, derrière le socle moussu de la croix. Il plissa les yeux pour mieux concentrer son regard. Quelque chose, effectivement, s'agitait d'un mouvement régulier et assez vif, dans les herbes folles et les feuilles mortes qu'on entendait crisser légèrement.

Il fallut un bon moment pour que, dans la semi-obscurité qui habitait encore le taillis, deux points très lumineux lui apparaissent sous lesquels semblait trembloter un étonnant petit triangle rose. Et il lui fallut encore quelques instants de perplexité pour qu'enfin il réalise qu'il s'agissait des yeux et de la langue d'un chien.

– Ben ça alors, qu'est-ce que tu fais là, toi ? s'étonna-t-il.

Rien ne bougea, sauf la queue qui parut accélérer son mouvement de balayette à feuilles mortes.

– Viens donc, hasarda Simon.

En fait, il avait regretté ces deux mots en même temps qu'il les prononçait. Après tout, que savait-il de cet animal et de ses intentions ? Et si l'autre se mettait en tête de l'attaquer ? Que ferait-il, seul au milieu de ces immensités ? Un bref instant, le regret lui vint de s'être aventuré ainsi. Le chien, pourtant, ne lui laissa pas le temps de réfléchir plus avant. Se levant soudain, il contourna le socle de la croix et parut dans la lumière.

– Ma parole, s'exclama Simon, c'est toi qui es passé sur le chemin, tout à l'heure, quand j'étais appuyé au portillon du potager !

C'était un animal d'allure assez banale. Ni beau ni franchement laid, ni tout à fait petit ni vraiment grand, il semblait entièrement fait d'un pelage poivre et sel si fourni qu'il ondoyait de fort jolie manière à chacun de ses gestes. Le tout était prolongé d'une queue en panache, à la pilosité tout aussi développée que le reste du corps, et monté sur quatre ressorts qui lui tenaient lieu de pattes et qui lui donnaient une démarche de ballerine. Barbu et moustachu comme un vieux grenadier, il arborait des sourcils noirs d'une telle épaisseur qu'on en venait à se demander comment son regard pouvait encore briller sous une telle toison. C'était pourtant ce regard, justement, qui retenait le plus l'attention. Il pétillait de tant de vie et de tant d'évidente amabilité que Simon eut tôt fait d'oublier ses premières préventions.

– Où vas-tu, comme ça ? demanda-t-il.

Le chien lui décocha un regard malicieux, traversa le carrefour, s'arrêta à l'entrée d'un des quatre chemins et tourna la tête vers Simon.

– Tu me quittes déjà ?

La queue eut un bref mouvement de droite à gauche qui se voulait évidemment rassurant. Les yeux fixés sur Simon, le chien fit mine de s'éloigner.

– Tu ne sais pas très bien ce que tu veux, crut bon d'estimer Simon.

La remarque ne parut pas totalement du goût de son destinataire. Lentement, il fit demi-tour et, queue basse, il revint sur ses pas. Il ne quittait toujours pas Simon des yeux, à tel point que celui-ci finit par en ressentir une étrange gêne.

– Qu'est-ce que tu me veux ? s'inquiéta-t-il.

Le chien, sans s'engager sur le carrefour, s'assit à l'entrée du chemin sur lequel il avait jeté son dévolu. La queue, au ras du sol, reprit son mouvement de balayette, le regard se fit plus aimable, plus engageant encore et la langue pendante fut comme une intense invitation à la promenade.

– Tu veux que je t'emmène te promener ? suggéra Simon.

Malgré ce que la proposition avait de ridicule, elle parut remplir d'aise le chien. Il fit deux ou trois petits bonds sur place, émit autant de gémissements et, de la langue s'allongeant encore, un filet de bave coula jusqu'au sol.

– Oui mais, ce n'est pas par là que je vais, voulut argumenter Simon.

Il n'avait en réalité aucune idée du chemin qu'il allait suivre, il ne savait pas plus s'il allait continuer sa promenade ou s'il allait revenir sur ses pas, mais il lui parut bon de montrer son autorité. Il n'allait tout de même pas s'en laisser conter par un chien !

Il se leva donc et, délibérément, prit un chemin qui n'était pas celui au milieu duquel, toujours assis sur son cul, le chien extériorisait toutes les marques d'affection et d'impatience de son vaste répertoire. Simon ne fut pas engagé de deux pas dans la direction qu'il avait choisie que l'expression de l'animal changea du tout au tout. Oreilles tombantes, yeux battus et langue cachée, il émit une telle plainte que Simon dut s'arrêter.

– Ben quoi ? demanda-t-il. Tu as quelque chose après ce chemin-là ?

La plainte, qui n'avait pas cessé, se fit implorante. Puis, imperceptiblement, elle devint enjôleuse. La toison dans son entier, depuis les moustaches jusqu'au bout de la queue, fut prise de tels trémoussements qu'un instant Simon douta qu'il puisse y avoir un corps là-dessous. Il y avait probablement une volonté car, dans le même temps, le tout se mit à se déplacer, par le moyen d'une étrange reptation, dans la direction dont ne voulait pas démordre le chien.

Simon, d'abord stupéfait, en resta coi. Pourquoi donc cette obstination ? Qu'y avait-il de si crucial à suivre ce chemin-là plutôt qu'un autre ? Allons ! Il y tenait tellement, ce drôle de petit animal. Et puis, après tout, peut-être, au bout du chemin, aurait-il l'explication de cet entêtement.

– Allez, capitula-t-il. On y va, là où tu veux aller.

Dans l'instant, la plainte cessa et les trémoussements ne furent plus qu'un souvenir. Se levant d'un bond, le chien, langue à nouveau pendante et regard vrillé sur celui de Simon, s'écarta fort civilement pour lui laisser le haut du pavé et l'illusion de son autorité. Il vint se ranger, comme il se devait, à la gauche de ses pieds et ils s'éloignèrent du bosquet.

6

Ce fut en voulant se redresser que Simon réalisa combien il était malheureux. Il avait mal aux jambes et au dos, il avait faim, il se sentait rompu de fatigue au point qu'il en avait froid et il n'attendait plus rien de l'épaisseur de la nuit.

Ils avaient marché toute la journée. Le chien, discret et bien élevé, ne s'était pas éloigné de ses talons. Sauf à l'heure la plus chaude. Sur la place d'un village assoupi qu'ils traversaient, Simon n'avait pas résisté à la tentation de franchir la porte d'un modeste café. Le chien avait refusé de le suivre.

« Après tout, s'était dit Simon, il est libre de faire ce qu'il veut, ce chien. » Il avait écarté les bandelettes de plastique multicolores censées protéger l'établissement de l'assaut des mouches et ne s'était plus préoccupé de l'animal. La salle était délicieusement fraîche. Elle était vide, plongée dans un silence tel que les quelques insectes qui avaient su déjouer l'obstacle de l'entrée et qui tournaient inlassablement autour de quelques bouteilles de sirop aux goulots mal essuyés, semblaient y mener un tapage insoutenable.

Il dut appeler.

– On vient ! répondit une voix usée jaillie de nulle part.

Il fallut encore que naquît des profondeurs de la maison le chuintement doucement rythmé de savates glissant sur le lino, qu'il se développât, qu'il prît son temps pour qu'une forme grise finisse tout de même par naître de l'ombre. En tanguant comme une vieille barcasse sur une mer trop forte, tirant des bords entre les tables sur lesquelles, l'une après l'autre, elle prenait appui au passage, elle atteignit enfin le bar.

– C'est pourquoi ? s'enquit-elle d'une voix morne comme s'il était hautement invraisemblable que ce drôle de client jamais vu jusque-là puisse être de la race ordinaire des consommateurs.

C'était une vieille femme très forte. Vêtue d'une immense blouse grise dont n'émergeait guère, quand elle se déplaçait, que le bout de ses charentaises élimées, elle s'était de surcroît enroulée dans un vaste châle noir. Quelques mèches grisonnantes et rebelles échappées de son chignon, ses lunettes rondes à la monture d'acier perchées au bout de son nez de chouette finissaient de lui donner l'allure presque caricaturale d'un personnage de bande dessinée. Simon, qui en raffolait, en restait béat d'admiration !

– Qu'est-ce qui vous fallait ? insista sans aménité la vieille femme.

– Est-ce que vous faites des sandwichs ? tenta Simon sans trop y croire.

Il eut tout de suite la conviction d'avoir proféré une énormité. Derrière les lunettes et rendu plus effrayant encore par l'effet de loupe de verres aussi épais que des culs de bouteille, le regard dont le gratifiait la vieille femme mêlait avec beaucoup de subtilité courroux et stupéfaction.

– À cette heure-ci ? gronda-t-elle.

La remarque ne manqua pas de surprendre Simon qui osa un coup d'œil discret à sa montre. Il était midi et demi.

– Ben oui, confirma-t-il bêtement sans oser espérer que cela puisse plaider en sa faveur.

La vieille femme parut pourtant se résigner. Elle ébauchait déjà le geste d'appareiller pour entreprendre, dans l'autre sens, la longue navigation vers les entrailles de sa maison, lorsque parut lui venir à l'esprit l'idée de ce qui lui donnerait encore prétexte à refuser de le servir.

– Et qu'est-ce que vous boirez, avec ça ? demanda-t-elle sans savoir totalement dissimuler sa conviction qu'un client comme celui-là ne consommerait pas avec son sandwich.

– Une bière bien fraîche, osa pourtant Simon.

Résignée, elle disparut. Il s'installa à la table la plus proche et attendit... longtemps. Ce n'était pas rien, à ce qu'il paraissait, que de faire un sandwich et d'ouvrir une canette de bière. Le silence, toujours souligné par le vrombissement obstiné de quelques mouches, s'était tellement bien réinstallé que Simon finit par se demander s'il n'était pas en droit de se croire définitivement oublié. Il hésita suffisamment, heureusement, sur la réponse à apporter à cette question que son estomac proclamait essentielle, pour que, enfin, naisse à nouveau du fond de l'ombre le « pfuitt... pfuitt... » fatigué des charentaises sur le lino.

Le sandwich était d'une sécheresse quasi insupportable, la bière était chaude, mais les récriminations qui montaient déjà à la bouche de Simon furent prestement étouffées par le montant dérisoire de la somme que lui annonça fermement la vieille femme en se plantant au coin de sa table. Elle entendait, à l'évidence, que lui soit payé son dû avant totale consommation. Craignait-elle que cet étonnant client s'envole une fois repu ou entendait-elle prévenir de possibles reproches quant à la qualité de la prestation ? Simon se posa la question. Il préféra pourtant ne pas trancher. Il paya et en fut tout de suite récompensé par l'étonnant sourire qui fleurit aussitôt sur le vieux visage.

– Comme ça, vous êtes de passage ? fit mine de s'étonner la commère en ramassant prestement les pièces de l'appoint déposées par Simon sur le coin de la table.

– En quelque sorte, dit-il sans se mouiller.

– C'est bien, ça, commenta-t-elle sans le moindre à-propos. C'est vrai qu'on a un beau pays, surtout quand il fait beau.

Simon, plus occupé à mastiquer laborieusement son sandwich qu'à l'écouter, se contenta d'acquiescer du menton.

– Mais votre chien ! s'exclama-t-elle soudain comme si elle le découvrait.

Simon s'aperçut alors que le chien était effectivement assis, de l'autre côté de la rue, dans l'ombre d'un platane, langue pendante et regard vrillé sur la porte du café.

– Pourquoi vous ne l'avez pas fait entrer ? La pauvre bête, elle va mourir de soif. Si c'est pas un malheur !

Toujours tanguant sur ses charentaises éculées, elle partit en expédition derrière son bar d'où s'éleva bientôt le chant frais d'un robinet. « Si je m'étais pointé avec ce clebs, ne put s'empêcher de penser Simon, elle me foutait dehors ! »

Elle retraversait déjà la salle, tenant à pleines mains une bassine. Sa démarche chaloupée y éveillait des tempêtes dont les embruns jaillissaient parfois au-dessus du bord et venaient s'écraser sur le carreau sans qu'elle parût s'en inquiéter.

– Viens là, mon petit chien. Viens donc, glapit-elle en écartant maladroitement le rideau anti-mouches. Comment il s'appelle, ce chien ? continuait-elle. Viens donc, mon toutou...

L'autre, sur son trottoir, de l'autre côté de la rue, n'avait manifestement aucunement l'intention d'obtempérer. La langue, simplement, ne pendait plus. Il n'avait pas bougé d'un poil et pourtant tout indiquait en lui la réserve sinon la réprobation. Simon ne put s'empêcher de sourire. Il s'étonna même en s'avouant que, au fond, il aurait été déçu si le chien s'était précipité. Il se leva, alla prendre des mains de la vieille femme la bassine au fond de laquelle subsistait tout de même un peu d'eau.

– Laissez-moi faire, dit-il. Il a un drôle de caractère, vous savez, ce chien-là. Il faut que ce soit moi qui m'en occupe.

Il traversa la rue et vint poser la bassine à deux pas du chien. Celui-ci leva sur lui un regard attendri mais ne bougea pas pour autant.

– Vas-y, profites-en, lui suggéra Simon. Je viendrais bien trinquer avec toi, mais la bière est chaude, si tu savais !

Le chien eut un mouvement un peu lent de ses épais sourcils, comme de compassion.

– Bon, lui dit Simon. Je vais tout de même le finir, son sandwich. Ce n'est pas qu'il soit bon, mais enfin, il faut bien se sustenter. Je t'en rapporterai un morceau.

La langue réapparut brièvement et la queue, à deux ou trois reprises, balaya le trottoir.

Simon retraversa la rue avec l'étonnante conviction qu'il avait quelques questions à se poser. La vieille femme obturait toujours la porte. Elle n'avait rien perdu de la scène.

– Il n'a pas bu non plus avec vous, triompha-t-elle.

– C'est qu'il n'a pas soif, crut pouvoir répondre Simon en forçant le passage.

Son espoir de clore le débat par cette évidence tenait pourtant de la naïveté.

– Il a peut-être faim, alors ? s'inquiéta-t-elle en cédant juste ce qu'il fallait de place pour que Simon puisse se faufiler entre la porte et sa volumineuse personne.

– Ni faim ni soif, articula-t-il difficilement en même temps que, revenu à sa table, il entreprenait la difficile mastication d'une bouchée arrachée à son sandwich.

– Ben alors, fit la brave femme tout à coup alarmée, peut-être bien qu'il est malade...

Simon préféra couper court. Il parvint à faire passer ce qu'il mâchait d'une ultime et courageuse gorgée de bière, salua, remercia et sortit avec, à la main, le croûton promis au chien.

Exception faite d'une petite sieste qu'ils s'offrirent au pied d'un grand châtaignier, ils marchèrent encore tout l'après-midi. Rien de tel que la marche pour vous éclaircir les idées et laisser émerger les questions essentielles. Simon n'eut pas à se tourmenter beaucoup pour qu'elles lui viennent à l'esprit. Où allait-il ainsi ? Où trouvait-il un tel plaisir à marcher ? Pourquoi ce chien à ses pieds ? Pourquoi surtout la certitude, qu'il sentait bien ancrée en lui, de tenir à la sympathie de ce drôle de petit animal ?

Lui qui, en somme, ne s'était même jamais demandé s'il aimait les animaux ou pas, lui qui savait très bien l'horreur qu'il avait ordinairement de la marche, lui que lassait la campagne dès qu'il l'abordait, pourquoi se sentait-il si bien ? Simplement bien, sans autre commentaire possible, tellement bien qu'il allait, bon pas d'ailleurs, sans jamais hésiter aux carrefours, sans fatigue apparente et surtout sans parvenir à se concentrer suffisamment sur toutes ces questions pour que puissent s'ébaucher des réponses. Il n'en voyait pas la nécessité. Il lui apparaissait même que la manie de vouloir à toute force trouver une réponse à chaque interrogation était un de ces horripilants défauts de notre temps. Et si, pour une fois, il réagissait ? Mieux encore, si, pour une fois, il omettait de réagir, s'il se laissait aller à la douce incertitude des instants se suffisant à eux-mêmes ?

Il allait, voilà tout, et ne se souciait absolument pas de savoir ni pourquoi, ni comment, ni jusqu'où. Plus rien n'avait d'importance que d'aller et cela, tout l'après-midi, lui sembla bien.

Après avoir franchi des crêtes solitaires, suivi des vallées populeuses, traversé d'épaisses et sombres forêts, comme le soleil baissait sur l'horizon, ils abordèrent à une vaste contrée couverte de bois, d'herbages ceints de haies, et d'étangs innombrables qui, depuis le sommet des côtes, apparaissaient comme autant de morceaux d'azur éparpillés dans l'immensité verdoyante.

Ils allèrent encore. Les fragments d'azur se firent nuit. Puis, au faîte suivant, leur ombre parut avoir gagné les prés qui les environnaient. Encore une côte, en ce pays montueux, et, hormis quelques bois isolés, comme des îles, au sommet des collines que persistaient à caresser les derniers rayons du soleil, tout sombra dans l'uniformité grise du soir. C'était à peine si, par place, quelques éclats de jais trahissaient encore le miroir immobile d'un étang.

Alors, soudain conscient de l'étroitesse du monde nocturne qui se refermait sur lui, Simon se souvint qu'il existait. Il commença à se soucier de son corps, de ses jambes qui allaient si bien lorsqu'il les ignorait, de son dos dont il ne s'était jamais inquiété, de tout son être, enfin, dont il s'affola qu'il eût à affronter la nuit sans toit, sans couette, sans pyjama et même sans dîner...

Tout à coup, il fut très malheureux. Il s'arrêta net au milieu du chemin, considéra longuement les bois qui le bordaient, sur sa droite, puis les prés, au-delà des haies, sur la gauche. Son regard fila aussi loin qu'il le put dans l'ombre montante et il dut se faire une raison : rien, pas un toit, pas le moindre signe de vie qui pût lui faire espérer de renouer le contact avec ce qu'il est convenu de nommer le monde civilisé.

À ses pieds, patient, le chien s'était assis. Il attendait. Simon baissa les yeux. Leurs regards se rencontrèrent.

– Nous voilà dans de beaux draps, se plaignit Simon.

Cela ne parut pas être du tout l'opinion de son compagnon. L'œil plus vif que jamais, il fut saisi de cet étonnant trémoussement de tout son être par lequel il semblait traduire la plus haute satisfaction et qui donnait à son pelage des frémissements de sauce anglaise. La queue, elle, n'en finissait pas de balayer la poussière du chemin.

Simon en fut horripilé.

– Tu n'y comprends rien du tout, s'emporta-t-il. Tu t'en fiches, toi, de dormir à la belle étoile. Je me demande pourquoi je t'ai suivi...

Et puis soudain, il réalisa. C'était donc vrai que, depuis le carrefour du petit bosquet, il n'avait fait que suivre le chien. Celui-ci, pourtant, d'une rare discrétion, n'était pas du genre à gambader devant les gens et à prétendre leur imposer son choix de chemins. Il était bien rare qu'il dépasse le pas de Simon sur lequel il se réglait sagement.

Il n'en était pas moins convaincu. Cela lui devenait évident. C'était le chien et nul autre qui avait fait en sorte que pas une seule fois il n'avait hésité lorsque le choix s'était offert de plusieurs directions possibles. Sans qu'il parvienne à comprendre comment, Simon était maintenant certain que le chien l'avait conduit.

Vers où ? Vers quoi ? Vers qui ? Il était bien temps de se poser toutes ces questions. La nuit s'épaississait autour d'eux. À la fatigue qui le terrassait soudain, s'ajoutaient l'inquiétude des heures à venir et la colère de s'être fait berner. Il prétendit se révolter.

– Bon, maintenant ça suffit, décréta-t-il au nez du chien stupéfait. Tu peux aller où tu veux, je ne te suis plus. C'est tout de même trop bête, cette histoire-là !

En prononçant ces mots, il réalisait déjà combien ils étaient injustes, personne, pas même le chien, ne l'ayant contraint à cette journée de simple bonheur.

Il eut conscience d'être seul et le bouillon de sa colère, en perdant son objet, se mua sur l'instant en frisson d'angoisse. Il se retourna, fouilla l'ombre du regard. Il dut se rendre à l'évidence : le chien, le prenant au mot, avait disparu.

7

En se massant les reins à deux mains et en grimaçant de douleur, Simon s'éloigna de la souche sur laquelle il s'était longuement laissé aller à un accès de vaine compassion à l'égard de lui-même.

Certes, il était malheureux ; certes, il avait mal partout ; certes, dès lors qu'il avait prétendu raisonner, il n'avait plus rien compris à l'aventure dans laquelle il s'était laissé entraîner, mais tout cela ne changeait rien au fait qu'il était seul au milieu de nulle part. Il avait conscience de son incapacité à prendre la moindre résolution et n'avait aucune idée de la façon dont il allait pouvoir survivre à cette nuit de ventre vide et d'inconcevable manque de pyjama, de couette et même de toit !

Il ne pouvait pas rester là, mais où aller ? Sans trop y réfléchir et peut-être simplement pour conjurer la fraîcheur qui montait, il reprit sa marche. L'idée ne lui vint même pas à l'esprit de rebrousser chemin. De toute façon, il savait pertinemment les kilomètres qu'ils avaient parcourus depuis le dernier lieu habité. Il y en avait tant qu'il pouvait légitimement nourrir l'espoir que cet interminable chemin finirait sans trop tarder par aborder à l'autre rive de ce désert.

Mais il avait mal aux jambes... Il eut beau faire, il ne pensa bientôt plus qu'à cela. Il finit même par s'identifier à cette douleur et à ne plus aller que pour mieux la sentir et sentir les progrès qu'elle faisait dans ses cuisses, dans ses reins, dans ses épaules. Il n'était plus que douleur, perdition, colère et cela, paradoxalement, lui donnait l'énergie de continuer, éperdument raccroché au droit que lui conférait toute cette misère, pensait-il, d'être récupéré, sauvé, choyé et glorifié par les premiers humains à l'huis desquels il ne manquerait pas d'aller cogner, dès que l'opportunité se présenterait.

Il se trouva que le pays qu'il courait si douloureusement était d'une nature particulièrement inhospitalière, à moins que l'ombre de la nuit n'ait été mise à profit par les quelques fermes, qui devaient bien s'y disséminer, pour mieux se dissimuler derrière les haies et au creux des vallons. Simon, comme il le crut, marcha-t-il des heures durant dans l'obscurité la plus complète, ou bien l'absence totale de référence le lui fit-elle croire ? Il ne lui en parut pas moins, lorsque la lune se leva, qu'il sortait de l'enfer, les flammes en moins.

Tout aussi brillante que la nuit précédente, elle jaillit presque brutalement, légèrement sur sa gauche, de derrière une modeste éminence ébouriffée de taillis que sa vive lumière blanche rendit quelques instants semblables à d'étonnantes estampes. Puis elle s'éleva dans le ciel, les rendant à leur ombre anonyme. Elle se dégagea majestueusement du fouillis de la terre et adressa à Simon le même large sourire dont elle l'avait encouragé, la veille, à franchir le portillon du jardin. Il n'était pas d'humeur à apprécier.

– C'est malin, grogna-t-il. Voilà où j'en suis, maintenant.

Il allait se vouer, une fois de plus, à la contemplation attentive de toutes ses misères lorsque la lune, bonne fille, parut darder tous ses rayons disponibles sur un point précis au bord du chemin. L'effet était étonnant. Il venait d'entrer sous le couvert d'un petit bois que la lumière lunaire atteignait de façon très diffuse. Cela rendait plus vif encore le contraste avec cette tache, là-bas, en bas de la côte sur laquelle un phare semblait braqué.

Intrigué, Simon, en avançant péniblement, n'en détachait plus le regard. Il comprit ainsi qu'il s'agissait d'une sorte de petite clairière ouverte autour d'un carrefour. S'approchant encore, il put distinctement discerner le chemin qui divergeait là du sien par la droite. Mais il y avait quelque chose, au milieu de ce chemin, sur quoi toute la lumière de la lune semblait se concentrer et dont il ne parvenait pas à distinguer la nature. Il fallut qu'il atteigne presque cette étonnante illumination pour comprendre enfin.

Très raide, très grave, le chien attendait en le regardant approcher.

– Encore toi ? ne put s'empêcher de grogner Simon. Qu'est-ce que tu me veux encore ?

Pour toute réponse, le chien se leva, lui montra son derrière et, très digne, la queue relevée en panache, se déhanchant un peu au rythme de ses pas dansants, il s'éloigna. Simon crut qu'il le fuyait. Il en fut à la fois désolé et exaspéré.

– Allez, casse-toi ! proclama-t-il bêtement sans rien en penser. On s'est assez vus, ajouta-t-il même, méchamment.

Le chien s'arrêta, tourna la tête vers lui, le dévisagea quelques instants, puis, très lentement, sans le quitter des yeux, reprit sa marche.

– Bon, tchao ! J'ai autre chose à faire que de te regarder jouer au clown, dit Simon.

Et, l'air résolu, il reprit sa marche sur le chemin qu'il suivait depuis si longtemps. Il n'eut pas fait trois mètres qu'un aboiement enjoué retentit. S'arrêtant à nouveau, il fit mine de détourner les yeux à regret. Derrière quelques herbes du bas-côté, au beau milieu de l'autre chemin, il voyait parfaitement le chien sur lequel il semblait que la lune s'échinait à déverser le plus de lumière possible. Au point que jamais, depuis qu'ils s'étaient rencontrés, sous les épais sourcils en bataille, Simon n'avait vu briller son regard avec autant d'intensité, et jamais la langue pendante ne lui avait paru d'un si beau rose.

Comment, dans un simple et très bref aboiement, pouvait-on mettre autant de conviction ?

– Et cette fois-ci, tu vas m'emmener où ? demanda Simon qui ne voulait pas encore admettre que l'autre avait gagné.

Il y eut, sur le chemin, là-bas, derrière les herbes du bas-côté, sous le projecteur de la lune, un de ces prodigieux ondoiements de toute la toison, depuis le bout des moustaches jusqu'à celui de la queue, qui fit comprendre à Simon qu'il n'y échapperait pas. À quoi bon insister ? Deux gestes et un regard de cet étrange animal avaient plus de pouvoir de persuasion qu'une douzaine d'hommes politiques réunis ! Et puis après tout, au point où il en était, perdu pour perdu...

– C'est bon, abdiqua-t-il. Mais, cette fois, tâche de me sortir de là.

Cette fois, le chien ne se contentait plus de se tenir modestement au pied de Simon. Il trottinait devant lui, visiblement imprégné de son importance, et contrôlait de temps à autre, d'un rapide coup d'œil, qu'il était bien suivi. Ils n'allèrent d'ailleurs pas loin. Très vite, entre les arbres, Simon vit scintiller la surface d'un étang. La lune, comme si elle était satisfaite de la tournure des événements, y reflétait avec beaucoup de douceur son perpétuel sourire.

Simon perdit le sien, ou du moins le peu qui lui en était revenu, en constatant que le chemin qu'ils suivaient se terminait tout bonnement en plongeant dans l'étang. Il s'arrêta net à quelques mètres de l'eau et ne cela plus la colère que lui inspirait en fait son désespoir.

– Non mais, tu te fiches de moi, ou quoi ? interpella-t-il le chien. Tu vas me faire tourner en rond comme ça jusqu'à quand ? Tu cherches à me perdre, oui, c'est ça. Tu m'as bien eu, avec tes airs trop aimables pour être tout à fait honnêtes.

Il ne parvenait pourtant plus à se résoudre à faire demi-tour. Il n'en pouvait plus et n'entrevoyait plus la moindre solution. Plus rien n'avait d'importance que sa fatigue et la furieuse envie qui le prenait de se laisser tomber là, à la place même où il se trouvait, et de renoncer, une fois pour toutes.

Il n'avait même pas remarqué que le chien, en atteignant le bord de l'eau, avait bifurqué sur un petit sentier qui se faufilait entre les arbres. Ce fut la plainte très douce qu'émit l'animal qui finit tout de même par attirer son attention.

– Quoi ? dit-il. Qu'est-ce que tu veux encore ? Ça mène où, ce truc-là ?

Comme il n'avait pas d'alternative, il suivit le chien. Au plus près de la berge, le sentier se faufilait entre les troncs lisses des bouleaux et des vernes. La surprise de Simon n'en fut que plus grande lorsqu'il butèrent presque sur ce qui avait toutes les apparences d'une construction. Autant qu'il puisse en juger, alors que la lune commençait à se laisser manger par la futaie, de l'autre côté de l'étang, il s'agissait d'une petite maison aux murs de bois. Une toute petite maison bâtie si près de l'eau qu'on ne pouvait y accéder que par une sorte de terrasse sous laquelle on entendait le clapot tranquille d'une infime houle.

Le chien, apparemment débordant de joie, était déjà sur la terrasse, frétillant d'impatience. Simon, à tout hasard, le suivit. Il n'eut que le temps, en dépassant le coin de la bâtisse, de voir le petit animal sauter vivement jusqu'au bec-de-cane d'une porte qui n'en demanda pas plus pour s'ouvrir toute grande.

Un gîte ! Simon, que plus rien n'intéressait que sa fatigue, aurait voulu y croire. Que pouvait-on pourtant espérer d'une si petite maison ? Le chien s'y était engouffré. Plus résigné qu'autre chose, Simon le suivit. L'obscurité, là-dedans, était totale. Par habitude, sa main glissa le long du chambranle. À sa plus grande surprise, elle rencontra un interrupteur. Il l'actionna et dut aussitôt fermer les yeux tant l'éblouit la lumière qui jaillit d'une ampoule nue, pendant du plafond.

Certes, c'était une miniature de maison, mais il ne lui manquait rien. S'il fallait quelque peu se glisser autour de la table et des quatre chaises pour en atteindre le fond, il y avait dans un angle une minuscule cuisine, parfaitement équipée. À quoi aurait servi, d'ailleurs, sans cela, toute la vaisselle qui garnissait les étagères ? Il y avait même un réfrigérateur et puis, surtout, divine surprise, dans l'angle opposé à la cuisine, un lit ! Oh ! un petit lit, un lit de camp ou quelque chose de similaire, mais ce n'en était pas moins un lit que recouvrait, soigneusement tirée, une couette épaisse à l'appel de laquelle Simon, pas un seul instant, ne pensa à rester sourd !

Il tira la porte derrière lui, éteignit la lampe, oublia sa faim et, tout habillé, à peine délesté de ses chaussures, il vint se glisser avec délectation sous cette couette inespérée.

Dans l'ombre, sur le paillasson, le chien se roula en boule et, avant de s'endormir, regretta tout de même qu'on n'ait pas eu l'idée de le remercier...

8

– Bien dormi ?

Simon fit prestement un bond en arrière. Il venait de se réveiller et il lui avait fallu cinq bonnes minutes pour rassembler les éléments de nature à lui faire comprendre ce qu'il pouvait bien faire sous cet édredon si confortable, dans cette pièce minuscule qu'illuminaient les rayons du soleil entrant à pleines brassées par la porte et la fenêtre grandes ouvertes. Il s'était levé et, prudemment, s'était avancé jusqu'à celle-ci. Il n'avait même pas remarqué son existence lorsqu'il était arrivé, dans la nuit.

Un homme était installé sur la terrasse. Assis sur une chaise blanche, il tournait le dos à Simon. Il se tenait contre la balustrade. Il pêchait !

– Bien dormi ? répéta-t-il sans quitter sa ligne des yeux.

Simon, adossé à la table, ne savait plus où se mettre. L'autre, probablement intrigué par ce silence, finit par admettre de perdre de vue quelques instants son bouchon et se retourna lentement. Son regard clair et souriant rassura quelque peu Simon.

– Alors ? insista-t-il. Pas confortable, mon lit ?

– Oh, si, bredouilla Simon. Très confortable. Mais c'est que...

L'homme sans se départir de son sourire engageant, se contenta de lever un sourcil interrogateur.

– Il faut m'excuser..., commença Simon.

Au risque d'effrayer sa friture potentielle, le pêcheur eut, de la main, un geste d'indifférence.

– De quoi ? dit-il. L'essentiel, c'est que tu aies passé une bonne nuit. Tu vois, ma bicoque, jamais je ne la ferme. C'est pour ça. D'ailleurs, elle n'a pas de serrure. Tu es entré. Tu as bien dormi. On va tailler une petite bavette. J'adore ça. Et puis on continuera notre chemin, chacun de son côté. Ce n'est pas beau, ça ?

Simon en convenait, mais il ne parvenait pas à dépasser la gêne que lui procurait le fait d'avoir été pris ainsi en flagrant délit de squat !

– C'est que, tout de même..., insista-t-il maladroitement.

– Allez, oublie donc ça, l'interrompit l'homme en s'intéressant à nouveau à son bouchon. Prends une chaise et viens t'asseoir là. Tu vas voir si on est bien.

Puis, tout à coup, il sursauta. Sans le moindre ménagement pour sa ligne, il se retourna vivement. Il avait l'air grave, presque inquiet.

– Ah oui ! il faut que je te dise. Ton clebs : quand j'ai ouvert, ce matin, il a filé. Ce n'est pas trop grave, j'espère ? Tu crois qu'il va revenir ?

Le chien ! C'était à peine si Simon y pensait encore.

– Oh, le chien..., dit-il avec indifférence.

Il enfilait ses chaussures, constatait qu'il avait une faim de loup et se demandait déjà comment il allait pouvoir échapper à cette conversation qui ne le tenterait pas tant qu'il sentirait son estomac clamer haut et fort sa vacuité.

– Viens donc, insistait pourtant le pêcheur. Viens profiter du matin. J'en ai rarement vu d'aussi beau.

Il fallait obtempérer. Simon, faute d'avoir trouvé une

autre solution, dut se résoudre à se saisir du dossier d'une chaise et à la traîner sur la terrasse. C'était pourtant vrai qu'il faisait étonnamment doux et clair. Encore fallait-il être en état d'apprécier. Tout aussi attentif aux récriminations de son estomac qu'il l'avait été, la veille, aux diverses manifestations de sa fatigue, Simon s'installa avec raideur, le regard sombre et quelque peu vindicatif planté loin devant lui, dans l'épaisseur des frondaisons, de l'autre côté de l'étang.

– Eh ben, fit le pêcheur en affichant les signes de la plus grande stupéfaction, tu ne casses pas la croûte ? Ne me dis pas que tu es de la race de ces Parisiens qui attaquent la journée sans rien dans le ventre. Moi, je dis que, ces gens-là, rien à faire, ce sont des pisse-froid ! Tu n'es pas de mon avis ?

– Oui, bien sûr, je suis tout à fait d'accord avec vous, bredouilla Simon dont le ventre poussait de véritables hurlements. Mais c'est que je ne voudrais pas...

– Billes en bois ! s'exclama l'homme. C'est que tu n'as pas osé ! Qui c'est qui m'a fichu un empoté pareil ? Il y a du café dans une boîte, du chocolat dans une autre, du lait et du beurre dans le réfrigérateur, du sucre, du pain et de la confiture dans le coffre. Tu vas te débrouiller tout seul. Tu vois bien que je suis occupé !

Pour mieux le prouver, il secouait sa ligne avec la dernière énergie, provoquant, à la surface de l'étang, de beaux remous en cercles, autour du bouchon qui ne risquait plus de voir de poisson avant longtemps.

– Tiens, ajouta-t-il, sans te commander, si tu m'apportais du même coup une tasse de café, tu me ferais bien plaisir.

Comme Simon, intimidé, ne savait pas quelle contenance prendre, il finit tout de même par se résoudre à lâcher sa canne à pêche. Il la bloqua sans ménagement dans la balustrade, laissant le bouchon, à quelques mètres de la berge, libre de flotter à sa guise. Manifestement, le discours qu'il entendait tenir à Simon avait la préséance sur ses occupations halieutiques.

– C'est vrai, je ne t'ai pas dit, attaqua-t-il comme on s'excuse. Ici, tu es dans le domaine d'un pêcheur.

Simon avait cru s'en être aperçu, mais, honnêtement, il ne voyait pas ce que cela changeait fondamentalement à sa faim et aux scrupules qu'il avait à l'éteindre aux frais de ce brave homme dont il avait occupé le lit sans droit.

– Un pêcheur ! insista pourtant son interlocuteur. Viens, ça m'a donné les crocs, tout ça. On va préparer le déjeuner en causant.

Simon le suivit dans la cabane.

– Prépare donc le café pendant que je fais griller quelques tartines. Tu aimes, au moins ?

Sans se soucier de la réponse de Simon, il s'activait déjà.

– Un pêcheur ! répéta-t-il une troisième fois. Et un pêcheur, ce n'est ni un chasseur ni un éleveur, et encore moins un agriculteur.

Il ponctua cette évidence d'un petit geste énergique du menton. Ah, mais ! Perplexe, Simon préparait le café en attendant de voir venir.

– Ça t'étonne, hein ? ce que je viens de dire, jubila l'homme.

– Ben..., se contenta de commenter Simon.

– Bon, commençons par le début, décréta l'homme dont il était évident qu'il aimait l'ordre, le sien, et qu'il jubilait littéralement à l'idée d'en faire partager toutes les subtilités à Simon.

– Voilà, dit-il, moi, c'est François. Habituellement on

m'appelle Freddy ; tu n'as qu'à en faire autant. Et toi ? Simon ? C'est bon. Comment tu es arrivé là, comment tu as trouvé ma cabane, pourquoi tu préfères y dormir plutôt que chez toi ou à l'hôtel, pour te dire, je n'en ai rien à faire. Si ce genre de questions me turlupinait, je ne laisserais pas ma porte ouverte, c'est évident. Je te l'ai déjà dit : moi, je suis pêcheur, alors...

Et de quatre ! Cette fois, Simon réagit. La curiosité fut la plus forte. Laissant dangereusement planer la cuillère pleine à ras bord de café au-dessus du filtre, il leva sur le dénommé Freddy un regard étonné.

– Et c'est parce que vous êtes pêcheur...

L'autre coupait avec énergie d'énormes tartines dans un gros pain blanc.

– D'abord, précisa-t-il une nouvelle fois, ici, les « vous », les « monsieur », on ne connaît pas. Tu me tutoies, comme je te tutoie, et ça va bien. D'accord ? Bon. Qu'est-ce qu'on disait ? Ah oui... pêcheur ! Bien sûr que ça change tout ! Un pêcheur, c'est d'abord quelqu'un de pacifique, il n'y a pas à en revenir.

Simon, à vrai dire, nourrissait en la matière quelques préjugés légèrement divergents. Cela dut se voir à la grimace qu'il osa en se décidant enfin à verser sa cuillère de café dans le filtre.

– Tu n'es pas de mon avis ? s'inquiéta Freddy en interrompant quelques instants sa frénétique découpe de tartines.

– Ben, hasarda Simon, je me dis que, peut-être, si les poissons savaient crier...

– À la bonne heure ! s'enthousiasma Freddy de façon totalement inattendue.

– Alors, pourquoi tu pêches ? se fourvoya Simon.

Les allées et venues frénétiques du couteau à pain avaient repris.

– Ce n'est pas ce que j'ai voulu dire, rectifia Freddy. Non, je dis à la bonne heure parce que tu te décides à donner ton avis, à discuter. J'adore la discussion.

De temps à autre, une tartine grillée à point jaillissait du grille-pain. Freddy la remplaçait prestement par une tranche fraîche.

– Tu ne crois pas que tu en fais de trop ? s'inquiéta Simon en considérant la pile impressionnante de toasts qui garnissait le centre de la table.

– Tu n'as pas faim ? s'étonna Freddy. Moi, j'ai la dalle. C'est que ça creuse, la pêche.

– Ah bon, se contenta de dire Simon.

– Tiens ! renchérit Freddy. Viens donc manger pendant que c'est chaud. M'est avis que tu as une vue tout à fait partielle de ce que peut être la pêche.

En s'installant à la table, Simon ne put ni ne chercha d'ailleurs à dissimuler la moue dubitative que lui avait inspirée l'opinion émise par Freddy.

– Je le vois bien, insista ce dernier. Pour toi, la pêche, c'est quoi ? Le passe-temps un peu ringard, un peu « beauf » de quelques clampins de mon espèce, qui ne savent rien faire d'autre de leurs dix doigts et de leur matière grise. Toi, dans ton genre, à ce que je vois, tu serais bien du style intello. Non, non, ne dis pas le contraire. Et puis, de toutes les façons, tu ne sais pas ce que je pense. Intello, pour moi, ça ne veut pas dire nécessairement obtus ! Peut-être que, en fin de compte, tu vas la comprendre, ma façon de voir la pêche.

Il cherchait évidemment à s'en persuader et ne développait tant de commentaires que pour se donner le courage de se jeter à l'aventure d'une laborieuse démonstration. Simon, à force, finissait par s'impatienter que tant de circonvolutions lui soient nécessaires pour en venir aux faits.

– La pêche, après tout, laissa-t-il tomber d'un ton un peu dédaigneux, ce n'est jamais que la pêche. Je ne vois pas...

Il avait tout de même vu juste. Freddy trouvait enfin la contradiction qu'il attendait pour pouvoir se jeter à l'eau.

– Alors, là... Alors, là, en bafouilla-t-il, je t'arrête ! Là, je t'arrête. D'accord, la pêche, c'est la pêche. Il n'y a pas à en revenir. Sauf...

Et il leva au ciel un index comminatoire.

– Sauf si on réfléchit un peu, assena-t-il. C'est quoi, la pêche ? Hein, je te le demande : c'est quoi, la pêche ? C'est l'action d'aller piéger dans l'eau des poissons pour s'en nourrir. Vrai ou faux ? Sauf que, maintenant, on continue de pêcher alors que ce n'est évidemment plus par besoin de se nourrir. Vrai ou faux ?

– Comme la chasse, crut bon de l'interrompre Simon.

Freddy eut de la main un geste vif comme pour chasser cette idée encombrante.

– Ne m'embrouille pas, tu veux ? Tu n'as pas tout à fait tort, mais ce n'est pas la même chose tout de même. Laisse-moi venir ; tu comprendras. Bon. Partant de là, il y a deux façons d'envisager la pêche. Celle des beaufs et l'autre... la mienne ! La première, au fond, il n'y a pas grand-chose à en dire. Les mecs, ils s'installent sur un coin de rivière comme si c'était chez eux et ils disent : « Tout ce que j'attrape, c'est à moi. » Bon, moi je veux bien, mais après, qu'est-ce qu'ils ont de plus ?

– Ce qu'ils attrapent, justement !

– Ils iraient chez le marchand de poisson que ça ferait le même effet. Alors que moi...

Il en jubilait manifestement. Tout en engloutissant un

nombre colossal de tartines, il prenait un malin plaisir à faire durer ses effets.

– Alors que toi ? consentit Simon pour qu'enfin l'autre veuille bien en venir aux faits.

Une marée de bonheur simple parut submerger le regard que Freddy posait sur Simon. Il n'en prit pas moins le temps de finir d'avaler son dernier croûton, se frotta énergiquement les mains pour donner aux mots le temps de se mettre en place, puis il se lança.

– Tu vois, attaqua-t-il, depuis des années que je pêche, ça ne me satisfaisait pas, cette histoire-là. Je me disais que, au fond, je me donnais des tas de bonnes raisons pour justifier un geste qui ne correspondait plus à rien. Avec le temps, il avait perdu toute signification. Et puis, un jour que je pensais à tout ça, l'idée m'est venue de me dire qu'il fallait que j'essaie de me mettre le plus possible dans la peau de ceux qui ont inventé la pêche. Les hommes du temps jadis, quoi. Ça n'avait rien d'une partie de plaisir, pour eux. Ils faisaient ça comme on va à l'usine ou au bureau aujourd'hui, pour gagner leur croûte.

» Oh, je sais bien, je ne vais pas redevenir comme eux. Je ne suis pas autrement que les autres, moi. J'ai un boulot, j'ai une femme, des enfants, des traites à payer pour la bagnole, la machine à laver et tout le reste. Je ne vais pas me remettre à vivre comme on vivait en ces temps-là. Mais tout de même ! Je me suis dit que ces gens-là, ils devaient avoir une façon d'être, une philosophie si tu veux, qui n'était pas comme la nôtre, et qu'il suffirait peut-être de la retrouver pour redonner un sens à ces moments qu'on passe à taquiner le goujon.

» Alors, je me suis renseigné, j'ai lu des livres, j'en ai parlé avec des gens qui savaient. Et je me suis souvenu du temps où j'étais en Afrique. Eh oui, je sais, à me voir comme ça, on ne croirait pas, mais j'ai bourlingué, moi, j'ai vécu ma vie. À une époque, il y a bien longtemps, j'ai travaillé comme bûcheron pour une grande société au Gabon. On était quelques Européens, tout le reste c'étaient des indigènes. Ils venaient travailler quand ça leur chantait et on savait qu'il ne fallait surtout rien laisser traîner. Pour nous, c'était simple : ils étaient fainéants et voleurs, il n'y avait pas à en revenir. Au début, je n'étais pas autrement que les autres. Je disais tout pareil qu'eux. Ces pauvres Noirs, je les méprisais. Et puis, un jour, tout de même, j'ai accepté d'en suivre un qui m'avait à la bonne, je ne sais pas trop pourquoi, et qui voulait absolument m'inviter chez lui.

» Mon gars, tu ne peux pas savoir comme j'ai été bien reçu. Il n'y a pas de mots pour décrire ça. Comment tu veux comprendre un accueil comme ça ? Une pareille gentillesse, ça n'existe pas chez nous. J'ai passé quatre jours, je m'en souviens bien, dans sa case, avec toute sa famille, dans un village de pêcheurs, au bord d'un fleuve large comme une mer. J'y suis revenu, souvent même. Et toujours le même accueil. J'étais jeune, en ce temps-là. J'ai pris tout ça comme ça venait, sans trop me poser de questions. Et puis je suis rentré en France et je n'y ai plus trop pensé.

» Ce n'est que là, quand je réfléchissais au sens de la pêche, que ça m'est revenu à l'esprit. Ce sont les livres que j'ai lus et tout ce qu'on m'a dit qui m'a mis la puce à l'oreille. Et tu sais ce que j'ai trouvé ? Au fond, c'est tout simple. Ils étaient bien plus malins que nous, ces gens-là. Ils ne s'embêtaient pas la vie. Ils ne possédaient rien. Ce qui est à moi est à toi ; ce qui est à toi est à moi. Pas d'individu : le groupe. L'idée même de propriété n'était pas encore inventée.

» Nous traitions de fainéants des gens qui n'avaient

aucune raison de s'échiner au travail puisqu'ils n'avaient aucun besoin. Et comment pouvaient-ils comprendre la notion même de vol puisque celle de possession n'avait pas plus de sens pour eux ? Pourquoi veux-tu que ces gens-là se chamaillent entre eux ou qu'ils se battent quand les quelques sous qu'ils venaient de gagner occasionnellement sur nos chantiers suffisaient largement à compléter le nécessaire que leur fournissaient la pêche et la cueillette ?

– C'est le paradis sur terre que tu me décris là !

– Eh ! Peut-être bien qu'il y a un peu de ça. Mais, attention ! Ne le voit et ne l'apprécie que celui qui veut bien s'en donner la peine et qui ne lui demande rien de plus que ce qu'il est. Donne le goût du confort, des bagnoles, de la télé et de tout le reste à mes négros et c'est foutu : ils ne le voient plus, ils ne le sentent plus, leur paradis sur la terre.

– Et toi, tu voudrais le retrouver avec le confort, la bagnole et le grille-pain en plus ?

Freddy émit un petit rire gêné. Il ne devait pas trop apprécier que Simon insiste ainsi sur ce qu'il savait bien être les failles de son raisonnement.

– On peut dire comme ça, admit-il tout de même. Mais, tu vois, tout ça, ça m'a fait réfléchir. Tiens : les émigrés ! On en dit, à leur sujet ; on leur en met, sur le dos. Et, à l'occasion, ni plus ni moins que mes braves indigènes de jadis, on y va des épithètes de voleurs et de fainéants.

» Et si c'étaient eux qui avaient raison ? Ce qui est à moi est à toi ; ce qui est à toi est à moi. On en crève de trop vouloir posséder ! On n'a pas la même culture, voilà tout. Et moi ce que je dis, c'est que c'est la nôtre qui a dévié. À l'origine, on n'était pas différents d'eux. Désolé, mais c'est en créant l'agriculture qu'on a inventé la guerre. Alors là, oui, quand il s'est agi de défendre son lopin de terre ou de jalouser celui du voisin, ça en a fait des prétextes à prendre les armes ! Et puis, après, une fois qu'on a eu le doigt dans l'engrenage, on en a toujours voulu plus. Mais avant ? Pourquoi veux-tu ?

– C'est bien ce que je dis, prétendit s'obstiner Simon : c'est comme la chasse.

– Tsitt ! Tsitt ! siffla Freddy. La chasse, c'est tout de même pas la même chose. D'accord, tant que les hommes n'ont été que chasseurs, pêcheurs et cueilleurs, ils n'avaient aucune raison d'inventer la guerre. N'empêche que la chasse, c'est pas comme la pêche. C'est tout en force, tout en brutalité, la chasse. Alors que la pêche ! C'est tout en finesse, en subtilité. Ce n'est pas d'être plus fort qui compte, à la pêche. Tu as déjà vu, toi, un pêcheur en tenue camouflée de para-commando ? Non, ce qui compte, à la pêche, c'est d'être plus malin. C'est tout de même mieux, non ?

Simon en convint. Il ne voyait pourtant pas encore où voulait en venir Freddy. Pour l'heure, celui-ci, l'œil béat, finissait son pantagruélique petit déjeuner en dégustant son café au lait à petites lampées gourmandes. Il tenait son bol à deux mains et, le regard dans les nuages, il semblait y lire un tas de félicités.

Ils restèrent un long moment silencieux. C'était pourtant bien vrai qu'il y avait dans l'air une sérénité à laquelle Simon se dit qu'il n'avait jamais goûté. De là à en attribuer tout le bénéfice aux raisonnements de Freddy, il y avait une marge que son froid cartésianisme n'envisageait même pas de franchir. C'était parce qu'il faisait bon, parce que le lieu était calme, parce que la situation avait quelque chose d'exceptionnel... Mais ce n'était évidemment pas parce que... Parce que quoi, au fait ?

– Alors ? reprit Simon.

Freddy parut tomber des nues.

– Alors quoi ? s'étonna-t-il.

– Eh bien, cette philosophie des hommes de l'âge de pierre ?

Quand il voulait, le visage de Freddy était capable de s'illuminer d'un sourire véritablement angélique.

– Ah oui, bien sûr, la philosophie des pêcheurs !

Il ne semblait plus pressé de parler. Peut-être lui suffisait-il d'avoir exprimé sa façon très pure et très simple de voir les choses. Il considéra pourtant Simon un long moment avant de réaliser qu'il lui fallait bien revenir sur terre et donner quelques explications supplémentaires.

– C'est pourtant simple, admit-il enfin. Depuis ce temps-là, tu ne peux pas savoir ce que je suis heureux à la pêche.

– Ah bon ? s'étonna Simon. Et pourquoi donc ?

– Ce n'est pas pour ce que je prends de poisson ! rit Freddy en ignorant la question. Une fois de temps en temps, il y en a un qui doit avoir des goûts de suicide. Ou alors, peut-être qu'il se dévoue, pour me faire plaisir ! L'erreur, en fait, c'est de venir à la pêche pour le poisson. Qu'est-ce qu'on en a à faire, du poisson ? Je te le dis : j'irais chez le poissonnier, ce serait la même chose.

Cette fois, Simon n'y comprenait évidemment plus rien.

– Alors, c'est pourquoi, la pêche ? s'étonna-t-il.

Freddy parut hésiter. Il avait un drôle de sourire un peu narquois et, une fois de plus, il ignora la question.

– Alors, voilà, reprit-il. J'ai choisi de construire cette cabane. Pas mal, hein ? Ah, j'y ai mis du cœur, tu peux me croire. Et puis, ça n'a pas été facile. Il a bien fallu que j'achète ce bout de terrain. Tu remarqueras que ça commençait mal : c'était juste en contradiction avec ce que je venais de découvrir. Rien de mieux que de posséder pour être malheureux. Tu as toujours peur de perdre, ou alors tu voudrais mieux. Enfin, il a bien fallu que j'y passe. Après, il a fallu que je me batte pour qu'on m'amène l'électricité. Ça m'a coûté la peau des fesses, ce truc-là. Qu'est-ce que tu veux, tant que ce sera comme ça, tant que tout sera basé sur la possession, il faudra bien en passer par là. Seulement, ma cabane, il y a une chose qu'elle n'a pas et qu'elle n'aura jamais. Tu le sais bien, d'ailleurs, puisque tu es là.

Simon ne voyait pas. Il le confirma d'une moue étonnée.

– Tu n'as pas eu trop de mal à pousser la porte ! expliqua Freddy. Voilà la différence. J'ai construit une cabane la plus parfaite possible, avec le grand confort, tout, mais je ne lui ai pas mis de serrure !

Il semblait parfaitement satisfait de sa démonstration, mais son large sourire triomphant n'avait d'égal que la perplexité qu'il pouvait lire dans le regard de Simon.

– C'est pourtant simple, dit-il sur le ton suffisant de celui qui sait. À quoi ça aurait servi, tout ça, si j'avais fait comme les autres, si j'avais mis une serrure, un verrou, des sécurités, des alarmes et tout le bataclan ? À rien, sauf à faire comme tous ceux-là, à vivre dans la trouille qu'on vienne les forcer, tous mes trucs, juste pour pouvoir dire que là, c'est à moi et pas aux autres. Moi, j'ai fait l'inverse. Je n'ai pas fermé. Déjà, comme ça, je ne risquais pas qu'on casse tout. Et puis, surtout, plutôt que de craindre, il me restait à espérer. Ce n'est pas beau, ça ?

Simon avait beaucoup de mal à suivre. Il sentait bien

qu'il y avait une logique derrière tout ça, mais il ne parvenait pas encore à en discerner les contours.

– Il me restait à attendre, bien peinardement, expliqua Freddy. Comme à la pêche, sauf que, là, ce n'était pas de poisson qu'il s'agissait.

Enfin, Simon crut entrevoir la vérité.

– Sauf que, en somme, le poisson, c'était moi, quoi ?

Freddy éclata de rire. Un bon rire jovial, sans fioriture ni retenue. Il était aux anges.

– Toi ou un autre, modéra-t-il. Tout ce qui compte, c'est le résultat. Tu as compris, maintenant ? Tout ce qui est à moi est à toi ; tout ce qui est à toi est à moi. Ça m'aura pris du temps, mais j'y serai tout de même arrivé. Te voilà chez toi, mon gars. Pour le temps que tu voudras. Et quelque chose me dit que, du temps, tu en as à revendre. Pas vrai ? Comme qui dirait, nous voilà les deux premiers d'une nouvelle société. Ce n'est pas rien, ça, non ? La société des gens qui ne possèdent rien et qui ont la terre entière pour eux ! Qu'est-ce que tu en dis, de ça ?

9

– Et ton clebs ? Ça n'a pas l'air de t'inquiéter de ne pas le voir revenir ?

Le soir tombait. La surface de l'étang, après avoir flamboyé sous les ricochets des derniers rayons obliques du soleil, depuis que celui-ci avait chaviré derrière les frondaisons, était un miroir d'ombres frissonnant à peine, par instants, lorsqu'un poisson, d'un mouvement vif, effleurait la surface.

Le bouchon de la ligne de Freddy n'avait guère quitté l'eau de toute la journée. De temps à autre, par habitude, d'un geste ample, il le ramenait au bord, histoire de contrôler que l'appât y était toujours accroché. Cela étant fait, toujours aussi mécaniquement, il le renvoyait prestement d'où il venait et ne s'en préoccupait plus. Au fil des heures, il y avait bien eu quelques alertes. Freddy avait réagi avec tant de désinvolture que c'était à croire qu'il ne voulait pas se résoudre à faire souffrir l'imprudent s'intéressant de trop près au vermisseau dont il avait garni son hameçon.

Il était même arrivé que ce soit Simon qui l'avertisse de la touche. Celui-ci, pourtant, ne s'intéressait absolument pas à la pêche. Le raisonnement de Freddy l'avait amusé, mais il ne voyait pas en quoi il lui fallait ce prétexte halieutique pour qu'il puisse être tenu. C'était sympathique, en somme, de prétendre retrouver l'harmonie paisible censée avoir existé entre les hommes avant que leur vienne l'idée de posséder. Un peu utopique, un peu simpliste, mais après tout, pourquoi pas ? Cela valait autant que bien d'autres idées fumeuses sur lesquelles quelques prosélytes de pacotille développent leurs sectarismes. Un verbe facile et la crédulité naturelle des auditoires sont, pour ces gens-là qui savent en jouer, des ingrédients bien plus importants et nécessaires que la haute portée de leurs prédications.

Freddy avait au moins l'avantage de ne rien annoncer. Ce n'était même pas une croyance, c'était en somme un constat sur lequel il établissait sa rustique conviction. Et, bien loin de vouloir l'imposer aux autres, il attendait simplement, le cul sur sa chaise de pêcheur, que viennent à lui ceux qui pourraient la partager.

Il y avait pourtant là tous les éléments qui font les artifices d'une religion ; de ce déni de la possession : un culte ; de cette cabane ouverte à tous : un temple. Simon frémit à l'idée de l'usage qu'auraient pu en faire ces gourous auxquels se raccrochent désespérément les laissés-pour-compte du spiritualisme souffrant de notre temps.

Freddy était visiblement si étranger à de tels calculs, il y avait une telle spontanéité un peu naïve dans sa façon d'exprimer les déductions auxquelles l'amenaient ses réflexions que Simon, de toute la journée, s'était laissé aller au jeu facile de l'acceptation.

« Au fond, se dit-il, c'est là le summum de l'adresse en matière d'endoctrinement. Que m'a-t-il imposé ? Rien. Il ne m'a rien suggéré. Il m'a exposé ses évidences et il ne s'est même pas inquiété de savoir si j'y adhérais ou pas ! »

Il n'en passa pas moins la journée sur sa chaise, à côté

de Freddy, à se satisfaire de laisser son esprit baguenauder d'une idée à l'autre, d'une molle réflexion à l'évocation surprenante d'un souvenir, d'un lambeau de paysage jadis entrevu, dont il ne cherchait pas à comprendre par quelle démarche curieuse il émergeait brièvement du marais de sa mémoire, avant d'être rejeté dans ses profondeurs par l'apparition d'une autre pensée tout aussi fugace.

Le chien ! C'était pourtant vrai. Qu'avait-il bien pu devenir ? Pas un seul instant, jusqu'à ce que Freddy lui pose cette question, Simon ne s'en était inquiété. Il était sympathique, ce chien. Cela aurait été dommage de le perdre. Mais, après tout, quel droit avait-il de prétendre le posséder ? Il ne l'avait pas choisi. À aucun moment il n'avait dit ou même pensé : « Ce chien est à moi, il est ma propriété. » Il lui parut même qu'il y avait là quelque chose de déplaisant, quelque chose qui remettait en cause la qualité des brefs rapports qu'il avait eus avec cet animal.

– Ce n'est pas mon clebs, dit-il sans détourner son regard des lointains qui sombraient lentement dans la nuit.

Freddy parut surpris.

– C'est pas ton clebs ? s'étonna-t-il en oubliant une fois de plus de surveiller sa ligne qui se mit à tressauter à la surface de l'étang. Mais alors, si ce n'est pas ton clebs, qu'est-ce qu'il faisait là, ce matin, quand j'ai ouvert la porte ?

– Il était avec moi. C'est même lui qui m'a indiqué ta cabane.

– Ben alors, s'il était avec toi, c'est ton clebs ?

– Non, confirma simplement Simon.

– Alors, il est à qui ? insista Freddy.

Cette histoire de chien le tarabustait. Il y avait là une sorte d'affront à l'ordre établi qui le choquait.

– À personne... du moins, je crois, dit Simon, qui se sentait d'humeur trop dolente pour avoir envie de discuter.

– À personne... à personne ! insista pourtant Freddy qui n'aimait rien moins que ce genre de désordre. Tu as déjà vu un chien qui n'appartient à personne, toi ?

– Oui, celui-là, dit Simon.

Freddy, tout à coup, parut inquiet.

– Ce n'est pas que tu l'aurais volé, des fois ?

Toujours aussi immobile et apparemment perdu dans sa lointaine contemplation, Simon pesa le pour et le contre. Devait-il en rire ou se mettre en colère ? L'idée même qu'on puisse le soupçonner de vol n'était évidemment pas pour le faire sourire. Mais l'hypothèse était tellement ridicule et cadrait si mal avec les faits que ce fut pourtant le parti auquel il se rangea. Il le fit avec d'autant plus de facilité qu'il ne lui déplaisait pas de prendre l'apôtre du « tout ce qui est à toi est à moi » et vice versa en flagrant délit de parfaite contradiction avec lui-même !

– Qu'est-ce que tu crois ? s'exclama-t-il. Il n'y a pas que ta cabane qui n'a pas de serrure ! Le chien, à ma connaissance, il n'est pas pêcheur. M'est pourtant avis que ça fait belle lurette qu'il s'en est fait une règle de vie, de ne rien posséder et de ne surtout pas être possédé !

Freddy avait l'air tout penaud. Il restait pourtant pas mal d'incrédulité dans le regard qu'il posait sur Simon pendant que sa ligne, livrée à elle-même, brouillait le miroir de l'étang d'une belle série d'ondes concentriques.

– C'est lui qui t'a suivi ? finit-il par demander.

– Même pas, dit Simon.

– Ah bon ? s'étonna Freddy.

– On a marché ensemble, voilà tout, crut bon d'expliquer Simon.

– Ah ! fit simplement Freddy.

Il reprit une position plus conforme à l'idée qu'on se fait ordinairement d'un pêcheur et parut se concentrer à nouveau sur la surveillance de son bouchon redevenu immobile, à quelques mètres du bord. Seuls les poissons pouvaient voir, sur son front, trois plis profonds que creusait une intense réflexion.

– C'est intéressant, ce que tu dis, lâcha-t-il enfin sans perdre de vue sa ligne.

– Tu crois ? s'étonna Simon revenu à ses songes éveillés.

– Je veux, oui, confirma énergiquement Freddy.

– Ah bon...

– Bien sûr ! Réfléchis : non seulement tu débarques dans ma cabane que je laisse ouverte exprès, mais, ce chien et toi, vous êtes l'illustration même de ce que je pense. Ce n'est pas ton chien ; tu n'es pas son maître. Tu parles d'une liberté !

Simon eut le sourire modeste. Tout ça, au fond, l'amusait prodigieusement.

– Dommage qu'il ait filé, pensa pouvoir ajouter Freddy.

– Crois-tu ?

Pour le coup, Freddy en oublia une nouvelle fois sa ligne.

– Tu crois qu'il va revenir ? demanda-t-il en se tournant vivement vers Simon.

– Peut-être...

– Ça ne te fait rien de plus ?

– Quand je te dis qu'il est libre...

Quelque chose empêchait Simon de s'inquiéter. Bien malin, d'ailleurs, eût été celui qui, dans l'étrange état d'esprit où il était, aurait su le mettre en état de s'inquiéter.

– On verra bien, dit-il enfin.

Il se leva, s'étira longuement et, sans hâte, se dirigea vers la cabane.

– Ne bouge pas, dit-il. Continue ta pêche. Je vais préparer à manger.

C'était comme si une voix, au fond de lui, lui soufflait que le chien réapparaîtrait, qu'ils repartiraient ensemble sans que Freddy puisse savoir lequel des deux suivait l'autre !

10

Ainsi passèrent plusieurs jours. Simon n'en fit pas le compte. Quand bien même, d'ailleurs, l'aurait-il voulu, il est fort probable qu'il s'y serait perdu tant la notion du temps s'était diluée, pour lui, dans l'apaisement de tout son être. Il vivait l'instant présent comme on boit un nectar et ne se souciait pas du reste.

Freddy n'en finissait pas de pêcher, toujours aussi vainement d'ailleurs, mais cela n'avait aucune importance. Aucun de leurs gestes n'avait la moindre importance.

Il arrivait à Simon d'aller se promener. Il longeait la berge de l'étang, s'enfonçait dans le sous-bois, jusqu'à ce qu'il perde de vue la cabane. Il s'asseyait sur une souche et s'y laissait reprendre par la lente dérive de son esprit. Il glissait sans la moindre peine d'une idée à l'autre, d'un souvenir à un regret, de l'évocation amère d'une déception amoureuse à celle d'un lointain plaisir... Rien ne l'arrêtait, rien ne le retenait. Il lui semblait n'être que le spectateur passif des images ou des émotions de sa vie qui défilaient en lui comme un diaporama de *Connaissance du monde*.

Quand il rentrait, il arrivait que Freddy, immuablement rivé à sa chaise de pêcheur, sur la petite terrasse, le surprenne en lui demandant :

– Tu es allé loin ? Depuis le temps, je me demandais ce que tu étais devenu.

Lui ne savait pas. Il n'avait aucune conscience du temps qui passait et s'en satisfaisait fort bien.

Et puis, un soir, alors qu'ils finissaient leur repas, Freddy annonça :

– Je repars demain... Il faut bien. Qu'est-ce que tu veux ? Les congés, ce n'est pas éternel. Le boulot, c'est le boulot ! Mais ne t'inquiète pas : tu peux rester autant de temps que tu veux. De toutes les façons, tu sais bien qu'il n'y a pas de serrure à ma porte. Comme ça, si tu veux revenir...

Il marqua un temps d'arrêt, comme si une vague hésitation le retenait.

– Qu'est-ce que tu vas faire ? reprit-il. Tu vas rester ?

Simon, bien entendu, n'en savait rien. Il eut un bref haussement d'épaules insouciant.

– Je ne sais pas, dit-il. Peut-être, un peu. Peut-être que je vais repartir... Je ne sais pas, répéta-t-il.

Cela parut ne faire qu'à moitié l'affaire de Freddy.

– Enfin, tu fais comme tu le sens, dut-il admettre.

Il ne pouvait tout de même pas se dédire, mais Simon sentit bien qu'il aurait aimé en savoir plus.

– La seule chose que je te demande, ajouta-t-il, c'est, avant de partir, de refaire un peu les réserves. Il y a une épicerie, au pays, pas bien loin d'ici. Tu y trouveras tout ce qu'il faut pour remplir le coffre...

Consciencieusement, Simon alla à l'épicerie. Il en revint lourdement chargé. Après tout, il n'y avait aucune raison pour que Freddy supporte seul la charge de son long séjour. Ce n'était que justice qu'il apporte son écot. Pourtant, entre les propos par lesquels il l'avait accueilli et la réalité qu'il fallait bien assumer, il lui sembla qu'il y avait une sorte de hiatus dont il préféra sourire. Freddy en avait-il eu conscience ?

« Pauvre Freddy, pensa Simon. Il en met pourtant, de la bonne volonté, à professer ses idées généreuses. La vérité, c'est qu'il n'a pas encore trouvé le moyen de les mener jusqu'au bout de leur logique. »

Cela dit en guise d'oraison, il referma le coffre, s'assura que la petite maison était bien rangée, aussi proprette que lorsqu'il y était arrivé, puis il sortit. Il tira la porte derrière lui, laissa une dernière fois son regard courir sur le décor paisible de l'étang enchâssé dans la verdure et il s'éloigna.

– Viens, dit-il. On va voir ailleurs ce qui s'y passe.

Le chien, sagement, vint se ranger à la hauteur de ses pieds. Dans leurs regards qui se croisèrent, il y avait la même jubilation, le même bonheur. Pour un peu, Simon aurait regretté de ne pas savoir exprimer tant de choses simplement en tirant la langue !

Toute la journée, sans se quitter, ils marchèrent. Il arrivait bien au chien, de temps à autre, de mettre le nez au sol et d'ausculter soigneusement quelque mystérieux fumet de lui seul perceptible. Semblant tout à coup ignorer la présence de Simon, il filait sur une trace et disparaissait prestement derrière une haie ou dans l'ombre d'un sous-bois.

La première fois, Simon, surpris et un peu perplexe, resta un long moment à surveiller l'endroit où son étrange compagnon avait disparu. Puis il réalisa ce qu'il y avait de vain à attendre ainsi. Il haussa les épaules et, avec à l'âme un peu de tristesse, il reprit sa marche.

Au carrefour suivant, le chien l'attendait, assis sur le bas-côté du chemin qu'il avait élu. Simon ne s'inquiéta plus. Après tout, ce chien menait sa vie, il n'y avait là rien que de très normal. C'était déjà beaucoup qu'il ait pris Simon en charge. Celui-ci, qui en avait parfaitement conscience, mais qui s'en arrangeait fort bien, ne se reconnaissait pas le droit, par-dessus le marché, de lui interdire de vaquer à ses propres affaires. Cela aurait été vraiment trop demander !

Ils allaient donc ainsi que le chien en décidait. Après la plaine constellée d'étangs où ils avaient séjourné, ils eurent à gravir des collines escarpées et sèches à l'horizon desquelles, lorsque, d'un sommet de côte, ils pouvaient l'entrevoir, se profilait la barre sombre de montagnes apparemment plus rudes encore. Ils eurent à traverser plusieurs villages où on les dévisageait gravement.

Il parut à Simon que les gens de ces contrées ne savaient pas sourire. Il fallait, pensa-t-il, qu'ils soient bien malheureux pour poser sur eux ces regards immuablement sombres et tristes, un peu méfiants, peut-être. Avaient-ils l'air si redoutables, le chien et lui ?

Quand ils eurent dépassé la dernière maison d'un de ces villages et qu'une haie les eut dérobés à sa vue, il s'arrêta au milieu du chemin et s'ausculta. Il ne trouva rien dans sa mise qui puisse expliquer ces regards vaguement inquiets. L'idée lui vint pourtant que c'était peut-être justement ce « rien » qui intriguait. Sa chemisette fantaisie, son pantalon beige de citadin à la campagne et ses chaussures basses n'étaient pas les vêtements d'un marcheur venu probablement de loin puisque personne, dans ces pays, ne l'avait jamais croisé.

Pourtant, il allait bien et ne se sentait nullement

incommodé par sa tenue. « C'est ainsi, se dit-il : il faut que je présente une image conforme à l'idée que les gens peuvent se faire de moi. C'est bête, mais c'est ainsi, on n'y peut rien changer. »

En traversant le bourg suivant, peut-être d'un peu plus d'importance que les précédents, il avisa la devanture d'un magasin qui lui parut de nature à lui fournir de quoi se donner une apparence conforme à ce que pouvaient attendre les gens qu'il croisait. Il y fit l'acquisition d'un jean, de deux chemises à carreaux très « trappeur », d'un blouson réputé imperméable et de chaussures dites « de marche ». Il ajouta sur le tas un sac à dos déniché tout en haut d'une étagère et même un sac de couchage, qui dormait probablement depuis bien longtemps au même endroit. Il régla ses achats, demanda qu'on lui laisse l'usage d'une vague niche pompeusement baptisée « cabine d'essayage » et en ressortit triomphalement déguisé en homme des chemins...

Du moins le croyait-il. L'œil du chien, qui attendait dans la porte, lui enseigna tout de suite que quelque chose manquait. La langue, d'ailleurs, ne pendait pas et, sous les épais sourcils, la lueur était irrémédiablement sombre. Simon, surpris, se tourna vers la glace qui, entre quelques paquets en mal de rangement, lui renvoyait une image à peu près complète de lui-même. C'était pourtant vrai qu'il y avait quelque chose qui clochait, comme une faute de goût, le détail qui, s'il n'y prenait garde, s'obstinerait, quoi qu'il fasse, à nourrir les regards vaguement condescendants.

Il se serait bien exaspéré de ce soin méticuleux qu'il devait prendre de sa tenue, ni plus ni moins que pour une soirée mondaine, s'il ne s'était pas trouvé pris entre l'œil faussement indifférent du vendeur embusqué derrière son comptoir, et celui du chien franchement plus critique. Un nœud papillon absent sur la chemise blanche, sous le smoking, ça se remarque. Mais là, en jean, chemise écossaise et blouson, à quelle règle de bienséance pouvait-il se référer ? En existait-il ailleurs que dans la tête et dans le regard de tous ces hommes qui le détaillaient, des pieds à la tête, comme ils devaient le faire, à la foire, des bêtes exposées ? Encore s'agissait-il là d'animaux dont l'apparence, au-delà de leur embonpoint, n'avait rien pour les surprendre. Il fallait qu'ils ajoutent, dès que Simon apparaissait dans leur champ de vision, au fond de leurs yeux comme dans leur comportement, une infime pincée d'étonnement, un zeste d'incrédulité comme s'il s'était agi d'une apparition tout à fait hors du commun.

Simon en était gêné et profondément ulcéré. « Pour qui se prennent-ils ? » grognait-il dans son for intérieur, ne pouvant pas imaginer un seul instant qu'ils puissent eux aussi ressentir quelque gêne intimidante en le rencontrant. Il s'était persuadé que leur façon d'être à son égard ne pouvait rien exprimer d'autre que le sentiment bien ancré de leur supériorité. L'idée ne lui vint pas un seul instant qu'il puisse s'agir, à l'inverse, d'une sorte de réaction de timidité à la forte impression qu'il leur faisait. Inconsciemment, il cherchait avec frénésie à se dissimuler derrière un rideau fait, à ce qu'il croyait, de la matière même de leur malaise. Il calquait leurs apparences sans avoir perçu qu'elles étaient, dans leur rustique simplicité, la cause essentielle de leur gêne à son égard.

Planté devant sa glace, déjà embarrassé des signes d'impatience que commençait à exprimer le marchand, s'étant persuadé de l'absolue nécessité dans laquelle il croyait être de transmuer l'or du plus grand des non-conformismes en plomb du plus imaginaire des conformismes, il s'exaspérait de ne pas trouver ce fichu détail qui le narguait en lui faisant apparaître sa nouvelle tenue tel un déguisement maladroit et piteux.

– Vous allez loin comme ça ? finit par hasarder le commerçant qui, de plus en plus ostensiblement, manifestait le regret qu'il avait de ne pas pouvoir être ailleurs.

– Encore assez..., répondit Simon à tout hasard.

– Alors, en cette saison, vous feriez bien de prendre aussi un chapeau. C'est qu'il tape, le soleil, ces jours-ci !

Un chapeau ! Bien sûr que c'était un couvre-chef qui manquait à son attirail ! D'ailleurs, si la langue du chien, prudemment, restait encore invisible, son œil, dans l'ombre de son généreux système pileux, révélait déjà une vive lueur confirmant qu'on était sur la bonne voie.

En un tournemain, le commerçant eut aligné sur son comptoir une série impressionnante de casquettes, de chapeaux et d'objets aux formes quelque peu hasardeuses et tarabiscotées. Il les poussait d'ailleurs en avant sans beaucoup de discrétion, dans l'espoir évident que ce chaland pas comme les autres pourrait le débarrasser d'au moins une de ces croûtes invendables.

Simon eut la sagesse de choisir un feutre noir assez anodin, qu'un séjour probablement prolongé sur les étagères avait déjà suffisamment cabossé et nuancé du gris de leur poussière pour qu'il puisse passer pour être de grande expérience. Le chien ne s'y trompa pas et accorda sur-le-champ à son compagnon de marche une langue bien rose, bien baveuse et normalement haletante.

On put repartir. Et Simon, sidéré et tout fier de lui, dut apprendre à répondre comme il se devait aux sourires engageants des gens qu'il croisait et à leurs bonjours.

11

Ce soir-là, rien de plus confortable ne s'offrant à son choix, Simon trouva fort à propos qu'une grange lui apparût, dans le soleil couchant, au fond d'un petit vallon déjà à demi mangé d'ombre. L'idée d'y étrenner son sac de couchage tout neuf lui convint. Il s'en approcha. À quelques pas sous le chemin, elle ouvrait grand sur le moutonnement des collines que le soir bleuissait et sur l'immensité livide du ciel.

On y avait entreposé quelques balles de foin qui ne pouvaient pas mieux tomber. D'un bout de saucisson et d'un peu de fromage achetés dans le dernier pays traversé, il se fit un repas frugal qu'il prit plaisir à partager avec le chien. Il se désaltéra de quelques gorgées de l'eau du ruisselet qui chantait d'une pierre à l'autre sous la grange et, alors que tombait la nuit, il vint s'étendre sur sa litière de duvet synthétique et de foin.

« Pourquoi, se demanda-t-il aussitôt, ne profite-t-on pas plus souvent de tels bonheurs ? » Allongé sur le dos, les mains croisées sous la nuque, par la large porte grande ouverte de la grange, il lui semblait être directement immergé dans l'immensité d'étoiles qu'une nuit fastueuse avait déployées d'un bord à l'autre du ciel. Pas un seul instant l'idée ne lui vint qu'il vivait probablement là une des plus belles nuits de l'été et que, le plus souvent, pour qui, comme lui, n'en a pas l'expérience, il y a plus d'inconvénients que de plaisir à abandonner les douces commodités de notre vie ordinaire. Sans plus réfléchir, il se promit de recommencer aussi souvent qu'il le pourrait. Puis, en glissant doucement vers le sommeil, il se laissa bercer par le fil hasardeux de ses pensées.

En évoquant Freddy, il adressa aux poutres de la charpente, haut au-dessus de lui, un sourire à la fois attendri, indulgent et vaguement condescendant. Il lui fallut pourtant admettre que les idées altruistes de son ami le pêcheur, pour naïves qu'elles étaient, lui avaient tout de même valu quelques jours de parfait bonheur. Son sourire se fit plus acide lorsque, se laissant porter par le cours de la rétrospective de sa journée, il se revit changeant d'aspect, tel un caméléon, dans la boutique où il s'était résolu à s'équiper en vrai marcheur.

« Ou, du moins, rectifia-t-il alors que lui restait encore un peu de lucidité, en marcheur tel qu'il se doit d'apparaître ! »

La nuance lui plut. Elle élargit encore le sourire un peu béat, déjà vaguement somnolent, qu'il s'obstinait à adresser aux poutres et aux toiles d'araignées qui les festonnaient. Et l'idée lui vint furtivement, déjà moins du domaine du réel que de celui du rêve, d'un vaste creuset, d'un immense pot commun au fond duquel il pataugeait en compagnie de toute une humanité tellement uniforme, tellement dépourvue de signes d'individualité qu'il finit par ne plus très bien savoir s'il était l'un, l'autre ou un peu de tous...

Sauf le chien, bien sûr, qui se distinguait de tous et même de ses congénères tant il était laid ! Mais au fait, pourquoi s'obstinait-il à geindre ? Ce n'était pas dans ses habitudes. Et il n'y avait pas tant d'inconfort que ça à dormir dans cette grange. Il s'obstinait, pourtant, et Simon, dans son sommeil, s'agitait en cherchant à ne plus l'entendre, faisait de grands moulinets avec les bras dans l'espoir vain de l'atteindre et de le faire taire. Rien n'y faisait. Il bondissait comme un cabri autour de la couche de Simon et, comme si ses plaintes ne suffisaient pas, voilà qu'il y ajoutait de furieux aboiements.

Un moment, Simon, entre songe et veille, chercha à discerner si, dans son rêve, quelque chose pouvait justifier ce comportement tout à fait extraordinaire. Ce fut de ne rien trouver qui finit par le faire basculer du côté de l'éveil. Sans bouger, il ouvrit un œil. Au ras du foin, il vit s'agiter furieusement les pattes du chien.

– Ben alors, ça ne va plus ? Qu'est-ce qui te prend ? prononça-t-il d'une voix encore embrumée de sommeil.

En même temps qu'il prononçait ces mots, la conscience lui vint d'un jour gris, encore barbouillé de nuit, et surtout d'un bruit anormal. Quelque chose comme un piétinement, encore que plus nerveux, un crépitement... C'était ça, un crépitement du fond duquel commençait déjà à émerger un sourd grondement...

Le feu ! D'un bloc, il se retourna : le fond de la grange n'était déjà plus qu'un intense rougeoiement qui projetait de folles lueurs et des gerbes d'étincelles jusqu'aux poutres de la toiture. Des flammèches jaillissaient du foin embrasé et essaimaient en de nouveaux foyers qui tremblotaient quelques instants avant de se ruer à leur tour dans l'orgie.

Jamais Simon n'avait été débarrassé aussi vite de l'état de semi-somnolence dans lequel, pourtant, en temps normal, il ne méprisait pas de rester aussi longtemps que possible ! Alors que le chien, toujours pleurnichant, s'enfuyait déjà, il enfourna à la va-vite ses vêtements dans son sac, prit son duvet sous le bras et, sans même prendre le temps de se chausser, pieds nus dans l'herbe et les cailloux, il se rua à son tour hors de la grange alors que de nouvelles flammèches tentaient déjà de le cerner.

Il s'enfuit. Suivant le chien qui filait devant lui, il rejoignit le chemin, le traversa et s'enfonça dans le sous-bois qui le dominait. Il ne s'arrêta qu'en atteignant une petite clairière au sol couvert de mousse et d'herbe tendre. En se retournant, il put voir, par une trouée entre les arbres, l'énorme brasier qui dévorait la grange.

Alors seulement, il posa son sac et, posément, sans perdre de vue le saisissant spectacle, il commença à s'habiller. Comment ce feu avait-il pris ? Il n'avait même pas gratté une allumette, la veille au soir. Il ne pouvait donc pas en être à l'origine. Et, à sa connaissance, il était seul dans le vieux bâtiment. La perplexité venait s'ajouter à l'instinct de survie qui l'avait fait fuir si rapidement et maintenant à l'effroi du spectacle auquel il assistait, pour lui mettre les nerfs à fleur de peau. En quelques secondes le bonheur un peu béat qu'il se promettait, la veille au soir, de savourer aussi souvent que possible s'était transformé en cauchemar.

Il sursauta lorsque apparut soudain, sortie on ne sait d'où, la silhouette d'un homme gesticulant et se démenant à bonne distance du brasier de telle manière que l'idée d'une danse rituelle effleura l'esprit de Simon. Dans un fracas assourdissant, projetant loin à la ronde de prodigieuses gerbes d'étincelles, la lourde charpente du bâtiment venait de s'abîmer. Le feu redoubla de violence, escaladant le ciel blême du jour naissant du lugubre triomphe de ses flammes désormais libres de dresser très haut dans l'éther les sceptres fous de leur danse effrénée.

Simon, toujours nu-pieds, ne sentait pas la douleur des déchirures qu'y avaient opérées les ronces et les pierres du chemin. Fasciné, enfilant son pantalon puis sa chemise sans prendre garde à ses gestes, il ne voyait que ces flammes monstrueuses et le lourd panache de fumée qu'elles poussaient au-dessus d'elle, sinistre colonne grisâtre dans la limpidité de l'air matinal. Il ne pouvait pas détacher les yeux de la silhouette épaisse de cet homme qu'il voyait aller et venir, s'agiter en vain, tenue à bonne distance par la chaleur et les flammes jaillissant parfois, en purulentes éclosions, d'une fenêtre qui volait en éclats ou d'un pan de mur entraîné dans la ruine par l'effondrement des poutres qu'il soutenait encore, l'instant d'avant.

Cet homme qui n'en finissait pas de courir d'un côté et d'autre, visiblement perdu, incapable d'agir, réduit à assister en vain à la totale destruction de ce qui devait être son bien, avait quelque chose de dérisoire et de pathétique. Depuis la petite clairière où il se trouvait, Simon était trop loin de lui pour pouvoir discerner ses traits. Il les imaginait bouleversés, mélange de désespoir et de rage vaine. Il aurait voulu aller vers lui, lui apporter son soutien, un peu de réconfort. Quelque chose pourtant l'en dissuada. Il était lui-même sous le coup d'émotions trop fortes pour chercher à comprendre. Il y avait, dans la brutalité des gestes de cette silhouette, dans son inutile frénésie à s'agiter autour de ce feu sauvage, quelque chose de démoniaque, quelque chose d'inquiétant et de repoussant. Simon, sans y prendre garde, fit plusieurs pas en arrière, comme s'il avait craint d'être vu.

– C'est vous qui avez mis le feu.

Il s'en fallut de peu que Simon, dans l'état d'extrême

tension qui était le sien, ne laisse échapper un cri d'effroi. D'un bloc, il se retourna. Une femme se tenait debout, derrière lui, à la limite du sous-bois. Elle n'avait pas posé de question. Elle avait affirmé. Mais, au fait, était-ce bien une femme ? Dans l'ombre où elle se tenait, les traits du visage, encadré de l'avalanche laissée libre d'une abondante chevelure flamboyante, comme la lueur ardente d'un regard très sombre, avaient quelque chose d'assez envoûtant pour que Simon, sur l'instant, ne retînt pas ce que les paroles avaient de terrible.

La féminité, pourtant, s'arrêtait là. La silhouette, à la rigueur, aurait pu la confirmer si elle n'avait pas été affublée d'une vieille veste de treillis et d'un pantalon en toile bleu sans forme et à la propreté douteuse, dont les jambes étaient enfilées dans d'épaisses bottes de caoutchouc maculées de boue.

Restait la voix. Une voix stupéfiante, une voix de basse mais avec des intonations comme des caresses, des chatteries ; une voix qu'aucun homme ne pouvait avoir mais à laquelle il n'en était pas un qui puisse rester indifférent. Simon, malgré l'urgence qu'il y avait à relever la terrible accusation qu'elle venait de porter, n'avait plus d'autre idée en tête que de l'entendre à nouveau.

– C'est vous qui avez mis le feu, répéta-t-elle en effet.

Il fut presque soulagé de pouvoir se convaincre qu'il y avait bien un rapport entre ce regard captivant et cette voix ensorceleuse.

– Non, ce n'est pas moi, se contenta-t-il de répondre.

– C'est peut-être moi, alors ? railla-t-elle.

Il comprit enfin qu'il devait se défendre.

– Je ne sais pas qui a mis le feu. Tout ce que je peux vous dire, c'est que ce n'est pas moi.

– Vous avez dormi dans la grange.

Il n'avait aucune raison de nier.

– C'est vrai, admit-il.

– Vous y avez allumé un feu pour faire votre repas, hier soir. C'est ça qui aura déclenché l'incendie.

– J'ai mangé froid. Je n'ai pas de réchaud, même pas une boîte d'allumette : je ne fume pas. Vous pouvez contrôler.

De son pied encore nu, il poussa son sac vers elle. Elle parut hésiter. Son profond regard noir restait planté dans le sien. Peu à peu, il comprit qu'autre chose que de la méfiance était en train d'y naître. Il se crut maître de la situation.

– Vous voyez bien que je ne suis pas homme à détruire, voulut-il argumenter. Ce n'est pas mon genre, vous pouvez me croire. Aux coups, je suis du genre qui préfère les caresses... Celles que l'on donne et celles que l'on reçoit !

Il était allé trop loin et trop vite. Elle se redressa vivement comme on se rebiffe et se recula dans l'ombre du taillis.

– Un conseil, dit-elle sans rien parvenir à ôter, pourtant, de la chaleur de sa voix, filez. Filez vite.

En quelques enjambées, elle eut disparu, laissant Simon pantois et un peu ballot, les pieds dans la rosée, au milieu de sa clairière !

La grange, sous lui, n'était plus qu'un amas de ruines sur lequel continuaient de courir de courtes flammes et autour duquel rôdait encore la silhouette massive de l'homme qui ne dansait plus.

12

Rechaussé, mais un peu boitillant, Simon s'éloigna moins vite que l'étonnante créature lui avait suggéré de le faire.

« Je n'ai rien à me reprocher, se répétait-il. Je ne vois pas pourquoi je me cacherais et encore moins pourquoi je me sauverais. »

Il n'en évita pas moins de repasser trop près de la grange et s'obligea à un long détour avant de rejoindre le chemin. Le chien, pour une fois, allait devant et, par ces incessants aller et retour, signifiait sans ambages son désir formel qu'on mette rapidement le plus de kilomètres possible entre eux et ce lieu peu avenant.

Ce n'était pas le point de vue de Simon. « Je n'ai rien à me reprocher, s'obstinait-il à se répéter. Et je n'entends pas qu'on m'accuse de ce que je n'ai pas commis. D'ailleurs, en me sauvant, je ne ferais que donner des arguments à ceux qui voudraient m'accuser. Non, décidément, je ne me sauverai pas. »

Ils atteignaient un carrefour. Sans la moindre hésitation, le chien le traversa et s'engagea dans la voie qui s'éloignait le plus radicalement de ce pays de malheur.

Simon, planté à égale distance des quatre chemins qui se croisaient là, le regarda s'éloigner.

« Tant pis, marmonna-t-il. C'est dommage de se quitter comme ça, mais je comprends. Un chien peut avoir des raisons qu'un homme n'a pas, et vice versa. »

Ce disant, il atteignait enfin à une relative sincérité. Car s'il était vrai qu'il rechignait à endosser, en se sauvant, la responsabilité d'une faute qu'il n'avait pas commise, une autre raison, bien plus impérieuse encore, le poussait à ne pas trop s'éloigner. Il était un regard noir, une chevelure de flammes et une voix de chatte qui l'avaient envoûté et qu'il entendait bien retrouver, quel qu'en soit le prix.

L'allée par laquelle s'était éloigné le chien était rectiligne et bien dégagée. Longtemps il le vit trottiner sans se retourner, silhouette grise de plus en plus petite, entre les hautes parois vertes et brunes de la forêt qui bordait le chemin. Enfin il atteignit un sommet de côte qui n'allait pas manquer de le dérober à la vue de Simon. Il vit le chien s'arrêter, se retourner et rester ainsi longuement, comme s'il espérait encore. Malgré la distance, il lui sembla entendre comme une longue plainte. Il se détourna, fit quelques pas dans une autre direction, revint sur ses pas. Le chien n'était plus là.

Simon haussa les épaules. Sans qu'il veuille l'admettre, une grosse boule d'émotion lui barrait la gorge, mais où allait-on si les désirs des hommes devaient se soumettre à la volonté des chiens ? Indécis et mal à l'aise, il resta encore un long moment à tourner en rond dans ce carrefour qu'il ne savait plus par où quitter. Pour la première fois depuis qu'il marchait, il lui semblait étonnant d'être là, loin de tout et surtout des multiples petites certitudes dont il aimait tant rassurer ordinairement son quotidien.

Il fallait pourtant qu'il la retrouve. Il y tenait. Cela devenait, en l'absence de toute autre motivation, aussi important que sa vie même. Il fallait qu'il la retrouve parce qu'il voulait la revoir et entendre encore le chant étonnant de sa voix, mais il fallait aussi qu'il la retrouve pour obtenir justice de l'accusation qu'elle avait portée contre lui. Il y avait là, dans l'instant qu'il vivait, amplement de quoi lui rendre une raison d'exister.

Sans plus réfléchir, il prit le chemin de gauche et marcha... Pas longtemps : à quelques centaines de mètres de là, il se terminait en cul-de-sac sur une petite place encombrée d'énormes piles de bois. Entre deux d'entre elles, après avoir longtemps tourné en rond, il finit par découvrir un petit sentier qui s'enfonçait dans le sous-bois. À tout hasard, il s'y engagea. Longuement, il se laissa conduire par une trace étroite qui, apparemment sans but, musardait entre les arbres et n'hésitait pas, parfois, à se faufiler entre les buissons ou à franchir de vastes étendues de hautes fougères dont il devait écarter les larges feuilles pour parvenir à progresser.

Ce fut au milieu de l'une d'elles qu'il perdit le fil de son minuscule chemin. Il eut beau faire, tenter de revenir sur ses pas, prendre la transversale, se fatiguer les yeux à chercher l'infime différence qui, dans l'énorme moutonnement vert, aurait pu lui indiquer son tracé, il ne retrouva rien.

L'heure, pourtant, passait. Le soleil avait depuis longtemps atteint le plus haut de sa course quotidienne et la faim commençait de tarauder l'estomac de Simon. Bien qu'il sût que c'était en vain, il fouilla son sac, alla même jusqu'à le vider au pied d'un arbre. Il n'avait plus la moindre petite croûte à se mettre sous la dent.

Ce n'était pas là le genre de situation qu'il pouvait dominer longtemps. Même l'incessant concert des oiseaux, au-dessus de sa tête, auquel, jusque-là, il trouvait tant de charme, commença à l'exaspérer. Il eut beau tenter de se raisonner, de réfléchir, il lui fallut bien admettre qu'il était bel et bien perdu et qu'aucune solution ne lui apparaissait.

Alors, comme il fallait faire quelque chose, maugréant et tempêtant contre les moindres branches basses qui lui fouettaient le visage, il partit droit devant lui, au hasard...

Le soleil, dans sa lente décrue vespérale, commençait à embraser les crêtes des collines occidentales lorsque, enfin, Simon, exténué, tombant d'inanition, parvint à s'extirper du fouillis des sous-bois. Sans l'avoir vu venir, il déboucha tout à coup sur un beau chemin herbeux qui descendait paisiblement vers la vallée en se glissant entre bois et prés.

« Ouf ! » grogna-t-il en époussetant sa belle chemise à carreaux encombrée de brindilles et de mousses. Il secoua de même son chapeau, prétendit le décabosser d'une ou deux tapes, puis, sans attendre, il s'engagea sur le chemin, dans le sens de la descente et surtout dans l'espoir qu'elle le conduirait jusqu'à la bourgade, si petite soit-elle, où il pourrait trouver de quoi apaiser sa formidable fringale.

Tout de suite ou presque, il eut, à ses côtés, la sensation d'une présence. Comme une vengeance, il résista pourtant à la tentation de baisser les yeux.

– Tu aurais pu venir me rejoindre plus tôt, dit-il à haute voix et sur le ton particulièrement injuste du plus grand reproche.

Sous la violence de l'affront, le chien remballa vite fait la langue qu'il avait, jusque-là, pendante et haletante, et effaça le panache de sa queue. Il n'en continua pas moins de régler son trottinement sur le pas de Simon. L'un vaguement ulcéré, l'autre de plus en plus affamé, ils allèrent ainsi longtemps, jusqu'à ce que, à nouveau, se présente un carrefour.

C'était en fait une fourche. À gauche, le premier chemin, continuant de descendre vers la vallée, semblait promettre l'accès imminent à un espace assez vaste pour justifier de la présence de quelques habitations. À droite, le second se faufilait entre les prés et semblait, au-delà de ceux-ci, remonter vers les bois. Simon, bien sûr, s'engagea à gauche, mais le chien, une fois de plus, ne le suivit pas et prit celui de droite.

– Eh, oh ! Tu ne vas pas me recommencer le même coup ? s'emporta tout de suite Simon.

Mais le chien ne voulait rien savoir. Cédant lui aussi, pour une fois, à la colère, alors qu'ils étaient, l'un et l'autre, engagés d'une dizaine de pas sur leurs voies respectives, il se retourna vivement et, tressautant sur ses pattes toutes raides, il se mit à aboyer furieusement. Simon n'eut aucun doute quant au sens à donner à ce tapage. Il le laissa durer juste ce qu'il fallait pour qu'il ne soit pas dit qu'il avait trop facilement cédé, puis, en traînant les pieds, il vint rejoindre le chien.

– C'est bon, reconnut-il, tu as gagné. Pas la peine d'alerter tout le quartier... Mais tâche de me trouver de quoi me mettre sous la dent. Ça devient urgent !

Le chemin, effectivement, remontait dans les bois. Il avait pourtant quelque chose de fréquemment emprunté, une sorte de propreté hors du commun qui parvint, malgré son obsession alimentaire, à attirer l'attention de Simon. Contrairement à l'habitude, on n'y voyait aucune trace de voiture ou de tracteur, aucune ornière disgracieuse et malcommode. Et pourtant, l'herbe y était rase et drue, exactement comme si un fréquent piétinement l'avait contrainte à ne pas trop s'éloigner du sol.

Le chien, cette fois, la queue en panache, la tête haute et la langue pendante, allait devant. Simon se contentait de suivre, intrigué, mais il n'en resta pas moins sidéré lorsqu'il le vit brutalement bifurquer dans le sous-bois. Avant de le suivre, il ne put s'empêcher de marquer une hésitation. Elle fut brève, mais elle lui permit tout de même de constater, à sa plus grande surprise, que le chemin, au-delà de l'endroit où le chien l'avait quitté, redevenait, sans transition comme beaucoup d'autres, chevelu et embroussaillé à souhait, alors que, pour modeste et zigzagante qu'elle ait été, la trace étroite sur laquelle trottinait déjà le chien attestait par sa netteté d'un usage très fréquent.

De plus en plus étonné, Simon, cette fois, se garda bien de questionner. Il allongea même le pas pour rattraper son compagnon qui n'avait pas ralenti et qui, tout en allant, semblait manifester beaucoup de joie et d'impatience.

Ils contournèrent ainsi un épais bouquet de sapins et vinrent buter sur l'incongruité, en plein bois, d'un portillon de jardin. Simon, stupéfait, ne put que se rendre à l'évidence : au-delà de cette frêle barrière faite de quelques planches mal jointes et d'un bout de grillage, s'étendait un potager ! Et au milieu de celui-ci, semblant faufilée entre ses plates-bandes qui la serraient au plus près, se dressait une cabane faite de planches et de tôles. Du tout, ainsi cerné par les bois, émanait une étrange impression de dénuement extrême, mais en même temps d'ordre et de minutieuse utilisation du moindre espace, de la moindre épave échouée là par on ne savait trop quel hasard.

Bien qu'il lui eût suffi de contourner le portillon pour pénétrer dans le jardinet, le chien, assis au milieu du chemin et le regard rivé sur Simon, attendait manifestement que les formes soient respectées. Simon s'approcha. Une petite sonnette pendait, au bout de son ressort fixé par deux clous rouillés aux planches de la rustique porte. Fallait-il l'agiter ? Simon, la main à demi tendue, hésitait. Le chien, en émettant un léger couinement d'encouragement, fit un bond en avant, l'œil en extase, totalement oublieux des plus récentes vexations et déjà aux anges. Si l'accueil était à l'unisson de son évident plaisir, pourquoi hésiter encore ? Simon agita la clochette. Dans ce surprenant décor, le son aigrelet qu'elle émit eut quelque chose de totalement anachronique. Simon s'en serait longtemps étonné si une voix puissante, jaillissant, autant qu'il put en juger, du fond de la cabane, n'était pas venue capter son attention.

– On vient, on vient ! Pas d'impatience. On a toute la vie pour nous, chantonnait à pleins poumons cette voix de baryton dont le légitime détenteur ne tarda pas à apparaître.

Il venait en fait du fond du jardin où il devait être occupé à quelques tâches horticoles comme en témoignaient ses mains maculées de terre et les instruments aratoires qu'il prit bien soin de ranger le long du mur de la cabane avant de s'avancer au-devant de ses visiteurs.

C'était un homme de petite taille, légèrement voûté, apparemment aussi sec qu'un coup de trique, mais dont chaque geste dénotait une étonnante vivacité. On ne lui donnait pas d'âge et il fallut qu'il lève les yeux sur Simon pour que, de l'ombre dans laquelle le tenait jusque-là un vieux feutre à larges bords, jaillisse la lumière pétillante et encore jeune d'un beau regard d'un bleu à la limpidité de source. Le contraste n'en était que plus saisissant avec les traits du visage à la peau burinée, brûlée de tous les soleils et de toutes les tempêtes, raviné de tous les avatars de la vie.

– Entre, entre donc, continua-t-il de chantonner. Il suffisait de pousser la porte. Enfin, tu as préféré sonner. C'est aussi bien. Ça montre que tu n'as pas de mauvaises intentions. Encore que... Sait-on jamais ? Mais non, à te voir comme ça, je sais bien que tu n'as pas de mauvaises intentions. D'ailleurs, le chien t'aurait-il conduit jusqu'ici si tu avais de mauvaises intentions ? Hein, le chien, que tu n'amènes pas n'importe qui ici ? Pas vrai, le chien ? Suis-moi. Ce n'est pas le luxe, mais qu'est-ce que tu veux ? Je suis bien ici. Que demander de plus ? Donne-toi la peine d'entrer dans mon château...

Il pérorait ainsi sans fin en écartant un banc un peu branlant de la minuscule table qui occupait le centre de l'unique pièce, en invitant d'un geste Simon à s'y asseoir et en s'installant lui-même sur une chaise au paillage quelque peu dégarni.

Le chien était resté sur le pas de la porte où, allongé de tout son long, il profitait goulûment des derniers rayons du soleil. L'homme, accoudé à la table, le considéra un long moment en silence, puis il eut un bref hochement de tête.

– Quelqu'un que ce chien-là ! dit-il.

– Vous le connaissez ? s'étonna Simon.

L'autre ignora la question.

– Appelle-moi Arsinoé, décréta-t-il. Ce n'est évidemment pas mon vrai nom, mais ça ne fait rien, ça me plaît.

D'ailleurs, mon vrai nom, tu ne le connais pas. Alors, qu'est-ce que ça change que je me fasse appeler Arsinoé ? Pas vrai ?

Simon en convint sans difficulté.

– Et moi, crut-il courtois de préciser, c'est Simon.

– C'est ton vrai nom ?

– Je n'en ai pas d'autre.

– Ah bon.

Et le silence se refit. Simon sentait bien que, s'il ne satisfaisait pas rapidement son énorme fringale, il ne tarderait pas à s'effondrer, mais comment aborder le sujet ?

– À vrai dire, reprit tout à coup le petit homme, je ne suis qu'à moitié surpris de te voir ici. La journée n'a pas dû être de tout repos. Pas vrai ?

Le vertige se saisit de Simon. Les murs de bois et de tôles, les pauvres objets alignés sur des étagères de fortune, les mots, cet homme étrange, le chien allongé devant la porte comme chez lui ; tous se mélangèrent et se mirent à tourner dans sa tête, si fort et si vite qu'il lui fallut se cramponner à la table pour ne pas se laisser entraîner à leur suite.

– As-tu seulement eu le temps de manger ce midi ? reprit Arsinoé. Non, bien sûr. Si je compte bien, avec l'aventure que tu as vécue en fait de petit déjeuner, tu n'as rien avalé depuis ton bout de saucisson et ton morceau de fromage d'hier soir. J'ai tort ou j'ai raison ? Bon, je vois. Je dois bien avoir quelques réserves par là. Je m'en vais te mijoter de quoi oublier tout ça. Sois sans crainte.

Simon préféra ne rien dire, ne même pas remercier. Il ne s'en sentait plus la force...

13

La soupe d'orties manquait bien un peu de crème, du moins au goût de Simon. Cela mis à part, elle n'en était pas moins excellente et tout à fait de nature à le faire renaître à la vie. Suivait un étrange ragoût. Simon, tout en s'en régalant, ne parvint pas à identifier tous les légumes qui baignaient dans la sauce d'une viande dont, pour le coup, il préféra s'abstenir de s'enquérir de la provenance.

Arsinoé, qui mangeait de tout aussi bon appétit que lui, le surveillait manifestement du coin de l'œil avec un petit sourire narquois.

– Le boucher n'est pas passé ce matin, finit-il par ironiser. Heureusement que j'ai mes collets ! Même si on ne décide pas toujours de ce qui veut bien s'y laisser prendre...

Simon, refusant de tomber dans le piège de la question suggérée, se contenta d'approuver en riant un peu bêtement...

– Décidément, tu n'es pas curieux, s'étonna tout de même Arsinoé.

– Heu... non, pas spécialement, préféra éluder Simon.

Il se sentait mal à l'aise et incapable d'engager une vraie conversation avec cet étrange personnage qui le recevait pourtant avec tant de gentillesse. Enfin rassasié, il reprenait peu à peu ses esprits et finit tout de même par comprendre ce qui, dans son mutisme, pouvait surprendre Arsinoé.

– Au fait, c'est vrai, s'empressa-t-il tout à coup, vous ne m'avez pas répondu, tout à l'heure : vous connaissez le chien ?

L'autre, qui épluchait avec soin une petite pomme un peu tavelée, se contenta de froncer les sourcils.

– Le coup du « vous », tu ne vas pas nous le refaire, non ? Le Freddy, tu le tutoyais bien ? Alors, pourquoi pas moi ? Je t'impressionne ?

– Heu, bafouilla à nouveau Simon, non, pas spécialement. Pas plus que Freddy... Parce que, Freddy aussi, vous le connaissez ?

Cette fois, Arsinoé était en colère. Il claqua violemment le manche de son couteau sur le panneau irrégulier de la table en levant sur Simon un regard noir.

– Attends voir, gronda-t-il. Tes façons d'homme de la ville, ici, ça ne marche pas. Si ça te gêne de fréquenter un clodo, tu le dis... et tu te casses. Le repas, ce sera pour ma pomme.

Simon, tout raide sur son banc, ne savait plus où se mettre. Il lui fallut encore un long moment pour réaliser ce qui avait pu provoquer cette colère.

– Oh, je suis désolé. Je vous... Pardon, je te demande pardon... L'habitude... Les premières fois...

– Bon, ça va, grommela Arsinoé en se remettant à éplucher sa pomme, sourcils toujours froncés. On ne va pas passer Noël là-dessus... Mais tâche de faire attention, j'y tiens.

– J'y veillerai, se flagella Simon.

Avec le confort béat que lui apportait un si bon repas, après avoir tant souffert de la faim, des questions venaient tout de même lui chatouiller l'esprit. Arsinoé n'avait toujours pas répondu à ses questions et la grande colère à laquelle il s'était abandonné avait tout de l'argument pour détourner la conversation.

Perplexe, Simon se retourna un instant vers le chien. Il dormait toujours, allongé de tout son long sur le vieux sac qui, devant la porte grande ouverte, faisait office de paillasson. Le soir tombait. Une légère brume montait du minuscule potager et semblait se prendre au piège des épais feuillages qui le bordaient. Elle s'enroulait en longues traînes diaphanes autour des branches les plus avancées et brouillait par places la spectaculaire arborescence de la forêt dont on se demandait par quel étonnant prodige elle parvenait à contenir sa formidable énergie à l'exacte limite du jardin. Comme si là, dans cet espace minuscule mais fort d'une présence hors du commun, un curieux ordonnateur avait établi un équilibre tout aussi exceptionnel.

Simon frémit. Sans que rien en ait été dit, il sentait que bien des choses, dans cette étrange cabane, le dépassaient. Sauf à comprendre... Il eut la présomption d'y parvenir.

– Alors, comme ça, prétendit-il attaquer de front, tu sais que j'ai rencontré Freddy et tu connais bien le chien... Peut-être même que c'est ton chien...

Juste à temps, il se souvint :

– Et tu sais aussi ce qui m'est arrivé à l'heure du petit déjeuner...

Arsinoé, arborant un large sourire, s'était renversé contre le dossier de sa chaise branlante.

– Et bien plus encore, dit-il laconiquement.

Ce fut au tour de Simon de froncer les sourcils. Cette

atmosphère de mystère commençait à lui peser sérieusement.

– Et on peut savoir comment tu sais tout ça ? s'aventura-t-il.

Arsinoé se contenta de hocher de la tête de droite à gauche.

– Non, on ne peut pas, reprit-il enfin. Mais ce que je peux tout de même te dire, c'est que tu t'es fichu dans un fameux pétrin. Peut-être bien que, ce matin, tu aurais dû écouter le conseil qu'on t'a donné, te fier au chien et filer au plus vite d'ici.

Cette fois, Simon se raidit. L'autre, en toute connaissance de cause, mettait délibérément le doigt où ça faisait mal et il appuyait sciemment.

– Oh ! voulut-il se rebiffer, de quoi tu parles, là ? Qu'est-ce que tu en sais ?

Arsinoé se pencha vers la table. Il arborait un étrange sourire matois qui fit à nouveau frémir Simon.

– J'en sais ce que j'en sais, dit-il sur un ton qui fit naître aussitôt l'idée d'une fouine dans l'esprit de Simon. Je n'ai rien, reprit-il, je ne suis qu'un pauvre paumé. Mais je sais. C'est mon seul bien. Tu ne voudrais tout de même pas me le prendre ?

C'était là des propos bien trop obscurs pour l'esprit cartésien de Simon. Lui ne voyait rien d'autre que la connaissance trop précise qu'avait Arsinoé des événements du matin. Et cela, bien sûr, lui parut suspect.

– Tu y étais, gronda-t-il. Tu étais à la grange, ce matin. Peut-être même...

L'idée s'était insinuée dans son esprit en même temps qu'il prononçait ces mots. Et, tout de suite, elle fut certitude, mûrie sur l'instant, comme une terrible explosion d'évidence.

– Mais bien sûr ! éclata-t-il soudain. C'est toi... C'est toi qui as fait le coup. C'est toi qui as foutu le feu. Et ça t'arrange qu'on m'accuse. Ça aurait fait ton affaire que je file. Le beau coupable, pardi ! Non mais, ce n'est pas vrai ! Hein ? Avoue ! Mais avoue donc que tu aurais bien aimé que je file...

La colère, soudain, l'avait emporté. Simon n'était plus lui-même. La souffrance de l'injuste mise en accusation avait fait son travail de sape durant toute la journée. Il avait trop enduré, durant ces heures d'errance aussi bien physique que morale. Il fallait que ça explose, et Arsinoé n'était que le prétexte à ce que s'expurgent de son esprit, comme d'un livre dont elles auraient faussé le sens, ces injustices qui correspondaient si peu à ce qu'il savait de lui-même.

Il bondit. Il ne se contrôlait plus. La table, en se renversant, fit un tel tintamarre que le chien, expulsé brutalement de son sommeil, fit un bond de trois mètres en arrière et atterrit inopinément au milieu de quatre rangs minuscules de carottes. Effaré, assis de guingois au milieu des fines feuilles en bouquets, l'œil exorbité et l'oreille en cornet de frites, il vit avec horreur Simon sauter à la gorge d'Arsinoé et les deux hommes rouler sur le sol en terre battue de la cabane, dans un grand fracas de meubles renversés et plus ou moins fracassés.

Cela, au reste, ne dura que quelques instants, même s'ils prirent, pour le pauvre chien, des allures d'éternité. Tout à coup, et sans qu'il puisse tout de suite en saisir la raison, tout se figea. Arsinoé, étendu sur le sol, ne bougeait plus alors que Simon, agenouillé, semblait ramper avec une extrême lenteur vers le fond de la pièce. Une indicible terreur lui faisait un regard fou qui tira un long gémissement de la gorge du chien. Il crut Arsinoé mort et Simon ayant perdu la raison.

Pour qu'il comprenne, il fallut que la lune, jaillissant

opportunément à cet instant précis de derrière les plus hauts houppiers, s'emploie à faire jouer sa froide lueur sur un objet que tenait Arsinoé. C'était un couteau, un long couteau de boucher dont Simon ne parvenait pas à détacher son regard.

Le chien s'ébroua, enjamba précautionneusement les plants de carottes et rejoignit son vieux sac sur lequel il s'assit. Il s'agissait de ne rien perdre de ce qui allait encore se passer. La scène, pourtant, se prolongeait. Toujours allongé, parfaitement immobile, hormis son poignet qu'il faisait tourner avec lenteur pour mieux faire scintiller la lame du couteau dans les flots de lueur blanche que la lune jetait sur elle avec complaisance, Arsinoé ricanait doucement. Simon, dans son lent mouvement de reptation, avait fini par rencontrer la paroi de planches et de tôles de la bicoque. Toujours aussi terrorisé, plus effaré peut-être par l'inconscience de son geste que par ses conséquences, il s'y tenait pelotonné, comme résigné, déjà à la merci de la lame dont continuait de jouer Arsinoé.

Puis, tout à coup, celui-ci bondit sur ses pieds. Le couteau était resté sur le sol où ne l'atteignaient plus que quelques pâles reflets de la lumière lunaire. Sans plus se préoccuper de Simon, à qui, pourtant, la vivacité de son geste avait tiré un bref cri de terreur, il se mit en devoir de relever la table, le banc et la chaise.

– Viens donc m'aider, au lieu de geindre, dit-il sans que parût dans sa voix la moindre parcelle de colère.

Simon se releva péniblement et vint à son tour redonner un semblant d'ordre au mobilier bancal de la pièce.

– Assieds-toi là et écoute-moi bien, dit encore Arsinoé en se réinstallant sur sa chaise.

Négligemment, il se pencha, ramassa le couteau, et

l'envoya prestement rejoindre, dans une bassine près de la porte, le reste de la vaisselle.

– D'accord, continua-t-il, tu n'as pas eu une journée facile. Ça explique bien des choses. Alors, on en reste là. Ça marche ? Bon ! Seulement, tout ça, ça n'arrange pas tes affaires. Remarque, je ne suis pas là pour les régler à ta place. Alors, je vais te dire une bonne chose : d'abord, tu le crois ou tu ne le crois pas, ce n'est pas moi qui ai mis le feu à la grange du vieux Sigismond. J'y suis pour rien, moi, dans ce coup-là. Et si je sais beaucoup de choses, ça n'avancerait à rien que je te les dise. C'est une drôle d'affaire, tout ça. Ça ne sent pas trop bon. Et tu as le nez délicat, toi. Tu ferais mieux de laisser tomber... Non ? Il n'y a rien à faire ? Ah, je vois : l'honneur ! L'honneur et peut-être bien autre chose... Mais enfin... Après tout, ce ne sont pas mes oignons. Puisque tu t'obstines, il faudra bien que tu trouves toi-même. Sinon, ça n'a pas de sens.

» Tout ce que je peux pour toi, c'est t'offrir mon toit de tôles et de bâches. Si tu me fais un tout petit peu confiance, tu n'auras pas à t'en plaindre. Tu es ici comme chez toi. Je n'ai pas beaucoup, mais je ne dépends de personne. Et le peu que j'ai, il ira bien pour deux, foi d'Arsinoé ! Pas vrai, le chien ? Pas vrai qu'on ne regrette pas ses séjours chez Arsinoé ?

La queue du chien, en s'agitant frénétiquement, leva du vieux sac un fin nuage de poussière dont la lune, par jeu, fit, durant quelques brefs instants, un doux scintillement d'étoiles.

Ils se perdirent un long moment, l'un et l'autre, dans la contemplation du chien, toujours à son poste d'observateur, sur le seuil de la cabane, et de la nuit qui, avec la complicité de la lune, se plaisait à faire courir des armées d'ombres d'un bord à l'autre du minuscule jardin. Simon songea à de grands albatros qu'aurait trompés le court clapot des hautes futaies sans cesse frissonnant sous l'effet des souffles contraires se croisant et s'affrontant au plus haut du ciel. Jamais ils n'effleuraient le sol, entretenant comme à plaisir l'illusion d'une paix parfaite.

– Ça fait longtemps que tu vis ici ? finit par demander Simon.

Il ne pouvait pas imaginer que toutes les forces antagonistes, qu'il sentait, sans trop en prendre conscience, tourner loin au-dessus d'eux, aient toléré durant tant de temps cette fragile présence.

– Encore assez, se contenta de répondre Arsinoé.

– Et tu es bien, là ?

La question était absurde. Elle tira un grand éclat de rire à Arsinoé. Il résonna longtemps dans l'épaisseur du taillis.

– Pour sûr mieux que là où j'étais avant ! s'exclama-t-il.

– Et tu étais où, avant ?

Arsinoé, quittant le chien et la nuit des yeux, se tourna lentement vers Simon. Il posa sur lui un étrange regard à la fois très grave et plein de dérision.

– Où j'étais ? répéta-t-il. C'est simple : j'étais au pays des hommes.

14

Peut-être n'y avait-il même pas un bout de chandelle, dans la cabane d'Arsinoé. À moins que ce ne soit là un bien trop précieux pour en user inconsidérément. Les mots ne s'embarrassent pas de savoir s'il fait jour ou nuit pour voyager de la bouche de l'un à l'oreille de l'autre. Peut-être même marquent-ils une légère préférence pour les heures d'ombre durant lesquelles une certaine légèreté de l'air leur donne un relief d'autant plus pur que la critique du regard ne vient pas le parasiter.

Arsinoé, dans l'obscurité presque totale qui avait gagné son modeste logement, ne put évidemment pas voir la perplexité que sa remarque avait dessinée sur le visage de Simon. Il en resta donc au gain évident que lui avaient donné ses mots et ne s'embarrassa pas d'explication.

– Les hommes, tu vois, continua-t-il, sans forfanterie, je crois bien que j'en ai fait le tour. Remarque, je dis les hommes, mais tu me comprends : les femmes aussi bien sûr. Peut-être que je n'ai pas eu de chance. Peut-être que je n'ai pas su m'y prendre. Sûrement que j'ai été trop exigeant, trop tête de bois, à vouloir le monde tel que je l'entendais, et pas tel qu'il est. Tu penses bien qu'ils ne me l'ont pas pardonné.

» Encore que... Qu'est-ce que tu en sais, toi ? Tu es du bord de ceux qui se plient, toi ; du bord de ceux qui font sagement ce qu'on leur dit de faire, sans trop se poser de questions, et qu'on récompense en leur donnant des diplômes, du travail bien payé, une femme, des enfants...

– Je n'ai ni femme ni enfant, l'interrompit Simon.

– Ah bon ? J'aurais cru, pourtant, insista tout de même Arsinoé. Même pas une petite copine ?

– Justement...

Il se méprit.

– Tu vois ! Je te le disais...

– Justement, elle m'a quitté...

– Ah... Évidemment... Et c'est pour ça que tu es venu te perdre par ici, pour oublier.

Ce n'était pas une question. Simon s'estima dispensé de répondre. Il résista même à l'épreuve du silence qu'Arsinoé laissa volontairement s'éterniser.

– Bof, finit tout de même par reprendre ce dernier, tu oublieras, tu partiras et ça n'aura rien changé. À moins que...

Simon, cette fois, tendit l'oreille. L'autre n'eut pas besoin de le voir pour s'en douter.

– Non, ce n'est rien. Je disais ça..., se reprit-il.

– Tu disais quoi ? se mouilla-t-il enfin, bien qu'au minimum.

– Je disais... je disais... Je disais que tu es venu ici pour oublier... pas pour retomber dans le piège !

– Qu'est-ce que tu veux dire ? Qu'est-ce que tu entends par là ? De quel piège parles-tu ?

– Est-ce que ça vaut la peine ? Tu vois bien ! Je te le disais. C'est toujours la même chose. Si ce n'est pas ton boulot, ce sont les femmes. Et si ce ne sont pas les femmes, c'est le percepteur, les poulets ou bien d'autres empêcheurs de vivre en paix. Tous, je te dis, je les ai tous connus. Toi, tu es de la race de ceux qui acceptent. Ici, pour toi, c'est comme une parenthèse. Peut-être que tu ne t'en rends même pas compte. N'empêche que tu la refermeras, bien sûr, cette parenthèse-là, et puis adieu Arsinoé, le chien et les autres. Ce sera plus fort que toi, tu y retourneras à ta soupe à la grimace du boulot, du fric et de tout le reste.

Il était lancé. Dans l'ombre, Simon savait qu'il n'avait plus qu'à attendre. Tout serait dit, et peut-être ce qu'il ne savait pas encore de lui-même.

– Moi, tu vois, continuait Arsinoé, ce n'est pas que j'ai refusé. C'est qu'on ne m'a rien proposé. Remarque, ça revient au même. Il en aurait fallu bien d'autres pour que je me retrouve en situation d'accepter. Je ne sais pas, moi... Peut-être que si j'avais eu des parents, un père... À force de dérouillées, il y serait peut-être arrivé, à ce que j'aille à l'école. Et après ? Ah, sûr, tant que je me suis obstiné à me battre contre eux, à vouloir leur faire entendre que c'étaient tous des demeurés et que c'était moi et moi seul qui avais raison, c'est que j'en ai pris des gnons ! Des gnons et rien d'autre ! Chope, mon gars, et estime-toi heureux. Pour le reste, pour vivre quoi, tant que tu refuseras de venir picorer dans notre main, il faudra bien que tu t'en passes !

» J'ai refusé, bien sûr. Et je n'ai pas bouffé tous les jours à ma faim. Qu'est-ce que tu veux ? Remarque, ça, ce n'est pas le pire. Tu veux savoir ce que c'est, le pire ? Eh bien, moi, je m'en vais te le dire. Le pire, c'est d'avoir envie. Envie de la belle bagnole garée le long du trottoir, envie de la télé et de toutes les niaiseries qu'elle montre, envie de ce qu'avaient les autres, simplement parce qu'ils l'avaient... Eh oui ! Tu aurais dit ça, toi, que j'ai été comme ça ? Moi, il y a des jours, j'ai du mal à le croire. Et pourtant... Même que ça devrait encore durer. Pourquoi j'ai changé ? Tu saurais me le dire, toi, pourquoi je n'ai pas fait comme les autres ? J'étais pourtant en bon chemin ! La rue, quoi. Le canon de rouge pour tenir chaud dedans et les cartons sur les bouches de métro pour la nuit...

» Faut dire, déjà, en ce temps-là, je ne croyais plus en rien. Même l'envie, l'envie qui fait si mal, ça m'était passé. Même les femmes... Oh ! ce n'est pas pour dire, mais j'en ai eu comme les autres, des grands amours, des qui devaient durer toujours, des incorruptibles... qui se sont corrompus tout de même. De ma faute, je te dis. À toujours vouloir que le monde soit moins dégueulasse... À toujours me faire jeter des mille boulots que j'ai pu essayer, pour raison de grande gueule ou d'incitation des autres à ne pas se laisser berner par le patron... Comment tu veux qu'une femme tienne le coup, dans ces conditions-là ? Une femme, il lui faut de l'ordre, du confort, de la sécurité ; il faut qu'on s'occupe d'elle, qu'on ait des intentions, qu'on lui dise qu'elle est la plus belle... même si elle sait très bien que ce n'est pas vrai. Tu me vois, moi, avec la tronche que j'ai, à faire le joli cœur comme ça ? J'en ai aimé des femmes, ça oui, j'en ai aimé, mais à ma façon à moi, pas à leur façon à elles. Ça ne pouvait pas aller.

» Alors, la rue, ça a été aussi les filles paumées, celles qui font ça pour un quignon de pain ou pour un coup de rouge. Eh oui, mon vieux, ça existe. Ce n'est pas ton monde à toi, bien sûr, mais moi je peux te dire que ça existe. Et, surtout, je peux même te dire que, ces filles-là, j'interdis qu'on se moque d'elles. Elles en valent bien d'autres, marche, peut-être même plus que d'autres, pour ce qui est du cœur, si tu vois ce que je veux dire. La vie n'en a pas fait des dames, voilà tout. Elle en a fait des salopes, comme il y en a qui disent. Et eux, ils sont quoi ? Tu ne crois pas qu'il vaut mieux être salopes comme elles qui ne te laisseront jamais tomber, qui arriveront encore à partager quand elles n'ont rien, que salauds comme certains qui ont peut-être des manières, mais qui savent si bien mépriser ?

» Tu vois, j'ai souffert, dans ce monde-là. Oh, oui, ça, je peux le dire que j'ai dérouillé. Eh bien, pourtant, je ne le regrette pas. J'y ai appris des choses, tu sais, dans la rue. Ça a été mon école, la rue. Une école où tu n'iras jamais, mais une école tout de même. Il a fallu que je tombe complètement, que je sois au ruisseau pour bien comprendre ça, mais, tu me diras ce que tu voudras, cette humanité-là, celle des moins-que-rien, elle vaut bien plus, par sa générosité, par son sens du prochain, que le monde bien léché mais farci d'hypocrisie des bourgeois.

La lune s'en était allée ailleurs blanchir la nuit. C'était à peine si on devinait la silhouette du chien roulé en boule sur son vieux sac. Par intermittence, une chouette lançait sa longue complainte aux modulations pleines de tendresse. Une autre lui répondait, lointaine, puis le silence se refaisait, à peine brouillé par l'incessant murmure des feuillages frémissant sous l'effet d'une brise à peine perceptible.

– Tu ne les aimes pas, constata Simon.

Arsinoé rêvassait. Il sursauta.

– Qui ? Qui donc que je n'aime pas ? Ah ! les bourgeois ? Qui t'a dit ça ? Est-ce que j'ai dit, moi, que je ne les aimais pas ? Tu vois, tu portes des jugements, comme eux.

Toi aussi, tu es un bourgeois. Moi, ça fait belle lurette que j'ai dépassé ça. Aimer, ne pas aimer ? Qu'est-ce que ça veut dire ? Longtemps, c'est vrai, j'ai cru que je haïssais tout ceux qui ne pensaient pas comme moi.

Il eut un petit rire de gorge qui surprit Simon.

– Tu te rends compte ? reprit-il aussitôt. Tout ceux qui ne pensaient pas comme moi ! Le monde que ça faisait ! Le monde entier sauf moi, pour dire. Je prétendais haïr tout ce monde-là ! Trop, ça faisait tout de même trop. Si j'avais continué comme ça, c'était à ma perte, à ma propre destruction que j'allais, sûr !

» Et puis, une belle nuit... enfin, une saloperie de nuit où il faisait un froid de loup, où il pleuvait, une de ces nuits où nous, les paumés parmi les paumés, on vivait notre enfer sur la terre, j'avais trouvé un abri à peu près sec vers Daumesnil, au ras des voies de la gare de Lyon. Il y avait des travaux ou quelque chose comme ça. Avec un ou deux autres de mon espèce, on s'était faufilés entre les planches d'une palissade et on était là, à boire des canons d'un vilain tord-boyaux sous l'espèce de balcon que formait une rue au-dessus du ballast des voies ferrées.

» Il y avait des trains qui nous passaient sous le nez dans un fracas de tous les diables. Et ces trains-là, je me mettais dans la tête que c'était toute l'arrogance du monde qui se faisait un malin plaisir à venir nous narguer. Ils ne roulent pas encore bien vite, les trains, à cette hauteur-là. On voyait toutes les lumières, les voyageurs dans les couloirs ou le nez collé à la vitre. Ils n'avaient pas l'air d'avoir froid, eux. On en voyait même en bras de chemise. On en voyait dans les couchettes qui se fichaient tellement de ce qu'on pouvait penser d'eux qu'ils n'avaient même pas fermé leurs rideaux. On en voyait qui commençaient à se déshabiller.

» Et nous, on buvait des coups de notre saloperie de piquette pour nous donner au moins l'illusion d'un peu de chaleur, à l'intérieur, tellement on pelait de froid et d'humidité, sous notre surplomb de ferraille qui suintait la flotte de partout. Je devais être complètement saoul quand, va savoir pourquoi, un de ces trains s'est arrêté juste en face de nous. Un feu au rouge par là, un autre à laisser passer... Ce que j'en sais, moi. D'ailleurs, je ne me souviens plus très bien. Je crois que l'idée m'a pris de monter dans ce train-là, comme ça, parce qu'une porte se trouvait devant nous, parce qu'il semblait faire chaud, là-dedans. J'ai dû vouloir que les copains me suivent. Je pense qu'ils ont refusé parce que j'ai vaguement le souvenir qu'on s'est un peu battus. Ça arrivait souvent, mais ça ne portait pas à conséquence. Une façon comme une autre de se montrer qu'on existait encore.

» Ce fichu train, il aurait pu repartir que je ne m'en serais probablement même pas aperçu. Va savoir pourquoi, quand on a eu fini de se foutre sur la gueule, il était encore là. Alors, bêtement, comme ça, juste pour montrer aux autres que j'en étais capable, je suis monté dedans. La porte s'est ouverte sans difficulté. C'était encore au temps de ces vieux wagons sans verrouillage.

» Personne ne m'a vu. Après... je ne me souviens plus très bien. La douce chaleur qu'il faisait là-dedans, par-dessus tout le gros rouge que j'avais bu, a dû m'achever pour le compte. J'ai été réveillé par des contrôleurs furieux au petit matin. Je m'étais roulé en boule dans un coin d'ombre. Tant qu'il a fait nuit, personne n'a fait attention à moi. Ils m'ont bien un peu tabassé, ils m'ont enfermé dans un compartiment vide et, à la première gare, ils m'ont jeté dehors.

» Vieux, la peur que j'ai eue ! C'était blanc partout. De la neige... Jamais je n'avais vu autant de neige. Et un froid... J'avais juste sur le dos un vieux paletot qui ne me protégeait pas de trop, même plus ma musette. Peut-être que j'avais embarqué sans l'emporter, peut-être qu'ils n'ont même pas pris la peine de la jeter sur le quai avec moi, quand ils m'ont viré. De toutes les façons, pour ce qu'elle contenait... Ce n'est pas ça qui m'aurait sorti de la peine.

» Vrai, j'ai cru que j'allais y mourir pour de bon, dans ce pays-là. Par chance, la nuit, ils ne fermaient pas la gare. J'ai pu venir m'y réfugier. J'ai même trouvé une salle d'attente avec des radiateurs tièdes. Tu parles d'un luxe ! Et on ne m'a pas jeté dehors. C'est ce qui m'a le plus étonné. Au petit matin, quand je suis sorti, je n'avais déjà plus le même regard sur ce qui m'entourait. Il m'avait fallu tout ce temps et cette nuit relativement paisible pour qu'à l'obsession angoissante de la survie succède un état de relative conscience. Tu imagines ma tête quand j'ai découvert l'étonnant paysage qui entourait la petite ville où j'avais échoué. Je n'en connaissais même pas le nom. Je ne le connais d'ailleurs toujours pas, mais tout ce que je sais, c'est qu'elle se trouve tout là-haut, à l'est, au plus profond des montagnes que tu as dû voir, en arrivant par ici.

» Jamais je n'avais vu de montagnes. Jamais je n'avais vu autre chose que la misère des bas quartiers et de la zone où je suis né. Jamais surtout je n'aurais pu imaginer que ma présence puisse être aussi bien tolérée. Oh ! bien sûr, on me remarquait. D'autant plus qu'apparemment j'étais le seul clochard à avoir échoué là. Mais on me souriait ! Il y avait, dans le regard des gens, une sorte d'indulgence à peine grondeuse qui me désarmait totalement.

» Tu sais, ça m'a fait penser à ces chiens qu'on voit parfois attachés au fond des cours de ferme. Ils sont là à hurler, à baver, à aboyer furieusement contre tout et tout le monde. Je me suis souvenu d'un chien comme ça, quand j'étais gamin. Ce n'était pas dans une cour de ferme. En ce temps-là, je ne savais même pas que ça pouvait exister, une cour de ferme. C'était au coin d'une caravane pourrie qu'habitait un vieil ivrogne qu'on venait faire enrager. Ce pauvre chien, il n'avait pour s'abriter que le dessous de cette caravane, sans même un sac et avec tous les courants d'air qui passaient par là !

» Et puis, un beau jour, alors qu'avec un autre chenapan de mon espèce on était là à s'amuser bêtement de sa furie, voilà la chaîne qui casse ! D'une peur qu'on a eue ! Tu penses si on a détalé ! Comme des lapins... Et puis, on se retourne et qu'est-ce qu'on voit ? Le chien qui nous avait complètement oubliés et qui allait et venait tranquillement devant la vieille caravane, reniflant et farfouillant de droite à gauche, comme s'il découvrait le monde.

» Peut-être bien que c'était le cas. Qu'est-ce qu'il en connaissait, ce pauvre chien, du monde qu'il voyait mais dont il n'avait jamais pu s'approcher ? Je me souviens que, pétrifié, je suis resté là longtemps à l'observer. Il a même fini par s'approcher de nous. Le copain a préféré filer. Moi, je suis resté. J'ai même fini par l'appeler. « Viens, que le lui disais. Viens, le chien, je vais te donner une caresse. » Tu me croiras si tu veux, mais il est venu. Il est resté un long moment planté devant moi, l'air intrigué, peut-être un peu méfiant, mais ce qu'il y a de sûr, c'est qu'il n'y avait aucune méchanceté dans son regard. Ce n'était plus le même chien.

» Alors, j'ai avancé doucement la main. Il a baissé la tête, comme s'il redoutait vaguement le contact qui allait s'établir. Et je l'ai caressé entre les deux oreilles, longtemps. Il ne bougeait plus. Il semblait tout entier captivé par ce que cela devait faire naître en lui. Puis je lui ai caressé le cou, puis le dos. Il en frémissait de plaisir. Ça a duré... je ne sais pas moi, des heures peut-être, ce petit jeu-là. Pour te dire, je crois bien que j'étais aussi heureux que lui. C'est ce jour-là que, tout gamin que j'étais, j'ai appris qu'on peut trouver autant de bonheur à donner qu'à recevoir.

» Comment ça s'est terminé ? Je ne sais plus très bien. Je me souviens qu'on est allés se promener dans un grand terrain vague, plutôt que dans les rues où on craignait de rencontrer du monde. Il a bien fallu qu'on se sépare à un moment ou à un autre... Le lendemain, quand je suis revenu par là, il était à nouveau attaché au coin de sa caravane et il hurlait après tout ce qui bougeait.

» Là, dans ce pays comme je n'en avais jamais vu, entouré de ces montagnes comme je ne pouvais même pas imaginer que ça pouvait exister, j'y ai repensé, à ce chien-là. Dans les yeux des gens qui me regardaient sans méchanceté, qui arrivaient même, pour certains, à me sourire, j'ai lu que c'était ma chaîne à moi qui avait cassé. Et je me suis juré que plus jamais je n'accepterais d'y être attaché.

15

Simon s'était laissé aller sur le banc. Allongé de tout son long, les jambes pendantes et les mains sous la nuque, il écoutait. Il n'avait pas sommeil. Il avait perdu la notion du temps. L'obscurité était presque totale. Plus rien ne vivait que les mots qu'enchaînait Arsinoé.

Pourquoi lui racontait-il tout ça ? Pourquoi se nommait-il Arsinoé ? Ces questions et quelques autres tournaient lentement dans l'esprit de Simon sans qu'il s'inquiète vraiment de la réponse à leur trouver et sans troubler l'attention qu'il portait au discours de l'étrange personnage.

– À quoi ça tient ! poursuivait celui-ci. J'aurais reconnu ma propre haine des autres dans le regard du premier clampin rencontré sur le quai, jamais, je crois, je ne me serais aperçu que ma chaîne pouvait être cassée. J'ai rencontré de la bienveillance... Il m'a bien fallu deux jours pour l'admettre. Oh ! ils ne se sont pas jetés à mon cou, il ne faut pas croire. Non, simplement, ils n'ont pas fait une montagne de ma présence. Ni hostilité ni peur. Simplement un sourire au passage, dès qu'ils m'ont eu rencontré une fois ou deux, comme une connivence, une reconnaissance.

» Vieux, ce n'est pas pour dire, mais j'étais complètement perdu. Je ne savais plus où me mettre. À quoi ça sert d'en vouloir au monde entier, d'être en furie contre tout et tous, quand plus personne ne te donne de vraies raisons d'être en colère ?

» C'est là que je me suis souvenu de l'histoire du chien et de sa chaîne cassée. Et c'est là, la deuxième ou la troisième nuit peut-être que je passais roulé en boule au coin du radiateur tiède de la salle d'attente, que je me suis juré que plus jamais je les laisserais la rabouter, cette chaîne-là !

– Pourquoi tu me racontes tout ça ?

La question de Simon était venue sans que vraiment il ait décidé de la poser. Peut-être fallait-il qu'elle fuse à cet instant précis pour que rebondissent les mots.

– Parce que tu ne me racontes rien, répondit Arsinoé de façon tout à fait inattendue.

– Que veux-tu que je te raconte ? Tu sais tout.

– Je ne sais pas, moi, ta petite amie, ta vie de bourgeois, ta belle voiture que tu as garée devant l'hôtel... Il y en a des choses à dire.

Simon n'était pas convaincu.

– Il faut qu'elles soient intéressantes pour que ça vaille la peine qu'on les dise.

– Parce que, selon toi, ma vie de clochard est plus intéressante à entendre raconter que la tienne ?

Simon réfléchit un instant.

– Oui, bien sûr, confirma-t-il enfin.

Ce fut au tour d'Arsinoé de laisser se prolonger un silence perplexe.

– Après tout, reprit-il enfin, tu as peut-être raison. On ne parle jamais que des trains qui n'arrivent pas à l'heure !

Il se tut à nouveau. Bien qu'il ne le vît pas, Simon savait qu'Arsinoé, sourcils froncés, se perdait dans un océan de réflexions. Il attendait paisiblement, sûr de la question qui allait tomber.

– Alors toi, se décida enfin Arsinoé, il faudra bien que tu me dises ce qui t'amène ici.

– Pourquoi te dire ce que tu sais ?

– Ce que je sais ! En dehors du fait que tu t'es mis dans de beaux draps, avec cette affaire de grange, je ne sais rien du tout.

– Bien plus que tu ne veux en dire.

– Qu'est-ce qui peut te faire dire ça ?

Le haussement d'épaules de Simon, s'il resta invisible, faillit lui faire perdre l'équilibre. Il se rattrapa de justesse.

– Rien et tout, s'empressa-t-il de répondre. Le chien que tu connais et qui te connaît. Sinon, pourquoi m'aurait-il amené ici ?

– Il t'a emmené chez Freddy.

– C'est bien ce que je disais. Freddy aussi, tu le connais. Tu connais beaucoup de choses et beaucoup de monde, toi, bien plus que Freddy qui ne connaissait pas le chien et qui ne m'a pas parlé de toi. Peut-être même que tu en sais plus que moi sur mes raisons d'être ici.

Arsinoé préféra détourner la conversation.

– Toi, dit-il, ce qu'il y a d'intéressant dans ta vie, c'est soit un train dont tu ne sais pas encore qu'il est arrivé en retard, soit trop de trains arrivés à l'heure. À force, c'est vrai, ça peut lasser... N'est-ce pas ?

La suggestion laissa Simon interloqué. Ce diable d'homme avait un don pour aller toucher là où ça faisait mal. C'était pourtant bien vrai que quelque chose s'était rompu dans le bel enchaînement de son existence. Mais quoi ? Le départ d'Aurélie ? Il n'y pensait même plus sérieusement. À la rigueur, un déclencheur, la goutte d'eau qui avait fait déborder le vase, pas plus. La raison du malaise qui l'assaillait devait être bien plus complexe. Elle devait être enfouie bien plus profondément. Il en convenait, mais n'avait aucune envie de se mettre à fouiller. Il était allongé sur un banc un peu branlant, dans une cabane minable, pas sur un canapé.

– Peut-être..., hasarda-t-il.

– Peut-être quoi ? s'obstina Arsinoé. L'accident ou la monotonie de trop de sécurité ?

– Tu m'ennuies, dit calmement Simon. Je n'ai pas envie de chercher.

– Pourtant, si tu veux savoir, il te faudra bien...

Simon émit un petit rire de gorge nerveux.

– Pour savoir qui a foutu le feu à cette grange de malheur, il faudra que je sache si les horaires de mes trains sont les bons ? voulut-il plaisanter.

– En quelque sorte, dit sèchement Arsinoé.

– Tu plaisantes ?

– Pas le moins du monde.

– Où est le rapport ?

– Que cherches-tu ?

Il avait aussi le don des remarques ou des questions totalement inattendues. Simon se souleva sur un coude et tenta en vain de percer l'obscurité en direction d'Arsinoé.

– Celui qui a fait le coup, pardi !

– Pas seulement.

Bien que pour rien au monde il n'en eût convenu, par-devers lui il dut bien admettre qu'Arsinoé n'avait pas totalement tort.

– Je ne vois toujours pas où est le rapport, s'obstina-t-il.

– Ça viendra, dit calmement Arsinoé. Et, ce jour-là, tu remercieras le vieil Arsinoé de t'avoir mis sur la voie...

Il y avait là un ton un peu sentencieux qui ne plut pas à Simon.

– Arrête, tu veux, grogna-t-il.

– Ce que j'en dis..., conclut Arsinoé avec beaucoup de décontraction.

Simon n'en était pas moins mal à l'aise. Les énigmes n'étaient pas son fort. À son tour, il préféra détourner la conversation.

– Le vieil... le vieil... Tu n'es pas si vieux que ça. Tu as quel âge ?

– Quelle importance ? La vie peut te faire vieux avant bien d'autres, comme elle peut laisser jeunes bien des cœurs de vieux.

Simon commençait à se lasser de cette façon qu'avait Arsinoé d'assener à tout bout de champ, comme des pirouettes, de péremptoires affirmations qui prétendaient prendre, dans sa bouche, des allures d'immanences. Une nouvelle fois, il voulut se dégager.

– Au fait, dit-il, pourquoi ce nom d'Arsinoé ?

L'intéressé laissa échapper un profond soupir.

– Enfin ! dit-il.

Et il se tut. Simon se fit la remarque que quelque chose d'imperceptible avait cédé dans l'épaisse obscurité. Il n'en avait pris conscience que par la façon dont ce seul mot, « enfin », lui était parvenu. Peut-être une première fêlure, si petite qu'encore invisible, dans le métal dont sont faits les mots lorsque seule l'oreille peut les percevoir. Comme une confirmation venant juste à propos, il s'aperçut qu'une infime nuance venait d'apparaître dans le noir complet qui les baignait depuis que la lune s'était couchée. Il lui fallut quelques instants pour comprendre que l'encadrement de la porte contenait quelque chose qui n'était plus tout à fait de l'obscurité. Il se redressa légèrement sur ses coudes et écarquilla les yeux. Peut-être parce qu'il s'attendait à la voir là, il lui sembla distinguer vaguement la forme sombre du chien roulé en boule sur le vieux sac.

– Pourquoi Arsinoé ? reprit tout à coup son hôte. Voilà la question qu'il fallait poser.

Il parut à Simon qu'il s'exprimait plus vite, plus sèchement, comme si lui aussi avait pris conscience de l'approche de l'aube et qu'il lui semblait urgent de dire ce qui devait l'être.

– Sais-tu au moins qui est Arsinoé ? demanda-t-il.

Sans attendre une réponse dont il ne doutait apparemment pas qu'elle serait négative, il enchaîna.

– Une femme ! C'est une femme. À ce que l'on dit, une très, très belle femme. La fille d'Abel.

– Connais pas, se contenta de commenter Simon.

– Tu ne connais pas Abel, Abel, le frère de Caïn ?

Cette fois, Simon ne se laissa pas prendre. Il fronça les sourcils. Il y avait là quelque chose qui clochait.

– Parce que Abel avait une fille ? hasarda-t-il prudemment.

– Bien sûr. Tu n'as pas lu la Genèse ?

C'était là, pour Simon, un terrain quelque peu piégé sur lequel il préférait s'engager avec la plus grande prudence.

– Honnêtement, ce n'est pas mon livre de chevet, mais j'ai lu, bien sûr, comme tout le monde. Et... justement...

– Justement, quoi ?

– Je ne me souviens pas que les filles aient l'honneur d'être citées dans les descendances. Et puis d'ailleurs, Abel a-t-il seulement eu une descendance ?

– Si, une fille : Arsinoé.

– C'est dans la Genèse ?

– Non, évidemment.

– Alors, comment peux-tu l'affirmer ?

– Et toi, comment peux-tu affirmer qu'Abel n'a pas eu de fille ? Tu le dis toi-même, elles ne sont pas nommées dans la Genèse. Il a bien fallu qu'ils aient des filles, tous ces mecs-là, pour se reproduire.

– Admettons, concéda Simon que n'enthousiasmait pas du tout l'idée de prolonger un tel débat. Pour moi, ajouta-t-il tout de même, Arsinoé, c'était... Attends voir... Une princesse égyptienne ou quelque chose comme ça, si je me souviens bien. Peut-être bien la sœur de Cléopâtre. Et puis, bien sûr, Célimène... Célimène et Arsinoé.

Arsinoé émit un léger sifflement admiratif.

– Tu as tout de même des lettres, reconnut-il, pas beaucoup d'idées, mais des lettres.

Simon préféra ne pas relever.

– Ça ne m'explique toujours pas le pourquoi de ce nom de femme, se contenta-t-il de remarquer.

Arsinoé prit le temps de rire, un drôle de rire roulant dans sa gorge comme des galets dans le lit d'un torrent. Puis, du plat de la main, il tapa sèchement sur la table.

– C'est justement ! explosa-t-il. Ma chaîne ! Tu te souviens ? Ma chaîne cassée à tout jamais. Déjà, je n'étais plus le même. Comme une nouvelle naissance.

Sans se soucier du manque total de rapport, du moins en apparence, il reprit son récit.

– C'est que j'en ai eu, des amis, dans cette ville-là. Tiens, si tu t'en sors, de ta vilaine affaire, si tu continues ton voyage, tu devrais y passer, par cette ville-là. Je te donnerai des noms. Et puis le chien, il en connaît du monde, dans cette ville-là ! Remarque, pas tous bons, il ne faut pas croire. Des grincheux comme partout, mais va savoir pourquoi, il y en a qui m'ont eu à la bonne ! Un cheminot d'abord. Un matin, comme ça, alors que je sortais de ma salle d'attente, il me dit : « Viens voir. » Et il m'entraîne dans les voies, les aiguillages et tout, jusqu'à une sorte de petite maison toute tranquille, entourée d'herbe sèche. Il pousse la porte. « Entre », qu'il me dit. Tu me croiras si tu veux, mais il faisait bon et chaud, là-dedans. « Dans le temps, il y avait un gardien qui vivait là, qu'il m'explique. Il surveillait les aiguillages. Ça fait belle lurette que son poste a été supprimé. Tout ça, maintenant, c'est automatique. Mais le chauffage, un vrai chauffage central relié à celui de la gare, il n'y en a pas eu un pour penser à le couper ! »

» Je me suis installé. J'étais comme un coq en pâte, dans cette cahute. J'y suis resté près de deux ans. J'y serais peut-être encore s'il n'y avait pas eu ces fichus travaux. Ils ont modernisé, à ce qu'il paraît. Et ma cabane, eh bien, elle les gênait, ma cabane. Un soir, quand je suis rentré, plus de cabane... Un coup de bull... Et mes affaires qui étaient dedans... Tu penses si ça les a gênés. Remarque, je n'avais pas grand-chose. Mais, tout de même, pour le coup, je n'avais plus rien du tout.

» J'ai réintégré ma salle d'attente. Vrai, il s'en est fallu de peu que je la retrouve, ce jour-là, ma chaîne. J'avais la haine, comme disent les jeunes. J'en voulais au monde entier. J'avais dans la tête qu'il m'en voulait autant que je lui en voulais, que jamais il ne me laisserait en paix, et tout le reste, tu penses...

» Le lendemain, je ne me suis pas montré. Une fois de plus, j'étais décidé à tout rompre, à tout casser. Et, tu vois, ce sont eux qui sont venus me chercher. Eux, c'était les copains, les copains au cheminot qui m'avaient eu à la bonne dès les premiers jours. Il faut dire, on avait pris l'habitude... Enfin, c'était lui, le cheminot, qui m'avait entraîné... En temps ordinaire, avant cette affaire-là, je passais mes journées à faire des petits boulots à droite ou à gauche, ou bien, si je n'avais rien, à faire la manche devant la porte d'un magasin ou de la poste. Souvent, le soir, en revenant vers ma petite maison, je le croisais. Lui, il quittait son travail. « Viens, qu'il me disait. Je vais retrouver des copains. On joue aux cartes. Viens, ça te fera de la compagnie. »

» Un jour, je l'ai suivi... Vieux, la bamboula ! Va donc savoir pourquoi, tout de suite, je me suis trouvé bien, avec ceux-là. Et moi qui n'étais pas spécialement un rigolo, je me suis mis à les faire rire. C'est moi qui suis devenu le boute-en-train. Remarque, pour dire vrai, les vieux gars, ils n'engendraient pas non plus la mélancolie. Mais alors, ces moments de rigolade, de vrai bonheur qu'on a eus ! Des amis, quoi, des vrais amis. Tu sais ce que c'est, toi, que des vrais amis ? Moi, je découvrais. Je n'aurais jamais pensé que ça puisse exister en dehors de la cloche. Je ne pouvais pas imaginer qu'on puisse partager à ce point-là autrement que dans la misère. Et pourtant, ces gars-là, ils avaient femmes et enfants. J'ai même été reçu chez eux. On ne faisait pas de différence.

» Et puis voilà que tout est flanqué par terre par ces maudits travaux. Je me dis bon, c'est tout, cette fois, on ne m'aura plus. Je redeviens un vrai méchant. Ils n'y pouvaient rien, eux, tu vas me dire. C'était pourtant vrai, mais, dans ces cas-là, quand tu en es rendu là, tu ne fais plus de différence. C'est le monde entier à qui tu en veux. Il n'y a plus d'ami. Il n'y a plus rien qu'une haine noire pour tout ce qui n'est pas toi-même.

» Alors, je ne suis plus allé à nos rencontres du soir. Je suis resté dans mon coin, à faire la manche, à traîner les rues ou à me rouler en boule sous le radiateur de la salle d'attente en compagnie d'une bouteille de rouge... Tu vois les dégâts ! Quoi ? Deux, trois jours, ça a duré, cette affaire-là. Et puis, un soir, j'arrive à la gare et qu'est-ce que je trouve ? Toute la fine équipe. Il n'y en avait pas un pour avoir voulu manquer ça. « Foutez-moi le camp, que je leur dis. Je ne veux plus vous voir. Je ne veux plus voir personne ! »

» Tu parles d'un accueil ! Remarque, à l'odeur de vinasse que je devais dégager, ils ont dû vite comprendre. C'est mon copain le cheminot qui m'a parlé. « Tu fais ta tête de mule, qu'il me dit comme ça. Fort bien, c'est ton affaire. Je sais pourquoi tu es comme ça, qu'il continue. Je le sais qu'ils ont rasé ta cahute. Est-ce que j'y peux quelque chose, moi ? Tu veux bien me le dire, si on y peut quelque chose, tous autant qu'on est, à te voir dans l'état où tu t'es mis ? »

» Moi, je ne réponds pas. Je fais comme s'ils n'étaient pas là. Je me roule sous mon radiateur, je m'envoie une grande lampée de gros rouge, et je fais semblant de dormir. « Tant pis, qu'il ajoute, le copain cheminot. Tu ne veux pas nous écouter, on ne peut pas te forcer. On avait pourtant une sacrée solution pour toi, mais si tu n'en veux pas... » Et les voilà qui se cassent.

» Tu penses si ça m'a travaillé. À peine si j'ai fermé l'œil de la nuit, et le lendemain, j'ai marché dans la ville toute la journée à ruminer tout ça et à me demander ce que je devais faire. J'étais malheureux comme la pierre, mais jamais je ne l'aurais admis. Il a fallu que ce soit le copain cheminot qui se débrouille, le soir, à la sortie de son boulot, pour se mettre sur mon chemin. J'avais tellement cavalé que j'étais éreinté, mais pas trop saoul. « Faut qu'on parle, qu'il m'a dit. Viens. » Il m'a entraîné vers un autre café, pas celui où ils se retrouvaient. Un petit troquet un peu minable, juste bon pour des mecs comme moi. « Voilà, qu'il m'a dit, il y a le Claude... »

» C'était un de notre bande qui me serinait toujours que je ferais mieux d'aller m'installer à la campagne, que je serais mieux à la campagne et patati et patata...

Est-ce que je savais seulement ce que c'était, moi, la campagne ? Bref : « Il y a le Claude, qu'il me dit, le copain cheminot, il a quelque chose à te proposer. Il a un tout petit bout de terrain, dans une forêt, pas bien loin d'ici. Il a hérité ça de famille, mais, à force de partages, de génération en génération, il dit que c'est un mouchoir de poche dont il n'y a pas grand-chose à tirer. Alors, il te le donne. Il y a fait du bois il n'y a pas bien longtemps. C'est la friche. Si ça te dit, on y va avec toi quelques dimanches, on nettoie tout ça, on t'aide à t'y construire une cabane. Après, tu seras chez toi. Il n'y aura personne pour venir t'embêter. Qu'est-ce que tu en dis ? »

» Qu'est-ce que tu voulais que j'en dise ? Est-ce que seulement j'étais encore capable de dire quelque chose ? Est-ce que j'avais idée de ce que ça représentait ? Au fond, ils ne m'ont pas tellement laissé le choix. Le dimanche suivant, ils sont venus me chercher presque à l'aube dans ma salle d'attente. Ils devaient avoir peur que je m'évanouisse une fois de plus dans la nature.

» Ils m'ont amené ici. C'est drôle à dire, mais alors, quand on s'est retrouvés là, entre ces grands bois comme jamais je n'en avais vu, dans ce petit bout de terrain encombré de branches mortes, de ronces et de fougères, eh bien, tu me croiras si tu veux, j'ai eu peur. Oui, peur ! J'ai voulu me sauver. « Réfléchis, qu'ils m'ont dit. Au début, on t'aidera. Après, tu auras ton jardin. Et puis, tu seras chez toi. Personne pour t'embêter. » Peut-être bien que c'est l'idée du jardin, et puis d'être chez moi, qui m'a décidé.

» On s'est mis au travail. Le soir, j'ai refusé de rentrer avec eux. « Ma salle d'attente, j'en ai ma claque, que je leur ai dit. Je reste ici. – Mais tu n'as rien ! – Je me débrouillerai ! » J'avais complètement changé d'avis. Quelque chose s'était passé en moi pendant que je bossais comme une bête à débroussailler tout ça. J'avais senti que je venais de toucher au port. Rien à faire, je ne voulais plus m'en éloigner.

16

– Et c'est pour ça que tu te fais appeler Arsinoé ?

– Oui.

On en était au moment quotidien où le jour l'emporte définitivement sur la nuit. Celle-ci, vaincue mais toujours là, se retirait en bon ordre, se réfugiait sous la futaie, se glissait dans les angles les plus reculés, loin des portes, sous les rangs de pommes de terre, derrière chaque pied de groseillier, là où le jour, encore gris, lui menait la chasse, impitoyable, coulant, comme une onde encore incertaine, dont la marée doit tout engloutir.

On en était au moment où hésitaient les mots, pris entre lassitude et brûlant désir de s'accomplir jusqu'au dernier. Simon, toujours allongé sur son banc, ne savait plus très bien s'il avait envie d'en savoir plus ou s'il allait céder au sommeil. Arsinoé était comme le chasseur qui ne veut pas abandonner la piste au long de laquelle l'entraîne sa traque, mais qui rêve déjà de repos.

– Oui, répéta-t-il simplement comme si cela pouvait être suffisant.

Simon se tourna lentement vers lui. Au-dessus du bord de la table, il ne voyait que le haut du visage d'Arsinoé. Il reçut son regard comme un grand souffle de vent et s'en ébroua. Cela lui avait fait l'effet d'une grande gifle d'air frais. Elle avait éteint en lui le désir de sommeil. Restait la curiosité d'en savoir plus.

– Pourquoi ? demanda-t-il.

À son tour, Arsinoé se sentit tout revigoré par cet intérêt porté à son discours. Il se secoua, chassant au plus profond de lui l'envie de dormir qui menaçait.

Le chien, sur le vieux sac, devant la porte, s'étira en bâillant bruyamment. Pour se donner le plaisir de le contempler, ils consentirent l'un et l'autre à laisser se prolonger le silence. Il s'assit un instant, leur tournant le dos, apparemment accaparé par le spectacle de l'éveil de la nature. Puis, lentement, il tourna la tête vers eux, les considéra longuement, l'air satisfait, balayant doucement sa couche du panache de sa queue. Il bâilla une fois encore, à s'en décrocher la mâchoire, et se roula à nouveau en boule sur son tapis, visiblement convaincu qu'ils n'en avaient pas fini avec leurs mots et qu'il n'y avait rien à attendre d'eux, pour l'instant.

– Pourquoi ? répéta enfin Arsinoé. Parce que j'étais fatigué des hommes.

– Alors, tu as pris un nom de femme.

Arsinoé dodelina doucement de la tête de droite à gauche. Ce n'était pas si simple que ça.

– Nom d'homme, nom de femme, reprit-il, ça n'avait plus d'importance. Celui-là m'a plu. Je me le suis approprié.

– Et pourquoi la fille d'Abel ?

– Et pourquoi pas la fille d'Abel ?

– La différence...

– L'important n'est pas le sexe. C'est la parenté. Dès lors que tu as renoncé à l'humanité, le sexe, qu'est-ce que ça veut dire ? Et j'ai renoncé à l'humanité. C'est pour ça, vois-tu, que le soir du premier dimanche que j'ai passé ici, j'ai refusé de rentrer vers la ville avec eux.

Pendant que j'essartais, que je me battais avec toutes ces branches mortes, ces ronces, que je me grillais la peau autour du grand feu purificateur que nous avions allumé, l'idée s'était peu à peu imposée à moi que l'isolement physique que je trouvais là allait de pair avec une sorte de total renoncement à tout commerce, de quelque nature qu'il soit, avec les hommes.

» Attends ! Je te vois venir. Ce n'est pas que je me suis pris pour un ermite. Le retour au désert et tout le toutime, très peu pour moi. Non, ça allait même bien plus loin que ça. C'était comme si je m'en allais de tout. Il n'y avait rien de je ne sais quelle recherche métaphysique là-dedans. Non, je disais au revoir la compagnie, un point c'est tout.

» Oui, mais ce n'est pas tout ça. Que je le veuille ou non, je me trouvais face à un zigoto qui me ressemblait comme un frère et qui me posait des tas de questions. Il fallait bien que je lui réponde. Drôle de jeu ! Il m'a occupé un bon bout de temps, je peux te le dire. C'était comme si nous étions deux, à longueur de journée et de nuit, dans ce sacré bout de terre où je travaillais dur pour faire ce potager, à bâtir cette bicoque, à m'installer, quoi. Pendant que mes mains, mon corps grattaient, clouaient, sarclaient, sciaient, plantaient, inlassablement, dans ma tête, il y avait celui qui disait : « Insiste, tiens bon, chaque geste est une victoire contre la haine », et puis il y avait celui qui me disait : « À quoi bon ? Ça ne servira à rien. Tu es seul contre tous, tu as toujours été seul contre tous. Ils te rattraperont. »

» Quelquefois, le dimanche, les copains revenaient. Ça leur arrive encore, comme ça, sans prévenir, de débarquer, sous prétexte de partie de campagne. Ils viennent avec femmes et enfants, des paniers pleins à ras bord de bien trop de choses à manger pour un seul repas. Et ils croient que je suis dupe. Ils disent comme ça que, grâce à moi, ils ont leur maison de campagne. En fait, je le sais bien qu'ils viennent s'assurer que tout va bien et qu'ils en profitent pour m'aider un peu, comme ça, en douce.

» Mais ce qu'ils ne savent pas, ce qu'ils ne peuvent pas savoir, c'est que je ne suis plus de votre monde. Physiquement, peut-être encore un peu. Que veux-tu, on y est tous enchaînés, à notre sacrée carcasse. Mais dans la tête ! Si tu savais ce que c'est bon d'atteindre comme ça, d'un coup, au détachement complet.

» Et l'autre, le zigoto qui me ressemblait comme un frère, qui me disait que ça ne servait à rien, que c'était perdu d'avance, il a bien fallu qu'il reconnaisse, au bout de quelque temps, que c'était bien mieux comme ça. Tu sais, au fond, ce n'est rien. Il y a des mots, des verbes surtout, sur lesquels il faut faire une croix : posséder, aimer... Quand tu as bien admis que tu peux vivre en t'en passant, le reste va tout seul. Surtout que, alors là, il y en a d'autres, des mots, dont tu commences seulement à comprendre le sens : observer, admirer, s'émerveiller... Et puis partager ! Ce que c'est beau, quand on n'a rien, quand on a renoncé à tout, d'être capable de partager.

– Ah bon, bâilla Simon qui ne suivait plus guère.

Arsinoé, choqué, fronça les sourcils.

– Posséder, grinça-t-il, c'est déjà craindre de perdre. C'est pour ça que tu ne peux pas savoir ce que c'est bon de partager.

Simon n'avait plus envie de faire l'effort de suivre les étonnants raisonnements d'Arsinoé. Il acquiesça vaguement, l'air faussement admiratif.

– Et c'est pour ça que tu as pris un nom de fille ? s'obstina-t-il.

– Non, gronda Arsinoé.

– Alors pourquoi ?

– Parce que vous êtes tous des fils de Caïn ! fulmina-t-il.

Les mots, dans leur étrangeté, mirent un certain temps à cheminer jusqu'à la zone du cerveau de Simon qui devait nécessairement s'en offusquer.

– Des fils de qui ? s'exclama-t-il soudain en se redressant vivement sur son banc.

– Tu as très bien entendu : des fils de Caïn.

Seuls les angles les plus retirés de la cabane d'Arsinoé connaissaient encore la nuit. Le soleil ne devait plus être très loin car on sentait déjà, au fond de la fraîcheur matinale, comme une fielleuse caresse qui annonçait la canicule. Simon pivota sur le banc et s'accouda à la table.

– Attends, dit-il. Tout de même, ce que tu viens de dire, ça demande quelques explications. Pourquoi des fils de Caïn ?

– Des fils de Caïn, je te dis !

Arsinoé dardait des yeux un peu fous sur Simon. Les deux mains bien à plat sur le plateau inégal de la table, comme s'il avait besoin de ce contact rugueux pour redresser toute sa taille, pour en écraser Simon, pour que se concentre toute la lumière matinale sur son visage et dans son regard, d'une voix profonde, il se mit à réciter :

– *Abel fut berger, et Caïn fut laboureur. Au bout de quelque temps, Caïn fit à l'Éternel une offrande des fruits de la terre ; et Abel, de son côté, en fit une des premiers-nés de son troupeau et de leur graisse. L'Éternel porta un regard favorable sur Abel et sur son offrande ; mais il ne porta pas un regard favo-*

rable sur Caïn et sur son offrande. Caïn fut irrité et son visage fut abattu... Genèse 4-3, 4-4 et 4-5 !

Il se tut sans que rien, sur son visage, dans ses yeux, dans son étonnante posture, s'estompe de l'étonnante lumière qu'il avait su capter.

– Et... Et alors ? bafouilla Simon, stupéfait.

– Vous êtes tous des laboureurs, reprit Arsinoé. Vous êtes tous et toujours irrités. Vous avez tous et toujours le visage abattu ! Vous êtes tous et pour toujours des fils de Caïn !

– Et... Et toi ?

– Je suis de la lignée d'Abel, la lignée des pasteurs qui se contentent de ce que leur octroie la nature, qui ne possèdent rien et n'ont donc rien à défendre, rien à redouter... Pourvu que soient satisfaits les incontournables besoins triviaux de mon corps, je ne suis qu'un esprit libre parce que je ne détiens rien...

Ce fut, pour Simon, comme si brutalement il retombait sur terre. Ces mots-là, il les connaissait. Sous une autre forme, avec moins d'emphase, il les avait déjà entendus. Le charme en était rompu.

– Oh ! dit-il. Cette chanson-là, je commence à la connaître. C'est Freddy qui te l'a soufflée.

– Freddy n'est qu'un plagiaire au petit pied, laissa dédaigneusement tomber Arsinoé. C'est à m'écouter qu'il s'est mis quelques-unes de mes idées dans la tête. Mais il les a déformées, il n'a pas su aller au bout. Il chante, mais n'agit pas... ou si peu ! Freddy n'est qu'un fils de Caïn qui joue, à ses heures, au fils d'Abel !

« Et moi ? » eut quelques instants la tentation de demander Simon. Il eut la sagesse de renoncer. La réponse, d'ailleurs, ne faisait guère de doute. Décontenancé, ne sachant plus très bien vers où relancer la discussion, il préféra se laisser aller à nouveau sur son banc.

Dans la charpente rustique de la cabane, sous les tôles rouillées de sa toiture, quelques mouches commençaient leur sarabande quotidienne. Il les fixa quelques instants. Elles eurent tôt fait d'avoir raison de sa fatigue. Il sombra dans un profond sommeil qu'agitaient parfois des songes d'offrandes, de colères et de rancœurs bibliques...

17

Au flanc d'un doux coteau orienté au bon soleil, celui du matin, le bourg prenait ses aises. Il semblait couler et se répandre, depuis un calvaire qui le dominait, dressé sur quelques roches à vif, jusqu'au fond du vallon où il avait investi et dépassé le serpent argenté de la rivière. Au beau milieu de ce grouillement de toits gris et de murs bruns, l'église dressait une masse sans grande élégance, mais suffisamment élancée pour évoquer irrésistiblement quelque duègne un peu pincée n'entendant rien céder de l'autorité avec laquelle elle semblait veiller à ce que, dans l'élan qui le portait vers la vallée, son troupeau ne lui échappe pas.

Simon, sur l'autre versant, à l'orée du bois, observait. Il était seul. Lorsqu'il avait décidé de partir en expédition, après leur interminable dialogue, le chien avait disparu.

– Ne t'inquiète pas pour lui, avait dit Arsinoé. Il mène sa vie. Fais-en autant.

Curieusement, Simon ne sentait pas la fatigue. Le sommeil profond dans lequel il avait sombré, après que tous les mots eurent été dits, n'avait pas duré longtemps. Depuis que les rayons du soleil, débordant l'écran des plus hautes futaies, avaient envahi le jardinet, c'était l'impatience de la découverte et peut-être de la rencontre, qu'il espérait sans vouloir se l'avouer, qui avait pris le dessus.

– J'y vais, avait-il simplement annoncé.

– Sois tout de même prudent, avait prévenu Arsinoé. Le vieux Sigismond, il n'est pas commode.

– Qui ? Le vieux qui ? s'était étonné Simon.

Arsinoé l'avait brièvement considéré d'une drôle de façon, avec, dans le regard, quelque chose d'ironique et de presque tendre. Puis, vivement, il s'était détourné.

– Marche, tu verras bien, s'était-il contenté de répondre.

Debout au milieu du chemin, à la limite précise de l'ombre, Simon détaillait la vue plongeante qu'il avait sur le village et cherchait à imaginer où, dans ce dédale de toits et de rues, pouvait bien se trouver ce Sigismond à la réputation si bien faite. Il ne doutait évidemment pas qu'il s'agisse du personnage épais et gesticulant qu'il avait vu s'épuiser en vain autour du brasier de la grange. Celui-là était donc à éviter. Mais l'autre, cette femme étonnante qui l'avait surpris dans les bois et qu'il entendait bien retrouver, où pouvait-elle bien être ?

Il s'étonnait de l'impatience qu'il sentait bouillonner en lui. À toute force, il voulait savoir, comprendre. Pour cela, il ne redoutait pas d'aller affronter la possible hostilité d'un monde villageois dont il ne savait rien hormis sa méfiance à l'égard des étrangers.

À la limite du village, dans le vallon, sur la plaine humide qu'y avait laissée la rivière, une femme attirait irrésistiblement son regard. Autour de ses bâtiments anciens, qui, malgré l'éloignement, semblaient en bien piteux état, elle étalait sans la moindre pudeur une collection hétéroclite de constructions de bric et de broc alentour desquelles s'éparpillait un nombre étonnant d'outils agricoles probablement pour la plupart mangés de rouille.

Un tracteur allait et venait entre toutes ces ruines. Il l'observa longuement. Puis son regard fila à nouveau vers d'autres régions du village, d'autres ruelles, d'autres minuscules faubourgs où, sait-on jamais, un indice aurait pu lui apparaître. Quel indice ? Que cherchait-il précisément ? Que savait-il de Sigismond et de cette femme ? Rien, bien sûr, mais il ne doutait pas qu'il allait réussir à extirper de cette masse épaisse de mystères le fil conducteur qui finirait par lui expliquer ce qu'il faisait dans cette sombre affaire.

Était-il plus soucieux de se disculper de l'accusation d'avoir incendié la grange, ou de conquérir cette femme à la beauté un peu sauvage ? Il ne souriait même pas à cette dernière suggestion, totalement oublieux du Simon un peu mondain et précieux qu'il avait pu être. S'il lui semblait essentiel de laver son honneur d'une accusation injustifiée, il ne se dissimulait pas plus l'envie qu'il avait de rencontrer à nouveau le regard captivant qui l'avait surpris, là-haut, dans les bois, alors que brûlait la grange.

Irrésistiblement, son regard revint vers la ferme, à la limite du bourg. Le tracteur, attelé à un outil dont, avec l'éloignement, il ne pouvait pas distinguer la nature, était arrêté au milieu de la cour, en face de ce qui devait être la maison d'habitation. Une silhouette grise s'affairait autour de l'attelage. Puis, il la vit disparaître dans l'ombre de la cabine de l'engin qui démarra presque aussitôt.

Longuement, il put le suivre qui progressait dans les rues du village, puis sur une petite route qui longeait la rivière. Il le vit enfin s'engager dans ce qui devait être un chemin, loin, très loin de lui. Réduit à la taille d'une petite tache de couleur vive, il traversa encore une bonne part du paysage, grimpant au flanc d'un coteau avant de disparaître derrière la crête.

Alors, une idée folle se saisit de Simon. Il ne la discuta même pas. À grandes enjambées, il descendit vers le bourg.

Côté rue, si l'on faisait abstraction du coup de peinture que les volets et la porte attendaient depuis trop longtemps, la maison entretenait à peu près l'illusion de ce qu'avaient pu être, jadis, ses heures de gloire. Une grande bâtisse à un étage dont une vigne vierge couvrait presque totalement la décrépitude. En des temps meilleurs elle avait fort bien pu être la résidence de quelque hobereau local à qui on portait chapeau bas. Une vilaine patine grise sur les marches d'un perron trop peu frotté des chaussures du maître, quelques touffes de mauvaises herbes aux jointures fatiguées des pierres, de grandes toiles d'araignées poussiéreuses unissant les volets jamais fermés aux fenêtres trop rarement ouvertes, trahissaient la lassitude, le renoncement d'un lieu réduit à la petitesse d'une fonctionnalité sans prestige. On imaginait les pièces closes, grises d'ennui, les couloirs aux murs encore ornés de vieux trophées, peut-être de portraits de famille, n'en finissant pas de se dissoudre dans un univers triste ou même la nostalgie n'avait plus court.

Simon, pourtant, n'hésita pas. Sans craindre qu'elle lui reste dans les mains, il tira énergiquement la chaîne rouillée d'une sonnette. On l'entendit tinter loin de là, dans les profondeurs de la maison dont elle dut réveiller en sursaut les vieux échos.

Il fallut longtemps pour qu'on réagisse. Simon avait déjà la main sur la poignée rustique de la sonnette pour insister lorsqu'on tripota la porte. Cela dura encore plusieurs minutes. Les verrous ne devaient pas renoncer facilement à leur longue somnolence. C'était à peine si, derrière les grilles, qui défendaient les deux petites croisées et leurs poussiéreux verres dépolis, il distinguait une ombre bataillant en grommelant avec la rouille des huisseries. Puis, tout à coup, le battant de gauche céda et pivota lentement.

– Qu'est-ce que c'est ? demanda sur le ton de l'exaspération une voix que Simon eût reconnue entre mille.

Il avait donc eu la bonne intuition. Elle apparut enfin à la fenêtre, mais eut aussitôt un mouvement de recul.

– C'est encore vous ? Que voulez-vous ?

On aurait pu rêver d'un accueil plus chaleureux. Simon, pourtant, ne se démonta pas. Il sut juste à temps prendre un air suffisamment stupéfait pour que le côté hasardeux de leur rencontre reste plausible.

– Oh ben, ça alors, si je m'attendais ! mentit-il.

Elle faisait déjà le geste de refermer.

– Attendez ! cria-t-il presque en tendant la main. Ce n'est pas grand-chose. Vous pourrez peut-être me dépanner. Je cherche des œufs. Vous ne pourriez pas me vendre quelques œufs ?

La croisée se rouvrit lentement. Elle réapparut, souriante, cette fois.

– Vous ne manquez pas de culot, vous, remarqua-t-elle. C'est peut-être bien vous qui avez mis le feu à notre grange pas plus tard qu'hier matin, et vous venez réclamer des œufs !

– Je... Je ne savais pas..., continua de se défendre Simon en simulant à merveille la plus grande des candeurs. Et puis, d'ailleurs, ajouta-t-il, vous savez bien, vous, que ce n'est pas moi qui ai mis le feu à votre grange.

Qui était-elle donc ? La femme de Sigismond ? Sa

fille ? Ce fut à peine si Simon eut le temps de se poser la question.

– Allez, entrez, dit-elle en ouvrant la porte.

Il la suivit le long d'un corridor sombre et plus fané encore que ce qu'il avait pu imaginer.

– Ne faites pas attention, dit-elle. Cette porte-là, ça fait beau temps qu'on n'y passe plus. Celle de la cour suffit bien.

Elle s'effaça devant lui pour le laisser la précéder dans une vaste pièce plus lumineuse qui prenait le jour par deux hautes fenêtres ouvrant sur la cour de ferme. On y aurait logé au moins deux appartements de HLM. L'énorme cuisinière à bois au milieu d'un mur, la gazinière qui se tenait dans son ombre et la pierre d'évier, dans un coin, attestaient de sa vocation initiale, mais un canapé, à l'opposé de la longue table encore encombrée des restes du petit déjeuner, un vieux fauteuil éculé et la télévision trônant sur le buffet trahissaient le repli progressif vers cet unique lieu de vie.

Trop d'entretien, trop difficile à chauffer... C'était le lot commun de tant de vastes demeures de campagne où finissent de s'éteindre d'antiques lignées dont le point d'honneur était, jadis, de les faire bruire, portes et fenêtres grandes ouvertes, de leur inépuisable vitalité. Bien que peu expert en la matière, Simon n'avait aucun mal à deviner le lent rétrécissement des ambitions, le renoncement, la raison que l'on se fait des abandons successifs, trop heureux encore de pouvoir finir là, à l'abri du monde, des existences vidées de leur sens.

– Asseyez-vous donc, l'interrompit-elle alors qu'il lisait tout cela dans la décrépitude des murs et des meubles, dans la poussière qui s'accumulait, dans la crasse, vers la cuisine, et même dans la rutilance de la seule télévision qui ressemblait à une victoire, à l'annonce inéluctable de la raison qu'aurait, en fin de compte, son miroir aux alouettes de toutes ces vieilles vérités.

Elle lui tendit une chaise. Il s'y laissa choir, devant la grande table. Elle la contourna et vint s'installer en face de lui. Du dos de la main, elle écarta quelques miettes de pain qui la souillaient.

– Alors, comme ça, vous cherchez des œufs ? demanda-t-elle.

Le regard de Simon se posa sur le sien et il reçut comme un choc le sourire presque provocateur, vaguement narquois, qu'elle y avait allumé. Il se reprit juste à temps et soutint sans ciller la lumière tout à fait désarmante que savaient émettre ces yeux noirs.

– Ben oui, dit-il en exagérant un ton un peu ballot. Il faut bien manger.

– Et on peut savoir pourquoi vous êtes venu les chercher chez moi ?

– Oh ! Rien de plus simple. J'ai vu une ferme. Je me suis dit que si je devais trouver des œufs quelque part, c'était ici.

Elle ne trouva rien à redire.

– Vous avez de la chance, remarqua-t-elle tout de même.

– Parce que vous en avez ?

– Ce n'est pas ce que j'ai voulu dire. Vous avez de la chance que mon père ne soit pas là. Il vous aurait certainement accueilli moins bien que moi.

Elle était donc la fille de Sigismond. Il se le tint pour dit. D'autant plus que la conviction s'ancrait en lui que la précision n'avait pas été donnée gratuitement. Le regard parlait. Il commençait à croire à sa bonne fortune !

– Je... Je ne connais pas votre père, fit-il mine de bredouiller. Pourquoi m'aurait-il mal accueilli ?

– Oh que si, vous le connaissez ! Enfin, vous n'avez pas été présentés. Ça valait peut-être mieux. C'est lui que vous observiez, hier matin, près de la grange en flammes.

Il feignit la surprise.

– Ah bon !... Oui, évidemment. J'aurais pu m'expliquer, me justifier. Vous savez, ce n'est pas moi qui ai mis le feu.

Sans que rien se perde du langage de plus en plus explicite de son regard, elle eut un bref haussement d'épaules.

– Depuis le temps que vous le répétez ! Enfin, il vaut mieux que vous n'essayiez pas de le rencontrer. Peut-être bien que vos arguments ne l'impressionneraient pas beaucoup.

– Ah bon, répéta Simon.

« C'est qui, cette fille ? » se demandait-il. Ce n'était certes pas la première fois qu'il avait à entrer dans ce qui lui apparaissait de plus en plus clairement comme un jeu de séduction. Jamais pourtant, jusque-là, il avait pu s'y abandonner en s'abstenant à ce point de préliminaires ! Il lui semblait sentir, dans ce regard de feu qu'elle posait sur lui, une sorte de monstrueux appétit qui en venait presque à l'inquiéter.

– Oh, mais, pour l'heure, vous n'avez rien à craindre, s'exclama-t-elle en suivant son idée. Mon père, il est parti avec son tracteur. Il ne rentrera pas avant midi, peut-être même plus tard.

Cela semblait la satisfaire au plus haut point. Simon ne savait plus très bien s'il devait se réjouir d'avoir simplement à se laisser séduire ou si d'être frustré des plaisirs de la conquête lui était d'un grand ennui...

– Des œufs, des œufs, dit-elle en faisant mine de fouiller dans un grand réfrigérateur accolé au buffet. Il faudrait encore que j'en aie à vous vendre. Il n'y en a même plus un seul, là-dedans.

En se redressant vivement, elle lui fit face. Le geste qu'elle eut, en fermant la porte du réfrigérateur, dans son dos, lui fit cambrer les reins et bomber le torse. La toile de la grande blouse grise informe qui la vêtait se tendit sur des formes pleines qu'elle parut à dessein pousser vers Simon.

– Rien à faire, dit-elle, si vous voulez des œufs, il faudra aller les chercher où ils sont.

Simon, toujours aussi éberlué, eut à peine le temps de se demander s'il fallait l'espérer ou le redouter. La question lui échappa.

– Et ils sont où, ces œufs ?

– Pardi, là où les poules les pondent. À la grange, dans le foin !

18

Sigismond, en somme, n'était pas plus méchant qu'un autre. Juste un peu rugueux, tel que la vie l'avait fait, voilà tout, et la vie, pour Sigismond, c'était une drôle de chose qu'il fallait bien subir.

Le sort en avait décidé ainsi, pourquoi s'en défendre ? Sigismond était l'aîné de cinq galopins. C'était donc lui qui, lorsque l'heure viendrait, aurait à reprendre la ferme. Ah ! La ferme ! Quelque chose que ce mot-là ! Quand on avait dit « la ferme », au temps où il était gamin, on avait tout dit. Et puisque c'était lui que le sort avait désigné, en le faisant premier-né, pour reprendre « la ferme », il ne pouvait que se montrer fier d'un tel honneur. Refuse-t-on de reprendre « la ferme » et plus encore tout ce qu'elle pouvait représenter ?

C'était en un temps où tout le village ou presque avait les yeux tournés vers « la ferme ». C'est qu'elle était, et de loin, la plus grosse du pays ; c'est que sa vaste maison grouillait de vie ; c'est qu'on le montrait, qu'on en était fiers, qu'on ouvrait grands ses portes et ses fenêtres lorsque la longue table de la salle réunissait toute la famille, le père au haut bout, sans compter tous les commis, par rang d'importance, pour la soupe que servait la mère, d'une louche égalitaire.

Accessoirement, puisqu'il en était ainsi, Sigismond, installé à la droite du père, dès qu'il fut en âge de prendre ses repas à la table commune, se trouvait soulagé du souci de se trouver une autre profession. Cherche-t-on ailleurs quand on est ainsi loti ? Donc, en toute logique, pendant que ses quatre frères et sœurs, inquiets de leur avenir, s'échinaient à l'école, lui se gardait bien d'y perdre plus de temps qu'imposé. À quoi bon apprendre puisque, de toutes les façons, il reprendrait « la ferme » ? Était-il besoin, en ces temps-là, d'instruction et de certificat d'études pour devenir paysan ?

Il s'en passa. Pendant que sa fratrie s'éparpillait dans divers formations plus poussées les unes que les autres, lui s'attachait aux pas de son père et apprenait son métier sur le tas. L'idée qu'il puisse en être autrement, en ces temps-là, n'effleurait personne.

Vinrent les années où le pas du père se fit plus lourd, plus lent, plus hésitant. Sigismond, lui, avait pris son rythme. Il dépassa le vieux et eut tôt fait de le laisser loin derrière lui. Il se crut le maître. Il entendit apposer sa marque à la ferme. Les temps changeaient. Il exigea qu'on achetât un tracteur. Son esclavage commençait.

Il arrivait encore, de loin en loin, que la maison se remette à bruire de toutes les vies rassemblées de la famille au grand complet, pour un dimanche, pour une célébration ou une commémoration. Les beaux-frères, belles-sœurs et enfants s'y ajoutant, l'illusion naissait, brièvement, d'un bouillonnant retour d'âge. C'était la fête !

Sigismond, pourtant, n'y participait guère. Ce n'était pas sa vie. Qu'y comprenaient-ils, tous ces citadins, à ses champs, ses prés, ses vaches et ses moutons ? Ils l'avaient belle de rire et de s'amuser, eux qui touchaient un salaire à chaque fin de mois et n'avaient pas à se soucier des traites du tracteur, des outils qui allaient avec, des engrais et des semences, des assurances et de la mutualité sociale agricole. Ils n'étaient plus du même monde.

Les parents vieillirent. Le temps vint, puis s'éternisa, pour Sigismond, de prendre femme. Ah, oui, mais la belle affaire ! Plus facile à dire qu'à faire. Il n'y en avait plus guère, au pays, de donzelles à la corbeille suffisamment garnie d'hectares de champs et de prés pour mériter que l'héritier de « la ferme » pose le regard sur elles. Elles avaient toutes filé !

Sigismond aurait dû se méfier. Il aurait dû comprendre que, pour se marier comme pour remplacer les chevaux par des tracteurs, l'époque n'était plus la même. Il s'obstina. Il lui en fallut du temps et des déconvenues pour finir par dénicher, dans une ferme à quelques lieues de là, une pauvre fille dont personne, jusque-là, n'avait voulu. La nature, il est vrai, n'avait pas été généreuse à son égard. Mais était-ce là l'essentiel, pour un Sigismond ? Trop heureux de parvenir enfin à caser leur laideron, les parents consentirent à lâcher, avec elle, le paquet d'hectares de champs et de prés que convoitait Sigismond. Certes, ils étaient un peu éloignés, mais ils étaient de bonne terre. Et puis, de nos jours, avec les tracteurs, est-ce qu'on s'inquiète encore des distances ?

Enfin, la grande maison retrouva un espoir de résurrection. Il n'était que temps. Les parents n'en avaient plus pour longtemps et les visites des frères et sœurs se faisaient de plus en plus rares. Qu'ils aillent au diable ! décréta Sigismond. Il partait pour fonder une nouvelle dynastie.

Il aurait dû se méfier. Les choses commencèrent mal. Le laideron lui donna une fille pour premier descendant... et s'arrêta là. Sigismond eut beau faire, s'escrimer, y mettre toute la meilleure volonté du monde : la procréatrice si difficilement dénichée ne procréa plus...

Alors, dans la grande maison qu'avaient définitivement quittée les parents et où les frères et sœurs ne se hasardaient plus que pour exiger leur part de l'héritage, ce fut peu à peu l'enfer qui s'installa. Cette femme incapable de lui faire un garçon, Sigismond eut tôt fait de la mépriser. Le problème fut qu'elle le lui rendit au centuple, car, si la beauté n'était pas de son côté, elle avait oublié d'être sotte et elle possédait un caractère suffisamment trempé pour ne pas courber l'échine au-delà du tolérable.

Seuls dans la vaste demeure, avec pour unique témoin une enfant, les époux se déclarèrent la guerre. Une guerre à outrance où tous les coups étaient permis, surtout les plus bas, chacun, bien sûr, étant convaincu de son bon droit et entendant bien préserver la gamine de l'influence nécessairement néfaste de l'autre. Une guerre sournoise, qu'il ne fallait surtout pas laisser voir. Alors, on ferma les volets sur la rue, on se replia sur soi. On n'ouvrit plus la porte que contraints et forcés. Il était si douloureux de devoir se plier à la comédie des brèves armistices qu'il fallait bien consentir lorsque des oreilles et des yeux étrangers traînaient par là. On en vint à tout haïr, ceux qu'on ne recevait plus, l'autre, le nécessairement coupable, et même soi.

Seule, la petite fille poussait au milieu de tout cela comme une solide ancolie perdue dans une touffe d'orties et de ronces. On l'avait officiellement prénommée Ermeline, comme sa grand-mère paternelle, par respect de la tradition, mais il y avait encore probablement trop de tendresse dans ce prénom un peu désuet. Pour tout le monde, elle fut vite « Ermi », tout court.

Ermi ! Ça claque, c'est sec, c'est vite dit. Elle s'en accommoda, comme elle eut tôt fait de se prémunir contre les batailles incessantes auxquelles se livraient ses parents et qui, si elle n'avait pas su y prendre garde, auraient eu tôt fait de la trouver comme victime toute désignée. Elle avait indubitablement hérité de l'intelligence de sa mère, mais, par un curieux hasard de l'atavisme, elle était aussi belle que celle-ci ne l'était pas...

D'ailleurs, elle ne l'aimait pas. Jamais elle ne se défendit vraiment de l'idée que tous ses malheurs, toute l'agressivité du père, avaient le sexe de cette enfant pour origine. Sigismond, par contre, eut tôt fait de tomber sous le charme de cette rouquine aux yeux de braise qui, quoi que l'on fasse ou surtout que l'on ne fasse pas pour elle, restait imperturbablement souriante et d'une beauté lumineuse.

La complicité du père et de la fille devint vite le catalyseur de toute l'aigreur de la mère. La pauvre femme n'avait plus que sa haine pour raison de vivre. Ermi tenta bien, avec sa sensibilité d'enfant, d'aller au-devant d'elle. Et peut-être y serait-elle parvenue, peut-être tout n'aurait pas été perdu, entre elles deux, si Sigismond n'avait pas veillé.

Lui, dans son épaisse logique de maître de la ferme, ne pouvait pas et ne voulait pas pardonner. La femme qu'il avait prise pour épouse n'avait pas été capable de lui donner un descendant mâle. Elle en était coupable, un point c'était tout ; il n'y avait pas à en revenir.

Dès lors, la vie de Sigismond eut une double polarité, irréductiblement négative à l'égard de sa femme, non moins résolument positive pour sa fille qu'il vénérait. Il sut d'autant plus aisément l'attirer à lui que la mère rejetait ses avances et aiguisait ses ressentiments à cet attachement qui l'excluait. Elle y vit des choses troubles, elle insinua que le père outrepassait les règles de la décence... Elle le clama et, pire que tout, fit en sorte que filtre hors de la maison la terrible accusation. On jasa dans le pays...

La colère de Sigismond fut apocalyptique. Elle dura des mois. Et puis, un jour, la mère, n'y tenant plus, prit une valise, y jeta trois hardes et se sauva. « Bon vent ! » grommela Sigismond sans rien en penser. Car, déjà, il s'affolait. Les terres ! Les hectares de champs et de prés qu'elle avait apportés dans sa corbeille de mariée... allait-elle les reprendre ? Elle pouvait y prétendre. Il allait falloir se battre... Encore se battre.

D'une bataille, il passait à l'autre. Sa vie n'était plus qu'une bataille. Il y avait celle-là, mais il y avait aussi celle des traites à payer, chaque mois, pour le tracteur, la moissonneuse-batteuse, la presse et tout le reste, il y avait tout ce travail acharné, incessant, auquel il ne rechignait pourtant pas, mais qui débordait sans cesse ses seules capacités. Alors, nécessairement, il y avait des choix. Il fallait bien. Il y avait des renoncements. On se repliait chaque jour un peu plus sur le seul indispensable. La maison ? Une chambre pour chacun et la cuisine. Le reste ? Fermé, à l'abandon. La ferme ? Ah oui, la ferme ! Un beau désordre, la ferme, un bourbier qui gagnait chaque jour un peu plus, la ronce qui envahissait, été après été, ce qui n'était plus utilisé, la rouille qui mangeait les vieux outils laissés là où s'était arrêtée leur utilisation. Qu'y pouvait-il, tout seul ?

Et encore ! Il y avait Ermi. Que n'était-elle née garçon, celle-là ! L'école, elle y avait montré à peu près autant d'ardeur que lui jadis. Elle avait pourtant des dispositions. Sans rien faire ou presque, elle avait toujours réussi à être parmi les premiers. Si elle avait voulu, malgré le sacrifice, il l'aurait bien poussée, il les aurait payées, ses études. Mais non, rien à faire. C'était la ferme et rien d'autre. C'était courir les champs et les près avec lui, c'était les bêtes, c'était la chasse.

Il y consentit, mi-flatté, mi-mauvaise conscience. On ne vit plus l'un sans l'autre. Encore qu'elle était fantasque. Des jours, elle abattait, auprès de lui, le travail d'un homme. D'autres fois, elle filait, elle disparaissait, accaparée par une soudaine envie d'espace, de broussailles, de braconne qui la faisait réapparaître parfois plusieurs jours plus tard, harassée, déchirée, la peau brûlée de soleil ou de vent, mais toujours lumineuse.

Pour lui, c'était un calvaire. Il aurait voulu ne jamais la perdre des yeux. Dès qu'elle disparaissait, c'était plus fort que lui, il fallait qu'il se mette martel en tête. C'était par sa faute. Il lui avait déplu. Elle le fuyait. Ou alors, elle le punissait d'il ne savait trop quel manquement. Attelé à son labeur de l'aube à la nuit faite, comme une bête, il en venait à ne plus y voir clair, obnubilé par l'obsession de la perdre.

Elle réapparaissait, insouciante et gaie. Il ne savait plus que faire pour qu'elle pardonne. Quoi ? Il ne le savait évidemment pas, pas plus d'ailleurs qu'elle n'avait conscience d'avoir à pardonner. Jamais il n'eut le courage de lui reprocher ses escapades. Jamais elle n'eut un mot pour s'en justifier, pour s'en excuser.

Une fois, une seule, elle lui sauta au cou et lui manifesta ce que, par défaut, il prit tout d'abord pour de la reconnaissance. Après des années de procédures, il venait enfin d'obtenir gain de cause. Pour prix de l'éducation qu'il était censé lui donner, il gardait la jouissance des terres, propriété de son épouse enfuie, jusqu'à ce qu'elles reviennent à Ermi en juste héritage. Ses manifestations de joie exubérante le surprirent. Outre qu'elles n'étaient pas dans leurs habitudes, il n'en comprit pas tout de suite le sens.

– Ma grange ! éclata-t-elle enfin, à sa plus grande surprise. Tu as sauvé ma grange.

Ce n'était donc que cela. Les champs, les prés, le travail qu'ils représentaient, le gain qu'il leur arrachait, en fin de compte, à force d'obstination ; rien de cela ne comptait donc pour elle qui n'envisageait que sa grange, ce vieux bâtiment un peu décrépit, là-haut, à la limite des bois, dont il ne savait que faire, mais qu'elle avait élu comme lieu privilégié de ses fugues. Qu'y faisait-elle, toute seule, des heures, des jours durant ?

Il en conçut une grande peine qu'il mit longtemps à identifier. Jusqu'au jour où il comprit qu'elle se nommait jalousie. Il sut alors que jamais il ne finirait de se battre contre les autres et contre lui-même.

19

Sous l'effet du chaud soleil estival, la vallée s'était assoupie. Elle semblait s'être pelotonnée dans le coton léger d'une fine brume de chaleur qui dissolvait les lointains et brouillait les contours des choses. Longtemps après que se furent égrenés, au clocher de l'église, les douze coups de midi, on avait entendu le tracteur de Sigismond traverser le pays, rentrant des champs. Il y avait encore eu quelques appels, du côté de la ferme, quelques bruits métalliques d'outils que l'on entrechoque, puis plus rien. Même les oiseaux, à l'ombre des plus épais feuillages, sacrifiaient au rite de la sieste.

Sous un énorme châtaignier qui bordait le chemin, Simon avait trouvé le lit d'herbes à sa convenance. À l'ombre de l'arbre vénérable, parcouru par un discret filet d'air, il ne pouvait pas se trouver, loin à la ronde, estima-t-il, de couche plus appropriée à assouvir la grande envie de dormir dont il se sentait gagné. Après tout, il y avait de quoi ! Depuis son réveil en fanfare, la veille au matin, dans les flammes de la vieille grange, il n'avait plus guère pris de repos.

Ce n'était pas faute, pourtant, d'avoir vécu des moments intenses, depuis sa fuite, son errance dans les bois, cette folle nuit de conversation avec Arsinoé et jusqu'à ceux dont il sortait.

Il posa délicatement au pied de l'arbre le sachet dans lequel il rapportait de quoi approvisionner le garde-manger de son hôte, dont une demi-douzaine d'œufs trouvés au plus profond des réserves de foin de Sigismond. Il s'étendit dans l'herbe, eut encore le temps d'illuminer son visage d'un sourire un peu béat, et il sombra dans un profond sommeil...

Lorsqu'il rouvrit les yeux, le soleil, dans sa course descendante, avait réussi à infiltrer quelques rayons sous le châtaignier. Il l'avait réveillé en lui cuisant consciencieusement la joue. Il lui fallut quelques instants pour réaliser. Un coup d'œil sur sa droite lui confirma que l'ombre, repoussée, n'avait fait que se déplacer. Il boula vivement dans l'herbe et se réinstalla benoîtement dans le confort douillet d'une couche de graminées et de trèfle. Une longue tige très fine, jouant dans l'imperceptible brise, vint lui chatouiller le nez du délicat plumeau de son épi. Il laissa faire.

Allongé sur le dos, les mains sous la nuque, le regard perdu dans la profondeur du feuillage du châtaignier, il s'abandonna au flot désordonné des sentiments que l'enchaînement pour le moins rapide des événements, ces dernières heures, ne lui avait pas laissé le loisir d'analyser. Ermi ! A-t-on idée de s'appeler Ermi ? Mais qu'importe ! Ouf ! Quelle femme !

Après tout, elle aurait très bien pu y monter toute seule, sur son tas de foin où nichaient les poules. Qu'elle l'ait invité à la suivre n'était d'ailleurs qu'une confirmation de ce que ses regards et son comportement lui avaient très clairement fait savoir, avant même qu'ils entreprennent l'escalade de l'échelle qui menait à ce chaud paradis.

Sous la charpente, dans cette masse mouvante et odoriférante, il fut tout surpris de trouver une atmosphère épaisse, vibrante de subtiles fragrances exacerbées par le four des ardoises chauffées à blanc. Il régnait là-dedans une ombre douce traversée par les flèches incandescentes de rais lumineux dardés par le soleil au travers des moindres interstices de la toiture.

Simon n'était jamais monté sur un tas de foin. Il resta d'abord planté à deux pas de l'échelle, décontenancé par cet univers flou et attirant.

– C'est par là ! lui dit-elle en s'avançant, à grandes enjambées un peu grotesques, vers l'ombre plus épaisse encore du pignon.

En même temps, elle se tourna vers lui et lui adressa un large sourire engageant. Il se jeta en avant et, malgré ce qu'il y avait d'incommode à progresser dans cet empilement instable d'herbes sèches, il eut tôt fait de la rejoindre. Sans autre façon, il la prit par la taille et voulut pencher ses lèvres sur la blancheur laiteuse de son cou. En riant aux éclats, elle se dégagea vivement.

– Ben alors ! s'exclama-t-elle. C'est comme ça que tu as appris à te tenir, à la ville ?

L'émotion submergeait Simon. Il ne retint de ces mots que le tutoiement dont elle usait sans gêne pour la première fois. Il ne chercha pas à répondre. Il se contenta de bondir en avant, mains tendues, pour tenter à nouveau de lui saisir la taille. Une nouvelle fois, elle lui échappa, mais elle ne chercha évidemment pas à fuir. Pour entretenir l'illusion qu'elle ne cédait pas si facilement que cela, mais plus sûrement encore pour aiguiser le désir, il lui suffisait de cet espèce de jeu du chat.

Simon, sous son châtaignier, en souriait un peu bêtement. Jamais, il devait bien se l'avouer, il n'avait été à ce point soumis au jeu décidé par une femme dont il ne savait rien, à quelques heures de là, sinon qu'elle était d'une beauté envoûtante et qu'il était tombé sous le charme de son regard noir. « La chatte ! pensa-t-il. Bien sûr qu'elle savait ce qu'elle faisait ! Bien sûr qu'elle en jouissait déjà ! »

Le jeu dura longtemps. Il s'y plia et y trouva même un plaisir probablement identique à celui de cet être étrange qui parvenait à ce que ses gestes, dans les nuages de fine poussière que levaient leurs mouvements désordonnés, prennent des allures de danse lascive, formidablement suggestive.

Ce ne fut que lorsqu'elle s'immobilisa soudain, feignant l'asphyxie, qu'il prit conscience de la transpiration qui baignait leur corps. Surpris par son geste, il s'était figé devant elle, mains ouvertes, bras écartés, prêt à tenter de prévenir toute nouvelle tentative de fuite. Il lui fallut quelques instants pour comprendre qu'il ne s'en produirait plus. Elle s'offrait à lui. Il fit un pas vers elle. L'essoufflement du jeu et du désir à son paroxysme l'agitait de soubresauts de rire mêlés à la profondeur de son souffle. Les braises de son regard semblaient fichées dans le rose vif de ses pommettes et la rustique toile grise de sa blouse, tendue à se rompre, suggérait les formes de son corps mieux encore que si elle avait été nue.

Il s'approcha. Un long moment, ils restèrent ainsi, à quelques centimètres l'un de l'autre, poussant jusqu'à ses extrêmes limites le plaisir brûlant de l'attente. Il fallut qu'ils n'en puissent plus, pour qu'il l'attire violemment à lui et qu'ils se laissent choir dans le foin en même temps que leurs lèvres se trouvaient.

Parfaitement immobile, le regard toujours perdu dans les frondaisons du grand châtaignier où commençait de s'agiter un peuple entier de mésanges, de sittelles, de chardonnerets et de pinsons, Simon n'en finissait pas de se demander ce qui avait bien pu lui arriver ! Se serait-il obstiné à vouloir retrouver ce regard, sous le charme duquel il était tombé, s'il avait pu imaginer ce qui allait se passer ? La première réponse qui lui venait à l'esprit était à l'évidence affirmative. Après tout, il n'était pas fait d'un bois différent des autres hommes !

Cela dit, il lui restait pourtant de tout cela un goût étrange, légèrement amer. Il y avait, dans le comportement de cette femme, dans la détermination avec laquelle elle avait fait en sorte qu'il la prenne, dans le déchaînement de ses sens et jusque dans l'intensité du plaisir qu'elle lui avait donné, quelque chose qui dépassait son entendement. « Ou bien il fallait qu'elle soit bougrement en manque, prétendit-il plaisanter, ou bien... Ou bien, je ne sais pas moi, il y a quelque chose qui ne va pas chez cette fille-là, quelque chose comme un dérèglement. On aurait dit qu'elle voulait se venger... »

Cette dernière idée le laissa perplexe. Elle lui était venue comme ça, spontanément. Se venger ? De quoi ? De qui ? « Allons, mon pauvre vieux, se raisonna-t-il, tu te fais du cinéma, tu t'y crois ! »

Encore que... Bien sûr, il fallait bien qu'il en vienne à ce qui les avait séparés. Ils étaient encore unis, noués l'un à l'autre, leurs peaux brillantes de transpiration n'en finissant plus de se régaler du contact brûlant de l'autre, lorsqu'un minimum de conscience lui était revenu. Tout à coup s'était imposée à lui, sans qu'il sache trop pourquoi, l'image violemment contrastée de leur première rencontre.

– Tu sais qui a mis le feu à la grange, avait-il dit. Dis-moi son nom. Dis-moi qui a fait le coup. Il faut que je sache. Toi seule peux m'aider.

La réaction d'Ermi l'avait totalement pris au dépourvu. Elle s'était dégagée avec une telle énergie qu'il avait boulé dans le foin. Elle s'était dressée au-dessus de lui, formidable silhouette encore frémissante des émois de l'amour et déjà crispée de colère.

– Jamais ! avait-elle hurlé. Jamais je ne te dirai. Jamais tu ne dois savoir. Veux-tu me perdre ?

Ramassant à la volée ses vêtements, elle s'était sauvée, dévalant l'échelle et traversant en courant la cour de la ferme nue comme un vers. Stupéfait, Simon n'en avait pas moins apprécié le spectacle avant de se demander quelle mouche l'avait piquée. Il avait pris tout son temps pour se rhabiller, époussetant alternativement ses vêtements et son corps, puis il était allé la rejoindre dans la grande salle.

Apaisée, souriante et même apparemment plus détendue qu'il ne l'avait jamais vue, elle l'attendait.

– Tu veux boire quelque chose ? lui proposa-t-elle.

Il accepta une tasse de café. Elle se mit en devoir de la préparer, puis voulut sortir.

– Sers-toi quand il aura coulé, dit-elle. Je reviens.

Elle disparut. Il resta seul un long moment, touillant tranquillement son café, perdu dans ses pensées et finissant par ne même plus s'étonner de ce qui lui arrivait. Quand elle réapparut, elle tenait délicatement six œufs dans sa blouse relevée.

– Tiens, dit-elle en souriant, tu ne seras pas venu pour rien !

Il lui caressa la joue. Elle s'abandonna très brièvement à sa caresse, puis parut se ressaisir.

– Allons, dit-elle, il y a à faire.

Ils s'étaient encore longuement étreints.

– On se reverra ? avait osé Simon.

– Tu y tiens ?

– Eh !

Elle avait eu un étrange petit rire de gorge en enfouissant le visage dans son épaule et en vrillant littéralement son corps contre le sien. Puis elle s'était redressée et, posant les mains sur ses épaules, elle s'était cambrée pour ne rien perdre de son étreinte tout en donnant à leurs regards le champ nécessaire à leur affrontement.

– Quand tu veux, dit-elle d'une voix sourde et vibrante qui fit frémir Simon. Tu viens quand tu veux. Assure-toi simplement que je sois bien seule... Ça vaut mieux !

Ils s'étaient quittés là-dessus. Elle était restée dans la cuisine. Simon était sorti seul, par la porte de la cour, son petit sachet d'œufs à la main. La tête vide, à peine occupé du seul bien-être de l'instant, il avait erré dans les rues ombragées du village, histoire d'en faire connaissance ; il avait fait quelques achats dans une minuscule épicerie-bar-café-tabac. On les lui avait enfournés dans une poche de plastique aux armes d'une grande chaîne de distribution. Il avait soigneusement calé sa demi-douzaine d'œufs au-dessus du tout et il était reparti vers les bois.

L'envie de dormir l'avait submergé avant qu'il les atteigne.

Il s'étira voluptueusement sous son châtaignier. Jamais, lui semblait-il, il ne s'était senti si bien, si détendu, si reposé. « Cette fille est une sorcière ! » décréta-t-il sans que cela parvienne à l'inquiéter le moins du monde.

Déjà, il frémissait à l'idée de la retrouver. Plus rien de ce qu'il avait été ou de ce qu'il espérait, la veille encore, n'avait d'importance. Il n'avait plus d'autre ambition que son corps et de s'y perdre...

20

Dans un minuscule appentis adossé à sa cabane, Arsinoé entretenait trois moutons et deux chèvres. La place leur était si comptée que les pauvres bêtes, entre le coucher et le lever du soleil, n'avaient guère d'autre choix que de s'allonger côte à côte et d'attendre. Elles le faisaient sans trop de mauvaise grâce, attendries par leur maître et par sa quête perpétuelle des infimes petits riens de sa survie. Elles en faisaient partie, elles le savaient et considéraient avec dédain, quand il leur arrivait de longer les pâturages épais qu'ils occupaient, les troupeaux trop gras de leurs congénères des grandes fermes. Si ceux-là avaient le confort de vastes herbages et de bergeries aux litières douillettes, quelle estime pouvait-on porter à leurs maîtres qui, pour distinguer les uns des autres, n'avait pas d'autre recours que de leur agrafer un numéro dans l'oreille ?

Arsinoé emmenait ses ouailles paître au long des chemins. Lui ne disposait pas d'enclos soigneusement fermés où les oublier des jours durant. Il les accompagnait ; il leur choisissait les bas-côtés les plus herbeux et les herbes les plus goûteuses ; il s'asseyait sur une souche ou sur le talus et leur laissait tout le temps de s'en repaître.

Grâce à ses moutons et à ses chèvres, il s'était fait des

amis des cantonniers et des chasseurs pour qui il entretenait les chemins que la végétation, sans cela, aurait eu tôt fait d'ensevelir.

– Tiens, Arsinoé, lui disait sans détour le brave Octave quand il leur arrivait de se croiser, tu ferais bien de conduire tes biques sur le chemin du Pourras. Il y passe tellement de monde, par là-haut, que bientôt on ne s'y retrouvera plus.

Arsinoé emmenait ses briques vers le Pourras. Elles s'y faisaient de véritables orgies de graminées délicatement parfumées à la sauvagine et Octave était content. C'était autant qu'il n'avait pas à se donner la peine de faucher. À l'occasion, il passait à la cabane et déposait sur la table un lièvre, le collet pendant encore au cou, ou quelques kilos de pommes de terre fraîchement récoltées dans son jardin, à moins que ce ne soit à la sauvette, au coin de quelque champ à l'abri des regards.

C'était là des gains de peu de peine, dont souriait Arsinoé en les acceptant sans la moindre gêne. Il trouvait même une grande satisfaction à faire en sorte que l'autre se retrouve son débiteur sans que s'asseoir sur une souche, le temps que sa petite troupe se régale, lui soit d'une trop grande fatigue !

Parfois, il lisait si le hasard avait mis entre ses mains le livre ou la revue nécessaire. Parfois, il se livrait entier à de longues rêveries décousues. Plus souvent, il parlait à ses moutons et à ses chèvres et maintenait mordicus à Octave ou aux curieux, qui le surprenaient en cette étrange posture, que les uns et les autres lui répondaient.

– À leur façon, disait-il. Il faut savoir comprendre.

Invariablement, ses interlocuteurs prenaient un air vaguement amusé.

– Ce n'est pas donné à tout le monde, de comprendre, ajoutait Arsinoé.

L'air amusé se pinçait un peu.

– Mais elles ne se contentent pas de me répondre, insistait-il. Elles me donnent leur avis, elles me contredisent quelquefois. Ça m'arrive de devoir reconnaître qu'elles ont raison.

Cette fois, l'air amusé devenait franchement goguenard. Il vaticine, ce pauvre Arsinoé, disait-on, il décaroche.

– Tiens, ajoutait Arsinoé, pas plus tard qu'hier, la Caroline, la grande chèvre blanche, là-haut, dans le talus, eh bien, tu me croiras si tu veux, mais elle m'a soutenu dur comme fer que c'était elle qui était dans le vrai, que je n'étais qu'un grand benêt et que c'était bien fait pour moi si les gens disaient que je déraisonnais. Que je n'avais qu'à me taire et à ne pas raconter nos conversations ; que c'était entre nous et que, tous autant que vous êtes, vous êtes bien trop béjaunes pour comprendre.

La goguenardise avait tendance à tourner à l'aigre.

– Et tu sais ce qu'elle m'a dit ? s'obstinait-il. Elle m'a dit comme ça que c'était pourtant bien simple, que j'aurais dû le comprendre. C'est comme les curés, qu'elle m'a dit. Quand ils parlent entre eux, ils baragouinent en latin pour que les autres, les gens simples, quoi, ils ne puissent pas espionner. T'as déjà vu un curé qui te traduit ce qu'il vient de raconter à son collègue ? Non, bien sûr. Ben nous, c'est la même chose...

Il laissait traîner un petit silence, puis, sérieux comme un pape, il ajoutait :

– Sauf que, nous, ce n'est pas en latin qu'on cause. Pas vrai, Caroline ?

Interpellée, la bique levait le nez de son régal, considérait Arsinoé d'un œil mouillé, tout en mâchouillant une pleine bouchée de sainfoin, et, à tout hasard, puisqu'on la mêlait à la conversation, lâchait un bêlement attendri.

– Qu'est-ce que je te disais ? triomphait Arsinoé, mettant définitivement les rieurs de son côté.

Il ballottait ainsi ce pauvre Octave d'un propos incohérent à l'autre lorsque Simon apparut. Sans se presser, l'air parfaitement détendu, il montait le chemin vers eux, son sachet de courses au bout du bras.

– En voilà un, dit Arsinoé, qui n'a pas l'air de s'en faire.

– Et pourquoi je m'en ferais ? s'étonna Simon en arrivant à leur hauteur.

Arsinoé fronça les sourcils.

– Des fois..., se contenta-t-il de commenter.

– Bof..., émit Simon d'un air détaché.

– C'est toi qui vois, estima Arsinoé.

– Monsieur est..., se permit Octave.

Arsinoé parut le découvrir.

– Bon, voilà que je n'ai pas fait les présentations. Octave, cantonnier, Simon... Simon... Qu'est-ce qu'on va dire ? De passage, ça te va ?

Simon s'en contenta.

– Qu'est-ce que tu as donc, dans ton petit sac ? voulut s'enquérir Arsinoé en tendant le cou vers la pochette de plastique que Simon continuait de balancer au bout de son bras. Tu es donc allé aux champignons ?

– Oh non, s'empressa de rectifier Simon. Des champignons ! Je ne serais pas capable de faire la distinction entre les bons et ceux qui nous empoisonneraient pour le compte !

– Tu parles d'un Parisien, grogna Arsinoé.

Octave se contenta d'afficher un sourire vaguement condescendant.

– Alors, si ce n'est pas des champignons, c'est quoi,

que tu as là-dedans ? insista Arsinoé. Des escargots ? Tu serais tout de même capable de faire la différence entre un petit-gris et un limaçon ?

Simon préféra ne pas relever.

– Non, dit-il, ce sont quelques courses simplement. J'ai fait des courses, au pays. J'ai même des œufs tout frais ! ajouta-t-il avec une satisfaction non déguisée.

Arsinoé eut une drôle d'expression. Il plissa les yeux en dardant sur Simon un regard perçant et en émettant un long sifflement très modulé.

– Tiens donc, dit-il. Des œufs frais ! En voilà une nouvelle qu'elle est bonne. Et qui te fait dire qu'ils sont frais, ces œufs-là ? Hein ? On te l'a garanti, qu'ils étaient frais, ces œufs-là ? Tu les as vus sortir du cul de la poule, ces œufs-là ?

Simon, devant cette attaque en avalanche, ne savait plus quoi dire. Il avait vaguement le sentiment de s'être fourré tout seul, sans qu'on le lui ait demandé, dans un sacré piège.

– Ben, bredouilla-t-il, c'est qu'on me l'a dit, qu'ils étaient frais, voilà tout.

– Et qui c'est qui t'a dit ça ?

L'œil d'Arsinoé jubilait assez pour que Simon se sente totalement mis à nu !

– Hein ? Qui c'est qui t'a dit ça ? insista furieusement Arsinoé.

– Ben..., bredouilla Simon de plus belle, c'est... c'est la fermière qui me les a vendus qui m'a dit qu'ils étaient frais...

Il se produisit alors comme un blocage. L'instant, au lieu de passer, comme tous les instants ordinaires, parut s'éterniser, se prolonger à l'infini. À tel point qu'il fallut bien admettre la difficile confusion qu'il créait entre sa nature d'instant et celle d'un véritable moment...

Bouche bée et œil rond, Octave, vaguement conscient qu'il se passait quelque chose, n'avait pourtant qu'une certitude : il n'y comprenait rien. Simon, penaud, cherchait en vain à s'inventer un air détaché, pendant qu'Arsinoé restait là, planté sur sa souche, la bouche ouverte sur le mot qu'il allait dire quand ses yeux, s'arrêtant *in extremis* sur la vision peu enthousiasmante du cantonnier, le lui avaient renfourné sans ménagement au fond de la gorge.

À plaisir, il fit durer sa comédie aussi longtemps qu'il le put, rigoureusement immobile, bouche toujours béante, seul son regard, qu'il faisait un peu fou, roulant à toute vitesse de l'un à l'autre, jusqu'à ce qu'il leur ait fait perdre toute contenance.

– Bon ! s'exclama-t-il enfin, rompant net l'insupportable gêne qu'il avait si soigneusement établie. Ce n'est pas tout ça, mais il faut qu'on rentre, nous. Pas vrai, les biques ?

Chacune et chacun y alla de son petit bêlement et, sagement, abandonnant son repas, se remit sur le chemin de la cabane. Arsinoé leur emboîta le pas.

– Tu viens, Simon ? lança-t-il au-dessus de son épaule.

– Ah ! Parce que monsieur vit à la cabane ? s'étonna tout à coup Octave.

– Et alors ? Ça te gêne ?

Octave se hâta de prendre un air très détaché.

– Oh non ! Ce que j'en disais...

– C'est ça, n'en dis pas plus. Ça te changera.

Arsinoé, déjà loin, avait presque crié. Simon s'attarda quelques instants à contempler le tableau très bucolique que formait Arsinoé suivi de sa modeste troupe. Puis il salua le cantonnier d'un petite révérence parfaitement hors de propos et, en prenant bien soin de ne pas heurter son sac aux obstacles du chemin, il se hâta à leur suite. Il ne vit pas l'œil d'Octave qu'allumait tout à coup une lueur vaguement sournoise.

– Des fois que ce soit un candidat pour le Miroir ! lança celui-ci de telle façon que Simon ne puisse pas l'ignorer.

– Bon, dit fermement Arsinoé lorsque celui-ci l'eut rejoint. Deux choses bien établies. D'abord, tout le pays saura demain que tu couches avec moi, mais ça vaut mieux comme ça. Ensuite, tu es une tête de mule et tu es allé te fourrer dans la gueule du loup. C'est la Ermi qui t'a fourni tes œufs ?

Simon ne chercha pas à nier.

– Tu as eu tôt fait de la retrouver, la garce, constata Arsinoé. Et alors ? Comment ça s'est passé ?

Simon prit un air très détaché.

– Bien, très bien, se contenta-t-il de répondre.

Ils marchaient côte à côte à l'allure tranquille des moutons et des chèvres. Simon sentit le regard d'Arsinoé se poser avec insistance sur son profil. Il veilla bien à ne pas perdre de vue le sommet de la côte, loin, très loin encore devant eux.

– Mon salaud ! grommela Arsinoé. N'empêche... Tu comprends pourquoi je dis qu'il vaut mieux que cette pipelette d'Octave aille clamer sur tous les toits qu'on en est ! Imagine ce qui se passerait s'il allait raconter la vérité. Et comment tu comptes t'en sortir ?

Parce qu'il fallait s'en sortir ? Simon ne voyait pas par où.

– Attends, dit Arsinoé. Ne me dis pas que tu ne sais pas qui elle est. Si tu l'as retrouvée si vite, il a bien fallu que tu te renseignes. Tu sais qui est son père ? Tu sais qu'il veut avoir ta peau, le Sigismond ? Bon. Alors ? Tu es arrivé à ce que tu voulais. Maintenant, tu ne crois pas qu'il vaudrait mieux que tu files ?

C'était là la dernière des intentions de Simon.

– Filer ? s'étonna-t-il. Et pourquoi donc ? Ce n'est pas moi qui ai mis le feu à la grange.

– Je sais. Tu me l'as déjà dit.

– Je veux savoir qui a fait le coup.

– Et ça te rapportera quoi ?

– De ne plus être accusé à tort.

– Oh ! Je vois, les grands sentiments. Et s'il te chope, le vieux Sigismond ?

– C'est justement !

– Justement quoi ?

– La fille me défendra.

L'éclat de rire d'Arsinoé fit résonner tous les échos de la forêt.

– Et tu y crois, toi ? Mon pauvre vieux, tu rêves. À moins... À moins que ce soit la fille... Oui, bien sûr, c'est ça, c'est la fille qui te retient. C'est ça, hein ? Avoue : c'est la fille qui te retient. C'est dans le foin, que ça s'est passé ? Il a fallu qu'elle t'en donne pour que tu sois pincé à ce point ! C'est ça, hein ? Allez, avoue-le que c'est ça.

Pris entre gêne et satisfaction un peu bravache, Simon se contentait d'arborer un sourire un peu niais sans décrocher son regard d'un point fort éloigné, devant les oreilles du troupeau qui trottinait devant eux.

– Mazette ! reprit enfin Arsinoé, tu me fais un fameux loulou, toi ! Et un rapide ! J'aurais pas cru, tu vois. Je ne devrais pas, je n'ai pas envie de m'attirer des ennuis, mais, à force, je me dis comme ça que tu n'es peut-être pas trop fils de Caïn, dans ta caboche de citadin. Attention ! Ne me fais pas dire ce que je n'ai pas dit. Tu n'es pas pour autant de la descendance d'Abel. Ils ne sont pas bien nombreux, ceux qui, comme moi, peuvent se dire descendants d'Abel. Toi, tu as encore des preuves à donner. Alors, même si ce n'est pas bien sage, je te dis : tu peux rester chez moi autant que tu veux. Pourvu que tu ne changes pas.

Le soir tombait. Les ombres s'allongeaient, sortaient des sous-bois où elles étaient restées tapies le jour durant. Elles s'étiraient de tout leur long au travers du chemin, repoussant lentement vers le faîte des arbres la chaude palette des ors et des carmins qu'allumaient au travers des feuillages, en guise de bonsoir, les derniers rayons obliques du soleil.

– Et Sigismond ? demanda Simon.

– Si tu es un vrai descendant d'Abel, il ne t'attrapera pas, promit inconsidérément Arsinoé.

21

C'était un jour triste et gris. Il avait plu une bonne partie de la nuit. Il bruinait encore et de lourdes nuées rousses n'en finissaient pas de se déchirer aux houppiers des grands hêtres entourant le petit jardin. Ils y laissaient des lambeaux de brume ternes. Désorientés, ils semblaient errer longuement dans les épais feuillages avant de venir s'abîmer sur les planches de carottes ou de pommes de terre. Ils s'y dissolvaient alors lentement après avoir tenté encore quelques instants de s'échapper en rampant lamentablement sur le sol détrempé.

Debout dans l'encadrement de la porte de la cabane d'Arsinoé, Simon rongeait déjà son frein. Par un temps pareil, il ne fallait pas espérer que Sigismond s'éloigne de la ferme. Ce serait un jour sans ces fulgurantes retrouvailles dont il s'était fait une drogue quotidienne.

– Te voilà en manque, bougre d'intoxiqué ! voulut plaisanter Arsinoé.

En même temps, il posait sur Simon un regard dont la gravité et peut-être même un peu d'inquiétude démentaient l'ironie.

Un vieux ciré sur le dos, il revenait de la hutte sous laquelle se serraient ses biques à qui il était allé offrir quelques reliefs de leur repas de la veille.

– Ne me dis pas que vous allez vous retrouver par un temps pareil, insista-t-il en se débarrassant de son ciré.

Il n'avait visiblement aucune envie d'affronter plus longtemps un crachin dont il était évident qu'il durerait une bonne partie de la journée. La perspective de toutes ces heures de désœuvrement dans l'espace étroit de la cabane fut insupportable à Simon.

– Non, je vais jusqu'au pays, histoire de me dégourdir les jambes, voilà tout, mentit-il.

– Gaffe ! Le Sigismond, il y sera aussi. Ne va pas te mettre dans les griffes du loup, voulut prévenir Arsinoé.

La réponse de Simon se perdit dans la brume. Le chapeau sur l'œil, finissant de remonter la fermeture à glissière de son blouson, il filait déjà.

Le gros tracteur rouge était dans la cour de la ferme et il y avait bien peu de chances qu'il la quitte de toute la journée.

Simon dut se rendre à l'évidence. Un moment encore, il resta là à guetter, entre l'angle d'un mur et un pylône d'électricité qui lui fournissaient une sorte de meurtrière derrière laquelle il se croyait invisible. Un vague espoir lui restait qu'elle se montre ou que, par un moyen ou par un autre, elle lui fasse savoir qu'elle l'attendait dans un de ces endroits parfaitement inattendus dont elle avait le secret. Elle ne vint évidemment pas. Il finit par renoncer.

Désœuvré, se résignant mal à cette rencontre manquée, il erra dans les rues du village, sans but bien précis, se donnant une contenance en observant l'architecture rustaude des maisons et des fermes. Il fit le tour de l'église dont le chevet et quelques soubassements devaient bien dater du XIIe siècle, le reste n'étant qu'une juxtaposition sans beaucoup de grâce de tous les styles et de toutes les époques. Il voulut y pénétrer. Elle était fermée à clef. Un lavoir retint encore son attention. S'il n'avait pas été dans un état proche de la ruine, l'édifice aurait eu du charme. Il ne s'attarda pourtant pas. Tout en bas du pays, il était trop proche de la ferme de Sigismond pour qu'il fût raisonnable de prolonger ses investigations.

Il ne parvenait pas à se résoudre à reprendre le chemin de la cabane d'Arsinoé. Qu'y ferait-il ? Et puis, après leur discussion de la veille, il avait vaguement mauvaise conscience. Peu à peu, se faisait jour en lui la réalité des risques qu'il courait et de ceux, par voie de conséquence, qu'il faisait courir à ce brave Arsinoé, qui l'hébergeait si gentiment et ne reculait devant rien pour tenter de lui faire comprendre ce que sa folie avait de risqué. Il s'en fallait encore de beaucoup, pourtant, pour que vienne l'effleurer l'idée qu'il pourrait y renoncer.

Dans la petite échoppe qui, dans l'ombre des platanes de la place de l'église, offrait tout à la fois l'épicerie, l'huile à chaîne de tronçonneuse, le gaz, le tabac, les timbres fiscaux et même quelques journaux, il trouva une revue dont il estima qu'elle pourrait l'occuper quelques heures. Il se la glissa sous le bras et, sans plus réfléchir, comme un badaud sur les Champs-Élysées, il vint s'installer à l'une des trois tables qui faisaient office de « terrasse » au café qu'ombrageaient les marronniers de la place de la mairie.

On avait tendu là-dessus une sorte de grande bâche originairement censée prévenir des trop grandes ardeurs du soleil. Elle semblait pourtant s'acquitter vaillamment du rôle de parapluie que lui imposaient les circonstances. D'emblée, et bien qu'il fît un peu frais, il la préféra à la salle de l'établissement. Par la porte grande ouverte, celle-ci lui parut pleine d'ombres vaguement hostiles.

On vint s'enquérir de ce qu'il désirait consommer. Sans lever le nez de sa revue qu'il feuilletait déjà, il opta pour un demi. D'autorité, on lui apporta une canette vaguement tiède. Il ne s'en formalisa pas, moins soucieux de boire que de s'évader dans sa lecture. C'est ainsi qu'il remarqua à peine deux hommes qui frôlèrent sa table en entrant. Il ne vit pas les regards appuyés dont il fut l'objet ni l'air entendu qu'échangèrent les compères.

Simon disposait d'un pouvoir de concentration assez exceptionnel. Autant il lui avait été de la plus grande utilité au temps de ses études, autant il appréciait encore, dans son travail, de pouvoir en user, autant il lui fit manquer, plongé qu'il était dans la lecture de sa revue, quelques échanges de propos, dans son dos, qui n'auraient pourtant pas manqué de l'intéresser au plus haut point.

Il fallut qu'il ait épuisé le stock d'articles intéressants et qu'il se mette à feuilleter plus distraitement les pages « société » de l'hebdomadaire pour que son attention soit enfin attirée par une particularité de l'endroit tout à fait remarquable. Il se trouvait assis à l'aplomb de la fenêtre grande ouverte de l'autre côté de laquelle était installé le bar de l'établissement. Bien qu'il ne les vît pas et qu'il n'osât évidemment pas se retourner, Simon comprit que les deux hommes devaient s'y tenir accoudés, juste au-dessus de lui. Par un jeu étrange d'acoustique, leurs propos, bien qu'échangés sans éclats de voix, lui parvenaient avec une netteté parfaite.

– Qu'est-ce que tu veux, disait l'un, le Sigismond, c'est pas un méchant bougre, mais la vie qu'il a menée... Il faut comprendre.

Ce terrible prénom, dont Simon s'était déjà habitué à devoir tout craindre, dès qu'il avait été prononcé dans son dos, lui avait tout de même fait dresser l'oreille.

– Pas méchant bougre..., reprenait l'autre homme. C'est toi qui le dis. Vois-tu, moi, ce gars-là, je m'en méfie. Je ne sais pas moi, mais je le crois bien capable d'un mauvais coup.

– Alors, le Miroir, tu crois que... ?

– Je crois, je crois... Je crois rien du tout ! Attention, faut pas me faire dire ce que je n'ai pas dit.

– Alors, qui ?

Le silence qui suivit eut au moins l'avantage de permettre à Simon de rattacher les fils. C'était Octave, bien sûr, qui, le premier, avait fait allusion à ce mystérieux Miroir. Il se reprocha de ne pas avoir attaché plus d'importance que cela à la phrase énigmatique que le cantonnier avait lancée, la veille au soir, de telle façon qu'Arsinoé, déjà loin, ne puisse pas l'entendre. « Je lui demanderai », se promit-il. Dans son dos, quelques discrets bruits de verres raclant le bar indiquaient que s'achevait le temps jugé nécessaire à ce que le non-dit, après les propos qui venaient d'être tenus, fasse son chemin.

– Si tu dis vrai, reprit-on, il a intérêt à numéroter ses abattis, l'autre gaillard !

Désagréablement, Simon eut soudain la conviction tout intuitive que le « gaillard » qui avait « intérêt à numéroter ses abattis » n'était autre que lui-même. Cela lui fit froid dans le dos. Il se tassa sur sa chaise, leva ostensiblement sa revue devant ses yeux, comme s'il voulait prouver qu'il était encore totalement plongé dans sa lecture, et redoubla d'attention.

– Faut dire, enchaînait l'une ou l'autre voix, l'autre garce, elle lui en fait voir de toutes les couleurs, au Sigismond.

Cette fois, un éclat de rire franc et un peu gras lui fit l'effet d'une douche écossaise.

– Attends ! Eh, oh ! L'Ermi, c'est jamais que sa fille.

Vrai qu'elle s'en paie, mais, oh ! elle est assez grande pour savoir, non ? Marche qu'elle sait ! Si c'était sa femme, je ne dis pas, mais là...

Un curieux silence s'établit à nouveau. Le nez toujours dans ses pages, poussant la conscience jusqu'à les tourner lentement, une à une, Simon, attendait. Il imaginait les deux hommes accoudés au bar côte à côte, le regard perdu dans les rangées de bouteilles, en face d'eux, ruminant ce qui venait d'être dit, ou, peut-être, jetant dans sa direction des regards furtifs.

– Vouais..., reprit enfin le moins patient des deux, une drôle d'affaire que tout ça. Il faudra toujours qu'il y en ait un pour venir s'y fourrer !

– Qu'est-ce que tu veux, elle est chaude comme une bique en rut !

– Tu as l'air bien au courant ! Tu n'y serais pas un petit peu allé, toi, mon cochon ?

Il y eut, cette fois, deux rires à se chevaucher. L'un éclatant et tout fier de sa provocation, l'autre comme gêné et un peu forcé.

– Ça ne risque pas, se défendit-il. Ah ça, non, ça ne risque pas ! Un qui ne sait pas, encore, on peut comprendre. C'est qu'elle est bien roulée, la garce ! Mais nous ! On sait tout de même à quoi s'en tenir, nous.

– Sûr, pour savoir on sait. Celui-là épuisé, il disparaîtra de la circulation, comme les autres. On n'entendra plus parler de lui. Et puis, il y en aura un autre, des autres !

Le silence, une fois encore, comme si devait être respecté le temps des mots qu'il ne fallait pas prononcer, et, pour Simon, la sensation très nette de n'être qu'une infime petite chose, à peine un jouet au milieu d'éléments totalement hostiles. L'envie de se ruer sur ces deux hommes et de leur faire ravaler leurs propos, l'envie de fuir, l'envie de se précipiter chez Ermi et de lui faire jurer que rien de tous ces sous-entendus n'était vrai...

Ça s'agitait et s'entrechoquait en lui à un point tel qu'il n'était plus capable de la moindre décision. Il restait là, le cul rivé à sa chaise, dans l'attente d'il ne savait plus quoi... D'un cataclysme plus fort encore, peut-être. À moins que ce ne soit simplement ce verbe : savoir. Eux prétendaient « savoir ». Quoi ? Volonté de vérité ou curiosité malsaine ? Déjà, d'imaginer qu'il y avait tant et tant de choses à savoir, Simon réalisait que plus jamais il ne pourrait effacer cet écran redoutable que quelques mots venaient de dresser entre Ermi et lui. Déjà, en y glissant l'arme terrible du non-dit, ils épaississaient le mystère de cette femme à un point tel qu'il lui semblait qu'elle s'éloignait de lui à une vitesse vertigineuse.

Cela était si fort, tellement brutal, qu'il était incapable de penser à autre chose qu'au désir forcené brûlant en lui de bondir malgré tout vers elle. Plus il en entendait, et moins la raison l'emportait. Une étrange fascination éteignait chez lui tout ce qui ne concernait pas exclusivement cet objet d'un désir d'autant plus brûlant qu'il était chargé de sulfureux interdits.

– C'est comme la grange, reprenaient les inépuisables causeurs. Tu y crois, toi, à son histoire ?

La réponse se fit attendre. L'autre devait se donner le temps de la réflexion en vidant son verre.

– J'y crois, j'y crois..., répéta-t-il. J'y crois qu'à moitié, oui. Facile, l'explication. Pour les assurances, ça peut toujours marcher, avec un peu de culot. Et il en a, le Sigismond, du culot. Mais pour le reste, avec ce qu'on sait... Remarque, ça devait finir comme ça. Sa grange, la

Ermi, peut-être bien qu'elle en a un peu trop abusé. Il aura fini par craquer.

– Parce que, toi, tu crois...

– Attends ! Je n'ai rien dit, moi. Je vois simplement qu'il s'y passait des choses pas claires, dans cette grange-là, et qu'elle a fini par cramer. C'est tout ce que je vois, moi.

L'exaspération faillit faire bondir Simon de sa chaise. Ils avaient, ces deux-là, un sens de l'ellipse qui le tendait à chaque fois comme une corde pour le faire retomber, l'instant d'après, vaincu par la vaine attente. Il fallait en finir. C'était à se demander si tout cela n'était pas cousu de fil blanc.

Bien sûr, eux aussi savaient qu'on entendait à merveille ce qui se disait au coin du bar depuis l'endroit où se trouvait Simon. Ils en avaient eu la pratique bien avant lui ! Pourquoi, sans cela, se seraient-ils justement installés là ? Bien sûr, ils jouaient la comédie. Elle était bien montée, leur petite discussion. Ils se renvoyaient la balle comme à plaisir sans autre destination, c'était tellement évident, que ses oreilles. Fallait-il qu'il soit bête pour ne pas avoir compris plus tôt !

Il ébauchait le geste de se lever lorsqu'une exclamation le fit presque sursauter.

– Bon sang de bois ! blasphéma tout à coup une voix derrière lui. Regarde donc qui c'est qui vient ! Eh ben, vieux, ça pourrait bien faire vilain !

Sigismond venait de déboucher au coin de la place. Simon ne l'avait jamais vu autrement que sous la forme d'une petite silhouette gesticulant autour de la grange en feu. Il ne douta pourtant pas un seul instant que ce personnage étonnant qui se ruait vers lui, coupant au plus court sous les marronniers, était l'homme qui lui vouait tant de haine.

C'était un colosse dont l'aspect n'aurait été que banal s'il n'avait pas été vêtu d'une veste en velours noir boutonnée jusque sous le menton et de larges braies de coutil emprisonnées sur le mollet par de grosses guêtres de cuir. Le tout était surmonté d'un feutre noir à large bord qui laissa le visage de Sigismond dans l'ombre jusqu'à ce qu'il soit à quelques pas de la table où Simon se tenait, recroquevillé sur sa chaise. Il en était au point de se dire que l'instant était imminent où il allait concrètement savoir ce que les deux autres entendaient par « numéroter ses abattis » !

Il s'en fallut pourtant de peu que Sigismond n'entre dans le café sans le voir. Ce ne fut qu'au dernier moment, alors qu'ils étaient proches à se toucher, qu'il le remarqua. Il s'arrêta net et sa grosse face rustaude barrée d'épais sourcils roux laissa paraître la plus grande incrédulité. Manifestement, il n'y croyait pas, il ne parvenait pas à admettre qu'il avait devant les yeux, là, à quelques centimètres de lui, le va-nu-pieds, le traîne-chemins, dont on avait dû, bien sûr, lui faire une description détaillée, et dont il s'était promis en public, à haute et intelligible voix, de régler une fois pour toutes le sort misérable.

Simon vit distinctement le poing formidable de l'armoire à glace s'ouvrir et se refermer à plusieurs reprises, comme s'il testait la poigne qu'il allait lui abattre au collet. Il crut même voir l'esquisse du mouvement fatal. Sigismond, pourtant, le retint *in extremis*. Une autre idée devait avoir germé sous son crâne épais. Il jeta un coup d'œil rapide vers l'intérieur, dut y voir les deux comédiens, et Simon, éberlué, eut le temps de saisir la lueur presque inquiète qui s'alluma fugitivement dans son regard.

Le poing se contenta de s'abattre brutalement sur la table, faisant tressauter et tintinnabuler verre et canette.

– Tu ne nuiras plus longtemps, vermine, éructa une voix sourde et éraillée, à peine audible. Je te retrouverai bien, marche.

« Pourquoi donc ne voulait-il pas que les autres l'entendent ? » se demandait déjà Simon avant même que résonne dans le café la voix puissante de Sigismond réclamant à boire.

22

– Tiens donc ! s'exclama Arsinoé lorsqu'il eut fini de tirer les vers du nez à Simon.

Il lui avait fallu déployer beaucoup de patience et de diplomatie pour parvenir à se faire raconter tout ce qui s'était passé au café. Simon n'avait évidemment aucune envie de s'en vanter et Arsinoé n'en aurait peut-être jamais rien su si, la curiosité étant la plus forte, le premier n'avait pas voulu savoir si le second était au courant de cette particularité de la terrasse d'où l'on entendait si bien ce qui se passait et se disait au bar. Il n'en avait pas fallu plus pour mettre la puce à l'oreille d'Arsinoé. Bien sûr qu'il la connaissait, cette particularité de la terrasse de l'unique débit de boisson du pays. Il savait plus encore l'usage essentiel qu'on pouvait en faire et le rôle considérable qu'elle jouait dans la vie locale.

Par une bien regrettable négligence, personne n'avait jamais établi la statistique des cocus qui n'avaient dû de découvrir leurs cornes qu'à la consommation que quelque ami bien intentionné, et bien sûr de mèche avec les orateurs du bar, avait absolument tenu à leur offrir à l'ombre de la fatidique terrasse. Jamais n'avait été établi le décompte des vérités et des mensonges, des vengeances et des bassesses, qui avaient été proférés là. Des rumeurs y étaient nées. D'autres avaient profité du phénomène comme d'un prodigieux tremplin. Depuis qu'elles avaient été données pour certitudes, au coin du fameux bar, sous le sceau, au besoin, des serments les plus formels, elles n'avaient plus cessé de croître et d'embellir au point que plus personne, pas même leurs auteurs, ne savait plus discerner le vrai du faux !

Arsinoé, il est vrai, n'avait pas ce problème pour juger de l'authenticité des propos tenus à l'oreille de Simon au sujet d'Ermi. Tout en respectant au pied de la lettre sa règle de vie, qui voulait qu'il n'intervienne en rien dans ces embrouillaminis bassement humains, il ne pouvait que confirmer et garder pour lui les détails qu'il aurait pu ajouter.

Par contre, l'intrusion soudaine de Sigismond en personne dans ce petit cercle bien réglé du ragot l'intéressait au plus haut point. Plus encore, c'était l'étrange comportement de ce dernier qui allumait dans le regard d'Arsinoé des étincelles de curiosité.

– Tiens donc, répéta-t-il. Tu sais que tu as eu de la chance, toi. Enfin... sur le moment, parce que pour l'avenir...

Simon fronça les sourcils. Il n'y avait pas grand-chose, lui semblait-il, dans les sous-entendus d'Arsinoé, qui soit de nature à le rassurer...

– Tu crois ? osa-t-il d'une petite voix inquiète sans comprendre pourquoi, bien malgré lui, les propos alarmants d'Arsinoé se superposaient, dans son esprit, aux allusions répétées à ce mystérieux Miroir.

La question lui brûlait les lèvres, mais, curieusement, il ne parvenait pas à la formuler. Après tout, avait-elle seulement un rapport avec tout cela ? Tant que Sigismond était resté un danger invisible, Simon, dans sa grande insouciance, n'y avait pas attaché une importance démesurée. Il n'en allait plus du tout de même depuis qu'il lui fallait bien mettre, sur les menaces planant sur sa personne, l'image tout à fait inquiétante du monstre qui lui avait postillonné ses vilenies au visage à l'instant précis où il s'attendait à ce qu'il le broie.

Pour un peu, il aurait regretté. Recroquevillé sur sa chaise, à la terrasse du café, il y était presque résigné. Durant un court instant, cela lui avait paru tellement inévitable qu'il en avait presque admis la fatalité.

Or, rien d'autre ne s'était produit que ces quelques mots d'autant plus lourds de signification que prononcés pour lui seul. Désormais, entre Sigismond et lui, c'était à la vie, à la mort. Malheureusement pour Simon, les rôles lui paraissaient trop irrémédiablement répartis à l'avance, au point que chaque instant qu'il vivait lui semblait le rapprocher inexorablement de cette fatale échéance.

– Si je crois ! s'exclama cruellement Arsinoé. Ce n'est pourtant pas faute de te l'avoir dit. Mais tu ne voulais en faire qu'à ta tête. Maintenant, tu as vu. Tu as jugé par toi-même. À toi de voir si les fesses d'Ermi méritent que tu coures le risque.

Simon préféra ne pas relever. C'était d'un vulgaire ! D'ailleurs, il n'avait peut-être même pas trop entendu. Son cerveau, un peu ankylosé par la secousse qu'il venait de subir, ne voulait envisager rien d'autre que la vision dantesque de Sigismond se ruant sur lui, au travers de la place du village, et l'étonnante façon qu'il avait eue de renoncer, au dernier instant, à le réduire en miettes.

– Des menaces ! prétendit-il se rassurer en s'efforçant de se faire méprisant. Rien que des menaces, des mots, quoi. S'il avait vraiment voulu, là-bas, sur la terrasse du café, assis comme je l'étais, il me tenait. Il aurait pu me casser, me réduire en bouillie avant même que j'arrive à esquisser un geste. Il ne l'a pas fait. Pourquoi il ne l'a pas fait ? Tu peux me le dire, toi, pourquoi il ne l'a pas fait ? Parce qu'il a eu la trouille, pardi. Parce que c'est le genre de type qui sait bien qu'il impressionne simplement par sa taille. Alors, il en joue. Il menace. Il a le verbe haut et le poing sur la table facile, mais rien de plus. Ça suffit pour que vous ayez tous la trouille encore plus fort que lui. Quoi, c'est trouille contre trouille, votre Sigismond. Rien de plus...

Arsinoé avait laissé dire. Il en rajoutait, le Simon, il se grisait de mots, il tentait bien maladroitement de dissimuler son désarroi derrière leur flot. Il fallait pourtant bien lui faire admettre la vérité. Arsinoé se retint d'être narquois. Cela n'aurait pas été charitable. Il choisit d'être grave.

– À tout prendre, dit-il, j'aurais presque préféré qu'il te fiche une trempe à la terrasse du café, devant tout le monde. Il y en aurait toujours eu pour venir l'arrêter avant qu'il soit trop tard. Et puis, comme ça, l'affaire aurait été sur la place publique. Il aurait bien fallu qu'il en tienne compte. Non pas qu'il y en aurait eu beaucoup pour te défendre. Tu es un étranger, il ne faut pas que tu l'oublies. Mais il y en a assez qui ne l'aiment pas pour qu'il ait craint de les voir tous se dresser comme un seul homme contre lui.

» Non, il est madré, le Sigismond. Il l'a tout de suite vu, le risque. Il aurait bien fallu qu'il dise pourquoi il te flanquait une trempe. Rassure-toi : tes frasques avec sa fille, il les aurait gardées pour lui. De ce côté-là, tu n'avais rien à craindre. Restait la grange. Et là, le Sigismond, pas fou, il a vu juste à temps l'inconvénient qu'il y avait à te désigner comme l'incendiaire. Imagine qu'il ait fait ça. L'affaire lui échappait. On t'interrogeait, on te cuisinait, sans lui, loin de lui. Tu n'aurais pas eu trop de mal à faire, au minimum, douter que ce soit bien toi qui aies pu mettre le feu. Il aurait fallu chercher ailleurs, recommencer l'enquête. En s'en prenant à toi de cette façon-là, il mettait en route une machine qu'il ne maîtrisait pas. Peut-être même qu'il a quelques sérieuses raisons de craindre qu'elle se retourne contre lui. Alors que là, tant que personne ne parle d'incendiaire, il n'y a évidemment pas d'enquête. Il l'a belle, le vieux singe, pour négocier avec l'assurance sur la base de l'accident. Tu vois comme il est madré !

Arsinoé se tut. Quelque chose, pourtant, dans son regard, indiquait qu'il n'en avait pas fini. Cette fois, il ne chercha pas à dissimuler un petit sourire ironique.

– Ce n'est pas pour ça que tu dois t'imaginer qu'il passe par pertes et profits votre contentieux ! D'autant plus que, s'il se garde bien d'étaler ça devant tout le monde, ce que tu fricotes avec la Ermi, tu peux me croire qu'il n'est pas près de te le pardonner.

– Il ne le sait même pas, voulut se défendre Simon avec une bonne dose de mauvaise foi.

– Tu t'imagines ça ? railla Arsinoé. Tu es tout de même bien un citadin si tu peux encore croire qu'il existe ici de vrais secrets.

Il se tut à nouveau, considérant Simon d'un œil grave.

– Et puis surtout, ajouta-t-il enfin, si tu crois ça, c'est que tu n'as encore rien compris à ce qui t'arrive.

Toujours cette restriction ! Simon se leva vivement et vint s'adosser au chambranle de la porte, par un geste dont il était désormais coutumier, pour ne pas montrer son exaspération. Ça devenait une manie. Il ne pouvait plus avoir une conversation un peu sérieuse avec Arsinoé sans qu'elle se termine par ce rappel cinglant à son incapacité bien citadine à comprendre quoi que ce soit à la complexité des réalités locales. Simon en était profondément ulcéré, mais il avait la lucidité de toujours garder à l'esprit l'obligation qui lui était faite de ne le montrer en aucune façon.

Il était d'ailleurs convaincu que cette fine mouche d'Arsinoé en était parfaitement conscient et que c'était tout à fait délibérément qu'il jouait à ce petit jeu désagréable. Bien qu'elle échappât totalement à Simon, il devait bien avoir une raison pour cela et il était évident qu'il la garderait pour lui aussi longtemps qu'il le jugerait utile.

Il choisit de s'obstiner.

– Et tu peux me le dire, toi qui es si malin, ce qui m'arrive ?

Le ton, manifestement, n'avait pas plu à Arsinoé. Lorsque, abandonnant les tâches ménagères auxquelles il s'occupait, il lui fit face, il avait sa tête des mauvais jours, son air d'ours prêt à bondir.

– Et puis quoi encore ? gronda-t-il. Tu ne voudrais pas, par-dessus le marché, que je te torche le nez ? Si tu n'es pas assez grand pour comprendre où tu mets les pieds, est-ce que j'y peux quelque chose ? Tu sais très bien ce que je t'ai dit. À toi d'y voir clair. Moi, je t'héberge. Ce n'est pas si mal. Ne compte pas sur moi pour te faire des dessins...

Ce fut plus fort que Simon. Il s'étonna lui-même de la réplique qui lui vint sans qu'il l'ait préméditée.

– Des dessins de Miroir, par exemple...

Un sourire presque cruel apparut dans les yeux d'Arsinoé sans qu'il parût pour autant renoncer à sa colère.

– Tout de même ! s'exclama-t-il.

Simon en resta sans voix.

– Tu y auras mis le temps à la découvrir, celle-là, reprit Arsinoé. Tu aurais mieux fait de t'inquiéter de cette affaire-là avant de te précipiter dans le foin avec la Ermi, tu ne penses pas ?

Cela ne disait toujours pas à Simon ce qu'était ce fameux Miroir, mais, au ton toujours aussi cassant d'Arsinoé, il sut qu'il ne s'était pas trompé. La question était d'importance.

– Si tu me l'avais dit..., tenta-t-il sans la moindre illusion.

Arsinoé ne releva même pas.

– Maintenant, tu sais, se contenta-t-il de commenter.

Cette façon qu'ils avaient tous de tourner autour du pot finissait par exaspérer Simon.

– Je sais... je sais..., s'emporta-t-il. Je ne sais rien du tout, oui. L'Octave hier, les gars au café tout à l'heure, ils n'ont que ça dans la bouche, ce fichu Miroir, mais pour dire de quoi il s'agit...

– Ah, parce que tu n'es pas au courant ? Eh bien, tu n'avais qu'à leur demander !

Et Arsinoé, tout à coup très détendu et souriant, se remit comme si de rien était à la confection d'un curieux frichti dont Simon, comme d'habitude, préférait ne pas voir les ingrédients.

23

Bien qu'il fût dans le plus grand embarras, pour rien au monde Simon n'aurait admis d'avoir à questionner. Il savait bien qu'il lui suffisait d'attendre. Le silence pourtant s'éternisa. Apparemment oublieux de sa colère, Arsinoé vaquait à ses occupations en sifflotant, ignorant Simon qui s'impatientait, toujours adossé à son chambranle de porte.

– Si tu mettais la table, ce serait une bonne idée, glissa-t-il dans un sourire. Encore trois minutes et c'est prêt.

Simon s'exécuta en silence. Il fallut encore attendre qu'ils soient installés, l'un en face de l'autre, à peine séparés par un faitout fumant et dégageant malgré tout un fumet alléchant, pour qu'enfin Arsinoé se décide à parler.

– Alors, comme ça, attaqua-t-il, tu voudrais bien savoir ce que c'est que le Miroir. Eh bien, vieux, tu peux t'estimer heureux que je m'en aille te l'expliquer là, tranquillement, autour d'une table où nous partageons un repas modeste et néanmoins excellent ! Le Miroir, il y en a au moins un et peut-être même plusieurs qui ont découvert ce que c'est à moins bon compte. Même que, selon toute vraisemblance, ils n'ont pas eu le temps d'apprécier... C'est un étang, le Miroir ; un étang encore assez grand, presque un lac, là-bas, en forêt. Et c'est vrai que, par beau temps, tous ces arbres, cette nature, qui se reflète à sa surface... Tu vois, on ne s'est pas foulé pour lui trouver un nom. Ma foi, comme il lui va bien... Pourquoi on est allé créer un étang si loin, tout au fond de la forêt ? Va savoir ! Parce que ce n'est pas un étang naturel. Non, il a une digue, une longue digue tout en travers de la vallée, avec une vanne au milieu pour le vider, si on veut. Il y en a qui te diront que, dans le temps, des étangs comme ça, il y en avait partout, bien plus que maintenant. C'était pour le poisson. On mangeait bien plus de poissons d'eau douce que de nos jours. Et moi je dis qu'on aurait mieux fait de continuer. Le poisson d'eau douce, c'est autant de protéines mais c'est bien plus sain, bien meilleur pour la santé que la viande.

Il s'interrompit et resta quelques instants la fourchette en l'air, un sourire un peu narquois illuminant son visage de vieille pomme ridée et burinée de tous les vents.

– Tiens, reprit-il, il y en a un qui serait heureux de m'entendre dire ça, c'est ton copain Freddy ! Tu ne crois pas ?

Sans attendre de savoir si Simon partageait son opinion, il piqua du nez vers son assiette qu'il n'entendait pas oublier. Simon lui aurait bien répliqué qu'à trop s'en remettre aux talents halieutiques de Freddy, on risquait fort de ne pas manger tous les jours à sa faim, mais il préféra se taire. L'important n'était évidemment pas là. Le charme bucolique et les avantages diététiques du Miroir n'avaient apparemment rien à faire dans les allusions répétées qu'on y avait faites, en moins de vingt-quatre heures, à portée de ses oreilles. L'essentiel restait donc vraisemblablement à venir. Il suffisait d'attendre.

– De temps à autre, reprit Arsinoé lorsqu'il estima

avoir comblé son retard alimentaire, le Miroir, ils le vident. Au printemps, ils installent des filets juste au-dessus de la vanne, et puis ils l'ouvrent. Un spectacle ! Il faut voir ça ! Ils laissent couler comme ça toute une nuit ou plus, et puis, quand c'est le moment, ils viennent avec tout un attirail de grandes perches, de bacs, d'épuisettes et bien d'autres trucs encore.

» Il y a là, sur la digue, le garde-pêche avec une balance, un carnet à souches et un sifflet. C'est pour le signal, le sifflet. Quand il estime que l'eau a suffisamment baissé, quand tout l'étang se réduit à une sorte de mare juste devant la vanne, il en siffle, de son sifflet, à en perdre haleine. Et ils y vont tous. Ils sont bien quinze ou vingt équipés de grandes bottes de pêche qui montent jusqu'en haut des jambes. Avec leurs perches, leurs bacs et leurs épuisettes, ils entrent dans la boue, ils entourent la mare, ils posent leurs bacs derrière eux et les voilà qui y vont de leurs épuisettes ! Tu verrais le tableau !

» Avant même qu'ils s'y mettent, tu dirais que l'eau bout ! Ça grouille là-dedans, mon ami ! Tu penses : tous les poissons qui vivaient tranquillement, chacun dans son coin, au fond d'un étang de plusieurs hectares, qui se retrouvent piégés sur quelques dizaines de mètres carrés et dans quelques centimètres d'eau ! Et tous ces mecs qui pataugent autour ! En moins de deux, tu ne sais plus où est le liquide, où est le solide. Ce n'est plus que de la boue, de la vase infecte dans laquelle des centaines, des milliers de ces pauvres bêtes continuent désespérément de se débattre pour tenter d'échapper au piège. Comment veux-tu qu'elles sachent qu'il n'y a pas d'issue ? Comment veux-tu qu'elles sachent qu'il n'y a jamais d'issue aux pièges que les enfants de Caïn tendent à la nature.

C'était plus fort que lui ; il fallait qu'il y revienne. Simon réprima de justesse un geste d'exaspération. Il s'impatientait, Simon ! Il n'était pas du tout d'humeur à apprécier à sa juste valeur le récit pourtant très imagé que lui servait Arsinoé. Supporter par-dessus le marché qu'il revienne à ses habituelles vaticinations lui parut au-dessus de ses forces.

– Arrête, tu veux ! osa-t-il l'interrompre. Il ne s'agit pas de ça. Et ton histoire de pêche...

Arsinoé sauçait méticuleusement son assiette. Il leva sur Simon un regard qu'il faisait bien plus sidéré qu'il ne l'était vraiment.

– Ah, parce qu'elle ne te plaît pas, mon histoire de pêche ? Oh ! mais il fallait le dire. Si ça ennuie monsieur de savoir à quoi il a échappé... jusqu'à maintenant... Bon, c'est tout, on passe à autre chose. Monsieur prendra bien un fruit ?

Il poussa devant Simon deux ou trois pommes minuscules et toutes tavelées qu'il avait dû ramasser au bord d'un chemin, pendant qu'il faisait paître ses biques. Simon, exaspéré, les repoussa d'un geste trop vif.

– Rien à faire de tes pommes immangeables, eut-il la maladresse de commenter.

Les pommes, après avoir traversé la table en trombe, étaient allées se perdre dans quelque coin poussiéreux de la cabane.

– Le Miroir ! explosa Simon. C'est quoi, le Miroir ? Pourquoi Octave a cru que j'étais « un candidat au Miroir » ? Qu'est-ce qu'il a à voir, le Sigismond, avec le Miroir ?

Arsinoé, quelques autres pommes dans la main, se tenait debout entre la table et le coin de la cabane qui lui servait de cuisine. Il prit le temps de dévisager Simon sans que rien d'autre paraisse dans son regard qu'une profonde gravité qui impressionna tout de même Simon. Déjà, il commençait à regretter de s'être emporté.

Très lentement, posément, Arsinoé s'accroupit et partit à la recherche du dessert dédaigné par Simon. Il sembla à celui-ci qu'il y passait une éternité. Figé sur son banc, n'osant plus bouger, il redoutait le pire.

Enfin, Arsinoé, époussetant soigneusement les pommes retrouvées, se redressa sans se presser. Il rangea soigneusement les pauvres petits fruits dans un cageot qu'il prit encore le temps de glisser sur une étagère, au-dessus de sa rustique cuisine, et il vint, toujours aussi posément, se réinstaller à la table, en face de Simon.

Il ne rompit pas pour autant le pesant silence qui régnait dans la cabane. De la pointe de son couteau, il se mit en devoir de se curer les ongles. Il y avait à faire : ça pouvait durer un bon moment. Les yeux baissés sur son étrange occupation, il semblait perdu dans une profonde méditation. Simon, toujours aussi crispé, tentait désespérément de deviner par quelle explosion soudaine le bonhomme allait inévitablement laisser éclater sa fureur vengeresse.

Il n'en fut rien. Sans bouger d'un poil et sans perdre de vue l'opération méticuleuse à laquelle il se livrait, Arsinoé consentit enfin à rompre le silence.

– Quand ils ont eu fini leur pêche, reprit-il exactement comme si rien ni personne n'était venu interrompre son récit, quand le garde-pêche, avec sa balance, a eu réparti leurs prises entre eux, eh bien, c'est simple : ils sont rentrés chez eux. Il n'y en a qu'un qui est revenu le lendemain. C'est moi, bien sûr.

» À chaque fois qu'ils le vident, leur étang, c'est la même chose. Quand ils y ont presque tout pris, ils se mettent à battre la boue avec leurs grandes perches, tous ensemble et en avançant vers les filets qui barrent la vanne. Ils arrivent encore à coincer quelques pauvres poissons comme ça, puis ils estiment avoir fini. Moi, je sais bien qu'il suffit de laisser la boue se reposer. Ça forme comme des grandes flaques d'eau presque claires qui mettent des jours et des jours à se résorber. Et là-dedans, bien sûr, il y a des poissons qui réapparaissent. Si tu y vas avec un minimum de délicatesse, tu les prends à la main. C'est ce que je fais à chaque fois. Je les rapporte ici ; je les mets dans une grande bassine d'eau claire que je change assez souvent, et ça me fait une réserve de protéines, comme ils disent, pour un bon bout de temps.

Simon à nouveau s'impatientait. Il n'avait pourtant pas bougé d'un poil, mais tout, dans son regard comme dans sa posture, trahissait une telle exaspération qu'Arsinoé ne pouvait évidemment pas l'ignorer.

Le curage de ses ongles enfin achevé, il avait rapidement essuyé son couteau sur la jambe de son pantalon et il s'était mis en devoir d'éplucher une de ses pommes. Elle était si petite que l'opération requérait la plus grande attention si l'on voulait qu'il restât tout de même, en fin de compte, quelque chose à se mettre sous la dent.

– Elles ne sont pas bien grosses, mais elles sont drôlement bonnes, commenta-t-il. Tu as eu tort de ne pas en vouloir.

Simon s'astreignit au calme. L'autre se vengeait, c'était évident. Mais pour que sa colère n'ait pas éclaté plus brutalement que cela, il fallait bien que ce soit parce que l'important restait à venir.

– Tout ça, reprit enfin Arsinoé, c'était au printemps dernier. Le Miroir, si tu veux, tu peux y aller voir. Il est toujours à sec. Et m'est avis qu'il risque de le rester un bon bout de temps. Parce que voilà...

Abandonnant sa pomme, il s'était tout à coup redressé et plantait dans celui de Simon un regard terrible.

– J'en ai rapporté une bonne prise, ce matin-là, continua-t-il. Mais j'y ai aussi trouvé autre chose. Pour une prise, vieux, c'était une fameuse prise ! Pas de celles qu'on rapporte à la maison, pas de celles qu'on aime faire, mais alors, tu parles d'une surprise... Un macchabée ! Au ras de l'endroit où ils avaient piétiné comme des malades, la veille, comme une grosse boursouflure à laquelle, d'abord, je n'ai pas trop fait attention. J'étais là pour les poissons, pas pour le reste. Et puis, tout de même, ça a fini par m'intriguer, cette espèce de grosse bosse qui formait comme un relief anormal, sur ce fond de lac. Je regarde d'un peu plus près et je remarque, comme posé contre, quelque chose qui émerge de la boue et qui ressemble à de la ferraille. Là, c'est plus fort que moi : je m'approche et, du bout de mon bâton, je gratte. Je te le donne en mille, tu ne devineras pas. Tu sais, ces espèces de masses en fonte qu'ils accrochent sur le nez de leurs tracteurs. Et, dans ce qui sert de poignée, en haut, parce que c'est lourd, ces trucs-là, quelque chose qui ressemble à de la corde, une grosse corde. Toujours avec mon bâton, parce que je commençais à me douter de l'affaire, je la dégage, je la suis. Elle n'était pas encore trop pourrie. Je n'ai pas eu à aller bien loin. Le reste, bien sûr, c'était en moins bon état. Les poissons, ils ont dû se régaler. Pas étonnant qu'ils étaient si gras...

– C'était qui ?

Absurde, la question avait échappé à Simon. Arsinoé se contenta de hausser les épaules.

– Parce que tu t'imagines que je m'en suis préoccupé ? Combien de fois il faudra que je te répète que les affaires des hommes ne concernent plus Arsinoé ? Je suis rentré chez moi et j'en suis encore à me demander pourquoi je te raconte tout ça, si tu t'obstines à n'y rien comprendre.

– Mais enfin, se scandalisa Simon, tu ne pouvais tout de même pas laisser ce pauvre type comme ça. Il fallait prévenir, alerter les gendarmes. Je ne sais pas, moi, il doit avoir une famille, une femme, des enfants. On le recherche certainement.

Arsinoé eut de la main un geste las.

– Rassure-toi, depuis, on l'a retrouvé. Remarque, pour lui, ça n'a évidemment pas changé grand-chose. C'est le garde-pêche qui est revenu par là, je ne sais pas trop pourquoi, quelques jours après. Il paraît que la boue, en séchant, s'était décollée par plaques. C'est comme ça, à ce qu'il a dit, qu'il l'a vu. Enfin, moi, je veux bien...

Simon, tout de même, commençait à redouter de voir où Arsinoé voulait en venir. Et l'inquiétude le gagnait.

– Depuis, hasarda-t-il, on... on sait qui a fait le coup ?

– Qui a fait le coup ? parut s'étonner Arsinoé. Bien sûr que non, on ne sait pas... enfin à ma connaissance. Il faudra leur demander. Peut-être qu'eux, ceux qu'intéressent encore les affaires des hommes, peut-être qu'ils savent... Disons que certains, comme Octave ou tes deux buveurs de bière, hier, au café, ont leur idée... Mais... rien que leur idée.

– Alors ?

Simon était d'autant plus décontenancé qu'il redoutait la chute. Arsinoé, qui s'était mis à sa vaisselle, lui tournait le dos. Il laissa s'éterniser le silence. Simon, qui ne le quittait pas des yeux, eut l'impression qu'il se tassait un peu sur lui-même et qu'il pesait intensément chacun des mots qui restaient à prononcer.

– Alors ? reprit-il enfin. Une petite histoire, rien qu'une anecdote. Un jour, à la fin de l'hiver dernier, je rencontre le Sigismond. Il était en train d'épandre de l'engrais. Quand je suis arrivé, il était au coin de son champ à faire semblant de réparer quelque chose sur son matériel. Quand j'y réfléchis, je suis convaincu qu'il m'avait vu venir. On cause tranquillement, moi les mains dans les poches, lui allant et venant de son tracteur à sa remorque et de la remorque au semoir à engrais.

» Et voilà bien que, tout par un coup, il semble empêtré dans je ne sais pas trop quoi. Sur l'instant, je n'y ai même pas fait attention. C'est après que ça m'est revenu à l'esprit. Il fourrage là-dedans un bon moment en pestant et en jurant, et il finit par brandir une corde. Quoi, sept ou huit mètres, pas plus, une grosse corde assez banale qu'il rapporte vers moi avec d'autres outils. « Tiens, qu'il me dit, je te la donne. Je n'ai rien à en faire et elle est toujours là à m'encombrer. Toi, là-haut, dans ton gourbi, tu en auras peut-être l'usage. »

» Tu connais mon point de vue : ne jamais refuser ! Me voilà revenu jusqu'ici avec cette corde... Voilà, c'est tout...

– Et... cette corde ?... bafouilla Simon tout à coup transi de froid.

– Ben, pour dire, reprit Arsinoé, au printemps dernier, quelques jours encore après la pêche au Miroir, il ne faisait pas si chaud que ça. J'ai fait du feu. Et comme je n'avais plus beaucoup de bois, la corde...

Abasourdi, Simon, sur son banc, tentait de dominer la panique rétrospective qui s'était saisie de lui.

– Voilà ! conclut Arsinoé en s'essuyant les mains, vaisselle faite, à un torchon douteux. À toi de voir. « Trouille contre trouille... », moi je veux bien, mais enfin...

Un rayon de soleil malicieux vint planter son dard de vermeil au bord d'une flaque d'eau, juste devant la porte de la cabane. Simon leva les yeux. Les lourdes tentures de nuages gris avaient dû être remontées dans les cintres du ciel. Les quelques cumulus joufflus qui sillonnaient paisiblement les voies de l'azur avaient l'air si bonhommes qu'ils ne pouvaient évidemment avoir aucun lien de parenté avec les méchantes nuées en troupes serrées qui les avaient écrasés de leurs masses dégoulinantes durant près de deux jours. Le soleil, d'ailleurs, avant d'aller mordre, comme tous les soirs, au faîte sombre de la futaie, leur adressait un salut tellement pur et lumineux que le doute n'était pas permis : demain, il ferait beau.

Peut-être était-ce la seule certitude à laquelle pouvait se raccrocher Simon, mais il ne lui en était nullement besoin d'autre. Demain, ils se retrouveraient et cette perspective répondait assez à son attente pour que toutes les questions et les angoisses soient balayées de son esprit, comme les nuages du ciel.

24

Bien entendu, Ermi l'attendait. Il n'était pas embusqué depuis trois minutes entre son coin de mur et son pylône d'électricité, qu'il la vit apparaître en pleine lumière, à la porte de la grange. Elle fit dans sa direction un geste d'appel sans ambiguïté et elle s'engloutit aussi vite qu'elle s'était montrée dans l'ombre épaisse de l'aire.

Il se rua. Elle l'attendait debout, très droite, adossée au mur. S'il ne put s'empêcher d'admirer la beauté provocante de la silhouette, il ne put pas plus ignorer l'œil sombre qu'elle posait sur lui.

– Qu'est-ce qui t'a pris ? gronda-t-elle tout de suite. Tu es inconscient ou quoi ?

Sidéré, il se figea à quelques pas d'elle et ramena le long de son corps les mains qu'il tendait déjà pour la prendre dans ses bras.

– Quoi ? Il est là ? s'alarma-t-il en jetant un regard inquiet autour de lui.

– Bien sûr que non, dit-elle en haussant les épaules. Je ne suis pas folle, moi.

Elle parut faire un grand effort sur elle-même pour se contenir. Simon voyait distinctement ses lèvres qui tremblaient. Elle finit par craquer.

– Est-ce que tu sais qu'il veut te tuer ? Est-ce que tu

sais l'état dans lequel il était quand il est rentré, hier sur le coup des deux heures ? Est-ce que tu sais ce qui s'est alors passé entre nous ? Regarde, regarde, regarde là !

Elle montrait sur ses bras, sur sa gorge, sur ses jambes, des traces rouges ou bleutées sans équivoque.

– Comme des chiffonniers, dit-elle. On s'est battus comme des chiffonniers. Oh, rassure-toi, ce n'est pas la première ni la dernière fois. Je me demande d'ailleurs ce qui est le pire, des coups qu'il me donne mais que je lui rends, ou de son désespoir après, et de tout ce qu'il veut faire pour que je lui pardonne...

Simon n'en croyait évidemment pas ses oreilles. Il avait lu Balzac et même Zola, mais enfin, c'était vieux, très vieux ! Pouvait-il concevoir que cela existe encore de nos jours ?

– Il te bat ! s'exclama-t-il avec des trémolos d'effroi dans la voix. Mais alors, tu ne dois pas rester là. Tu dois partir. Tu es assez grande, non ? Tu ne dépends pas de lui. Et puis d'ailleurs, sous quel prétexte peut-il se comporter ainsi ?

– Toi, dit-elle simplement.

Il en resta un instant bouche bée, puis il se redressa vivement, comme s'il avait trouvé la solution, comme s'il allait prendre la situation en main.

– C'est simple, décréta-t-il. Tu vas venir avec moi. On va se sauver. Loin de lui, on sera bien, tous les deux. Pas vrai ?

Curieusement et bien loin de son comportement ordinaire, elle posa sur lui un regard très doux mais en même temps plein d'ironie.

– Tu es adorable, dit-elle. Jusque dans ta prodigieuse capacité à ne rien voir, à ne rien comprendre, tu es vraiment adorable !

Flatté, mais se voulant efficace, il releva à peine le

compliment. C'est tout juste s'il lui passa deux doigts sur la joue en lui adressant le sourire le plus gentiment protecteur qu'il ait pu trouver.

– Alors ? On y va ? s'obstina-t-il.

– D'accord, dit-elle, on y va. Ça m'étonnerait qu'il rentre de la journée, mais mieux vaut être prudents.

Elle l'entraîna dans les chemins. Il s'y perdit vite. Elle semblait s'ingénier à brouiller ses repères. Longtemps, ils marchèrent face au soleil. Lorsqu'il se rendit compte qu'ils l'avaient désormais sur le côté, ils étaient en forêt. Elle allait sans la moindre hésitation dans un lacis de sentiers et de traces infimes qui ne ressemblaient à rien de ce qu'il avait pu parcourir jusque-là.

Puis, progressivement, le soleil fut dans leur dos. Ils avaient longuement monté et ils suivaient maintenant une crête d'où, par places, dans les rares interstices laissés par l'abondante végétation, il entrevoyait des lointains bleutés. Parfois, sur sa droite, il apercevait de hautes montagnes qui, très loin d'eux, semblaient former une unique et infranchissable barrière.

– Tu m'emmènes loin, comme ça ? finit-il tout de même par s'inquiéter.

– Tu voulais que l'on parte, observa-t-elle sans se retourner.

Puis, se retournant brièvement, elle lui adressa tout de même un lumineux sourire.

– Ne t'en fais pas, dit-elle. On va bientôt s'arrêter.

Il ne marcha plus que dans cette attente. De la plus farouche colère par laquelle elle l'avait accueilli, elle était passée à une apparente soumission qui lui ressemblait bien peu, puis à cette souriante amabilité sans qu'un seul instant il s'en étonnât. Rien ne comptait pour lui que l'instant où, enfin, il pourrait la prendre dans ses bras et où leurs corps s'embraseraient. Cette unique perspective, trop longtemps attendue, le rendait totalement aveugle à tout le reste.

Il en oublia même de s'étonner des chemins imprévus par lesquels elle l'entraînait. Il la suivait passivement sans plus détacher les yeux de sa silhouette que la marche faisait agréablement ondoyer devant lui.

Il ne réalisa que lorsqu'elle s'arrêta soudain. Déjà il tendait les mains pour lui enserrer la taille lorsqu'elle fit un pas de côté. Le paysage s'ouvrit tout à coup devant lui, balafré, en son milieu ou presque, par les ruines noirâtres de la grange. Ils étaient très exactement là où, pour la première fois, ils s'étaient trouvés face à face, alors que Sigismond, en dessous d'eux, dans la lumière grise du petit matin, gesticulait autour des flammes.

Un instant, l'idée vint tout de même à Simon qu'il y avait là une intention.

– Pourquoi m'as-tu ramené ici ? demanda-t-il.

– Pourquoi pas ?

La repartie était venue si vite, dans un sourire si engageant, que le doute s'évapora sur-le-champ.

– Après tout, c'est vrai, reconnut-il. Pourquoi pas ?

À nouveau, il tendit les bras vers elle. Elle ne s'y précipita pas. Dans un geste tout à fait surprenant de sa part, elle lui prit la main et, se laissant glisser dans l'herbe, elle sut le convaincre de s'asseoir près d'elle. Il voulut encore la prendre dans ses bras. Elle le repoussa doucement.

– Attends, dit-elle simplement.

Il y avait, dans l'accent qu'elle eut pour prononcer ce seul mot, une charge d'émotion telle qu'il retrouva suffisamment de bon sens pour ne pas insister. Elle ne semblait pourtant pas décidée à s'expliquer. Les yeux rivés sur les ruines de la grange, loin en dessous d'eux, le souffle un peu court, elle ne cherchait nullement à dissimuler le trouble qui l'agitait. Négligemment, pour se donner une contenance, il sectionna une longue tige de graminée et se mit à la mâchouiller.

Le silence lui devint vite insoutenable. Pour ne pas céder à la folle envie qu'il avait de se ruer sur elle, il voulut se faire taquin. De l'épi duveteux de l'herbe qu'il faisait danser du bout des lèvres, en se penchant légèrement vers elle, il entreprit de lui chatouiller le cou. Elle fut très longue à réagir, puis elle se protégea d'une main. Se détournant enfin de la sinistre vision qu'elle était manifestement venue chercher là, elle le surprit en plongeant dans le sien un regard d'une telle gravité qu'il admit de se faire attentif.

Trop à l'écoute de ses propres émois, elle ne le quittait plus des yeux sans se soucier du mélange de gêne, de curiosité et d'impatience qui mettait Simon si mal à l'aise. Il lui sembla qu'une éternité s'écoulait pendant que, visiblement, elle pesait le pour et le contre de ce qu'elle aurait voulu dire. Il vit sur ses lèvres la bousculade des mots qu'elle hésitait à prononcer. Il les vit refluer, revenir à l'assaut, être à nouveau chassés par une hésitation, puis finir par s'imposer, au moment où il s'y attendait le moins, par une farouche résolution qui lui fit, sur l'instant, le masque le plus dur et le plus méprisant qu'il lui ait jamais vu.

– Et puis quoi ? explosa-t-elle. De quoi te mêles-tu ? En quoi ça te regarde, tout ça ? Ce que je peux être sotte ! J'étais là à réfléchir, à chercher les mots pour te faire comprendre ! Comprendre quoi ? En es-tu seulement capable ? Bien sûr que non ! Tu es quoi, toi ? Un bon dieu de gars de la ville qui n'a pas de tête, rien qu'une bite pour baiser les filles de la campagne comme moi. Ah ça, oui, tu t'en sers bien, de ta bite ! Tu baises bien, il n'y a rien à redire. Et moi, j'aime ça. Ça, tu peux le comprendre, que je suis une putain de traînée qui aime à se faire baiser. Tu l'as bien compris, ça, mon salaud, que j'aime ça, même si c'est tout ce que ta caboche de bon à rien de la ville est capable de comprendre. Alors ? Qu'est-ce que tu attends ? Baise-moi ! Baise-moi ou casse-toi, puisque tu n'es bon qu'à ça !

Le prenant totalement au dépourvu, lui qui, l'instant d'avant, contenait si mal son impatience, elle s'était ruée sur lui. Plus comme des lutteurs que comme des amants, ils avaient roulé dans l'herbe. Complètement décontenancé, abasourdi, il avait tenté quelques gestes trop timides. Il avait voulu la coucher sous lui. D'un violent coup de reins, elle lui avait rappelé que c'était elle qui avait l'initiative. Pendant que de tout son corps vrillé contre le sien, qu'elle maintenait fermement plaqué au sol, elle lui intimait l'ordre de s'éveiller à ses fougueux appels, elle lui mordait les lèvres.

Il eut au moins assez d'amour-propre pour ne pas entendre se laisser dominer ainsi indéfiniment. D'autant plus violemment qu'il était resté trop longtemps passif, il la repoussa, se dégagea et, sans se relever, se dressa sur un bras. Aveuglée par sa furie, elle voulut à nouveau se ruer sur lui. De sa main restée libre, il empoigna violemment la toile de sa blouse et la tint à bonne distance.

Toute la furie de l'affrontement passa dans leurs regards. Dans celui d'Ermi, il lut avec effarement un monstrueux mélange de désir brûlant et de haine. Ce fut probablement ce qui le projeta le plus sûrement dans une folle volonté de s'imposer tout entier.

– Tu me veux ? gronda-t-il. Eh bien, me voilà.

Se doutait-il qu'existait en lui tant d'énergie qu'il pût, d'un geste sec, déchirer sa blouse de haut en bas ? Libéré de sa poigne, le corps nu d'Ermi parut en jaillir comme un beau fruit mûr de sa bogue. Une fois encore, il en fut ébloui. Il n'y avait plus en lui que la bouillonnante ardeur du désir lorsque, plus rapide qu'elle, il la renversa violemment et la couvrit de son corps.

25

Le soleil, à l'aplomb de la petite clairière, tapait dru. Dans son éclatante lumière, leurs corps nus encore frémissants d'amour, repus, allongés côte à côte sur le dos, ils savaient qu'ils se reposaient en vue d'autres luttes.

Le bras replié devant les yeux, Simon se cachait autant de l'éblouissement du soleil que du regard de la jeune femme qu'il sentait rivé sur lui. Il se confectionnait ainsi à bon compte un minuscule monde clos au plus profond duquel, dans l'attente inquiète des mots brutaux qu'elle n'allait pas manquer de commettre, il laissait son esprit filer à toute vitesse au fil de l'étonnante pente sur laquelle il venait de s'engager sans crier gare.

Il avait parfaitement conscience de vivre un de ces instants cruciaux où, sans qu'on l'ait voulu et sans qu'on sache comment, les idées, jusque-là éparpillées et pulvérisées par l'enchaînement brutal et trop rapide des événements, s'harmonisent et se rangent dans une lumineuse logique. Il ne parvenait pourtant pas à comprendre pourquoi s'imposaient à lui avec une redoutable violence d'étonnantes hypothèses dont il sentait bien qu'elles voulaient à toute force devenir certitudes. En bon cartésien froid et méthodique, il s'en défendait en se promettant tout de même d'en avoir le cœur net.

Ermi ne lui permit d'ailleurs pas de laisser ses cogitations aller plus loin.

– Pour nous, c'est fini, laissa-t-elle tomber tout à coup d'une voix neutre, sans avoir bougé d'un poil.

Il accusa le coup, mais eut la prudence de maintenir sur son regard le masque commode de son bras. Il prétendit jouer à celui qui ne comprenait pas.

– C'est fini quoi ? demanda-t-il.

– Tu le sais très bien.

Le ton avait été imperceptiblement plus sec.

– Et pourquoi c'est fini ? Je ne baise plus bien ?

Pourquoi ressentait-il, lui aussi, le besoin d'être cynique ? Elle préféra éluder.

– C'est de ta faute, dit-elle. Je t'avais pourtant prévenu.

Il s'obstina.

– C'est ça ! C'est bien ça, c'est que je ne baise plus à ton goût.

Elle continua de préférer ignorer la provocation.

– Tu veux absolument savoir ? demanda-t-elle. C'est ça ? C'est pour ça, pour comprendre, que tu étais au café, hier ? Tu as vu ce que tu as gagné. Tu es plus avancé, maintenant. Je t'avais prévenu que tu me perdrais si tu t'entêtais. Tu as choisi. Tu m'as perdue.

Il savait que c'était irrémédiable, mais il ne parvenait évidemment pas à s'y résoudre. Quelque chose devait encore vibrer en lui de l'énergie avec laquelle il l'avait soumise, à quelques instants de là. Il voulut croiser le fer.

– Je sais tout, mentit-il.

À sa plus grande surprise, elle ne sut pas dissimuler sa peur. Avait-il donc vu juste ? Elle s'assit vivement, replia les jambes sur sa nudité et, les enserrant dans ses bras, elle posa le menton sur ses genoux. Il y avait dans son regard quelque chose qui devait ressembler, pensa Simon, à ce qu'est l'effroi de la bête aux abois.

– Ce n'est pas vrai, gronda-t-elle doucement, d'une étrange voix un peu caverneuse. Tu dis ça pour essayer de me foutre la trouille.

Il n'en revenait pas. La dominait-il à ce point pour qu'elle en vienne à l'humiliation d'avouer sa peur ? Naïvement, il crut la tenir. Il suffisait de lui en lâcher un bout, si ténu, si maigre soit-il, pour qu'elle parle. Alors, s'imposa à lui, avec une précision si grande qu'il ne put plus douter que ce soit une certitude, l'étonnante hypothèse qui lui était venue à l'esprit juste avant qu'elle ne l'agresse. Sans trop réfléchir, il lança :

– C'est lui, c'est Sigismond lui-même qui a mis le feu à la grange !

Il lui aurait donné un coup violent qu'elle n'aurait pas réagi plus vivement.

– Salaud, fumier, ordure ! glapit-elle en ramassant vivement sa blouse et en cherchant, malgré ses déchirures, à en couvrir sa nudité. Tu n'as pas le droit de dire ça !

– C'est pourtant la vérité, persista-t-il à tout hasard.

– Et après ? se trahit-elle. Ça ne te donne pas le droit de te mêler de nos affaires.

C'était donc bien ça : il avait vu juste. Il voulut jouer les grandes âmes irrévocablement sûres de leur bon droit.

– Ah ben tiens ! C'était tellement facile de m'accuser. Et je n'aurais dû rien dire ! Elle n'est pas mauvaise, celle-là ! Tu y crois, toi ?

– Je t'interdis de dire des choses comme ça.

Il réalisa tout à coup qu'elle était beaucoup plus affolée qu'autre chose. Fagotée dans les restes de sa blouse qui ne dissimulaient pas grand-chose, debout devant lui, elle se tenait voûtée, les cuisses tellement serrées qu'on l'eût crue cagneuse, les bras croisés sur son ventre, ses cheveux roux tombant en mèches épaisses sur son visage défiguré par un effrayant mélange de haine et d'effroi.

– Alors, qu'est-ce que je dois dire ? laissa-t-il tomber, méprisant, en s'asseyant dans l'herbe et en se mettant en devoir de se rhabiller. Peut-être qu'en prime, je dois dire merci ? C'est ça ? Je dois dire merci ?

– Ça t'a valu du bon temps, non ?

– Ah, c'était pour ça ? s'obstina-t-il à ironiser. En quelque sorte, c'était pour me dédommager.

– Salaud, gronda-t-elle encore. Raconte ce que tu veux, je m'en fous, mais ne répète jamais une saloperie comme celle que tu viens d'oser à propos de la grange et de Sigismond. Tu m'entends bien ? Jamais... Sinon...

– Sinon quoi ?

Elle parut hésiter un instant. Il la sentait flotter entre panique et colère. Alors, comme elle ne répondait pas, puisqu'il avait une première fois visé si juste, il osa sa seconde et terrible hypothèse.

– Sinon, reprit-il, tu me livres à lui, tu m'abandonnes à sa folie, comme tes précédents amants. Peut-être que c'est dans l'étang du Miroir qu'on me retrouvera, une grosse pierre attachée aux pieds, d'un bout de corde...

Il n'eut pas le temps de l'éviter. Le mouvement de son corps l'avait jetée contre lui alors qu'il était empêtré dans les lacets de ses chaussures qu'il était en train de nouer. Cette fois, il n'y avait plus aucune provocation dans la furieuse étreinte qu'elle lui imposait. Elle cherchait à taper, à griffer, à faire mal. Elle lui porta quelques coups sérieux avant qu'il parvînt à la maîtriser. Une nouvelle fois, il était sur elle, pesant de tout son poids sur son corps qu'il sentait se vriller de fureur sous lui, et il peinait à maintenir une prise suffisante sur ses poignets en croix pour qu'elle ne se mette pas en œuvre de lui arracher les yeux.

– Bon Dieu, grommela-t-il en s'efforçant de reprendre son souffle, tu es là à le défendre comme une furie alors qu'il te bat, qu'il fait de toi son esclave… Qu'attends-tu pour filer ? Une fille comme toi. Viens avec moi. Filons.

Pour toute réponse, elle lui cracha au visage. Profitant de sa surprise, elle parvint à dégager un poignet. Elle abattit la serre de ses doigts avec une force inouïe sur son cuir chevelu. Lui agrippant les cheveux, en lui arrachant un terrible cri de douleur, elle lui renversa la tête en arrière avec une telle violence qu'il s'en trouva déséquilibré et qu'il boula dans l'herbe, à l'endroit même où ils s'ébattaient quelques instants auparavant.

D'un coup de reins, il parvint à se relever avant qu'elle ne l'atteignît à nouveau, mais il n'eut pas à parer une nouvelle attaque. Prostrée à ses pieds, le visage presque au niveau de l'herbe, elle sanglotait. Prudent, il ne céda pas à l'apitoiement. Il recula même d'un pas. Il ne renonçait pas pour autant à son idée.

– Viens. On va partir d'ici. Tu seras heureuse avec moi.

Elle cracha à nouveau dans sa direction.

– Mais ce n'est pas vrai ! tempêta-t-il. Tu as une occasion en or d'échapper à tout ça. Elle ne se représentera certainement jamais et tout ce que tu trouves à faire, c'est de le défendre, de prétendre interdire qu'on parle de ses saloperies…

Lentement, elle leva sur lui un visage toujours aussi chargé de haine et que les larmes rendaient presque méconnaissable.

– Plus un mot, glapit-elle. Recommence une fois, une seule, à dire des choses comme ça et je te tue ! Tu m'entends : je te tue !

Avant même qu'il ait vu venir le coup, elle avait réussi, en même temps qu'elle hurlait ces mots, à lui jeter une poignée de terre à la face. À demi aveuglé, il bondit en arrière en peinant, des deux mains, à chasser toute l'argile mêlée de fins cailloux qui lui brûlait les yeux.

Elle n'avait pas pris la peine de se relever. Dans ses haillons, les jambes repliées sous elle, sa chevelure éclatante bouillonnant en mèches éparses autour de son visage toujours aussi déterminé, elle était étonnamment belle et il ne put y rester insensible. Il voulut se faire persuasif. Tout en se gardant bien de réduire l'espace qui les séparait, il s'accroupit devant elle.

– Écoute, dit-il. C'est tout de même trop bête. Contre toute raison, tu es là à le défendre comme... Comme, je ne sais pas, moi, comme... comme si tu l'aimais... Oui, c'est ça : tu le défends comme un amant.

En même temps qu'il regrettait cette étrange comparaison qui lui avait échappé, elle eut un geste très vif pour rejeter en arrière les mèches qui lui tombaient devant les yeux et elle se redressa, fougueuse, à nouveau provocatrice.

– Et alors ? dit-elle. Ça te gêne ?

Il fallut à Simon quelques instants pour prendre la monstrueuse mesure du sens des quelques mots qu'elle venait de prononcer. Très droite, à demi nue sous sa blouse déchirée, le menton haut et l'œil plus agressif que jamais, elle n'eût pas mieux défendu sa vertu outragée. Il recula encore de quelques pas, jusqu'à sentir dans son dos le taillis dont les premiers rameaux semblaient le repousser, doucement mais fermement, vers le cercle étroit de leur affrontement.

– Ne me dis pas..., bafouilla-t-il.

– Eh ben si, je te dis ! éructa-t-elle sur un ton d'une étonnante vulgarité.

Elle n'était certes pas, au naturel, d'un raffinement extrême, mais sa beauté sauvage en même temps que la façon qu'elle avait de la porter lui tenaient lieu ordinairement de distinction. Et puis là, tout à coup, elle niait tout cela, le gommait, l'annihilait de ses mots comme de ses gestes, pour ne plus être qu'un être veule, exclusivement mû par ses instincts les plus bas.

– Ça te choque, hein ? gouailla-t-elle grassement.

Elle ne se souciait plus de ses hardes ouvertes à tous vents. La face déchirée par un sourire aussi cynique que douloureux, et sans cesse balayée de ses mèches rousses dans l'ombre mouvante desquelles son regard avait des lueurs de folie, elle prenait un plaisir cynique à tenir Simon dans le filet de son ordure.

– Dis-le donc, bourgeois, que ça te choque ! proféra-t-elle encore. La fille et le père ! Le père et la fille ! Le foutre qui m'a faite pour me faire jouir ! Ne rougis donc pas, petit puceau. Tu croyais donc tout savoir ? Eh bien, tu vois ! On en apprend tous les jours, disait la vieille qui ne voulait pas mourir. Eh bien, apprends donc, morveux. Eh quoi ? La mère partie, la fille lui succède ! Quoi de plus normal ?

Comme si elle était exténuée, elle se laissa tomber dans l'herbe, le plus loin possible de lui.

– Sigismond, tu vois, reprit-elle, sous ses dehors un peu rudes, il ne faut pas croire : c'est un grand sensible. Eh oui, ne ris pas ! Sais-tu seulement ce que c'est, toi, qu'être sensible ? Tu baises, toi. Tu n'es pas sensible. Ne mélange pas, veux-tu ? Il a besoin d'amour, Sigismond, de beaucoup de tendresse et d'amour. Il a toujours eu besoin de beaucoup de tendresse et d'amour. Crois-tu qu'elle lui en a donné, ma mère ? Remarque, il faut dire, elle n'était pas venue pour ça. Les terres, les champs et les prés, ça ne fait pas bon ménage avec l'amour.

» Alors, Sigismond, vers qui il est allé pour trouver sa dose quotidienne de tendresse et d'amour ? Hein, vers qui, je te le demande ? Vers qui pouvait-il aller si ce n'est vers sa fille ? Ah oui ! Je te vois déjà venir, toi, grand salaud, grand lubrique. Tu l'imagines déjà, voyeur, la scène de ce gros porc jouant à touche-pipi avec une enfant, son enfant, s'excitant sur elle jusqu'au viol... Que tu es con ! Oui j'ai couché avec lui à, quoi ? douze, treize ans, pas plus. Et après ? Parce que moi, tu vois, je l'aime, cet homme-là. J'aurais tout fait pour lui. Il m'a demandé. J'ai accepté. Parce que c'était lui, mon père, qui me demandait. Et tu veux que je te dise ? Eh bien, j'ai aimé. La première fois, j'ai aimé. Et après, c'était moi qui lui demandais.

Elle éclata d'un rire monstrueux qui parut rebondir en ricochets sur les parois vertes entourant la petite clairière. Simon, tel un boxeur à demi groggy, rentra la tête dans les épaules et eut, de tout le visage, une grimace de crispation comme si ce rire un peu dément, après ces mots sordides, était une nouvelle volée de coups.

–J'ai tellement aimé, reprit-elle, qu'il n'a pas fallu longtemps pour qu'il ne me suffise plus. J'en ai eu, des amants... Attends ! Non, pas des amants, le mot n'est pas le bon. Des partenaires, comme on dit, des baiseurs, si tu préfères, mais jamais des amants. Jamais je n'ai aimé quelqu'un d'autre que lui. Il le savait, il le sait. Il sait bien pourquoi il m'arrive de m'échapper des jours durant. Il sait bien ce que, pendant des années, j'ai fait de cette foutue grange. Ça le rendait fou de jalousie, chaque fois un peu plus. Au début, c'était avec les gars du pays, mais il leur flanquait des trempes. Il tapait si fort qu'ils ont préféré renoncer. Alors, il a fallu que je cherche ailleurs. Les occasions se sont faites rares. Il ne s'agissait pas de les manquer, et, crois-moi, si j'en ai manqué, ce n'est vraiment pas de ma faute ! Seulement, voilà : que je me fasse sauter par des étrangers, il n'a pas pu supporter. Il est devenu raide cinglé...

Simon avait retrouvé suffisamment ses esprits pour pouvoir l'interrompre.

– Et c'est parce qu'il a cru que tu étais avec moi dans la grange qu'il y a foutu le feu...

Elle singea un air faussement admiratif et émit un sifflement aigrelet.

– Mais c'est qu'il deviendrait malin, ce petit chéri-là ! ironisa-t-elle. À cela près que tu es tout de même assez loin en dessous de la vérité. J'étais dans la grange, cette nuit-là. Tu ne t'en es même pas aperçu. Il n'y a que ta petite saloperie de chien... Parce que tu t'imagines peut-être que je ne le connais pas, ce clebs dont on ne sait pas d'où il sort mais qui est toujours là où il ne faudrait pas qu'il soit. Il était avec toi, cette nuit-là. Lui, il s'est réveillé quand on est arrivés.

» Eh oui, nous étions deux. Ça t'étonne ? J'étais rarement seule, à la grange. Il nous a regardés passer sans rien dire, ton clebs. Ça valait mieux pour lui comme pour toi, d'ailleurs. On avait d'autres idées en tête que de tailler une causette. Tu roupillais comme un sonneur au pied du tas de foin. Nous, on est montés dessus. On est allés s'installer de l'autre côté, contre le pignon ou presque. Il fallait que tu dormes profondément pour qu'on ne t'ait pas réveillé ! C'est qu'on ne s'est pas gênés ! Le grand jeu, quoi.

» Remarque, j'avais vaguement dans la tête de te garder en réserve. L'autre parti, on aurait pu continuer ensemble, non ? Tu aurais refusé ? Ça m'étonnerait ! J'ai eu le tort de piquer un petit roupillon, histoire de me refaire, avant d'aller t'attaquer. C'est que ça épuise, des parties de jambes en l'air comme ça ! Il faut récupérer, entre deux !

» C'est le moment qu'a choisi Sigismond pour balancer une torche allumée par la trappe à foin. Bêtement, sans savoir, on l'avait ouverte pour avoir un peu d'air... J'ai été servie. Encore heureux que je ne dormais pas trop profondément. J'ai même hésité à te réveiller au passage, mais tu te doutes que je n'avais plus trop envie de m'encombrer de toi. J'ai vu que ton chien allait s'en charger, alors j'ai continué mon chemin et j'ai réussi à filer.

– Et lui ? Si tu me dis qu'il était là, pourquoi il n'a pas cherché à nous coincer ?

Elle eut un petit rire acide.

– Parce que tu crois ça, toi ! Quand je suis sortie, il était derrière la grange. Il s'est fait surprendre. Ça m'a donné un peu d'avance. Mais je peux te dire qu'après ça, j'ai eu intérêt à ne pas lambiner ! La chasse qu'il m'a menée ! J'ai pu atteindre le bois. Là, il ne faisait plus le poids. Je l'ai semé. Et puis, je crois qu'il n'a pas insisté parce qu'il s'est dit que ce n'était pas moi, après tout, qui l'intéressait. Moi, il savait bien où il me retrouverait... Il a dû redescendre ventre à terre pour essayer de coincer... l'autre ! Tu as eu la chance de sortir pendant qu'il me filait au train... Sinon... j'ai tout vu de loin. Je t'ai bien vu monter par ici. Même que, pieds nus et à poil ou presque, ça valait le coup d'œil !

– Et ici, tu n'avais plus envie de « m'attaquer », comme tu dis si bien ?

– Eh ! C'est que le spectacle de ma grange en flammes, ça m'a refroidie. Il faut comprendre. Et puis je me suis dit comme ça que Sigismond aurait besoin d'un coupable... rapport aux assurances...

Ce fut au tour de Simon d'émettre un petit sifflement admiratif. Il y avait là une dose de cynisme dont il n'aurait jamais pu penser qu'elle puisse atteindre de telles proportions.

– Et pardi ! s'exclama-t-il. J'en faisais un taillé sur mesure.

Elle eut vers lui un regard tout à coup très noir.

– Et tu fais toujours..., dit-elle.

Le coup ne fit que s'ajouter à tout ceux déjà reçus par Simon. Il en vacillait ! Elle ne lui laissa pas le temps de s'en remettre. Sa voix, cette fois, n'avait plus rien d'enjôleur. Elle était froide et cassante comme la glace dont il lui semblait qu'elle figeait tout ce qui, entre eux, l'instant d'avant, était encore si brûlant.

– Trop tard, dit-elle. Tu as voulu savoir. Tant pis pour toi. Je t'avais averti. Je te laisse deux jours pour disparaître. Estime-toi heureux. Peut-être que je te sauve la vie. Dans deux jours, je te dénonce. Je dis que c'est toi qui étais avec moi, ce matin-là, dans la grange, et que c'est toi qui as mis le feu, délibérément... Quand j'aurai dit ça, tu as intérêt à être loin, très loin... Parce que, si, par malheur, on te remettait la main dessus, tu ne t'imagines tout de même pas qu'on te laisserait le temps d'aller raconter aux assurances ce que je viens de te dire ?

– Et pourquoi pas tout de suite ? voulut-il crâner. Parce que l'étang du Miroir est vide ?

Elle refusa de rentrer une fois encore dans son jeu.

– Maintenant, tu te casses, dit-elle d'une voix cinglante. Ce n'est pas un petit bonhomme comme toi, même si tu baises bien, qui va nous faire perdre la prime d'assurance... Et souviens-toi bien : deux jours, pas une heure de plus !

26

Quand elle fila, réajustant comme elle le pouvait sa blouse déchirée, Simon ne fit pas un geste pour la retenir ou pour la suivre. Il accompagna du regard autant qu'il le put la silhouette qui s'enfonçait dans l'ombre du sous-bois, puis, quand il l'eut totalement perdue de vue, il se laissa choir sur l'herbe et la mousse de la petite clairière.

Il était à bout de forces. Quelques instants, il chercha à discerner, au fond de lui, le sens de tout ce qui le bouleversait. Il savait confusément qu'il y avait là des choses monstrueuses, des conséquences terribles pour lui, l'urgence de décisions à prendre, mais il n'eut pas l'énergie d'entamer vraiment sa réflexion. Vaincu, il s'étendit et perdit instantanément la notion de ce qui l'entourait comme de ce qui continuait de grouiller en lui.

L'obscurité et le froid de la nuit furent les deux premières réalités qui s'imposèrent à lui lorsqu'il reprit conscience. Il s'assit dans l'herbe humide de rosée, releva le col de sa chemise en frissonnant et se posa enfin la question de savoir ce qu'il faisait là à pareille heure.

La réponse lui sauta littéralement à l'esprit en même temps qu'il découvrait le chien assis à ses pieds.

– Tu es là, toi ? bredouilla-t-il. Ça, c'est sympa d'être venu. Vite, mon vieux. Vite, il n'y a pas de temps à perdre. Il faut qu'on file. Viens...

Il se releva un peu vite, dut se rattraper aux branches basses d'un hêtre, tituba quelques instants, puis, jugeant qu'il était plus urgent de s'éloigner de cet endroit funeste que de s'apitoyer sur lui-même, le chien sur les talons, il se mit en devoir de rejoindre le chemin.

Lorsqu'il atteignit la cabane d'Arsinoé, le jour naissait. Le bonhomme était déjà actif. Il s'occupait de ses moutons et de ses chèvres en leur promettant une journée de cocagne au long des talus de quelque canton fort éloigné.

– Je pars ! annonça Simon en se précipitant sur son sac dans lequel il se mit en devoir d'enfourner les quelques vêtements qu'il possédait.

– Ah bon, tu pars ! fit Arsinoé sans montrer beaucoup de surprise.

Indifférent aux protestations de sa petite troupe aux naseaux de laquelle il avait prestement refermé la barrière de leur minuscule bergerie, il suivit Simon dans la cabane.

– Te voilà donc devenu raisonnable, constata-t-il.

En se trémoussant d'aise à ses pieds, ce fut le chien qui répondit pour Simon.

– Si le chien s'en mêle, c'est que ça doit être du sérieux, estima Arsinoé.

Comme il n'obtenait pas plus de réponse, il se pencha jusqu'à se mettre sous le nez de Simon toujours occupé à boucler fébrilement son sac.

– Ce serait-il qu'on t'aurait proposé un séjour à l'étang du Miroir, une pierre aux pieds, avec une belle corde toute neuve en guise de prime ?

Simon, ce matin-là, était tout sauf loquace. Arsinoé, perspicace, en déduisit qu'il avait beaucoup de choses à dire.

– Hein ? insista-t-il, une petite villégiature au Miroir, c'est ça que tu as senti venir ? À temps ! C'est déjà quelque chose.

Il se redressa et se tourna vers ses rustiques fourneaux.

– Tu prendras bien un petit café, avant de partir ?

Ce fut ce qui délia la langue de Simon. Son sac enfin bouclé à la main, il vint se planter à côté d'Arsinoé, qui s'activait déjà, et il explosa.

– Tu aurais pu me le dire, tout de même, protesta-t-il.

– Te dire quoi ? s'enquit Arsinoé avec quelque mauvaise foi.

– Mince, fit Simon, des maris cocus, ça, je connais, j'ai déjà eu, mais un père cocu, jaloux et méchant à ce point, alors, là, je dois reconnaître : je n'y croyais pas ! Tu aurais pu me prévenir.

Le reproche ne parut pas atteindre Arsinoé. Bien au contraire, il était visible qu'il se trouvait très satisfait de la tournure des événements.

– Rappelle-toi ce que je t'ai dit, proclama-t-il, un index pédagogique pointé vers le ciel : Arsinoé ne fait pas partie de l'humanité. Tu n'as pas voulu t'en souvenir. Sinon, tu ne te serais pas attendu à ce que j'aille m'abaisser à te mettre dans la confidence de tels ragots. Comment, d'ailleurs, aurais-je pu penser qu'ils puissent être d'une quelconque utilité à un garçon comme toi ?

– Arrête avec tes conneries, tu veux ? osa Simon. Est-ce que tu te rends compte de la situation dans laquelle tu m'as mis, à force de jouer les anachorètes ?

– Oh ! se scandalisa Arsinoé. Ce qu'il ne faut pas

entendre ! Voilà comment l'hospitalité est récompensée. Simon, je t'en prie, réponds-moi avec un minimum d'honnêteté : as-tu eu besoin de mes conseils et de mes avis, de mes avertissements, pour te mettre dans cette situation ? Ne te les ai-je pas pourtant prodigués avec générosité ? Dis-moi ! En as-tu tenu compte ?

Simon hésita à répliquer. D'ailleurs, y avait-il matière à répliquer ? L'autre madré aurait toujours, bien sûr, le dernier mot.

Il lui prit des mains la tasse de café qu'il lui tendait. Elle n'avait évidemment plus d'anse. Simon se brûla et répandit la moitié du breuvage avant de réussir à la poser sur la table.

– Tu vois, se plaignit-il, tu es toujours à me tendre des pièges !

Arsinoé parut sincèrement désolé.

– Allons, Simon, mon ami. Nous allons nous quitter. Est-ce bien le moment de tant d'acrimonie ?

Simon dut en convenir. Il baissa les yeux et fit celui que n'occupait plus que son café qu'il touillait consciencieusement, assis d'une fesse sur le banc.

– Allons, reprit Arsinoé, très paternel. J'ai été content de te recevoir et plus encore de t'expliquer qui je suis. Je sais, tu restes sceptique. Je ne t'en répète pas moins que, quand tu seras redevenu raisonnable, ce qui est en bon chemin, tu découvriras un jour que le vieil Arsinoé avait raison. Entre tous les fils de Caïn qui peuplent cette terre, il est quelques rares descendants d'Abel. Tu en es, j'en ai la conviction. Et je voudrais que tu comprennes à temps pour être, un jour, parmi ceux-là qui sauveront l'humanité. Souviens-t'en. Souviens-toi longtemps d'Arsinoé qui, lui, ne t'oubliera pas.

Ils se quittèrent sur ce petit discours auquel, à vrai dire, Simon ne prêta qu'une oreille distraite. Il était de plus en plus impatient de prendre le large.

Il n'eut, pour ce faire, qu'à emboîter le pas au chien. L'animal semblait au moins aussi pressé que lui de s'éloigner. Il fit une fête courtoise mais distante à Arsinoé, leva la patte très dignement sur le poteau qui soutenait la porte du jardinet, et s'éloigna en veillant à ce que Simon ne laisse pas trop s'éterniser la chaleureuse poignée de main qu'il échangeait avec Arsinoé.

Ils marchèrent ainsi tout le jour. Plus ils allaient et plus il semblait à Simon qu'ils pénétraient dans une contrée sauvage faite de landes, de taillis touffus et de plateaux battus des vents. Chaque fois qu'ils abordaient à l'un d'eux, un peu plus élevé que le précédent, l'imposante chaîne de montagnes, que Simon avait déjà entrevue, paraissait plus proche et plus impressionnante encore. Bientôt, ils purent distinguer, coulant de ses sommets en dents de scie, les longues traînées grisâtres des neiges éternelles. Simon crut même voir un glacier scintillant doucement dans le soleil couchant. L'idée lui vint, alors que naissait le souci d'un toit pour la nuit, qu'il ne serait en sécurité qu'une fois franchie cette redoutable barrière.

Il leur fallut se contenter, ce soir-là, d'un rustique abri de chasseurs ou de randonneurs. N'aurait été le formidable éloignement dans lequel ils se trouvaient de tout lieu habité, Simon aurait juré qu'il s'agissait d'un de ces frêles refuges que l'on peut voir, au bord des routes, et sous lesquels les enfants attendent en jouant l'autocar de l'école.

Il dormit mal. Il n'eut, pour toute couche, que l'étroit banc de bois qui garnissait le fond de la cahute. Le chien, lui, peu soucieux de ses anciennes escapades nocturnes, se roula en boule sous le même banc et ne bougea plus de la nuit.

Était-il enfoui dans son sac de couchage depuis dix minutes ou depuis deux heures lorsqu'il se mit à pleuvoir ? Il aurait été bien incapable de le dire, mais il eut beau faire : dès lors, il lui fut impossible de détacher son attention du lancinant martèlement des gouttes d'eau sur la toiture de tôle de leur rustique cantonnement. Il eut sur lui un effet véritablement hypnotique. Dans les alternances de veille, de demi-sommeil et d'endormissement agité dont il ne put se dégager, ce crépitement obstiné se confondit peu à peu avec l'obsession qui s'ancrait en lui de l'horreur à laquelle il venait de participer.

Pour un peu, il se serait inventé une véritable culpabilité. S'il parvenait tout de même à ne pas perdre de vue l'innocence avec laquelle il s'était laissé entraîner dans cette affaire, il n'en ressentait pas moins une sorte d'opprobre qui lui rejaillissait dessus et le salissait de façon indélébile. Qu'il le veuille ou non, il avait touché à quelques états trop sordides pour ne pas s'en sentir taché, lui à qui jamais la vie n'avait dit que ces choses-là existaient, hors les livres et le cinéma.

Il ne pouvait pas ignorer, bien sûr, que s'il y avait des mots pour désigner l'inceste, la cupidité, le cynisme, la nymphomanie, c'était bien parce qu'il y avait une réalité derrière chacun d'eux. Il lui semblait pourtant avoir accompli un geste irréparable en écartant le rideau séparant l'aspect bien propret, aseptisé de chacun d'eux pour toucher à la réalité poisseuse qu'ils recouvraient.

Dans son demi-rêve, il voyait des cabanes de foire foraine. L'une se nommait inceste, l'autre jouissance, la troisième cupidité, et ainsi de suite. Il allait de l'une à l'autre, payait son droit d'entrer d'un peu de sérénité. À grands gestes théâtraux, on lui écartait le rideau derrière lequel elles dissimulaient leurs turpitudes. Il entrait, se laissait entraîner par un plaisir malsain à des actes un peu glauques. Il ressortait effaré de ce qu'il avait vu et de ce qu'il avait fait, des autres et de lui-même, se laissait pourtant aller vers la suivante...

Il émergea de son cauchemar en même temps qu'il se réveillait tout à fait. Le jour pointait. Il ne pleuvait plus, mais une lourde chape de nuages gris se traînait sur le plateau et cachait totalement la chaîne de montagnes.

À peine eut-il les yeux ouverts qu'il comprit. Plus rien, plus aucune raison ne pourrait s'opposer à l'idée fixe qui s'était plantée en lui au rythme lancinant de la pluie sur le toit de l'abri. Filer ! Il fallait filer au plus vite, il fallait sans délai marcher vers ces montagnes effacées par les nuages, les franchir pour espérer, sur l'autre versant, échapper à cette terrible poigne de regrets et de mauvaise conscience qui le broyait.

Un vilain quignon de pain retrouvé au fond de son sac pour tout petit déjeuner, il s'enfuit comme maintenant il ne pourrait que s'enfuir tant que ne serait pas atteint le purgatoire qu'il s'était lui-même promis.

27

Dès lors, il ne sut plus que fuir... Pris entre ce ciel lourd et cette terre ingrate et nue, il n'avait pas d'autre ressource que de marcher indéfiniment vers ce point sans cesse fuyant où se retrouvaient et se confondaient, loin, très loin devant lui, les deux parallèles grises des ornières du chemin et l'infinie tristesse de la brume.

Plus il allait et plus il lui semblait entendre, dans les gémissements du ciel, les cris terribles de ses poursuivants. Sur ces plateaux arides où rien, cependant, ne l'aurait arrêté, pas un souffle de vent ne courait. À croire qu'il se retenait, de peur, peut-être, que ne se déchire et ne s'échappe le lourd couvercle des nuées sans espoir.

Là-haut, pourtant, à d'incommensurables altitudes, la tempête se déchaînait. Il n'en doutait pas. De puissants courants bouleversaient d'un instant à l'autre l'ordre sidéral. Tour à tour, ils s'unissaient en ouragans acharnés à abattre l'obstacle des montagnes contre lesquelles leurs souffles prodigieux se fracassaient en émettant des stridences démentes. Puis, n'y étant pas parvenus, ils tournaient leur démence contre eux-mêmes, chocs dantesques dont vibrait et hurlait l'éther. Venus de si loin de Simon, qui se hâtait sous le filtre épais des nuages, ce n'était plus que des gémissements à peine audibles, des plaintes d'une poignante tristesse qui couraient en tous sens sur les déserts traversés par son chemin.

Il n'y entendait que des cris, de furieux appels. Par places, des sauvages effleurements de roches émergeaient à demi de la brume. Des ombres inquiétantes lui semblaient se glisser de l'une à l'autre. Plus il allait et plus il se persuadait que de fantomatiques poursuivants l'environnaient. Ils étaient là, à quelques pas, mal dissimulés par un rocher ou par le tronc noueux d'un arbre ancré, par on ne sait quel miracle, à quelques mottes de terre moins maigres que le reste du plateau auquel ne s'accrochait qu'une végétation rase et famélique.

Ils attendaient leur heure. Simon n'en doutait plus. Eux savaient l'endroit de cet interminable chemin où, nécessairement, sans qu'ils aient autre chose à faire que d'attendre, il tomberait dans leur piège. Pourtant, il continuait, il se pressait comme se rue vers la ligne des chasseurs l'animal pourchassé qui sait qu'il n'a plus d'alternative. Pas une seule fois il ne s'arrêta. Derrière le chien qui trottinait à trois pas devant lui sans marquer la moindre inquiétude, il allait obstinément, ne voulant penser qu'à la délivrance dont il s'était convaincu qu'elle l'attendait sur l'autre versant de la montagne, obsédé par la déraison de cette peur qui s'était saisie de lui et lui faisait attendre, à chaque instant, que jaillisse de la brume la meute hurlante de ses bourreaux...

Il y eut d'imperceptibles changements dans le paysage. Il ne remarqua les premières et minuscules touffes de buissons qui apparurent que pour craindre qu'elles ne dissimulent quelque danger. Puis le chemin se fit moins rectiligne. Ses courbes, d'abord molles, puis de plus en plus serrées, épousaient les formes d'un relief qui, progressivement, se relevait.

Bien que l'effort à fournir se fît plus intense, Simon en ressentit un véritable soulagement. Après la désespérance de ce plateau noyé de brumes qu'il avait peuplées d'inquiétants fantômes, il espérait des collines, des bois, des haies, des ruisseaux et des prés. Il n'en pouvait plus de cet enfermement dans l'immensité du néant.

Malgré la faim qui commençait à le tenailler, malgré la folie de ces peurs qui continuaient à lui faire jeter des regards angoissés à droite et à gauche, il pressa le pas. Il regretta de ne pas s'être muni d'un bâton. Son rythme aurait aidé sa marche. L'idée, peu à peu, se fit obsession. Il lui fallait un bâton. Elle parvint, dans sa ridicule simplicité, à couvrir toutes ses folles inquiétudes. Il ne marcha plus que d'un buisson à l'autre, guettant désespérément celui d'où, de la lame de son couteau de poche, il pourrait détacher la branche de noisetier ou de frêne qui accompagnerait ses pas.

Tant et si bien qu'il ne vit pas venir le soleil. D'une foulée à l'autre, ou presque, celui-ci jaillit de la brume dans l'éclatante lumière d'un ciel d'une telle pureté qu'il aurait dû s'inquiéter. L'émoi, la faim, la fatigue le mettaient pourtant dans un tel état qu'il suffit de cet azur immaculé pour que s'envolent tous ses inquiétants fantasmes et que, aussi soudainement qu'il était passé de la grisaille à la lumière, il s'abandonne à la plus béate sérénité.

Il fit encore quelques pas et vit enfin, sur sa droite, la touffe de noisetiers qui allait lui fournir le bâton tant espéré. Les quelques minutes qu'il passa là, à amputer l'arbrisseau d'une de ses branches puis à la tailler, assis sur une pierre du bord du chemin, furent les plus apaisantes qu'il ait vécues depuis qu'il fuyait. Passant sans transition d'un état bien proche de la panique au plus parfait bien-être, tout en s'activant sur son rameau de noisetier, il ne quittait pas des yeux l'étonnant spectacle de la brume qui s'étendait à ses pieds comme un gigantesque lac à la surface vaporeuse d'une étonnante blancheur. Par places, quelques buissons en émergeaient, dessinant de curieux archipels d'îlots. Plus loin, c'était un rocher dont la masse noire prenait des allures de vieux castel.

Environné de feuilles et de brindilles, son bâton fraîchement taillé sur les genoux, Simon resta un long moment assis sur son caillou, captivé par l'étonnant spectacle. Il ne vit pas le chien qui s'impatientait. Il ne prêta pas attention aux deux ou trois faibles gémissements qu'il émit, comme des supplications, et s'il se leva enfin en faisant la grimace, ce n'était pas par crainte de ce qui les attendait, mais bien parce que son estomac venait sèchement de lui rappeler le peu de plaisir qu'il prenait à être creux...

Il allait bien falloir trouver une solution. S'appuyant sur son bâton tout neuf, Simon reprit son chemin. La montagne, cette fois, était toute proche. On voyait même, à flanc de coteau, s'insinuant entre les éboulis et les parois à pic, les lacets vertigineux du chemin. Il les suivit des yeux quelques instants, vaguement inquiet. Tout en haut de ce qu'il pouvait en voir, entre deux formidables élancements de roches, il devait se faufiler vers un col dont il sembla tout de même rassurant à Simon qu'il soit presque en vue. Certes, l'effort allait être dur, mais, à la clef, il y avait cet autre versant de la montagne dont il attendait tant. Il n'en savait rien, si ce n'était sa conviction qu'il l'affranchirait enfin de l'espèce de malédiction qu'il sentait peser sur lui, depuis qu'Ermi avait disparu dans le taillis.

Restait la faim ! Ce ne serait pas rien d'escalader tout ça le ventre vide... Il préféra baisser les yeux. Voir la fine cicatrice du chemin balafrant en zigzag le flanc de la montagne avait quelque chose de trop décourageant pour qu'il puisse longtemps le supporter. Il choisit de concentrer son attention sur les pierres du chemin.

Il alla ainsi longtemps, s'appliquant à rythmer son pas du mieux qu'il le pouvait et à ne surtout pas laisser son esprit dériver vers l'obsession qu'il sentait naître en lui d'une assiette fumante d'un bon et solide ragoût tel qu'Arsinoé savait si bien les mijoter. Ce fut le cri aigre d'un oiseau de proie qui lui fit lever la tête. Très loin au-dessus d'eux, il tournait lentement dans la chaleur d'une ascendance par laquelle, sans le moindre battement d'aile, il se laissait porter vers de prodigieuses altitudes. Sans ralentir le pas, Simon se plut à observer le bel oiseau qui lançait de temps à autre son cri vers la terre. Brièvement, il l'envia. S'affranchir ainsi de notre infirmité terrestre ; se laisser porter par l'air, puis, d'un seul mouvement d'aile, comme le rapace le faisait à cet instant précis, se laisser glisser sur quelque gigantesque toboggan céleste et disparaître derrière le col tant espéré !

Au lieu de quoi il allait lui falloir se battre pas à pas contre la gravité... Pour ne pas voir tout ce qui le séparait encore de son but, dès que l'oiseau eut disparu, il préféra vite baisser les yeux. Il s'en fallut de très peu que son regard ne soit, une fois de plus, happé par les pierres du chemin. Il s'en fallut de très peu qu'une myrtille étincelant dans le soleil de tout le sucre qu'il lui avait donné n'échappe à sa vue. Incrédule, il s'en approcha tout de même. Au-delà d'un léger talus, c'était un champ entier de myrtilles qui scintillaient doucement, sur le fond vert foncé de leurs feuilles. Il décréta tout de suite que les petites baies seraient l'entrée, le plat de résistance et le dessert d'un des plus beaux repas qu'il ait jamais faits.

Le chien n'avait pas de ces préoccupations. Outre le fait qu'il ne marquait aucun penchant gastronomique particulier pour les myrtilles, il comprenait mal cette incapacité qu'affichait Simon de savoir sauter quelques repas. Lui s'en accommodait fort bien, se contentant, en son for intérieur, de se promettre de rattraper ça, dès que l'occasion se présenterait de piller une poubelle !

Manifestement peu satisfait de ce nouvel arrêt, il s'assit sur le talus et, l'œil sombre sous l'épais sourcil, il ne quitta pas Simon des yeux tout le temps qu'il fallut à ce dernier pour se goinfrer d'une quantité astronomique de myrtilles. Par instants, il se trémoussait vivement en émettant quelques plaintes énergiques dont il eut le regret de devoir constater qu'elles laissaient Simon totalement indifférent.

Lorsque celui-ci, repu, se décida enfin à remonter vers le chemin, les lèvres et les mains violettes, le soleil avait encore parcouru un bon bout de chemin dans le ciel. Et puis, surtout, il y avait cette transparence de l'air bien trop grande, et, là-bas, au ras des montagnes qui semblaient se hausser du col pour mieux la dissimuler, cette espèce d'écharpe légèrement rosée qui ne rassurait pas du tout le chien. S'il y avait été un tant soit peu attentif, Simon s'en serait rendu compte. Rien de plus évident que le langage d'un chien à qui veut bien y prêter attention, mais Simon était d'autant plus insouciant que les premières heures de leur marche avaient été chargées de peur. Par compensation, il n'entendait rien ressentir que l'apaisement de son estomac et ne rien voir que l'éclatante beauté de cet après-midi au flanc de ces montagnes.

Sans trop presser le pas, il reprit sa marche vers le col au passage duquel il avait décidé d'abandonner toutes ses angoisses.

L'oiseau de proie réapparut alors qu'ils peinaient dans la pente la plus raide. Ils avaient dépassé depuis longtemps les dernières touffes rabougries de végétation et, dans un univers strictement minéral, ils montaient au flanc d'une paroi tendant de plus en plus vers la verticalité. L'oiseau jaillit au-dessus d'eux, propulsé loin dans le ciel par un formidable courant d'air. Il jeta un long cri déchirant qui fit sursauter Simon. Il parut s'immobiliser un très bref instant comme au sommet d'une vague, puis il plongea vers la vallée. Il passa si près d'eux qu'ils entendirent distinctement le chuintement produit par le frottement de ses ailes. Il leur lança une fois encore au visage son cri âcre et, avec une surprenante vitesse, il disparut derrière un gigantesque pilier de granit.

Simon, figé au milieu du chemin, restait le nez en l'air. « Il est bien temps ! » semblait dire le chien qui, sans trop s'inquiéter de l'oiseau, avait pris quelques mètres d'avance. Du haut d'un lacet qu'il venait de franchir, il contemplait Simon en s'impatientant déjà.

De longues traînées blanchâtres fusaient au-dessus des sommets et paraissaient autant de colonnes parties à l'assaut d'un ciel devenu laiteux et menaçant en quelques instants. Sans être un fin connaisseur en matière de prévision météorologique, Simon avait tout de même senti le danger. Ce qui l'inquiétait plus encore, c'était cette espèce de chapeau brunâtre dont s'était coiffé le sommet le plus haut et qui grossissait à vue d'œil. Lentement, il tourna son regard vers la paroi au flanc de laquelle s'échinait leur chemin. Ils n'étaient pas à mi-pente et bien loin encore, apparemment, des passages les plus délicats.

La tentation l'effleura de renoncer. Son regard fila vers

l'immensité qui s'ouvrait à ses pieds. L'épais brouillard qui, à quelques heures de là, en faisait un lac vaporeux s'était totalement dissipé. À l'inverse, la vue, de si haut, portait maintenant avec une étonnante netteté jusqu'à l'horizon. Barrée par la ligne droite du chemin qu'il avait suivi, il voyait parfaitement la succession des plateaux qu'il lui avait fallu franchir pour s'élever progressivement jusqu'au pied de la montagne. Plus loin encore, il devinait les bois, les prés et les vallées au cœur desquels se nichaient le bourg, la ferme, Ermi, Sigismond...

L'ombre d'une de ces longues nuées blanches qui envahissaient très vite le ciel courut sur les plateaux. On eût dit une marée, un flot irrépressible, peut-être ces hordes sauvages derrière les chevaux desquelles, disait-on, jadis, l'herbe ne repoussait pas... Pour un peu, il aurait juré entendre le martèlement des sabots sur le sol... Menaces... Le mot s'imposa brutalement à lui. Il y avait, dans ces tristes étendues de pierres et d'herbes rases, trop de menaces implicites pour qu'il puisse imaginer redescendre vers elles. Fuir... Il n'avait pas d'autre ressource que de fuir...

À nouveau, son regard se porta sur la montagne. Il avait suffi de ces quelques instants pour que se dressent loin au-dessus des crêtes les plus abruptes de formidables masses noires que brassaient des vents fous dont les hurlements, que leur tiraient les arêtes de granit aux dents desquelles ils se déchiraient, lui parvenaient comme de longues et pathétiques plaintes. Il eut tout à coup conscience de son infinie petitesse. Il sut tout aussi clairement que nul autre que lui n'était concerné par le terrible piège qui était en train de se refermer.

Vite, très vite, il fallait choisir laquelle de ses mâchoires il lui faudrait affronter. Il n'hésita pas vraiment. La fuite ne pouvait pas s'interrompre. L'idée de devoir subir quelques heures encore l'insupportable souillure de sa honte lui fut insoutenable. Très brièvement, comme un instant de lucidité, il conçut très clairement que ce n'était pas Sigismond et son hypothétique vengeance qu'il fuyait. Il osa reconnaître à ses propres yeux que c'était lui-même, ou du moins ce qu'il avait consenti à faire de lui-même, durant ces quelques jours d'égarement, qu'il voulait à toute force laisser sur ce versant de la montagne.

Il ne se supportait plus, voilà tout. Il était prêt à tout pour éteindre, au plus profond de lui, le feu de sa mauvaise conscience. La tourmente qui montait prit à ses yeux des vertus rédemptrices. Il devait s'y jeter, l'affronter sans oser la moindre hésitation, car c'était l'épreuve qui lui était assignée pour que, s'il avait la force d'en sortir vivant, soient à jamais lavées les fautes des autres et de lui-même dont il se sentait souillé.

28

Il n'y eut quasiment pas de transition.

Cette fois, Simon pressait le pas. Il savait pertinemment qu'il n'atteindrait pas le col avant que se déchaîne la tourmente, mais il lui semblait urgent de s'y précipiter comme si le chaos dans lequel elle n'allait pas manquer de le jeter avait aussi pour vertu de le soustraire une fois pour toute à ses angoisses.

Au détour d'un épaulement que gravissait péniblement le chemin, il reçut la gifle d'une formidable bourrasque. Sur l'instant, le calme inquiet et un peu moite dans lequel il allait jusque-là fut balayé. Il n'eut pas le temps d'extraire son blouson de son sac. Lorsqu'il y parvint, il était déjà trempé jusqu'aux os et saisi d'un froid polaire. Il dut se battre contre le vent pour que le vêtement ne lui soit pas arraché des mains et il lui fallut de longues minutes de lutte pour parvenir à l'enfiler.

Peut-être, en marchant, parviendrait-il à se réchauffer, mais il lui faudrait subir jusqu'au bout cette humidité poisseuse qu'il n'avait pu qu'enfermer entre sa peau et la doublure elle aussi détrempée du seul équipement un peu chaud dont il disposait. Tête basse, il reprit son ascension. De plus en plus violent, de plus en plus acharné, le vent le déséquilibrait, tentait de le projeter à droite lorsqu'il attendait son attaque à gauche, le propulsait sans prévenir en avant au bord de gouffres insondables, s'obstinait à l'empêcher d'avancer lorsqu'il espérait trouver un abri illusoire au long d'une paroi vaguement entrevue à quelques pas devant lui.

Le chien allait lui aussi tête basse. Renonçant à trottiner à quelques pas devant Simon, il était venu se ranger à ses côtés et il avançait, comme lui, à pas obstinés et inlassablement recommencés.

Plus leur chemin s'élevait, plus se creusait, à leurs pieds, un vide monstrueux et plus la tempête, libérée des obstacles qui auraient pu tempérer sa furie, pouvait librement s'acharner sur ceux qui s'obstinaient à résister. Bientôt, Simon sentit d'infimes brûlures se répéter sur la peau de son visage. Il comprit vite que c'était du grésil. De minuscules particules de glace, coupantes comme du verre, s'étaient substituées à la pluie. Le vent les projetait sur eux avec une force inouïe. Il releva le col de son blouson autant qu'il le put et, renonçant à s'appuyer sur son bâton qu'il se glissa sous le bras, il enfouit ses mains dans les poches de son pantalon.

Il dut vite les en ressortir. C'était là une posture de marcheur de plaine. À plusieurs reprises, il crut se faire emporter par la bourrasque avant de parvenir à se rattraper à un rocher du bord du chemin ou même au sol auquel, presque jeté à terre, il se cramponnait de tous ses ongles à demi arrachés.

Combien de temps cela dura-t-il ? Il en perdit toute conscience. Simplement, il en vint à s'émerveiller de savoir continuer à résister. Peu à peu, toute son énergie se focalisa sur ce jeu étonnant qui consistait à faire reculer, d'instant en instant, le moment apparemment inéluctable où ses pauvres petites forces ne pourraient plus rien contre la démence de celles, infiniment plus conséquentes, qui se déchaînaient contre lui. Cette minuscule bulle d'obstination prit de la consistance, se développa, parvint à supplanter et à faire taire les mille autres raisons qu'il aurait pu avoir de renoncer. Il en vint à oublier le froid, la douleur, l'insupportable fatigue et même la faim qui recommençait à le tirailler.

Quant à la nuit qui vint, il ne s'en aperçut guère. L'orage avait plongé depuis longtemps tout ce qui l'entourait dans une obscurité quasi totale. Seule, à brefs intervalles, la griffure rageuse des éclairs parvenait à faire jaillir d'entre les nuées les formes dantesques des sommets sur les arêtes desquels couraient de prodigieuses guirlandes de feu.

Lui, obstinément, allait, profitant de chacune de ces illuminations pour repérer le bout de chemin qu'il aurait à suivre jusqu'à la suivante. Si elle ne venait pas assez vite, il en était réduit à se plaquer contre la paroi et à attendre, le dos rond, ballotté de droite à gauche par les folles bourrasques qui, elles, ne faiblissaient pas.

Il sut qu'ils approchaient du col lorsqu'il commença à pouvoir discerner, dans le tumulte de la tempête, comme une sorte de formidable mugissement. Il lui parut qu'il amplifiait démesurément à chacun de ses pas. Il comprit vite, en en sentant les premiers effets, qu'il s'agissait du vent s'engouffrant dans la faille étroite qu'il allait lui falloir franchir.

Devenu si étroit qu'il ne dépassait guère la largeur d'une vire naturelle, le sentier s'accrochait à la paroi, au-dessus du vide absolu. À chaque fois qu'un éclair déversait brutalement ses flots de brève lumière sur le paysage, Simon entrevoyait au ras de ses semelles la prodigieuse fuite verticale au-dessus de laquelle il avançait comme un funambule aveugle. Lorsqu'il comprit qu'il allait inévitablement déboucher dans le terrible courant d'air qui balayait le col, il préféra s'agenouiller et attendre pour mieux cerner la forme de ce nouvel obstacle.

Le chien, qui, depuis qu'il ne pouvait plus marcher à ses côtés, le suivait le nez dans ses talons, dut apprécier cette prudence à sa juste valeur. Il se coucha à même le sentier et attendit. Il fallut que passent trois ou quatre éclairs et leur cortège de furieux grondements répercutés de sommet en sommet, pour que Simon commence à prendre la mesure de ce qui l'attendait. Sur quinze ou vingt mètres encore, le sentier restait relativement protégé de la tourmente par la paroi. Puis il en tournait l'angle, ni plus ni moins que s'il s'était agi du coin d'une rue, et, d'après ce que pouvait en voir Simon, il devait déboucher sur une sorte de bref plateau littéralement suspendu au-dessus du vide et exactement dans l'axe du col auquel il devait donner accès.

Tout allait se jouer là, à cet angle où il allait lui falloir recevoir en pleine face l'assaut furieux du vent. S'il n'y prenait pas garde ou ne trouvait pas assez vite le moyen de s'en protéger, celui-ci ne manquerait pas de le projeter comme un fétu de paille dans ce vide dont il sentait, contre lui ou presque, monter de morbides appels. Malgré le froid qui commençait à lui raidir les membres, Simon se contraignit à ne pas bouger tant qu'il n'aurait pas ébauché une stratégie.

Il y avait toujours en lui ce candide étonnement de savoir survivre, le poussant à ignorer ce qui, en toute autre circonstance, lui serait apparu comme des souffrances totalement insupportables. Il s'obligeait à réfléchir et trouvait encore la force de sourire au plaisir qu'il se faisait en y parvenant parfaitement bien. C'est ainsi que, dans le dixième de seconde d'illumination qu'un éclair lui offrit, il entrevit ce qui allait peut-être le sauver.

Des sautes de vent brutales mais très brèves créaient par instants d'énormes tourbillons. Simon en avait ressenti les chocs contradictoires durant toute son ascension. Dix fois, cent fois, elles avaient failli lui faire perdre pied, le projeter dans le vide, mais, cette fois, elles allaient être ses alliés. Il avait nettement vu, dans la brutale lumière blanche de l'éclair, une terrible bourrasque de grésil remontant du vide vers le col. « Si j'avais été là, se dit-il, elle m'aurait poussé vers le haut, et non pas vers le vide. Il suffit que je m'avance le plus possible, que j'attende le bon moment et que je me lance. »

– D'accord, le chien ? lança-t-il dans le tumulte de la bourrasque, comme si l'autre était en mesure de lui répondre.

Il crut tout de même sentir dans ses jambes la poussée discrète d'un museau approbateur. Ce fut ce qui finit de le décider. Avec mille précautions, cramponné littéralement au rocher, il s'approcha autant qu'il le put de la formidable tuyère qui continuait de mugir au coin de la paroi. Lorsqu'il sut qu'il ne pouvait plus avancer sans risque de se faire projeter dans le vide, il s'accroupit et attendit en cherchant à bien comprendre ce qui se passait devant lui.

Il finit par discerner une sorte de rythme dans les sautes de vent qui, très brièvement, en inversait le sens. Il compta. Elles revenaient toutes les huit ou dix secondes et ne duraient guère que le temps qu'il lui faudrait pour atteindre quelques rochers, devinés dans la lueur d'un éclair d'où, en rampant s'il le fallait, il pourrait atteindre le col. Après...

« À chaque instant suffit sa peine ! » voulut-il se rassurer. Le froid, pourtant, devenait insupportable. Il ne pouvait plus attendre. Au risque d'être gagné par l'ankylose, il laissa encore passer deux tourbillons dont il jugea, d'après ce qu'il pouvait en comprendre, qu'ils lui auraient été tout à fait favorables. Restait à espérer que le troisième le serait tout autant.

Tout en comptant, il se mit dans la position du coureur de fond dans les starting-blocks. À neuf, il se rua en avant et, tout de suite après l'angle de la paroi, sans attendre le vent, se jeta le plus loin qu'il le put du vide. Rampant, boulant, courant à demi plié en deux, il ne prit conscience qu'il avait réussi qu'en atteignant les blocs sombres de rochers contre lesquels il se plaqua pour ne pas donner prise à la bourrasque rétablie dans toute sa fureur.

– Le chien ? demanda-t-il avec angoisse à l'obscurité.

Quelque chose grouilla à ses pieds et se frotta sur sa jambe. Lui aussi avait réussi.

Alors Simon voulut en finir. Il ne fallait plus traîner dans ces parages atteints de démence. Il fallait à tout prix, maintenant, atteindre ce col tant espéré et basculer sur l'autre versant où, curieusement, il ne doutait pas que se trouveraient des conditions plus humaines.

En allant de l'abri d'un rocher à l'autre, il l'atteignit sans trop de difficultés. En fait, il ne comprit qu'il l'avait passé que lorsqu'un éclair lui révéla, devant lui, un gouffre aussi profond peut-être que celui auquel il venait d'échapper. Un chemin, moins scabreux que celui par lequel il était monté jusque-là, le longeait pourtant en perdant rapidement de l'altitude et Simon put s'éloigner en marchant à peu près normalement.

Il se souvint alors qu'il avait froid, qu'il était perclus de douleurs, que, surtout, la faim l'avait rattrapé et qu'elle le tenaillait atrocement. Plus rien ne mobilisait son esprit, pas même la satisfaction d'avoir enfin dépassé la limite fixée à ses fantasmes. Plus rien ne s'opposait à ce que s'installe en lui une nouvelle obsession, et celle-là, en reléguant tout ce qui n'était pas elle-même dans les brumes les plus épaisses de son cerveau, devint vite intolérable.

Ils atteignirent une forêt. Elle ne tarda à se faire très épaisse. Simon se persuada qu'ils ne pouvaient plus être très loin d'un lieu habité. Cela lui rendit un peu de courage et, malgré la conscience aiguë de sa misère qui le taraudait, il parvint quelque temps encore à s'astreindre à une marche à peu près régulière.

Puis le jour vint et, avec lui, la désillusion. Ils avaient laissé la tempête sur les sommets. La pluie, par contre, s'était obstinée à les suivre. L'aube fut triste, dégoulinante. Ce que leur révéla peu à peu la lumière grise qui s'instaura eut tôt fait d'avoir raison du peu d'énergie qui lui restait. Ils s'enfonçaient dans une sorte de vaste cirque boisé. De toutes parts le cernaient des montagnes aussi hautes que celles qu'ils venaient de franchir. Rien ne laissait espérer, dans cette immensité d'épaisses forêts, qu'ils puissent rencontrer âme qui vive avant d'avoir à franchir à nouveau un col au moins aussi vertigineux que le précédent.

Si le chien, dans un louable souci d'encourager Simon, s'était remis à trottiner devant lui, les pas de celui-ci se firent de plus en plus lourds. Il regrettait son bâton perdu dans la tourmente. Dans sa demi-conscience, et bien que les taillis, de part et d'autre de leur chemin, en regorgent, l'idée ne lui vint pourtant pas de s'en tailler un autre.

Ils allèrent ainsi des heures durant. Bien que leur allure fût de plus en plus lente, il ne faisait plus de doute qu'il se rapprochaient inexorablement d'une nouvelle chaîne de montagnes qu'il allait leur falloir escalader. Transi de froid, sous la pluie qui ne cessait pas, et de plus en plus affaibli par la faim, Simon comprit qu'il n'y parviendrait pas. Alors que leur chemin, après avoir franchi à gué une rivière, repartait à l'assaut de pentes de plus en plus raides, il sentit que ses dernières forces l'abandonnaient.

– Attends ! dit-il au chien d'une voix faible.

Il voulut aller jusqu'à une souche sur laquelle il espérait encore prendre un peu de repos, mais il ne put l'atteindre. Lentement, sur le faîte du talus qu'il avait franchi, il pirouetta sur lui-même et s'affala de tout son long dans un lit de bruyères calunes, la face contre terre...

29

– Qu'est-ce que c'est ? aboya à sa façon ordinaire le comte Josserand-Athanase Beaufrémont de Richetaille.

Trois coups discrets frappés à la porte du vestibule l'avaient trop violemment tiré, à son goût, de la petite somnolence qu'il s'offrait, chaque soir, dans son grand fauteuil Louis XV, avant qu'Angéline vienne cérémonieusement lui annoncer que le dîner de monsieur était servi. Il se redressa vivement, croisa les jambes, s'accouda nonchalamment, s'assura, dans le grand miroir qui lui faisait face, que tout était en ordre et l'allure suffisamment martiale.

– Entrez donc ! rugit-il enfin.

Le bec-de-cane de la porte s'abaissa doucement, le haut vantail délicatement ouvragé pivota lentement sur ses gonds et une tête basanée et hirsute émergea plus précautionneusement encore de l'ombre.

– Mamoud, vieux pirate ! En finiras-tu d'entrer, à la fin des fins ? éructa encore le comte de Richetaille dont c'était là la façon ordinaire de s'exprimer. Viens donc par ici, vieux grigou. C'est l'odeur du bon vin qui t'a fait sortir de ton repaire ? Assieds-toi donc et dis-moi ce que tu penses de ce pouilly de derrière les fagots.

Il penchait déjà le col de la bouteille sur le verre de

cristal qu'Angéline ne manquait jamais d'ajouter sur le plateau pour le cas où monsieur le comte, pendant sa collation, recevrait une visite impromptue.

– Monsieur le comte sait bien..., balbutia le visiteur en triturant de ses doigts l'épais lainage de sa coiffure.

L'homme se tenait légèrement voûté. Il n'en paraissait pas moins étonnamment grand et fort. Vêtu d'une ample chemise et de pantalons bouffants, il avait quelque chose de totalement incongru dans la pénombre de cette vaste pièce au haut plafond à caissons. S'approchant de la chaise que lui avait indiquée le comte, il semblait louvoyer entre les meubles anciens et hésiter, à chacun de ses pas, à fouler plus longtemps les tapis couvrant un dallage de grands carreaux blancs et noirs laissé libre uniquement devant la vaste cheminée au linteau de marbre blanc. Bien que la saison fût encore très douce, un feu y rougeoyait paisiblement, sans autre prétention que de tenir à distance la désagréable sensation d'humidité apportée par les pluies de la veille.

Le comte de Richetaille releva lentement le col de la bouteille de pouilly.

–J'oublie toujours, grommela-t-il. Aussi, il n'y a pas idée... Enfin ! Un café ; ça te dirait, un café ?

Le dénommé Mamoud, en s'installant gauchement sur sa chaise, eut un sourire presque contrit.

– Un café ! Ça, je veux bien, monsieur le comte, dit-il.

Le comte de Richetaille agita une petite sonnette de vermeil et la reposa aussitôt sur le plateau, près de la bouteille de pouilly.

– Alors ? demanda-t-il. Raconte ! Comment ça se passe, là-haut, dans vos masures ? Qu'est-ce qu'il a trouvé, cette fois-ci, votre gangster de patron, pour mieux vous exploiter ? Angéline, sois gentille, apporte donc un café à cet infidèle qui ne veut pas goûter de mon vin !

C'était à peine si on avait entendu arriver une grande femme un peu sèche, l'air sévère sous son chignon poivre et sel. Sans avoir prononcé un mot, elle repartit tout aussi discrètement. Mamoud, gêné, se trémoussait sur sa chaise.

– Monsieur le comte, osa-t-il, faut pas dire comme ça. C'est sérieux, pour nous, ces choses-là.

– Je sais !

Josserand-Athanase Beaufrémont de Richetaille ne pouvait pas s'exprimer sans que le plus modeste de ses mots paraisse déclamé et extrait de surcroît d'une tirade écrite dans le seul but d'exprimer la plus vive colère. Ce n'était qu'une façon d'être, le tout était de s'y faire. Mamoud, apparemment, n'y était pas encore totalement parvenu. Il parut se tasser sur sa chaise et son expression désolée fit éclater M. le comte d'un rire tonitruant qui emplit à lui seul tout l'espace pourtant vaste de la grande salle à manger du château.

– Qu'est-ce que tu veux ! poursuivit-il, on ne se refait pas. Ce n'est pas à mon âge que je vais me mettre à boire du café plutôt que mon petit pouilly vespéral, tu ne penses pas ?

Mamoud en parut convaincu.

– Puisque tu le dis, monsieur le comte... Mais...

Le comte se fit tout à coup très grave. Il avait enfin compris que l'autre n'était pas venu du fond de ses bois, à cette heure tardive, pour discuter du bien-fondé du respect des règles de la religion musulmane sous les lambris d'un château dont quelques pierres, si on cherchait bien, devaient déjà être l'une sur l'autre au temps des croisades.

– Qu'est-ce qui t'amène ? demanda-t-il enfin.

Mamoud parut soulagé. Se redressant sur sa chaise, il retrouva toute la dignité qui seyait à la gravité du propos qu'il entendait tenir. On vit sa pomme d'Adam effectuer un rapide aller et retour le long de sa gorge, lorsqu'il avala sa salive, puis il se lança.

– On a trouvé un homme et un chien, dit-il.

Voilà, tout était dit. Il ne savait plus quoi ajouter. Le comte pourtant, l'œil toujours aussi attentif, entendait visiblement que l'exception de son mutisme soit payée en retour de plus de détails. Le silence ne s'en éternisa pas moins.

– Tiens donc ! reprit enfin Josserand-Athanase. Vous avez trouvé un homme. Voilà qui est intéressant. Un homme et son chien, qui plus est. Et qu'en avez-vous fait ? Les avez-vous mangés ? Les avez-vous jetés dehors ? Les avez-vous réduits en esclavage ?

L'effort consenti par Mamoud pour venir raconter tout ça à un homme si différent de lui, dans un cadre qui lui était à ce point étranger, était bien trop grand pour qu'il puisse être sensible à quelque forme d'humour que ce soit.

– On l'a soigné, dit-il sobrement.

– Qui ? persista l'incorrigible comte. L'homme ou le chien ?

Il comprit pourtant, en même temps qu'il les prononçait, que ses paroles étaient quelque peu hors de propos. Pour que ce soit Mamoud et les siens, dans leur dénuement, qui en viennent à devoir le soigner, il fallait que cet homme soit tombé bien bas. Il consentit exceptionnellement à se faire plus sérieux.

– Vous l'avez trouvé où, cet homme ? demanda-t-il.

– Dans les bois. Il n'était pas bien loin de la mort.

– De la mort ! Comme tu y vas ! Que lui était-il arrivé ?

Mamoud, perplexe, haussa les épaules.

– Ce que je sais, moi ! La fatigue, la faim, peut-être, et puis tout, quoi. Tu sais, dans notre pays, ce n'est pas rare de trouver des hommes comme ça, au bord du chemin. Est-ce qu'on pose des questions ? On soigne, voilà tout. Vous, bien sûr, vous ne pouvez pas savoir.

M. le comte de Richetaille préféra ne pas relever. Un doigt légèrement recourbé devant les lèvres, il resta un long moment songeur.

– Et pourquoi es-tu venu me raconter cette histoire ? demanda-t-il enfin sans douter de ce qu'allait être la réponse.

– Eh ! À qui tu veux que je raconte ? lui confirma Mamoud. Il va un peu mieux, cet homme. Qu'est-ce que tu veux qu'on en fasse, nous, là-haut, dans notre misère ? J'ai réfléchi. Et puis, je me suis dit, comme ça, qu'il n'y avait que toi, monsieur le comte, qui pouvais nous aider. Alors, je suis venu.

Josserand-Athanase Beaufrémont de Richetaille eut de la tête un profond mouvement d'approbation en direction de Mamoud.

– Tu as bien fait, dit-il. Certes, le moment n'est guère choisi, mais tu n'y es pour rien. Ne t'inquiète pas. Demain, je sellerai Belzébuth et, s'il le veut bien, s'il est dans un bon jour, j'irai jusqu'à vous.

– Si Dieu le veut, compléta Mamoud que les réserves curieuses du comte n'impressionnaient plus.

– Pour l'heure, tu vas partager mon modeste repas, décréta le comte sur un ton sans discussion.

Mamoud, pourtant, fut bien loin d'obtempérer.

– Oh, non ! monsieur le comte, s'exclama-t-il en se levant. Je te connais : tu vas encore vouloir me faire manger du cochon et boire du vin. Et puis, je n'ai pas le temps. Il faut que je remonte. Tu sais qu'on m'attend, là-haut.

Le comte savait. Il n'insista pas. Suivant le grand homme un peu voûté qui réajustait son bonnet de laine sur ses cheveux hirsutes, il l'accompagna jusqu'au perron du château. Quelque chose, pourtant, semblait tout à coup le tracasser.

– Tu m'as bien dit qu'il était avec un chien, cet homme ? demanda-t-il avant qu'ils se séparent.

– C'est même ce chien qui nous a conduits jusqu'à lui.

– Tiens donc ! répéta le comte en se caressant le menton, l'air songeur.

– Et qu'est-ce que vous en avez fait, de ce clebs ? Vous ne l'avez tout de même pas boulotté ?

Mamoud émit une sorte de bref grincement qui devait s'apparenter à une forme de rire peu usitée.

– Non, bien sûr. On ne l'a pas mangé, ce chien-là, crut-il tout de même utile de préciser. Il est là-haut, pas vraiment avec l'homme, mais pas loin. Il va, il vient, mais jamais il s'éloigne.

– Et il ressemble à quoi, ton clébard ?

La question parut désarmer Mamoud. Il lui fallut un certain temps pour trouver matière à répondre.

– Eh ! Que veux-tu que je te dise, à quoi il ressemble, ce chien-là ? À un chien, voilà tout, pas bien grand, pas bien beau, des poils, beaucoup de poils, qui lui tombent devant les yeux... Voilà... Pour le reste...

– C'est bon, trancha Josserand-Athanase que la description faite du chien par Mamoud semblait avoir satisfait. Remonte vite. On t'attend, là-haut. Demain, je viendrai.

Debout sur le perron, l'air songeur, il suivit longtemps des yeux la silhouette de Mamoud que mangeaient peu à peu les vapeurs bleutées du soir tombant. Puis, quand l'homme eut définitivement disparu, il pivota sur ses talons aussi vivement que le lui permirent son âge, sa haute taille et sa corpulence et rentra dans le château en faisant claquer les portes.

– Angéline ! cria-t-il. Mes guêtres et du cirage, vite ! Il

faut que je me prépare. Et demain, tu ouvriras la chambre bleue, celle qu'on donne ordinairement aux hôtes de passage.

Il s'était à nouveau laissé aller au fond de son fauteuil et se versait un plein verre de pouilly.

– M'est avis, ajouta-t-il pour lui-même mais sans baisser la voix, qu'elle sera bientôt occupée.

30

Lorsque Simon revint à lui, il eut tout d'abord conscience d'une violente brûlure et, comme pour s'en défendre, d'une brutale contraction de tout son être. Ce fut à peine s'il prêta attention au rire et aux quelques mots incompréhensibles qui résonnèrent désagréablement à son oreille. Ce fut très bref. Il replongea vraisemblablement dans un état de semi-inconscience qui dut se prolonger encore un long moment. La brûlure s'était muée en chaude sensation de bien-être lorsque, enfin, il rouvrit les yeux et eut la curiosité de comprendre où il se trouvait.

– Voilà, dit à ses côtés une voix grave marquée d'un fort accent. Tu te réveilles ! Rien de mieux que ça pour ramener un homme à la vie.

On brandissait une bouteille devant ses yeux. Malgré son état encore semi-comateux, il fit aussitôt le rapprochement : le liquide qui s'agitait dans ce flacon n'avait de l'eau que l'apparence ! Qu'il ait pu ingurgiter de ce breuvage probablement d'une rare énergie lui provoqua un léger haut-le-cœur.

– J'ai faim, s'entendit-il gémir.

À nouveau, il y eut, à son oreille, ce grand rire un peu rauque.

– C'est la vie, ça ! proclama la même voix avec une évidente satisfaction.

Simon parvint à tourner la tête, mais pas assez vite pourtant pour découvrir le visage de l'homme qui se réjouissait ainsi de sa résurrection. Il ne vit que son dos, un dos large, puissant, qui se glissait par une minuscule ouverture en criant très fort, dans une langue incompréhensible, ce qui devait être des ordres ou, peut-être, des appels à l'aide.

Resté seul, Simon tâcha de comprendre où il était. Le tour fut vite fait. Bien qu'étroit, le lit sur lequel il était étendu occupait presque tout l'espace disponible d'une pièce étrange aux murs blancs, au plafond bas, qu'éclairait une étroite fenêtre dont l'encadrement métallique, n'eût été sa forme rectangulaire, aurait pu passer pour un hublot. D'ailleurs, le tout était nettement agité de mouvements qu'il commença par confondre avec ceux que la houle imprime à une embarcation. Il lui fallut un certain temps pour comprendre qu'il n'était pas en mer. Cette étonnante agitation allait au rythme des pas et des piétinements qu'il parvenait enfin à distinguer, de l'autre côté de la mince paroi, des voix plus acharnées que jamais à se croiser, se chevaucher, dans une langue dont il ne saisissait pas la moindre tonalité.

Quand l'homme réapparut, se contorsionnant pour infiltrer sa haute stature dans la porte minuscule, il tenait à la main une assiette creuse fumante.

– Tiens, dit-il. Après ça, tu iras mieux.

Il parvint à venir se caler à la tête du lit sans écraser Simon. De sa main libre, il voulut l'aider à s'asseoir, mais il était trop faible.

– Ce n'est rien, dit l'homme dont Simon découvrait

enfin la face burinée et souriante, sous une toison brune hirsute. On va se débrouiller, tu vas voir, ajouta-t-il.

Malgré l'espace étriqué dans lequel il réussissait à faire évoluer sa forte carrure avec une souplesse de chat et infiniment de douceur, il fit avaler à Simon tout le contenu de l'assiette sans qu'une goutte s'en perdît.

– Dors maintenant, dit-il quand ils en eurent fini. C'est ce que tu as de mieux à faire.

C'est bien ce que fit Simon. Une fois de plus, il perdit toute notion de lieu et de temps, mais ce fut, cette fois, avec une sensation de profond bien-être qu'il se laissa glisser au creux d'un sommeil apaisé.

– Trois jours ! Ça fait trois jours que le chien, il est venu nous chercher ! expliquait l'homme, ravi.

Simon, les jambes encore flageolantes, ébloui par la lumière et inquiet de la sensation de vertige dont il ne parvenait pas à se défaire, un peu éberlué, restait cramponné à la porte de la vieille caravane décrépite dans laquelle, sans trop en avoir conscience, il venait de passer tout ce temps. Devant lui, l'homme, éclatant de bonheur, l'encourageait à se lancer, à faire ses premiers pas de convalescent.

– Viens ! Viens avec moi, disait-il. Je vais te faire visiter. Tu vas voir notre village.

– Parce que vous habitez là ?

Il y avait tant d'étonnement dans la question de Simon que l'homme comprit qu'il lui devait bien quelques explications.

– Viens, répéta-t-il. On ne va pas aller loin. On va se mettre sur le banc, là, et je vais te raconter.

Le banc en question n'était qu'une bille de bois passablement vermoulue qu'on avait poussée à l'ombre des premiers sapins cernant la clairière. Cinq vieilles caravanes à jamais mises au rebut du monde clinquant des vacances, pour lequel elles avaient été conçues dans un lointain passé, y étaient rangées en rond. Des tuyaux de poêle rouillés émergeaient de leurs toits et des bâches de plastique noir, tendues sur quelques perches noueuses, leur faisaient de rustiques auvents. Il n'était qu'à voir l'état des cheminements boueux allant de l'une à l'autre pour comprendre qu'une nombreuse communauté vivait là.

Simon se souvint des voix et des piétinements, lorsqu'il était revenu à lui. Pour l'heure, pourtant, ils semblaient étrangement seuls. L'homme devina son interrogation.

– Ils sont au travail, au bois, dit-il. Il n'y a que les femmes, là-bas, à la rivière, qui font le linge.

Simon acquiesça mollement. Dans l'état quelque peu cotonneux qui continuait d'être le sien, il avait vaguement l'impression de se trouver face à un de ces dessins qu'on voit dans certains magazines, que leurs auteurs ont délibérément bourrés d'erreurs. Restait à les trouver, mais il ne parvenait pas à se concentrer suffisamment pour que lui viennent à l'esprit les questions nécessaires. Ce fut, une fois de plus, ce grand gaillard à la carrure d'athlète et aux gestes d'infirmière qui vola à son secours.

– Ne t'inquiète pas, dit-il. Tu ne peux pas comprendre. Personne ne peut comprendre. On n'existe pour personnes. Des réfugiés, ça existe pour qui ? On est douze hommes, ici, vingt avec les femmes, vingt-huit avec les enfants. Dans notre pays, c'est la guerre. On s'est sauvés. Ce serait trop long à t'expliquer. Ici, on n'est pas bien riches mais, au moins, personne ne nous recherche pour nous expulser. C'est le passeur qui m'a donné l'adresse de notre patron, un forestier. Il ne nous paie pas beaucoup, on dépend presque totalement de lui, les caravanes lui appartiennent, elles sont pourries, mais l'essentiel, c'est qu'on soit ensemble et que la peur nous ait quittés.

Étonnant discours qui eut tout de même pour effet de réveiller quelque peu Simon en le détournant de son seul malaise.

– Où as-tu appris à si bien parler le français ? s'étonna-t-il.

L'autre eut un sourire un peu morose.

– J'ai fait mes études au lycée français, dans mon pays.

– Et te voilà bûcheron...

L'homme hocha doucement la tête de droite à gauche.

– Non, dit-il, pas bûcheron : manœuvre... et encore...

Aussitôt, pourtant, il parut se ressaisir.

– Allons, dit-il, mon nom est Mamoud. Et le tien ?

Simon se présenta.

– Eh bien, Simon, reprit Mamoud, tu es ici chez toi. C'est ton chien qui est venu nous trouver sur la coupe. D'abord, on a voulu le chasser. Quand on a vu qu'il insistait, on s'est tout de même étonnés. Il avait un drôle de manège. Il venait vers nous avec un air très engageant, très sûr de lui, puis il faisait demi-tour et repartait toujours dans la même direction en regardant derrière lui comme s'il surveillait pour voir si on le suivait. J'ai fini par y aller. Il a fait quelques cabrioles de joie, comme s'il voulait me remercier d'avoir compris, et il a filé. J'ai eu bien du mal à le suivre. Je l'ai même perdu de vue un moment. Et puis je l'ai entendu. Il hurlait à la mort droit devant moi. Il n'est pas bien grand, mais il a de la gueule, ton chien, ça tu peux le dire ! C'est comme ça que je l'ai retrouvé, et toi à ses pieds, le nez dans la bruyère. J'ai même cru qu'il n'y avait plus rien à faire. C'est quand je t'ai retourné que j'ai vu que tu respirais encore. Je t'ai chargé sur mon dos et je t'ai ramené jusqu'au chantier. Avec nos vestes et deux branches, on a fait une sorte de civière et on t'a ramené jusqu'ici. Quand je t'ai fait avaler, sans te demander ton avis, une bonne rasade d'une mixture de notre façon, le bond que tu as fait ! C'était bien que tu n'étais pas mort, pas vrai ? Maintenant, tu vas te remettre. Tu prends ton temps. Tu en as besoin.

Il se tut, manifestement heureux de son discours. Simon ne ressentit pas le besoin de répondre. Le silence s'instaura. Le murmure paisible d'une brise légère dans la futaie se mêlait à celui, plus obstiné, plus chantant, d'un ruisseau, derrière eux, probablement tout proche. Par instants, loin, très loin, on entendait le long crépitement rageur d'une tronçonneuse.

– Ce sont eux, dit Mamoud.

Il y avait comme une immense fierté dans sa voix.

– C'est pour moi que tu n'es pas à ton travail ? demanda Simon.

Il haussa les épaules.

– Quelle importance ? dit-il. On a tous décidé entre nous, comme toujours. Ils m'ont dit qu'il fallait que je reste près de toi, qu'ils se partageraient mon travail, en plus du leur. J'ai pensé que c'était juste. Je leur rendrai, plus tard.

– Et moi ? s'étonna Simon. Je n'aurai rien à rendre, moi ?

– Toi, tu as ta vie à sauver. Il n'y a que ça qui compte. Tu es notre hôte. On te doit tout.

Simon ne sut pas répondre. Il y avait là, il le savait, quelque chose de bien trop fort. Il ne trouvait pas en lui l'énergie nécessaire pour assumer. Cette première sortie l'avait déjà épuisé. Il s'adossa au tronc de l'arbre contre lequel avait été calée la bille de bois qui leur servait de banc, et, la nuque contre l'écorce rugueuse, il ferma les yeux.

– Tu es fatigué ? demanda Mamoud.

– Non, non, ça va, mentit-il, mais il aurait été incapable de se lever.

– C'est bien, dit encore Mamoud. Reste là. Repose-toi. Je te laisse.

Simon resta seul. Il lui fallut s'abandonner longuement à une lourde somnolence pour que, lorsque enfin il parvint à en émerger, lui viennent à l'esprit les remarques que n'aurait pas manqué, en temps normal, de lui inspirer la découverte de la situation dans laquelle il se trouvait.

Sans qu'il le lui ait demandé, Mamoud lui avait très simplement raconté l'essentiel de leur histoire, mais il avait eu l'étonnante discrétion de ne pas s'étonner du silence de Simon. Comme s'il avait été normal qu'ils le retrouvent à demi mort au bord d'un chemin, comme s'il était normal que ce soit lui, le dilettante, le promeneur, qui se retrouve à la charge de ces gens dont il commençait à entrevoir l'extrême dénuement.

– Il faut que je parte, décréta-t-il lorsque Mamoud réapparut.

Plusieurs heures s'étaient écoulées. Le soir tombait. Il avait vu quelques silhouettes féminines apparaître brièvement, des brassées de linge humide sous le bras. Elles avaient disparu derrière une des caravanes. Au bruit de leurs conversations et des cris d'enfants qui les ponctuaient, il avait imaginé qu'elles devaient être en train d'étendre leur lessive sur quelques fils de fer tendus par là, entre les troncs des sapins. Au loin, les tronçonneuses s'étaient tues. Les hommes devaient être sur le chemin du retour. Il guettait le moment où il les verrait apparaître.

Bien qu'il se sentît un peu plus d'aplomb, l'envie de bouger ne lui venait pas. C'était tellement évident que Mamoud ne chercha même pas à dissimuler le sourire ironique que lui inspirait sa décision.

– Allons, dit-il, pas encore. Tu es bien là. On verra ça dans quelques jours.

– Je ne peux pas rester à votre charge comme ça.

Cette fois, toute la bonté du monde était dans le sourire qui illumina le visage buriné de Mamoud. Il lui posa une main épaisse et lourde sur le genou.

– Qui te parle de charge ? demanda-t-il doucement. Sais-tu le bonheur que peut procurer à celui qui n'a rien la révélation de tout ce que, pourtant, il est encore capable de donner ? Tu ne nous dois rien. C'est nous qui te sommes redevables de ce bonheur-là.

31

Simon ne récupéra pas aussi vite qu'il l'aurait voulu. Il lui fallut encore de longs jours d'inaction avant que lui reviennent l'envie et la capacité de s'éloigner de la minuscule caravane qu'il partageait avec Mamoud.

Dès qu'il avait été en mesure de se déplacer seul, même si ses plus longs voyages n'avaient encore que la bille de bois pour but, Mamoud l'avait confié à la garde des femmes et il avait repris le chemin des coupes où travaillaient les hommes. En fait, Simon était seul durant presque toute la journée. Il voyait la troupe timide des jeunes femmes louvoyer à bonne distance de cet homme qui ne parlait pas la même langue qu'elles et qu'elles n'osaient pas côtoyer. Les enfants eux-mêmes, probablement sermonnés, semblaient préférer rester dans les jupons de leurs mères.

Alors Simon tuait le temps en rêvassant des heures durant assis sur la bille de bois, adossé au tronc du sapin. Puis vint le jour où il osa s'engager dans un chemin semblant descendre vers le ruisseau qu'il entendait bruire derrière la caravane. Il n'eut pas à marcher plus que ses forces renaissantes le lui permettaient pour l'atteindre.

C'était un torrent minuscule mais plein d'ardeur qui

chantait sans complexe en jouant à saute-mouton au-dessus de grosses pierres rondes. Simon s'assit sur l'une d'elles que le modeste flot laissait pour l'instant à sec. Et, tout de suite, la présence du chien lui manqua. Où était-il donc passé, celui-là ? Mamoud affirmait l'avoir revu dans les parages à plusieurs reprises, mais jamais il ne s'était montré à Simon. Il en eut le regret.

Lui seul pouvait assurer le lien entre sa situation présente et celle dont il hésitait parfois à croire qu'il avait pu vraiment la vivre, à quelques jours de là. La menace qu'il avait sentie peser sur lui avait-elle réellement existé ? Sigismond, s'il était tombé entre ses mains, l'aurait-il vraiment supprimé ? Ou tout cela n'avait-il été que le fruit vénéneux de la paranoïa d'Ermi ? Après tout, le corps attaché à une masse de fonte, au fond de l'étang du Miroir, à en croire Arsinoé, était bien une réalité. Encore que rien, hormis un hypothétique bout de corde, ne prouvait que Sigismond fût l'auteur du coup...

Avait-il paniqué pour rien ? Avait-il risqué sa peau dans ce maudit col balayé par la tourmente pour échapper à une illusion ? Il sentit vite qu'il lui fallait évacuer d'urgence ces questions malsaines et sans réponse possible, avant qu'elles ne tournent à l'obsession. Il se releva vivement, s'ébroua comme un jeune chien et remonta vers le village de caravanes.

Car c'était d'un véritable village qu'il s'agissait. Une communauté, qui plus est venue d'autres cieux, avec sa culture, sa religion, ses habitudes et ses coutumes avait trouvé prétexte à se reconstituer et à s'épanouir dans la cupidité sordide d'un forestier. Curieux « refuge » qu'avaient trouvé là ces hommes et ces femmes. Même s'il est connu que c'est souvent dans la pire des fanges que poussent les plus belles fleurs, Simon n'en finissait pas d'être partagé, à l'égard de ces hôtes, entre commisération et admiration.

Ils étaient heureux, ces gens-là, c'était évident. Ou, du moins, ils cultivaient une forme de bonheur dont Simon ne parvenait pas à comprendre le sens. Sans se faire prier et surtout sans se départir de son plus franc sourire, Mamoud lui avait détaillé les sordides roueries que déployait leur employeur pour ne pas les payer. Du montant dérisoire du salaire promis, il fallait déduire la location des caravanes et même celle du terrain sur lequel elles étaient installées. Le bois qu'ils brûlaient pour se chauffer ou pour faire cuire leurs aliments leur était compté au prix fort. Loin de tout et ignorant des habitudes locales, il leur fallait bien s'en remettre à lui ou à ses contremaîtres pour leur approvisionnement qu'on leur comptait à des prix astronomiques.

Mamoud, pourtant, énumérait toutes ses monstruosités ordinaires sans qu'un seul instant se ternisse son large sourire.

– Et puis, de toute façon, disait-il, que veux-tu qu'on fasse ? Personne ne voudra de nous nulle part. Alors, comme Dieu le veut ! Puisqu'on est là, on y reste. On n'est pas bien, là ? Qu'il les garde, ses sous ! Tu veux me dire ce qu'on en ferait, ici, de ses sous ? Non, je te dis, on est bien comme on est. La preuve : tu arrives, tu as encore moins que nous et même presque plus de vie. Et nous, on peut tout te donner, la vie et le reste ! Tu vois qu'on est heureux !

Simon éclata de rire. Il ne demandait pas mieux que de partager leur bonheur, mais il ne parvenait pas vraiment à comprendre.

– Tiens, regarde ! lui dit Mamoud un soir.

Ils étaient installés comme à leur habitude sur la grosse

bille de bois vermoulue, profitant d'un splendide coucher de soleil. Autour des caravanes, la vie grouillait paisiblement. Quelques gamins en haillons et passablement crasseux jouaient devant eux, au milieu de ce qu'ils appelaient pompeusement la place.

– Regarde là, insista Mamoud.

Du doigt, il montrait un point précis, en pleine lumière, entre les gamins et eux, où Simon ne vit longtemps que les tiges sèches de quelques carottes sauvages montées en graines.

– Regarde bien, insistait Mamoud. Tu ne vois pas ? Les oiseaux, les petits oiseaux perchés sur les tiges... Tu les vois, maintenant ?

Bien sûr que Simon les voyait, mais remarque-t-on, à moins qu'on n'y insiste, de si infimes passereaux ?

– Et alors ? s'étonna-t-il, ne voyant pas du tout où Mamoud voulait en venir.

– Toi, bien sûr, ça ne te fait rien de voir ces oiseaux-là.

Il s'était légèrement tourné vers Simon et l'on voyait dans son regard toute l'ardeur qu'il mettait à être bien compris.

– Toi, des petits oiseaux comme ceux-là, qu'est-ce que tu en as à faire ? Tu es occupé par des choses tellement plus importantes. Si tu devais, par-dessus le marché, t'intéresser aux petits oiseaux... Eh bien, nous, tu vois, ils font partie de notre bonheur, ces oiseaux-là. Et je m'en vais te dire pourquoi. Ce sont des chardonnerets, de beaux petits oiseaux multicolores avec du rouge vif sur la face, du jaune et du noir sur les ailes. Tu vois, ils aiment bien venir picorer les graines des fleurs sèches, à la fin de l'été. Ils sont si petits et si légers que c'est à peine s'ils font plier les tiges.

– Ah oui, je vois, voulut paraître s'intéresser Simon. C'est marrant comme ils se suspendent aux fleurs !

– Bien sûr, tu ne peux pas savoir, reprit Mamoud. Pour toi, c'est un beau spectacle de la nature et puis c'est tout. Pour nous, c'est bien plus. Avant qu'on vienne, je peux te dire qu'ici il n'y avait pas de chardonnerets. Ce sont des oiseaux des jardins, ces petites bêtes-là. Ils ne viennent pas s'installer dans les forêts où il n'y a personne. Ils sont comme ça : il leur faut la compagnie des hommes. Et nous, un beau jour, on a vu un couple qui est venu nicher dans un sureau à deux pas de nos caravanes. Ce n'est rien, bien sûr. Un tout petit, petit détail, mais tu ne peux pas savoir le bien qu'il nous a fait, ce détail-là et comme on les aime, nos chardonnerets qui sont venus s'installer avec nous, si loin de vos jardins.

» Alors, l'hiver, comme c'est encore plus dur pour eux que pour nous, on leur donne des graines, à eux et à des tas d'autres petits oiseaux qui savent bien, maintenant, qu'on est là, qu'on les aime bien et qu'ils peuvent compter sur nous.

Sans quitter des yeux ses chardonnerets qui continuaient à picorer les fleurs sèches, Mamoud eut un bref hochement de tête.

– Et puis, est-ce qu'on sait ? continua-t-il. Peut-être, au printemps prochain, des hirondelles viendront s'installer près de nous. On en a vu quelques-unes, cet été, qui tournaient par là, comme si elles étaient en repérage. Ce serait bien si des hirondelles venaient nicher... Et peut-être aussi des rossignols des murailles... Pourquoi pas ? Est-ce qu'on sait ?

Le chien réapparut. Un beau matin, Simon eut la surprise de le voir sortir de sous la caravane où il avait vraisemblablement passé la nuit. Il s'étira longuement, bâilla copieusement et, ainsi remis en forme pour la journée, offrit à Simon un regard plein de joyeuse amitié, une longue langue rose pendante à souhait et une queue agitée de frénétiques mouvements alternatifs.

– Te voilà revenu, toi ! s'exclama Simon. Qu'est-ce que ça veut dire ? Qu'il est temps qu'on y aille ?

La décision ne lui appartenant évidemment pas, le chien ne parut pas porter plus d'intérêt que raisonnable à la question. Il s'éloigna de quelques pas et, trouvant la poussière à son goût, s'allongea de tout son long, offrant le plus de toison possible aux premiers rayons du soleil.

Il ne s'éloigna guère de toute la journée. C'était là, de sa part, une façon d'être assez exceptionnelle pour que Simon y prêtât attention. Lorsque, en début d'après-midi, il décida d'aller tester le retour de ses forces par une longue promenade dans les chemins, le chien lui emboîta le pas. Décider, à leur retour, de celui des deux qui était le plus heureux n'aurait pas manqué de présenter quelque difficulté !

Cette fois, la décision de Simon était prise. Il avait retrouvé suffisamment de forces pour affronter à nouveau les chemins. Il annoncerait son départ à Mamoud dès que celui-ci rentrerait de son travail. D'avoir tranché lui procurait un véritable soulagement que nuançait pourtant le regret qu'il avait de devoir quitter le village des réfugiés.

Depuis que Mamoud lui avait décrit tout le bonheur qu'il trouvait à la simple présence de quelques oisillons, il avait passé des heures à les observer. Il admirait profondément la capacité de ces hommes à aller trouver dans de si petites choses matière à une sérénité telle qu'ils ne comptaient plus que pour quantité négligeable la situation de misère dans laquelle on les tenait. Simon en venait à les envier, ce qui était tout de même un comble, car il mesurait parfaitement ce qui le séparait, et le séparerait probablement toujours d'eux.

Il n'était pas plus indifférent qu'eux à la beauté des choses, mais il ne parvenait pas à dépasser les seules apparences. Au-delà, ils savaient admirablement discerner les liens extrêmement ténus qui reliaient leurs existences à ces infimes événements. C'était comme s'ils les pénétraient, comme s'ils entraient dans leur intimité alors que lui, Simon, ne pourrait jamais que piétiner à leur porte.

Qu'en aurait pensé Arsinoé ? Quand cette question lui vint à l'esprit, suivant le chien qui trottinait devant lui, il revenait en marchant d'un bon pas vers le village. Il s'arrêta net au milieu du chemin. Tout à coup, il lui paraissait que tout cela était étrangement lié.

Il y avait une continuité dans toutes ces petites choses qu'il vivait depuis qu'il marchait. Il en prenait brusquement conscience, mais il ne parvenait pas encore à discerner ce qui l'excluait de cette apparente logique. Tout le reste, Ermi, Sigismond, la grange, le Miroir, et même lui, Simon, avec ses maladresses, ses réflexes d'un autre monde, n'était plus qu'accessoire. Il était au bord de l'essentiel et pestait déjà de ne pouvoir y accéder.

32

– Reste ! Reste encore ce soir et demain soir, avait supplié Mamoud.

Surpris, Simon avait d'abord entendu tenir bon.

– Non, non. Je vous ai assez encombrés comme ça. Vous n'avez déjà pas de trop pour vous. Maintenant, il faut que je m'en aille.

– Qu'est-ce que tu racontes là ? lui avait répliqué Mamoud. Est-ce que tu sais de quoi tu parles ? On ne manque jamais quand il s'agit d'honorer un ami. Tu nous peinerais en partant si vite. Reste jusqu'à après-demain matin. Ce soir, on tue le mouton. Demain, les femmes le préparent. On le mange demain soir. Et comme ça, ce qui doit être fait sera bien fait. Alors ? Tu restes ?

Quelques moutons erraient en toute liberté autour du village. Simon avait rencontré une fois ou deux leur troupe un peu pouilleuse. Pauvre réserve de viande pour tout un village, s'était-il fait la réflexion. Et on voulait en sacrifier un uniquement pour lui ! En quoi méritait-il un tel honneur ? Il argumenta, questionna, insista en vain.

– La fête ! lui répondit invariablement Mamoud. Si tu pars, comme ça, en douce, un matin, on sera tristes, toi comme nous. Et on restera sur notre tristesse. Alors que si on fait la fête, je ne dis pas qu'on ne sera pas tristes de te voir t'éloigner, mais au moins, on aura fait ce qu'il fallait pour garder de toi le meilleur souvenir possible.

Avec un sourire un peu morose, il ajouta :

– La fête, on n'y est pas bien souvent, ici. Alors, pour une fois qu'on a l'occasion de la faire...

Simon n'avait plus d'alternative que d'accepter.

On alla chercher le mouton, on l'égorgea avant de le remettre aux femmes qui allaient le préparer. On leur installa le foyer nécessaire nanti d'une provision de bois impressionnante. On dressa encore un énorme bûcher au milieu de l'aire boueuse autour de laquelle étaient rangées les caravanes et que Mamoud appelait avec un brin de dérision « la place ».

La soirée ne fut pas de trop pour réaliser tous ces préparatifs. La nuit était faite depuis longtemps lorsque retomba l'étonnante excitation qui s'était saisie du village. Les hommes s'y étaient mis au retour de leur lointain travail et, le lendemain matin, comme si de rien n'était, ils en avaient repris le chemin.

Simon, curieux, chercha bien à s'intéresser à l'activité débordante que déployaient les femmes, mais il sentit vite qu'il n'était pas le bienvenu. Depuis qu'il était au village, sans réellement le tenir à l'écart, elles avaient toujours manifesté une grande réserve à son égard. Il l'attribuait plus à une sorte de timidité qu'à quelque interdit que ce soit. Il aurait bien aimé que cette dernière restriction à son adoption par la petite communauté s'efface avant qu'il la quitte, mais à l'évidence, elles n'y tenaient pas.

Il dut s'en faire une raison et, plutôt que de rester à tourner en rond au milieu de cette activité qui le concernait directement, mais dont il était exclu, il préféra partir dans les chemins. Le chien, d'ailleurs, n'y vit que des avantages. Une nouvelle fois, il lui emboîta le pas et le village disparut vite derrière eux, mangé par la végétation exubérante.

Ce jour-là, Simon prit suffisamment d'altitude, au flanc des montagnes qu'il pensait avoir à franchir le lendemain, pour le repérer à nouveau par la paisible colonne de fumée qui en montait. Il sourit à l'idée du mouton qui devait déjà tourner sur sa broche. Par contre, contrairement à ce qu'il espérait, il ne parvint pas à localiser la coupe sur laquelle travaillaient les hommes. Elle devait se trouver à l'opposé de la direction qu'il avait prise car c'était à peine si, de temps à autre, quand le vent le voulait bien, lui parvenait le bruit des tronçonneuses étouffé par la distance.

Après la grande boucle qu'il avait effectuée dans les bois, s'en remettant au chien pour qui tous ces chemins ne semblaient plus avoir de secret, il rejoignit une rivière probablement loin en aval du village. Une piste remontait son cours en le longeant de si près qu'il arrivait que les roseaux de sa berge empiètent sur le bas-côté.

Simon allait sans se presser, se plaisant à observer le mouvement vif des eaux brisant sur les cailloux qui encombraient son lit. À plusieurs reprises, il eut le temps d'admirer de belles truites qui ondulaient doucement, face au courant auquel elles résistaient nonchalamment. Puis, découvrant sa présence ou même simplement son ombre, elles n'étaient plus qu'un bref éclair disparaissant aussitôt dans l'ombre d'un rocher à demi immergé.

Il était tellement absorbé par son observation qu'il n'entendit rien venir.

– Des nouvelles ! hurla tout à coup juste à côté de lui une voix de stentor. Donnez-moi donc des nouvelles de ce vieux fou d'Arsinoé ! Comment va-t-il ? Se prétend-il toujours de la descendance d'Abel ?

Il s'en était fallu de peu que Simon ne bascule dans la rivière, qu'il suivait au plus près, tant il avait bondi. Le stupéfiant équipage qui l'avait rejoint sans qu'il y prenne garde était si près de son nez, et emplissait tellement son champ de vision, qu'il dut lever haut les yeux pour rencontrer enfin le regard de l'auteur de ces stupéfiantes paroles.

Le cheval sur lequel était juché le questionneur était énorme, mais ce n'était rien, dans la position qui était celle de Simon, par rapport à ce que lui semblaient être les proportions de son cavalier. Mal remis de son premier émoi, encore sous le choc de cette prodigieuse apparition, il restait sans voix, perché sur la minuscule berge qui, en cet endroit, séparait juste le chemin du cours d'eau.

– Ne me dites pas, glapit à nouveau la voix formidable, qu'il est arrivé malheur à Arsinoé. Vous auriez, jeune homme, ma vie sur la conscience.

Consternante perspective à laquelle Simon entendit échapper sur-le-champ. Il fit un gros effort sur lui-même.

– Non, non, parvint-il enfin à articuler. Du moins, voici quelques jours, quand je l'ai quitté, Arsinoé allait aussi bien que possible.

Le détenteur de cet organe hors du commun dont le moindre murmure devait s'entendre à une lieue à la ronde, parut fort soulagé.

– À l'avenir, jeune homme, ayez l'obligeance de ne pas me laisser sur de tels charbons ardents, dit-il en se mettant en devoir de descendre de sa monture. Mon grand âge en même temps que l'estime sans borne que je porte à ce vieux radoteur auraient pu me rendre votre silence fatal. Ne l'oubliez pas.

« Bigre, se dit Simon, il est encore plus monstrueux au sol qu'en selle ! »

– Je me présente, claironna le cavalier une fois rétabli dans son équilibre de piéton. Je suis le comte Josserand-Athanase Beaufrémont de Richetaille...

Il ôtait ses gants à crispins. Il interrompit son geste, pencha la tête vers Simon. Un de ses sourcils se releva démesurément pendant que s'inscrivait dans son œil la question de savoir comment celui-ci allait réagir à cette déclaration pleine de panache. Simon ne paraissant que de plus en plus stupéfait, le comte eut vers lui, de sa main encore gantée, un petit geste, comme pour minimiser les choses.

– Oui, je sais, dit-il : un peu pompeux. Petite noblesse d'Empire, et encore : le second, sans plus... Un jour, si l'occasion nous en est donnée, je vous expliquerai. Appelez-moi donc Jo, comme tout le monde. Ce sera plus simple. Et vous ?

La question fit presque sursauter Simon. Avec tout ça, il allait manquer à la plus élémentaire des courtoisies.

– Euh... Oui, eh bien, moi c'est Simon, tout simplement.

– Et bien, Simon, soyons amis, voulez-vous ?

Ce disant, le comte Jo, redressé de toute sa stature, ouvrait bouton après bouton l'immense redingote brune à large col qui n'était pas pour rien dans l'aspect formidable qu'il avait, une fois planté sur le dos de sa monture. Ce que révélait l'ouverture progressive du vêtement n'en était pas moins remarquable. Sur une chemise blanche ornée d'un plastron bouffant, il portait une ample veste de velours côtelé noir. Ses culottes de cheval du même tissu, mais de couleur beige, étaient tenues serrées sur le mollet par de superbes guêtres de cuir qui auraient rappelé à Simon le mauvais souvenir de Sigismond si, en l'occurrence, l'ample redingote jusque-là fermée jusqu'au cou n'avait pas eu pour évidente fonction de préserver des aléas du chemin une tenue aussi impeccablement apprêtée que celle de son assassin en puissance était ternie par les ans. Rien n'y manquait, ni la pochette en dentelle ni le lustre des cuirs.

Josserand-Athanase Beaufrémont de Richetaille, communément appelé Jo, ne parut pas s'inquiéter des atteintes inévitables qu'allait porter la boue du chemin à ces derniers. Tenant d'une main les rênes de son cheval et ses gants dans l'autre, la redingote largement ouverte, il entreprit de continuer son chemin à pied. Simon apprécia.

Ils marchèrent un moment en silence. Le chien, qui n'avait pas paru s'étonner outre mesure de l'étonnante apparition, trottinait devant eux. Simon, enfin remis de sa surprise, commençait, comme il fallait s'y attendre, à se poser des questions. Pourquoi cet homme étrange n'avait-il pas paru plus étonné que cela de le trouver au milieu de ce désert ? Ou allait-il, dans cet équipage ? Et surtout, comment pouvait-il connaître ses bons rapports avec Arsinoé ?

Autant de questions qui, bien sûr, lui brûlaient les lèvres, mais qu'il se demandait comment poser. Un vieux relent d'inquiétude s'était saisi de lui. Après tout, pourquoi ce personnage bizarre, puisqu'il connaissait Arsinoé et savait que Simon avait séjourné chez lui, n'aurait-il pas été au courant du reste... Malgré les apparences et sa grande amabilité, ses intentions étaient-elles toutes bonnes ? Et si c'était Sigismond qui l'avait lancé à sa poursuite ?

S'il sentit, à ses côtés, Simon se crisper sur ses craintes, le comte n'en laissa rien paraître. Au contraire, il redoubla de bonhomie.

– Ce chien ! s'exclama-t-il tout à coup. Quel personnage, tout de même ! Comment, selon vous, ai-je pu deviner que vous connaissiez Arsinoé ? Je parie que c'est lui qui vous a emmené chez lui. Vrai ou faux ?

Simon ne put que confirmer.

– Aussi caractériels l'un que l'autre ! reprit le comte. Mais c'est que je l'aime bien, ce gredin d'Arsinoé. Une éternité que je ne l'ai pas vu. Toujours la même chose : on se laisse manger par le temps. Il ne se passe jamais deux jours sans que je me dise qu'il faudrait absolument que je fasse le déplacement de son antre. Et puis ! Et puis... le temps passe. On se laisse accaparer par mille bricoles plus fastidieuses les unes que les autres, et on oublie l'essentiel. Tiens, eh bien, ça me fait plaisir de vous rencontrer. On va pouvoir parler d'Arsinoé. Un personnage, non ?

Une fois de plus, Simon, prudent, se contenta d'acquiescer sobrement.

– Tout à fait, dit-il.

M. le comte ne parut pas se formaliser de ce trop grand laconisme.

– D'ailleurs, reprit-il, on devait se rencontrer.

Tant il est vrai qu'on a facilement tendance à tout rapporter à ses inquiétudes, Simon vit là un piège. Il tourna un regard inquiet vers le comte.

– Si vous n'aviez pas eu cet accident qui vous a fait échouer chez mon ami Mamoud, c'est chez moi que vous seriez arrivé, bien évidemment. C'est chez moi que le chien vous menait. Où voulez-vous ?...

Simon se sentit rassuré.

– Vous croyez ? demanda-t-il.

– Bien sûr ! s'exclama le comte si fort que l'écho de la montagne en résonna longtemps. Bien sûr que c'était chez moi qu'il vous menait. D'ailleurs, la brave bête n'a pas dû trop s'inquiéter. Ce petit intermède chez Mamoud et compagnie, n'eût été le désagrément de son entrée en matière, restera, je pense, pour vous, une heureuse péripétie de votre voyage. Vous en garderez un bon souvenir, n'est-ce pas ?

La conversation prenait une tournure qui commençait à rassurer Simon. Il se fit un peu plus prolixe.

– Tout à fait ! s'exclama-t-il. Des gens d'une gentillesse hors du commun et d'un grand intérêt. Et ce Mamoud ! Il n'en dit rien, mais je suis convaincu que, chez eux, il devait être quelqu'un de très important.

Le comte Jo fit encore vibrer les échos de son rire tonitruant.

– Comme vous exprimez les choses ! s'amusa-t-il. Quelqu'un de très important ! Je veux que Mamoud, chez lui comme ici, d'ailleurs, est quelqu'un de très important. Il est médecin, Mamoud, tout simplement toubib. Il ne vous l'a pas dite, celle-là ! Études au lycée français de son pays, puis médecine ici, en France. Ce qui explique qu'il s'exprime dans notre langue, hormis son accent, aussi bien que vous et moi. Ce qui s'est passé ensuite, les raisons de ce gâchis invraisemblable qui fait qu'un homme d'une telle valeur en soit réduit à se cacher, sans identité, victime consentante d'un profiteur, au plus profond des forêts, là-dessus, bien sûr, il est beaucoup plus discret. On le comprend et je pense que vous avez respecté sa discrétion comme je l'ai toujours fait. Sinon, d'ailleurs, vous n'auriez pas gagné son amitié.

Cette fois, l'étonnement de Simon n'était plus entaché de la moindre inquiétude.

– Parce que vous savez que Mamoud m'a accordé son amitié ? demanda-t-il tout de même.

Le rire gargantuesque résonna encore.

– Bien sûr que je le sais ! s'exclama M. le comte.

Il eut pour Simon un regard plein de protectrice sympathie.

– Jeune homme, dit-il, je vois que vous avez encore beaucoup à apprendre sur nos forêts et, notamment, sur la façon qu'ont les nouvelles de s'y propager !

Bien qu'il y ait eu là matière à nourrir les inquiétudes latentes de Simon, il ne résista pas au plaisir d'en remontrer quelque peu au personnage truculent qui cheminait à son côté et dont il se disait qu'il trouverait probablement quelque plaisir à son commerce.

– Peut-être alors, lui dit-il, êtes-vous du nombre des invités ?

Il eut la satisfaction de voir s'allumer une lueur d'interrogation dans l'œil du comte.

– Invités ? Quels invités ? s'étonna ce dernier. Ai-je besoin d'un carton pour être reçu au village de Mamoud ?

– Village ce soir en fête ! put annoncer triomphalement Simon.

– Une fête ! Le mouton ? Pour votre départ ? Alors, mon ami, vous pouvez vous vanter de les avoir conquis. Et cela n'a rien à voir avec leur dénuement qui donne d'autant plus de prix à une telle manifestation de sympathie. Ils seraient riches comme Crésus que ça n'y changerait rien. S'ils ont tué le mouton pour vous, vous pouvez être assuré qu'ils vous comptent comme un membre presque à part entière de leur communauté.

Il marqua un temps d'arrêt et Simon s'étonna de voir une grande stupéfaction s'inscrire dans son regard.

– Chapeau ! lança enfin M. le comte de façon bien populaire. Moi, il m'a fallu beaucoup plus longtemps que ça, pour qu'on me tue le mouton !

33

Simon n'eut pas à franchir le col qu'il redoutait. Le chemin que lui indiqua Josserand-Athanase était celui-là même par lequel il l'avait vu arriver. Il suivait au plus près la rivière, s'insinuait avec elle dans de profondes gorges. À leur débouché s'ouvrait une vaste plaine à laquelle commandait, si Simon comprit bien, le château qui servait de résidence au comte.

– Laisse donc le chien te guider. Il te conduira directement chez moi, lui avait-il recommandé avant de se mettre en devoir d'enfourcher sa monture.

Les agapes de la veille leur avaient laissé peu de temps à consacrer à leur repos. Elles avaient eu au moins l'avantage de sceller entre eux une fraternité épicurienne à laquelle, bien sûr, le vouvoiement de bon ton, qui avait présidé à leurs premiers échanges, n'avait pas résisté. Seul, à ce point de leurs rapports, les différenciait encore le fait que l'un allait à cheval et l'autre à pied.

– Et puis d'ailleurs, avait ajouté Jo, il te suffira de suivre les traces de Belzébuth. Celui-là, quand il s'agit de retourner vers son râtelier, tu peux être sûr qu'il ne fera pas le moindre détour !

Avant l'adieu à ses sauveurs, Simon eut encore le plaisir rare d'assister à l'arrivée en selle de son nouvel ami.

Il était pourtant vrai que le dénommé Belzébuth était d'un gabarit tout à fait hors du commun. C'était un monstre que ce cheval, mais un monstre dont il était évident qu'il estimait avoir suffisamment donné au cours d'une existence probablement déjà assez longue et laborieuse. Certes, surtout depuis qu'il avait revêtu sa redingote et qu'il l'avait boutonnée jusqu'au col, Josserand-Athanase Beaufrémont de Richetaille donnait lui aussi l'impression d'atteindre à des dimensions tout à fait exceptionnelles. Une sorte d'équilibre s'établissait ainsi entre la monture et le cavalier... mais cela s'arrêtait là !

Car Belzébuth le bien nommé mettait un point d'honneur à s'opposer à tous les efforts que faisait son maître pour parvenir sur son dos. Tantôt, il se cabrait au moment même où Jo, le pied à l'étrier, tentait d'élever l'imposante personne de M. le comte au long de son flanc ; tantôt, à l'instant précis où son cavalier potentiel parvenait à lever le pied assez haut pour atteindre une nouvelle fois l'étrier, il exécutait, avec beaucoup d'élégance et sans qu'on le lui ait demandé, un appuyé que n'auraient pas démenti ses lointains cousins du Cadre Noir de Saumur.

Dans un cas comme dans l'autre, le résultat était le même : c'était le comte qui boulait dans la poussière, Jo et sa gueule de bois qui juraient comme des charretiers et toute la population du village qui en pleurait de rire en se tapant sur les cuisses. Simon, d'abord alarmé et plein de commisération pour son nouvel ami, finit par en faire autant.

Belzébuth parut enfin satisfait du résultat atteint. Pour la forme, il se livra encore à quelques facéties. Le comte, bon prince, accepta de rouler deux ou trois fois de plus dans l'ornière. Puis, soudainement, tout rentra dans l'ordre. Belzébuth, conscient que les meilleures plaisanteries sont celles qui durent le moins longtemps, s'immobilisa parfaitement et parut même tendre l'étrier à son maître. Celui-ci prit encore le temps d'épousseter sa redingote et de tourner une silhouette martiale vers la compagnie.

– À tout à l'heure donc, dit-il à l'adresse de Simon. Et merci encore, ajouta-t-il en gratifiant les femmes, assemblées à quelques pas de là, d'une légère révérence.

Alors, très dignement, il rassembla ses rênes sur l'encolure de Belzébuth impassible, mit le pied à l'étrier et s'éleva avec beaucoup de majesté à l'appréciable hauteur qu'il lui fallait atteindre pour parvenir à enfourcher le monstre.

– Allons ! lança-t-il de telle sorte que nul, dans toute la forêt, ne pût l'ignorer. À la maison, ma monture !

Simon prit son temps. L'allure à laquelle il avait vu s'éloigner le curieux équipage lui faisait craindre de les rattraper ! Le chien allant paisiblement devant lui, il préféra donc se promener et apprécier comme ils le méritaient les paysages auxquels il abordait.

Au moment de l'adieu, après l'avoir serré dans ses bras, Mamoud, les mains lourdement appuyées sur ses épaules, avait plongé le regard dans le sien.

– Souviens-toi, avait-il dit. Les chardonnerets sont venus à nous. Voilà ce qui compte !

Simon allait sans que ces paroles cessent de lui trotter dans la tête. Il avait beau faire, il se sentait complètement frustré. Jamais, en si peu de mots, il ne pourrait ainsi atteindre à l'essentiel. Mamoud, s'il avait pu en juger, en aurait été bien surpris. D'innombrables fois, tout au long de cette journée, il s'arrêta devant un éclairage qui avait attiré son regard, devant quelques traces trahissant, dans la boue du chemin, le passage d'un chevreuil ou d'un renard, devant une des innombrables manifestations de vie qu'il rencontrait, et chacune d'elles fut, pour lui, une nouvelle déception. Il était incapable d'y voir autre chose que de la superficielle beauté. Là où, en tout autre temps, il aurait trouvé mille raisons de s'extasier, ne lui restait que le sentiment amer de son incapacité à dépasser cette seule apparence pour atteindre au vrai sens de tout cela.

Il mesurait enfin l'immensité de ses ignorances et, du même coup, réalisait qu'il se mouvait dans un univers dont, tant qu'elles dureraient, il ne pourrait envisager que l'aspect extérieur. C'était à peine si, en fin de compte, il se sentait toléré dans une suite de décors dont il était condamné à ignorer les raisons pour lesquels ils existaient.

Il atteignit le château dans ce triste état d'âme. Bien sûr, il n'en dit rien à Jo qui vint au-devant de lui. Le chien avait pris juste ce qu'il fallait d'avance pour avertir et pour que Simon n'ait pas à agiter le carillon dont la poignée rouillée pendait au pilier gauche du portail.

– Bon chemin ? s'enquit le comte sans trop se soucier de la réponse que lui fit Simon.

À en juger par les brins de paille qui ornaient encore le bas de sa redingote, lui-même ne devait pas être arrivé depuis bien longtemps. Le chien, pensa Simon, avait dû le surprendre à l'écurie alors qu'il était encore occupé aux soins requis par Belzébuth.

– Entre donc, continua-t-il en précédant Simon sur le perron du château. Mets-toi à l'aise. Tu es ici chez toi. Angéline te montrera tout à l'heure ta chambre. Je te mets tout de suite à l'aise : elle ne t'y tiendra pas compagnie. D'ailleurs, quand tu l'auras vue, l'envie que tu aurais pu en avoir t'en passera !

Il éclata d'un rire gras qui mit Simon mal à l'aise et ne fit qu'accroître sa gêne.

– Viens donc par ici, continua le maître des lieux en se souciant fort peu des traces boueuses que ses brodequins laissaient sur le carreau et sur les tapis de la grande salle. La même Angeline va nous servir le thé, dit-il en se laissant aller dans son fauteuil favori et en agitant la petite sonnette de vermeil. Ça nous laissera le temps de souffler un peu.

De pénétrer dans cette vaste pièce richement décorée et meublée avec raffinement fut bien sûr un étonnement pour Simon. Il aimait ce luxe un peu vieillot, il appréciait à leur juste valeur les tableaux, les commodes, les hautes armoires, un bahut et un secrétaire à guillotine qui défilaient devant ses yeux, mais il n'aurait jamais eu l'idée d'en entourer sa vie quotidienne. Sortant de l'existence rustique qu'il menait depuis des semaines, il lui semblait entrer dans un musée ayant tout à coup retrouvé la vie. Naïvement, il le dit à son hôte.

Pour une fois, celui-ci se contenta d'en rire presque discrètement.

– Assieds-toi donc, dit-il alors qu'Angéline apparaissait. Sois gentille, Angéline, mets-nous une tasse de thé. Tu sais, nous avons beaucoup couru, aujourd'hui. Nous avons à nous reposer.

Elle disparut comme elle était venue, sans un mot. Jo réédita son rire un peu contenu.

– On voit que tu es là, dit-il. Sans cela, je peux t'assurer que j'aurais eu droit à la soupe à la grimace assaisonnée des pires récriminations. Elle sait tout, elle devine tout, elle n'aime pas quand je découche et, surtout, elle voudrait bien me mener à la baguette ! Tu imagines !

Le regard dans le vague, il eut deux ou trois hochements de tête fatalistes.

– Ceci étant, la meilleure femme qui puisse se trouver ! reconnut-il tout de même.

Simon, surpris, se fit la réflexion que son ami Jo, depuis qu'il avait pris ses aises dans ce beau fauteuil Louis XV à haut dossier, n'était plus le même. Il semblait qu'en laissant sa grande redingote brune au vestiaire, dans l'entrée, il se fût en même temps dépouillé de l'image haute en couleur du hobereau de campagne un peu original qu'il soignait pourtant visiblement, l'instant d'avant.

– Tu comprends, reprit le comte sans quitter des yeux les braises qui rougeoyaient au fond de la cheminée, je me suis débarrassé de la mienne, de femme, il n'y a pas si longtemps. Ce n'est pas pour m'en laisser conter par Angéline !

Il retomba dans ses rêveries, apparemment indifférent au plateau de thé que la vieille femme, toujours aussi muette, posait sur le guéridon, à ses pieds. Simon en venait presque à être gêné par le silence qui s'éternisait. Dans leur dos, une horloge égrena les sept coups de l'angélus que la cloche d'une église reprit dans le lointain.

Jo semblait réfléchir profondément. Il finit par se tourner vers Simon, plissa les yeux et parut le détailler minutieusement, comme s'il le découvrait.

– Veux-tu m'aider ? demanda-t-il tout à coup, à la plus grande surprise de Simon.

– Ben... C'est que... Bien sûr, pourquoi pas ? Si je peux..., bafouilla-t-il.

L'idée étonnante qui venait de germer dans son esprit

semblait avoir rendu toute sa verve à Jo. Il servit le thé et tendit une tasse à Simon.

– Peut-être bien que tu peux, estima-t-il en se calant à nouveau contre le dossier de son fauteuil, sa tasse à la main. Il est vrai que tout cela n'est pas simple, ajouta-t-il tout de même.

Simon craignit un instant qu'il s'échappe à nouveau dans son interminable rêverie. Cette fois, pourtant, elle ne s'éternisa pas. Jo parut aboutir rapidement à une conclusion qui lui convenait.

– Rien à faire, dit-il. Avant toute chose, il faut que je te raconte. J'aime autant te prévenir : ce ne sera ni bref ni simple. Tu es prêt ?

Simon, à tout hasard, acquiesça du menton.

– C'est bon, dit Jo. Alors, allons-y !

Il eut de la main un vaste geste englobant toute la pièce et son mobilier.

– Pas mal, hein ?

Simon, bien sûr, ne put que confirmer.

– Eh bien, mon petit vieux, tu me croiras si tu veux, mais c'est de famille... Enfin, presque !

34

L'aïeul Beaufrémont était un personnage dont son lointain descendant Josserand-Athanase n'était pas peu fier ! Fils d'un pauvre laboureur sans la moindre fortune, il avait très bien su bâtir la sienne en profitant de toutes les campagnes dans lesquelles le second Empire, en courant vainement après la gloire du premier, avait usé tout son crédit.

Cet Athanase-là – car il se prénommait Athanase – n'avait pas craint de suivre les armées impériales en Crimée, au Mexique, dont il avait bien failli ne pas revenir, et même en Algérie où il avait parachevé l'établissement d'un petit magot qui, sans le faire Crésus, lui assurait au moins de s'affranchir une fois pour toutes de la misère qu'il avait connue étant enfant.

Il était revenu au pays, y avait acquis une propriété à la mesure de ses nouveaux moyens et du courage qu'il se sentait pour la mettre en valeur. Il avait pris femme et, s'étant retrouvé ainsi établi, s'était empressé de lui faire une demi-douzaine de rejetons.

La bonne fortune, à l'aune du temps, ayant voulu que la moitié de ceux-ci soient de sexe masculin, il se mit en devoir, aussitôt qu'il le put, de les dresser de telle manière qu'ils en viennent le plus vite possible à le relayer dans l'exécution de ses tâches. Si courageux qu'on soit, on finit tout de même, passé un certain âge, par se lasser et par aspirer à un juste repos.

Il en était rendu là, plus occupé, désormais, à surveiller l'ouvrage des autres qu'à l'effectuer lui-même, lorsqu'il fit la rencontre qui devait bouleverser sa vie et établir celle de ses descendants sur un pied que n'aurait jamais pu imaginer son pauvre laboureur de père.

Par une belle matinée d'automne, son chien furetant devant lui, il allait par ses champs, la canne à la main, vers un lointain labour qui ne pouvait évidemment se faire sans qu'il s'en assurât. Il longeait la lisière d'un bosquet lorsque le chien, qu'il avait vu pénétrer dans le taillis, le nez sur quelque fumet laissé là par un gibier de passage, se mit à aboyer furieusement. Il connaissait bien l'animal. Il savait, au seul son de sa voix, reconnaître les raisons pour lesquelles il croyait bon d'alerter. Quelqu'un se cachait dans ce bosquet. Athanase, n'écoutant que son courage, fit de sa canne un gourdin et entra à son tour dans le taillis.

Le spectacle qu'il y découvrit ne manqua pas de le remplir d'aise. On aime toujours à se sentir le plus fort, *a fortiori* quand on a le sentiment qu'il y va de la défense de son bien. Le chien, il est vrai, s'en donnait à cœur joie. Il avait coincé contre un arbre un individu étrange qui, loin de chercher à apaiser sa colère, avait la malencontreuse idée d'agiter fébrilement devant lui une ridicule petite pioche que l'animal cherchait furieusement à attraper.

D'un mot, Athanase le calma, mais il ne le fit pas reculer pour autant. Le quidam, prudent, resta où il était. Athanase s'enquit de ce qu'il faisait là, sur sa propriété. Il eut la surprise de s'entendre répondre fort courtoisement qu'il avait affaire à un géologue en plein travail. La curiosité naturelle de l'un s'accommodant fort bien du plaisir que ressentait l'autre à étaler son savoir, ils devinrent les meilleurs amis du monde. Et c'est ainsi qu'Athanase, stupéfait mais très vite conscient du bénéfice qu'il pourrait tirer de l'affaire, eut la primeur de la nouvelle : le sous-sol de ses terres recelait en grande quantité un étrange minerai aux beaux reflets mauves et verts dont l'industrie sidérurgique en plein développement avait le plus grand besoin.

L'homme était entreprenant ; il l'avait déjà démontré. Il n'attendit pas qu'on vienne lui dire ce qu'il avait à faire. Détachant un de ses fils des tâches agricoles devenues secondaires, conseillé par son ami le géologue, il le mit à la tête d'une entreprise d'extraction de minerai et s'en alla lui-même proposer aux maîtres de forges le résultat des premières tailles.

Ainsi vint la fortune des Beaufrémont. Elle crût tant et si bien qu'Athanase, avant de mourir, eut encore le temps de racheter le château dont sa ferme, au temps de la splendeur des seigneurs du lieu, avait été la plus proche dépendance. Ces petits aristocrates de campagne avaient fini d'user leurs rentes. Quelques mauvais placements les achevèrent. Athanase eut le tout, la pierre, ce qui restait de la terre et les meubles pour une somme rondelette, qui évita la misère totale aux vendeurs, mais n'écorna même pas la coquette fortune qu'il légua à ses enfants.

Ce fut l'aîné de ses fils qui reprit le flambeau. D'artisanale, l'affaire devint quasiment industrielle. Et la folie des grandeurs se saisit de Josserand – car celui-là se prénommait Josserand – qui se mit en tête d'acquérir un titre nobiliaire. Pourvu qu'on en ait les moyens, ce qui était de plus en plus son cas, la chose, en ces temps-là, ne présentait pas trop de difficultés. Il devint donc comte mais n'en resta pas moins Beaufrémont pour l'état civil. Cela le chagrina. Il y avait bien la solution couramment employée d'adjoindre à ce nom de roturier celui de leur lieu de résidence, la préposition prenant alors avantageusement des allures de particule. Après tout, n'était-ce pas là l'origine de presque toutes les vraies ?

Le lieu-dit avait la malencontreuse idée de se nommer « Les Graveleux »... Beaufrémont des Graveleux... D'abord ce pluriel disgracieux, et puis ce nom : Graveleux... Il y renonça. C'est en inspectant, un jour, les impressionnantes tailles d'où l'on extrayait le minerai auquel il devait sa fortune, que la solution lui apparut.

Ni galeries ni véritables carrières, pour cette exploitation qui, dans ses premiers temps, s'était contentée de gratter le sol. Sous une couche arable d'ailleurs modeste, le précieux minéral affleurait. On s'était contenté de suivre les veines épaisses qu'il formait, prises entre des parois de solide granit dont on ne risquait pas qu'elles s'éboulent. Cette avantageuse configuration avait permis que s'enfoncent loin dans le sous-sol, avec un minimum d'étayage, des tailles qui s'étaient agrandies avec le temps. Alors que, négligemment appuyé sur sa canne à pommeau d'argent, le comte Josserand Beaufrémont surveillait la remontée de quelques wagonnets, elles avaient acquis des proportions assez gigantesques, atteignant parfois plus de cent mètres de profondeur et zébrant la colline sur des longueurs considérables.

Un contremaître accompagnait Josserand. Ils étaient du même âge et avaient déniché les pies ensemble, au temps où la réussite des Beaufrémont ne les avait pas encore totalement différenciés du commun des mortels.

– Quelle riche idée il a eue, ton père, tout de même, avec ces tailles ! dit l'homme qui n'était pas à une flatterie près.

Josserand acquiesça. Il aurait eu mauvaise grâce à ne pas le faire. La réflexion du flagorneur avait pourtant éveillé son intérêt. Riche idée que ces tailles... Tailles riches – c'était le moins qu'on pouvait en dire. Richetaille... De Richetaille... Beaufrémont de Richetaille ! Josserand Beaufrémont de Richetaille !

On était au tournant du XIXe siècle. Pour quelques années encore, il allait briller des mille feux d'un luxe tapageur et facilement tape-à-l'œil qui n'avait d'égal que la misère du peuple. Encore que celui-ci commençait tout de même à s'en lasser et à réclamer sa part du gâteau. Il obtint surtout les tranchées de la Grande Guerre et la sidérurgie, appelée à fournir des quantités astronomiques de canons, passa vite ses fantaisies nobiliaires au comte Josserand Beaufrémont de Richetaille pourvu qu'il continue de lui fournir toujours plus de son beau minerai aux reflets mauves et verts.

Déjà, pourtant, ingrate, la famille se détachait du lopin de terre et de cailloux auquel elle devait tout. Certes, le château et son parc restèrent ses points de ralliement. On venait en vacances à Richetaille. On s'y retrouvait à l'occasion de réunions de famille de plus en plus vastes. Les années folles d'entre les deux guerres virent s'y dérouler des fêtes plus somptueuses les unes que les autres, mais, à l'exception de Josserand et de son épouse que seule la mort put éloigner, on n'y vivait plus.

Sur la fin de sa vie, Josserand eut la sagesse de prendre

la mesure de l'inévitable évolution. Il fit de la mine et de ses installations une société dont l'essentiel du capital restait évidemment familial, mais qu'il ouvrit suffisamment au monde de la finance et de l'industrie pour que l'affaire se pérennise, avec ou sans un Beaufrémont de Richetaille à sa tête.

Précaution pleine de bon sens, car il en va des techniques et des industries comme des hommes : elles passent, vieillissent et disparaissent. Dans les années cinquante, la sidérurgie déjà soucieuse d'une rentabilité qui n'allait pas tarder à tenir lieu de religion au monde occidental, décréta que ses bons vieux fours, qui fonctionnaient au coke, étaient à jeter et qu'il les fallait maintenant chauffer à l'électricité – à moins que ce ne soit l'inverse, la seule certitude étant qu'on n'avait plus que faire du minerai de Richetaille...

La mine s'éteignit doucement dans l'indifférence générale. Il y avait beau temps que, sentant venir le vent, la société créée par Josserand avait diversifié ses activités et qu'il n'était plus un seul Beaufrémont de Richetaille pour s'intéresser aux origines de leur fortune.

De tous les descendants d'Athanase, il en fut, bien sûr, pour avoir dilapidé leur part d'héritage en moins de temps qu'il n'en faut pour le dire. Globalement, pourtant, le sens des affaires de l'ancêtre était resté solidement gravé dans les gènes familiaux. Les uns et les autres avaient plutôt bien réussi et Josserand-Athanase était du nombre.

Il avait commencé, tout frais émoulu de quelque grande école de commerce, par épouser la riche héritière d'une fortune en tous points comparable à la sienne. Ainsi établi, il n'avait eu que peu de difficultés à siéger dans un nombre suffisant de conseils d'administration et même, à l'occasion, de directoires pour que les trois enfants qu'il avait eus de cette belle union puissent à leur aise croquer à belles dents dans le patrimoine familial sans réellement l'écorner.

Les choses, pour lui, avaient commencé à se gâter alors qu'il abordait la cinquantaine. À l'âge où d'autres sont saisis par le démon de midi, Josserand-Athanase commença à se lasser. Le monde des affaires, les mondanités, le caractère pas toujours commode de son épouse, l'inconstance de sa progéniture plus occupée de plaisirs faciles, voire dangereux, que de continuité familiale, tout cela commença à lui peser de façon de plus en plus insoutenable.

Un beau matin, il renonça à nouer sa cravate. « Plus jamais je n'en porterai », décréta-t-il. Il tint parole, malgré sa femme et les sourcils froncés de ses collègues.

Lorsque, à quelques mois de là, ce fut le complet-veston gris anthracite qu'il jeta aux orties, lui préférant jean et pull à col roulé, ce fut le tollé général. Il n'en eut cure et s'obstina.

En fait, ces étonnantes façons de faire n'étaient que la partie la plus voyante de changements bien plus profonds dont, sans déplaisir, il suivait en lui le cheminement. Il était en quelque sorte le spectateur attentif de sa propre mutation. Il avait très vite compris que, s'il était vrai qu'il ne trouvait plus aucun charme à la vie qu'il avait menée jusque-là, c'était parce que Richetaille et surtout le site abandonné de la mine le fascinaient.

Toujours bien indivis de la famille, le château ne recevait plus beaucoup de visites. Organiser des fêtes ou des réunions de famille dans cette immense bâtisse loin de tout n'intéressait plus personne. Il fallait la ville, ses lumières, ses commodités, ses plaisirs, aux nouvelles générations. De loin en loin, il arrivait qu'une passe difficile amène l'un ou l'autre des héritiers à lancer l'idée sacrilège de vendre, mais il en était toujours assez pour se récrier. Le château restait dans la famille sans que, au fond, on sût très bien pourquoi.

L'épouse de Josserand-Athanase exécrait son séjour. Ses enfants gardaient une vague nostalgie de quelques vacances passées dans son parc, mais cela ne faisait pas un consensus suffisant pour qu'il puisse les décider à l'y suivre. Lui, pourtant, en gardait un souvenir radieux. Durant toute sa vie d'homme d'affaires, cela fut comme son jardin secret. Sans que jamais ses collègues puissent imaginer cette stupéfiante dérive, il occupa ainsi une quantité astronomique de conseils d'administration, plus ennuyeux les uns que les autres, à se repasser le film de ses souvenirs des grandes pièces du château, de son parc, de la nature environnante...

Le déclic se produisit lorsqu'il fut mandaté par la famille, bien loin de se douter des conséquences qu'allait avoir cette décision, pour aller discuter sur place d'un projet de reprise de la friche industrielle. Le projet ne tenait pas debout, mais, surtout, ses promoteurs, lorsqu'ils virent l'état du lieu, n'eurent plus qu'une idée : se sauver au plus vite !

Josserand-Athanase ne chercha évidemment pas à les retenir. Il s'offrit le plaisir de plusieurs jours en solitaire au château.

La vieille Angéline n'avait pas hésité à abandonner temporairement la retraite paisible qu'elle vivait à quelques kilomètres de là pour venir lui assurer un service dont il aurait été bien incapable de s'acquitter seul. À bien des années de là, alors que, fraîche jeune fille, elle servait en extra à l'occasion des fêtes qui se donnaient encore au château, ils s'étaient mutuellement apporté une aide appréciable dans l'exploration de plaisirs auxquels la virginité de l'une et le pucelage de l'autre n'avaient pas survécu ! C'est là le genre de souvenirs qui, à tout âge de la vie, vous crée des liens !

Il vécut là un séjour de rêve. Passant outre aux avertissements donnés par les gens du pays, il osa s'aventurer au plus profond de l'inextricable taillis qui s'était rendu maître des dizaines d'hectares de collines que les tailles, dont plus personne ne détenait les plans et que rien ne signalait, rendaient particulièrement dangereux.

– Vous vous y casserez le cou. Et personne ne viendra vous chercher ! tempêtait Angéline.

Il n'en fit bien sûr qu'à sa tête, se paya de belles sueurs froides lorsque, au détour de quelque buisson trop épais, il lui arriva de retenir *in extremis* le pas de trop qui l'aurait fait basculer dans le vide, parvint peu à peu à se familiariser suffisamment avec ce lieu étrange pour pouvoir y circuler presque librement et découvrit alors avec ravissement l'intensité de la vie sauvage qui l'avait colonisé.

Ce fut pour lui une révélation. Le citadin, l'habitué des salons les plus huppés, l'homme d'affaires compassé se prit de passion pour ce rectangle de nature d'abord défiguré, balafré, profondément chamboulé par l'activité débordante de sa famille, puis si longtemps oublié qu'il avait eu le temps de se réinventer une sorte de pureté originelle. Il y suivait la trace d'animaux tellement déshabitués de la présence humaine que c'était à peine s'ils manifestaient de la crainte à son approche. Il comprit pourtant tout de suite qu'il ne fallait pas abuser de cette rare confiance. Il ne chercha pas à les déranger plus que de raison. Il se contenta de les regarder vivre à distance et fut émerveillé par le spectacle qu'il découvrit.

L'affaire fut entendue après que Josserand-Athanase, descendu en fin de journée au pays pour y acheter un paquet de cigarettes, n'en fut revenu que fort tard dans la nuit, sérieusement éméché. Une tournée en appelant une autre, la soirée passée au bar du café-restaurant-tabac-gaz-épicerie, en compagnie de deux ou trois bûcherons, du facteur et du boucher, l'avait définitivement réconcilié avec l'existence !

– J'ai trouvé des hommes ! glapit-il aux oreilles effarées d'Angéline lorsque celle-ci prétendit lui faire quelques remontrances. Ne trouves-tu pas cela extraordinaire ? Il m'a fallu attendre d'avoir dépassé le demi-siècle d'existence pour rencontrer enfin des hommes ! Tu ne crois tout de même pas que je vais les oublier aussitôt que découverts !

Ce fut au retour de ce voyage en tous points remarquable que sa décision de ne plus porter de cravate devint irrévocable, mais le jean et le pull à col roulé ne furent que passagers. Rapidement, Josserand-Athanase, qui revendiquait de plus en plus le diminutif de Jo, attribué en toute simplicité par ses nouveaux amis, ressentit le besoin de se construire une nouvelle image. Celle, à base de velours côtelé, de guêtres impeccablement cirées et d'amples redingotes, qui, selon lui, cadrait le mieux avec ce qu'il entendait paraître, ne pouvait évidemment pas s'harmoniser longtemps avec son existence citadine et de moins en moins mondaine.

Son épouse tenta de se gendarmer... En vain : il en rajouta. Elle préféra vite le cacher, ne plus s'afficher avec ce personnage excentrique. Cela lui convint très bien. Elle allait de son côté, lui du sien. Il devint coutumier du chemin du château de Richetaille et surtout de l'immense friche où il se confondait de plus en plus et avec ravissement aux faunes locales, hôtes les unes des terriers et des failles, l'autre du café-restaurant-tabac-gaz-épicerie...

Encore cet arrangement ne lui convint-il qu'un temps. Il consentit à un dernier et louable effort, à l'occasion du mariage de sa fille. Sa cadette avait eu l'excellente idée de s'amouracher d'un polytechnicien de bonne famille. Les deux aînés étant casés depuis belle lurette, Josserand-Athanase se sentit enfin libre de son choix et de devenir enfin Jo à part entière.

Après avoir consulté Angéline, qui consentit de bonne grâce à rempiler à plein temps pour son service, il mit de l'ordre dans ses affaires, fit en sorte de pouvoir mener, à Richetaille, le train de vie qui lui semblerait bon sans que son épouse ait en quoi que ce soit à réduire le sien ; il démissionna de tous ses conseils d'administration et, enfin libre, vint s'installer une fois pour toutes dans les pantoufles de ses aïeux.

Bien sûr, le château étant toujours dans l'indivision, il ne se trouvait être que l'obligé de sa famille. Cela le chagrina bien quelque temps. Ses chers apparentés, et tout particulièrement sa femme, étaient pourtant tellement contents d'être débarrassés de lui qu'il fut vite rassuré : il ne risquait pas de les voir revendiquer quelque part que ce soit de l'usage d'un château dans lequel, au demeurant, ils ne mettaient plus les pieds depuis longtemps.

En toute quiétude, Josserand-Athanase Beaufrémont de Richetaille, dit plus communément Jo, put à son aise soigner l'image qu'il s'était octroyée du hobereau local épris de nature, au point qu'on eut tôt fait d'oublier le demi-siècle ou presque de complet-veston.

35

– Bientôt quinze ans que ça dure ! rugit Jo. Et si ce n'était l'âge qui vient, je pourrais affirmer que je suis le plus heureux des hommes !

Il se rembrunit pourtant et parut se tasser dans le fond de son fauteuil. Son regard se perdit dans les flammes de la cheminée sur laquelle, le soir venant, Angéline était venue ajouter quelques bûches.

– Enfin, presque..., ajouta-t-il sur un ton sinistre.

Simon, qui avait pris plaisir à entendre le récit que le comte avait cru bon de lui faire de l'histoire peu ordinaire de sa famille, leva un sourcil étonné. Jusque-là gouailleur et fort en gueule comme à son habitude, Jo laissait tout à coup transparaître des signes alarmants d'abattement. Simon, pourtant, se garda bien de rompre le silence. Le comte était manifestement en veine de confidences. Les explications n'allaient pas manquer de venir.

– On vit tout de même une drôle d'époque ! finit-il par reprendre de façon totalement inattendue. Sois tranquille dans ton coin à ne rien demander à personne, et tu peux être sûr du coup : il y en aura toujours quelques-uns pour venir t'enquiquiner et trouver mille raisons, jusqu'aux plus altruistes, pour te démontrer qu'il est, de ta part, de l'égoïsme le plus étroit de vivre ton petit bonheur peinard. Bien sûr, ça n'a pas manqué ! À croire qu'ils n'ont que ça à faire.

Le ton était certes à la colère, mais, de façon bien surprenante, avec des accents presque désespérés. Simon se surprit à avoir presque pitié du gros homme tassé là, devant lui, dans ce fauteuil monumental dont il semblait tout à coup ne plus occuper qu'un coin.

– L'intercommunalité ! gronda tout à coup le comte. Tu connais ça, toi, l'intercommunalité ? C'est nouveau, à ce qu'il paraît. On regroupe les villages en intercommunalités, maintenant. Misère plus misère égale misère plus grande encore ! Ah mais alors, des projets ! Alors ça, grandioses, les projets ! Non pas des projets productifs, bien sûr : c'est passé de mode. Des projets sociaux, des centres de loisirs, des campings, des colonies de vacances... On ne dit plus comme ça, je sais. N'empêche que ça revient au même. Et pourquoi pas une colonie de vacances dans le château, pendant qu'ils y sont ? Crois-tu qu'ils seraient à ça près ? Et le pire, c'est la famille ! Mais bon Dieu, c'est qu'ils seraient prêts à vendre, ces cochons-là. On leur promet trois sous, les voilà excités comme des puces. Comme s'ils en avaient besoin ! Et moi, là-dedans ? Je deviens quoi, moi ?

Cette fois la colère était bien noire et cela, d'une certaine façon, rassurait Simon.

– Parce qu'ils veulent vendre ? hasarda-t-il sur le ton le plus alarmé.

Jo parut tout à coup se souvenir de sa présence. Il se redressa dans son fauteuil, tapa sèchement du poing sur l'accoudoir.

– Ce n'est pas encore fait, tu peux me croire, gronda-t-il.

Il dut alors réaliser que tout cela ne devait pas paraître très clair à Simon.

– Il faut que je t'explique, reprit-il en s'efforçant d'apaiser sa voix. Imagine-toi que l'intercommunalité du coin a décidé – c'est fou ce qu'ils décident, ces gens-là ! – de créer – tiens-toi bien – un... attends voir... comment ils appellent ça, déjà ? Ah oui : un complexe de séjours et de loisirs. Oui, monsieur, rien que ça ! Un complexe ! Je t'en foutrais, moi, des complexes ! Et tu sais où ils ont décidé de le planter, leur complexe ? Je te le donne en mille : tu ne devineras jamais. Sur ma friche, à la place de la mine, entre les tailles ! Ils ne savent même pas où elles sont, les tailles. Ils se seront tous foutus dedans avant même qu'il existe, leur complexe. Et ce serait très bien comme ça si, comme je les connais, ils ne venaient pas tout saccager avant de s'y planter. Non mais, tu y crois, toi ? Un complexe de séjours et de loisirs sur un terrain si dangereux que, depuis un demi-siècle, je suis le seul à avoir osé m'y aventurer. Même les chasseurs ne s'y hasardent pas. C'est pour te dire ! Peut-être bien qu'ils comptent sur moi pour leur indiquer le chemin ! Qu'est-ce que tu en dis ?

Simon, à vrai dire, se sentait quelque peu démuni d'opinion valant d'être exprimée. La plus élémentaire des courtoisies le poussa néanmoins à abonder dans le sens de son hôte.

– N'importe quoi ! dit-il sans trop se mouiller.

Une idée, pourtant, lui vint qui pouvait à la rigueur donner de lui l'impression qu'il s'intéressait à ce qu'on lui racontait.

– Mais, attends, reprit-il. Ce terrain, il appartient à ta famille. Ils ne peuvent pas vous obliger à vendre.

Jo eut de la main un geste de dépit.

– Si seulement ! dit-il. C'est que c'est bien plus compliqué que ça. Quand grand-père Josserand a constitué la société, entre les deux guerres, selon les documents qu'on m'a fournis, il lui a tout apporté, foncier, bâti, machines et tout le reste. Bon, je sais, cette société, aujourd'hui encore, nous y sommes majoritaires. Mais enfin, on n'y est tout de même plus seuls. Et puis, tu penses ! Ce terrain, qu'est-ce qu'elle en a à faire ? Depuis le temps, plus personne ne se souvient, dans la boîte, qu'elle a commencé en exploitant une mine. Alors, trois sous qui arrivent comme ça sans prévenir, c'est toujours bon à prendre.

– Tu as tout de même ton mot à dire.

– Si peu !

À nouveau, il semblait totalement abattu. Il eut pourtant vers Simon un regard presque amusé, comme s'il ne perdait pas tout espoir de leur jouer un tour à sa façon.

– Encore que..., dit-il.

Simon le sentait hésitant à la façon d'un enfant qui sait que sa demande va braver un interdit.

– Encore que quoi ? voulut-il l'encourager.

Jo, apparemment décidé, se redressa vivement.

– Veux-tu m'aider ? demanda-t-il une nouvelle fois.

– Ça dépend ! Si je peux...

– Tu as fait ton droit ?

– Mon droit ? Pas exactement, mais enfin, j'ai fait du droit. Ce n'est pas tout à fait la même chose. J'ai fait une école de commerce et, dans le programme...

– Alors, tu peux m'aider ! trancha Jo.

Il se leva vivement et traversa la pièce à grandes enjambées.

– Attends-moi. Je reviens.

Il réapparut presque aussitôt, brandissant une liasse de feuilles dactylographiées que Simon s'empressa de recueillir avant que l'énergie des gestes de son hôte les mît en pièces.

– Regarde, dit Jo, et dis-moi ce que tu en penses.

Autant que Simon put en juger d'un coup d'œil rapide et dans la demi-pénombre de la pièce, il ne s'agissait ni plus ni moins que de l'acte de cession de la mine et de ses biens à la société constituée par Josserand Beaufrémont de Richetaille. Le document n'était pas d'une lecture aisée et il était constitué d'un nombre de pages suffisant pour que Simon, aussitôt qu'il l'eut identifié, en relevât le nez.

– Et alors ? demanda-t-il.

D'un doigt autoritaire, Jo insista.

– Page huit, dit-il. Va page huit et dis-moi s'il n'y a pas quelque chose qui t'étonne.

Simon feuilleta, atteignit la page huit, et n'eut pas à la détailler pour remarquer aussitôt ce qui, vraisemblablement, justifiait le propos du comte. Plusieurs phrases étaient barrées et remplacées par un texte manuscrit assez bref en marge duquel les signataires avaient apposé leur paraphe. Simon tourna la feuille vers la modeste lumière dispensée par une lampe posée sur une commode. Il plissa les yeux, chercha à déchiffrer, n'y parvint pas.

– En cas de cessation d'activité de la mine de Richetaille, récita le comte d'une voix monocorde, nonobstant toutes clauses contraires, présentes ou à venir, les parcelles de terre cadastrées – suit une série de numéros que je n'ai pas en tête, mais dont je peux te dire qu'ils correspondent : j'ai contrôlé ! – reviendront en toute propriété au cessionnaire ou à ses descendants directs... Qu'est-ce que tu dis de ça ?

Il fit mine de se pencher avec gourmandise vers Simon.

– Dois-je te préciser, jubila-t-il, que le descendant le plus direct qui puisse se trouver, c'est moi !

– Eh bien alors ? s'étonna Simon. L'affaire est réglée. Je ne vois pas où est le problème.

Sans la moindre transition, le sourire épanoui de Jo avait été effacé par un front barré de rides et l'air le plus soucieux que Simon lui ait jamais connu.

– Tu crois ça, toi, geignit-il. Le document que tu as en main, c'est un des originaux, celui conservé par le grand-père Josserand. C'est dans ses papiers que je l'ai retrouvé. Or, cette petite correction dont je viens de te réciter la teneur – tu penses si je la connais par cœur ! – plus personne n'en fait mention, ni dans ma famille, ni à la société. Alors, tu imagines leur tête si, comme par hasard, c'était moi qui la ressortais.

Ce n'était certes pas là la conversation que s'attendait à avoir Simon en quittant, le matin même, le pauvre campement de ses amis les bûcherons. Il ne chercha pourtant pas à éluder.

– Et alors ? répéta-t-il de plus en plus surpris par les hésitations de l'ancien homme d'affaires. Quoi de plus normal que ce soit toi qui mettes en avant ce qui est ton droit ? Il faudra bien qu'ils sortent eux aussi les originaux du contrat, et, s'ils ne les ont plus, ce qui serait tout de même surprenant, qu'ils en demandent copies au notaire ou au tribunal de commerce. Il n'y a pas à avoir fait son droit pour savoir ça.

– Tu crois ?

On eût dit la voix d'un enfant encore incrédule lorsque la réalité rejoint son rêve le plus cher. Simon ne put s'empêcher d'éclater de rire.

– Mais bien sûr que je le crois. J'en suis même certain. Tu n'as rien à craindre. Puisque, apparemment, tous les signataires ont paraphé, chaque exemplaire du contrat porte la même rectification. Un renvoi à prouver, que ça s'appelle. Tu n'as rigoureusement rien à craindre.

– Ah bon...

Jo n'arrivait toujours pas à avoir l'air convaincu.

– Allez, explique-moi. Qu'est-ce qui te chagrine, là-dedans ? voulut l'aider Simon.

Jo eut une moue dubitative en même temps que, le regard à nouveau perdu dans les flammes du foyer, il haussait les épaules.

– Je ne sais pas bien, dit-il piteusement. Je n'y connais rien, moi, à tous ces trucs. C'est d'une complication ! Tu comprends, quand il m'arrivait de me trouver face à un problème de ce genre, jadis, je le soumettais au service juridique de la boîte ; il me donnait une réponse argumentée ; je m'y tenais scrupuleusement, et le tour était joué. Il arrivait même que j'arrive à passer pour un vrai spécialiste !

» Alors que là, non seulement je n'ai pas de service juridique à ma disposition, mais te rends-tu compte de ce dont il s'agit ? Des intérêts de quelques renards, d'une harde ou deux de sangliers, d'une ribambelle de lapins, d'oiseaux plus ou moins migrateurs, de mon copain le blaireau sans oublier les chevreuils et les écureuils ! Je n'arrive pas à croire qu'on puisse leur appliquer les mêmes règles qu'aux sociétés.

Une fois de plus, Simon éclata de rire. Derrière le personnage quelque peu matamore du comte fort en gueule, lui apparaissait une tout autre réalité qui l'amusait beaucoup. Aurait-il pu imaginer, depuis qu'ils s'étaient rencontrés, sur le chemin, le long de la rivière, que ces apparences pour le moins impressionnantes cachaient une telle pusillanimité ?

– Que diable ! s'exclama-t-il, il faut te défendre, monter

au créneau ! Tu as en main un atout maître. Qu'attends-tu pour le jouer ? Tu es gagnant à tout coup.

Le proclamer était une chose, en convaincre Jo en était une autre.

– Si tu pouvais avoir raison, se lamenta-t-il, mais ce n'est pas si simple. Sais-tu ce que c'est, toi, qu'une famille ? Des requins ! Mes lapins, mon blaireau et mes chevreuils, ils s'en moquent. Tout ce qui compte pour eux, c'est l'argent... Sais-tu qu'ils ont même proposé de vendre le château avec la friche ? Pour un complexe de séjours et de loisirs ! Est-ce que tu te rends compte ? Tout ça pour en faire un complexe de séjours et de loisirs... Et moi, là-dedans, qu'est-ce que je deviens ?

On en était revenu au point de départ, la colère en moins. Simon la regrettait déjà. Il n'aimait pas cette nouvelle vision que Jo lui donnait de lui-même.

– Tu m'as demandé mon aide, tenta-t-il. En quoi cela consisterait ?

Jo, toujours perdu dans la contemplation morose des flammes, se contenta de hausser les épaules.

– À quoi bon ? dit-il. Tu m'as donné ton point de vue. Je n'en demandais pas plus. Tu as sans doute raison. Il va falloir que je me batte. Si tu savais ce que ça m'ennuie... Seul contre tous, une fois de plus.

Si Simon, à quelques heures de là, s'était attendu à devoir réprimer en lui le vilain sentiment de pitié que lui inspirait le comte ! Il aurait aimé le secouer, trouver les mots susceptibles de le réveiller, de le rendre pareil au truculent personnage qu'il avait eu la surprise de voir arriver au camp de ses amis bûcherons. Il eut tout à coup une idée. Sans trop en peser le pour et le contre, il la lança, à tout hasard.

– Et Arsinoé ? Pourquoi tu n'en parles pas à Arsinoé ?

Jo fut brutalement pris d'une sorte de haut-le-corps

qui fit tressauter sa grande carcasse dans son imposant fauteuil.

– Arsinoé ! s'exclama-t-il. Non mais, tu n'y penses pas ? Ne me dis pas que tu n'as pas eu droit à sa grande théorie des descendants d'Abel et des enfants de Caïn. Tu l'as eue ? Bien sûr ! Et il t'a promu au rang des possibles descendants d'Abel. Vrai ou faux ? Tu vois ! Bienvenue au club ! Moi aussi, à ce qu'il paraît, j'en ferais partie. Depuis que je me suis racheté en venant m'installer ici, évidemment. Alors, tu imagines ce qu'il va me répondre, si je lui pose la même question qu'à toi ? On parie ? Pour le coup, j'en mets ma main au feu, M. Arsinoé ne fera plus partie de l'humanité. C'est tellement commode !

Que Jo s'anime à nouveau n'était pas pour déplaire à Simon. D'ailleurs, il tenait à son idée.

– C'est justement ! provoqua-t-il.

Jo eut l'air sidéré.

– C'est justement quoi ?

– Sur la forme, tu te fiches de son avis. Juridiquement, tu es dans ton droit, il n'y a pas à en revenir. C'est sur le fond que tu te poses des questions. Vaut la peine, vaut pas la peine d'engager la bagarre ? Et là, Arsinoé peut avoir son point de vue. Tu n'as pas remarqué ? C'est sa façon de faire. Sous prétexte de se retirer de l'humanité, il n'a pas son pareil pour t'indiquer comment, selon lui, tu devrais t'y comporter !

Le regard de Jo, comme le petit sifflement qu'il émit, traduisirent toute son admiration.

– Vrai, tu l'as drôlement bien jugé, l'ami Arsinoé, complimenta-t-il. C'est qu'il n'est pourtant pas toujours facile à saisir, l'oiseau.

Sans lâcher Simon des yeux, il parut quelques instants se perdre dans les raisons et peut-être les souvenirs qui lui permettaient d'être si catégorique. Puis, devant Simon effaré, très paisiblement, il lâcha :

– Il est vrai que, pendant le temps où tu as été là-haut, tu lui as donné plutôt deux fois qu'une l'occasion de te conseiller !

– Qu'est-ce que tu veux dire ?

Les rôles, une fois encore, étaient totalement inversés et c'était au tour de Simon d'être suspendu aux mots qu'allait prononcer Jo.

– Je veux dire simplement, reprit celui-ci en feignant de ne rien voir de l'inquiétude qui s'était saisie de Simon, que tu as mené joyeuse vie, là-haut ! Pas vrai ? Remarque, tu aurais eu tort de t'en priver. Une affaire que la Ermi ! Dangereuse, mais une affaire tout de même. Dommage pour toi qu'il y ait eu le coup de la grange. Ah ! Sigismond, il faut le prendre comme il est. Pas méchant bougre, mais un peu vicelard. Et alors, la tête près du bonnet ! C'est le moins qu'on puisse en dire. Tu es bien placé pour le savoir.

Tout à coup raide comme un piquet sur son fauteuil, Simon crut un moment que la brutalité de la douche froide qu'il venait de subir l'empêcherait de reprendre son sang-froid. Il dut faire un gros effort sur lui-même pour résister à la folle envie qui lui était venue de se sauver. La peur, la peur folle qui l'avait jeté dans une fuite éperdue, après qu'Ermi lui eut jeté ses effarantes vérités à la figure, lui tenaillait à nouveau le ventre. L'avait-on à ce point endormi ? Tous ces beaux discours n'avaient-ils eu d'autre fin que de le faire tomber dans le piège dont il ne se méfiait plus ?

Jo, apparemment indifférent, se leva et alla jusqu'à la cheminée sous prétexte de relever une bûche qui avait roulé hors du foyer. Il agita quelques instants le tisonnier et les pinces à feu, les reposa, puis se redressa brutalement et fit face à Simon qui n'avait toujours pas trouvé la force de répondre.

– Non ? demanda-t-il brutalement.

– Heu..., fit Simon éberlué. Non ? Comment ça, non ?

– Eh bien, le Sigismond, qu'est-ce que tu en dis, du Sigismond ? Il n'a pas la tête près du bonnet, selon toi ?

– Heu... Oui, bien sûr. Mais enfin...

Jo ne laissa pas à Simon le temps d'aller au bout de ses idées d'ailleurs bien confuses.

– C'est vrai qu'il faut comprendre, dit-il. Tu lui as peut-être donné quelques raisons d'être en colère, à ce pauvre vieux Sigismond !

Il avait retrouvé toute sa gouaille et sa voix de stentor recommençait à faire trembler les assiettes anciennes qui décoraient le manteau de cheminée. Simon, si perspicace l'instant d'avant, était totalement désarçonné et bien incapable de comprendre que Jo se payait sa tête.

– Mais je n'y étais pour rien, dans toute cette affaire, prétendit-il se défendre en toute maladresse.

Jo, debout devant la cheminée, rendu plus impressionnant encore par l'auréole de feu que lui faisait celle-ci, éclata d'un rire monstrueux.

– Il n'y était pour rien ! beugla-t-il tout à coup en continuant de rire à gorge déployée et en se donnant des grandes claques sur les cuisses. Voyez donc le Tartuffe ! Il n'y était pour rien ! Et la Ermi, qu'est-ce qu'elle en disait ? Que tu y étais pour rien quand elle braillait de plaisir sous toi ? Ah ça, son plaisir, elle sait le prendre, la garce ! Et elle sait plus encore faire savoir qu'elle le prend ! Vingt dieux d'ours d'un brame ! Ose me dire que tu ne l'as pas entendu plutôt deux fois qu'une, le brame à la Ermi ! Hein, ose me le dire !

Simon ne savait plus où se mettre. Il ne savait même plus comment se tenir sur un fauteuil.

– Oui, bien sûr..., admit-il, espérant que sa concession ferait cesser la torture.

Le rire assourdissant de Jo s'apaisa en effet. Il fallut encore que s'estompent les hoquets que lui avait occasionnés ce trop grand épanchement.

– Pour le reste, reprit-il enfin d'une voix presque normale, la grange, le feu, je sais bien que tu n'y es pour rien. N'empêche, vieux gars, tu as pris des fameux risques. S'il t'avait mis le grappin dessus dans un coin un peu isolé, le Sigismond, sûr que tu ne serais pas ici à me faire la conversation.

Un long moment, le regard plein de commisération rétrospective, il contempla Simon qui, rassuré mais plus gêné qu'autre chose, se faisait aussi petit qu'il le pouvait dans son fauteuil. Puis il vint se rasseoir.

– N'empêche, dit-il, est-ce que tu te doutais, toi, quand tu traversais tous ces pays en voiture, avant de venir y fourrer ton nez, qu'ils grouillaient de toute cette vie-là ?

Le regard à nouveau perdu dans les flammes du foyer, il hochait doucement la tête.

– C'est à ne pas croire, continua-t-il. Il y a des moments, je me dis comme ça que, tout ça, ce n'est peut-être pas vrai... C'est comme un rêve... Oui, c'est bien ça : un rêve. Tu sais, ces rêves où il se passe tant de choses. Tu te réveilles le matin, tu es sûr d'avoir rêvé. Tu en revois même des morceaux, de ton rêve. Et puis, cinq minutes après, tu n'es plus fichu de t'en souvenir... Oui, comme un rêve... Peut-être, demain, on aura tout oublié.

Dans la grande salle que le soir tombant rendait de plus en plus sombre, ils restèrent un long moment silencieux, comme s'ils se plaisaient à caresser, chacun pour soi, cette idée de rêve. Puis, tout à coup, avec cette brutalité qu'il aimait afficher, Jo se redressa. Il administra une claque retentissante sur l'acte notarié qu'il avait posé sur un guéridon, à côté de lui.

– Et ça ? glapit-il. C'est un rêve, ça ? Les salauds ! Tu as raison : il va falloir que je me batte. Un atout maître, tu dis ? Fort bien. Ils vont voir de quel bois je me chauffe !

Simon, soulagé, ne crut pas nécessaire d'exprimer sa satisfaction autrement que par un large sourire apaisé.

36

Simon ne prolongea pas outre mesure son séjour au château de Richetaille. Il y eut à cela plusieurs raisons. Après les jours passés à vagabonder de grange en gîte précaire, après avoir séjourné dans la cabane d'Arsinoé puis dans la caravane de Mamoud, le confort de la chambre bleue lui fut vite d'un grand ennui. Lui qui, jadis, aurait trouvé totalement insupportable de ne pas disposer d'un cabinet de toilette attenant à sa chambre d'hôtel, ne s'étonna même pas du paradoxe.

D'ailleurs, il parut que le chien s'y attendait. Comme à son habitude, il avait disparu le soir même de leur arrivée au château. Ni le comte ni Simon ne s'en étaient alarmés. Pourtant, il ne s'éloigna guère. Il réapparut à plusieurs reprises, comme s'il venait s'assurer que tout allait bien. Il leur fit même la surprise de jaillir d'un taillis particulièrement épais lorsque le comte fit à Simon l'honneur rare de l'entraîner sur ses pas au plus profond de la friche, sur les traces de ses amis de la sauvagine.

– Qu'est-ce que tu fabriques là ? gronda Jo à l'adresse du chien qui, nullement impressionné, levait sur lui un regard plein de détermination. Que je te prenne à déranger mes oiseaux ! Tu verras de quel bois je me chauffe.

Le chien ne leur en fit pas moins un bout de conduite,

puis il disparut comme il était venu. Simon n'en fut que plus étonné lorsque, à quelques matins de là, en sortant de sa chambre, alors que l'envie commençait à le reprendre d'aller par les chemins, il trouva le chien roulé en boule sur le tapis du couloir. Dès lors, le curieux animal ne le quitta plus.

Craignant de donner l'impression à Jo qu'il se lassait de sa compagnie, Simon ne parvint pas à se décider tout de suite. Plus le temps passait et plus lui devenait pourtant impérieux le besoin de retrouver l'isolement de la nature et le rythme de la marche. Il savait maintenant combien l'un et l'autre lui étaient indispensables pour mieux se concentrer sur lui-même et réfléchir.

Ce fut le comte qui, pour finir, le mit à l'aise.

– Voilà un chien, dit-il un soir, alors que l'animal s'était allongé de tout son long au pied de la chaise de Simon, qui entend bien te montrer encore du pays ! M'est avis que, si tu veux en profiter, tu ne devrais pas trop le faire lambiner.

Simon fut reconnaissant au comte d'avoir su lui donner ainsi avec élégance une sorte de congé que lui-même n'osait pas prendre. Il quitta le château le lendemain matin.

Il fallut pourtant que se passent plusieurs heures avant qu'il retrouve le plaisir de la marche et l'espèce de lucidité qu'elle faisait naître dans son esprit.

Semblant longer à bonne distance les montagnes qu'ils avaient eu tant de mal à franchir, le chemin, sur lequel le chien l'avait entraîné d'autorité, paressait entre les champs et les prés d'une vaste plaine que piquetaient curieusement des mottes abruptes et rocailleuses au flanc desquelles s'étaient accrochés les villages. Ils semblaient s'être ainsi tassés, dans des positions bien inconfortables, pour ne pas empiéter sur les riches cultures dont émergeaient comme des récifs ces sombres empilements rocheux. Parfois, les maisons avaient même réussi, en se serrant et se poussant du coude, à livrer les coteaux les mieux orientés aux impeccables alignements de quelques vignes.

Chemin faisant, Simon, pragmatique, vit d'abord dans ces étranges reliefs ce qu'ils étaient en réalité : les témoins immémoriaux de formidables érosions auxquelles eux seuls avaient réussi à tenir tête, pendant que s'accumulaient à leur pied d'énormes quantités de limon, future richesse de l'agriculture locale. Échevelées, caillouteuses, à jamais revêches, paraissant tolérer à peine les maisons et les vignes que leurs broussailles et leurs parois rocheuses serraient de près, ces buttes firent à Simon l'effet d'être d'éternels résistants acharnés à refuser l'abondance placide que la plaine qui les cernait consentait sans état d'âme aux hommes.

Le charme de ces villages aux toits de tuiles blondes et de ces vignes méticuleuses, environnés de verdure indomptée et de roches sombres, dressés au-dessus de l'opulence lumineuse des champs et des prés fut, pour lui, des heures durant, un vrai plaisir. Son chemin longeait parfois leurs murs les plus bas sans jamais les franchir. Il entrevoyait, entre eux, de longues échappées de ruelles en pente sur lesquelles les arbres des jardins penchaient leur ombre. Des volets entrebâillés laissaient imaginer de vastes pièces sur le carreau frais desquelles vibraient quelques rais de lumière.

Alors Simon, bercé par le rythme de ses pas comme par l'enchantement de ses yeux, retrouva son rêve. Pour la première fois, au-delà du simple décor, l'idée lui venait que des hommes et des femmes vivaient là. C'était bête, c'était l'évidence même, mais force lui était de reconnaître que, jusque-là, il n'avait jamais retenu de tels paysages que leurs apparences. Ils étaient si étrangers à sa propre existence qu'il ne pouvait pas imaginer qu'on y vive, qu'on y aime, qu'on y connaisse les mêmes bonheurs et les mêmes souffrances qu'ailleurs. C'était comme si s'effaçait une infranchissable barrière dressée entre l'humanité telle qu'il l'avait vécue et cet univers trop flou, trop inconsistant, à ses yeux, pour qu'il puisse concevoir, tant qu'il n'y avait pas abordé, qu'il soit fait, en définitive, des mêmes plaisirs et des mêmes douleurs qu'ailleurs.

Or, tout cela, maintenant, se mettait à exister. Il allait avec la sensation presque physique de toutes ces vies qui grouillaient autour de lui. D'une silhouette entrevue dans un champ, au loin, ou peinant dans la pente d'une ruelle, il faisait le centre d'innombrables destins improbables se croisant, se déchirant, du bouillonnement de cousinages complexes, de leurs haines comme de leurs passions, de leurs ambitions comme de leurs bassesses, éclatant en gloires prodigieuses ou s'usant à force de sordides complots. Et cela vivait en lui dans une sorte d'universalité brouillonne mêlant ses liens inextricables depuis ces murs de pierres bleutées jusqu'à toutes sortes de décors qu'il lui suffisait, pour le besoin de son imagination, de bâtir de toutes pièces, en les joignant, en les croisant, les affrontant, les juxtaposant.

Le monde, autour de lui, explosait. Le chemin qu'il foulait et les paysages qui l'entouraient n'étaient plus qu'apparences conjoncturelles. Enfin, il entrevoyait de l'extérieur le monde trop clos auquel, jusque-là, il avait confiné ses perceptions. Il prenait un plaisir jubilatoire à l'imaginer éclatant comme une bogue trop pleine. Il se refusait le rôle facile du fruit jaillissant à la lumière.

Il se voulait là et ailleurs, fouineur, investigateur inépuisable de ces mailles incroyablement enchevêtrées. Il lui semblait ressentir physiquement les vibrations infimes de chacune d'elles et la chaleur infiniment réconfortante de leur prodigieuse addition.

Les chardonnerets et les hirondelles ne s'y trompaient pas, eux ! Il fallait à leur bien-être le réconfort de ces présences, réelles ou ressenties, et du réseau étonnamment dense de leurs relations. Cela parut tout à coup si évident à Simon qu'il éclata de rire au milieu du chemin. Le chien, surpris, s'arrêta net et lui fit face. Il y avait de la stupéfaction dans son regard, mais aussi quelque chose qui ressemblait fort à un reproche. A-t-on idée de faire sursauter les chiens en éclatant de rire ainsi, sans raison apparente, alors qu'on est seul humain à fouler l'herbe du chemin, au milieu de nulle part ?

Il importait peu à Simon qu'on le prît pour fou. D'ailleurs, ne l'était-il pas ? N'était-ce pas une sorte de folie qui le faisait ainsi tout à coup aborder à la complexité du monde et s'en réjouir, lui qui, l'instant d'avant, souffrait de ne savoir en être trop souvent qu'un spectateur désabusé ?

Enfin lui venait une vague idée de la destination des pas qu'il enchaînait paisiblement au long des chemins que le chien lui indiquait. Il allait vers les autres. Ce n'était pas le fait qu'ils existent qui le passionnait. Pour en prendre conscience, il suffit des chiffres d'un recensement. C'était qu'ils puissent être à la fois si différents et pourtant si intimement liés les uns aux autres et à lui-même par le réseau infiniment dense de leurs rapports.

Les pouces calés sous les bretelles de son sac à dos, Simon allait bon pas, mais, peu à peu, le paysage qui l'entourait avait semblé s'effacer. Lui qui, l'instant d'avant, se grisait à l'idée de l'universalité des relations entre les hommes, bouclant la boucle, en était revenu à sa petite personne et à l'observation très égocentrique des raisons pour lesquelles il avait préféré, jusque-là, considérer qu'il n'était de société vraiment digne d'intérêt que celle qui l'entourait au plus près.

Le rythme de sa marche convenait bien à cette introspection. Il allait avec la sensation bizarre que quelque chose avait craqué en lui. Peut-être même d'ailleurs que cela durait. Drôle d'impression ! Non, ce n'était pas un craquement. C'étaient des fissures qui s'ouvraient et qui s'étendaient, de proche en proche, qui se ramifiaient et s'élargissaient doucement.

L'image d'un moule s'imposa à lui sans qu'il sût comment elle était apparue. Le souvenir lui revint de la même façon d'une démonstration à laquelle il avait assisté. À l'occasion d'une journée du patrimoine ou de quelque chose d'approchant, des chercheurs passionnés avaient reconstitué un four très ancien, préhistorique, peut-être. Où cela se passait-il ? Sur le chantier d'une fouille archéologique ? Il en doutait. C'était là, à l'époque, des lieux trop différents de son univers quotidien pour qu'il prenne plaisir à les fréquenter.

Peut-être était-ce aux abords d'un musée. Oui, ce devait être cela. Il revoyait vaguement une arrière-cour un peu poussiéreuse. On avait dû écarter du mieux qu'on avait pu le désordre de planches, d'emballages et de détritus qui l'encombraient pour laisser place à cette méritoire tentative de redonner vie, en pleine ville, à des gestes vieux de plusieurs milliers d'années.

Peu importait, d'ailleurs. À l'instant où lui revenaient en mémoire les détails de cette scène, le décor et l'ambiance n'étaient plus qu'accessoires. Seuls comptaient les gestes de cet homme qu'il revoyait tapant à petits coups secs, à l'aide d'une massette primitive, sur la masse informe qu'il venait d'extraire avec mille précautions d'un four de briques et de terre cuite.

Les mêmes fissures s'étaient peu à peu formées sous l'outil du pseudo-artisan. Captivé, il les avait vues apparaître, se multiplier, courir à la surface brunâtre de l'objet pour former, coup après coup, un réseau étonnamment dense de minuscules crevasses.

Puis l'homme s'était arrêté. Il s'était redressé, s'était massé les reins et avait semblé reprendre son souffle. La chaleur du four puis celle de cette chose étonnante sur laquelle il besognait depuis si longtemps lui brûlaient la peau. Il avait le visage cramoisi et les yeux larmoyants.

Il avait poussé un profond soupir, s'était à nouveau penché sur son ouvrage. D'un dernier coup de marteau probablement appliqué à l'endroit précis où il le fallait, il avait fait voler en éclats la gangue brunâtre et desséchée entre les morceaux de laquelle était apparue une belle coupe en étain encore rougeoyante.

Il était curieux que ce souvenir se soit imposé à son esprit de cette façon, mais Simon ne chercha pas à en comprendre les raisons. Plus précisément encore, il préféra accepter l'image telle qu'elle lui apparaissait sans se soucier de sa pertinence. Il se contenta de rester à l'écoute inquiète de ce qui se tramait en lui.

Il est bien peu de choses qui soient plus compliquées que la compréhension de soi-même. Simon aurait pu ne pas y parvenir si, bien au-delà des images fortes qui lui revenaient à l'esprit, l'idée beaucoup plus simple du moule ne s'était pas imposée comme une sorte de leitmotiv très fort. Comme on le fait des paroles vite exaspérantes d'une rengaine, il tenta d'abord de l'écarter. Il n'y parvint évidemment pas. Intrigué, il préféra se résoudre à s'y arrêter et se décida enfin à lui chercher un sens. C'était là vraisemblablement la pente qu'attendait son esprit pour lui assener une de ces vérités qui ne font pas toujours plaisir.

Ce moule-là, bien sûr, c'était celui dans lequel avait été coulé ce qu'il était. Il était fait des couches superposées de la naissance, de l'éducation, de l'instruction et, plus contraignant encore peut-être, de celle de la vie professionnelle...

Simon, sidéré, allait, le regard perdu à trois pas devant lui dans les herbes du chemin, indifférent à tout ce qui l'entourait comme aux allées et venues du chien. Il était moins soucieux de ces multiples forces qui, au fil des années, avaient peu à peu plaqué leurs strates successives sur sa personnalité, que de la conscience qui lui venait brutalement de s'être totalement abandonné à leurs contraintes.

Certes, pour s'y opposer, il lui aurait fallu une force de caractère qu'il ne se reconnaissait pas. Dès lors que ni la naissance, ni l'éducation, ni l'enseignement des maîtres ne venaient à être concurrencés par d'autres alternatives, comment imaginer, à supposer que l'idée lui en soit venue, qu'il puisse vouloir nager à contre-courant ? Oui, mais alors, pourquoi cette conscience soudaine du moule et surtout à l'instant même où – sous quels coups ? – il se couvrait du réseau de plus en plus serré de ces fissures annonçant son éclatement final ?

Simon eut soudain l'impression désagréable d'un vertige. Quelques pas encore, il tituba sur le chcmin. Puis il s'arrêta, se passa une main inquiète devant les yeux, et reprit conscience du paysage au milieu duquel il allait.

La plaine s'était faite vallée. Une large vallée dont il semblait que les collines basses qui la bordaient n'étaient là que pour en marquer les limites. À l'occident, les montagnes n'étaient plus qu'une ligne bleutée se confondant parfois avec le ciel. À perte de vue, devant Simon, ce n'était qu'abondantes cultures et prés gras entre lesquels, de loin en loin, on devinait, environnés de bosquets, les toits des fermes isolées.

Le chemin descendait doucement vers de hauts alignements de peupliers d'Italie. Entre leurs fuseaux étroits pointés vers le ciel, Simon devinait le cours d'eau paisible dont les flots, depuis la nuit des temps, avaient patiemment façonné ces espaces tout en modestes rondeurs et en plaines fertiles.

Il reçut comme un choc l'impression d'équilibre immuable, indestructible qui émanait de tout cela. Une vieille borne de pierre grise se dressait là, sur le bas-côté. Il s'y assit. Le chien, qui avait pris un peu d'avance, revint vers lui et se coucha à ses pieds.

Il parut essentiel à Simon de comprendre. C'était comme une agression. Là où, par le passé, il savait très bien qu'il n'aurait vu qu'un tableau un peu bucolique, plus ou moins agréable à l'œil, et à l'œil seul, il peinait à ordonner en lui toutes les sensations brouillonnes qui l'assaillaient.

Il s'étonnait surtout de la force avec laquelle il se sentait concerné. Quelques instants, il regretta de ne plus savoir établir, entre ce qu'il voyait et lui, cette distance qui lui avait si longtemps permis d'ignorer ce qu'il n'avait pas envie de connaître. C'était comme si une vitre très froide, en se brisant, lui avait retiré sa protection. Il pensa à un paysage d'hiver faisant brutalement irruption dans l'espace bien protégé, douillettement chaud, d'où il le contemplait. Il pensa à la scène d'un théâtre sur laquelle une aberration quelconque l'aurait soudain fait passer de l'état de spectateur à celui d'acteur. Il pensa au moule se fissurant et à la lumière dans laquelle jaillissait tout à coup la coupe en étain encore rougeoyante de feu.

Il comprit enfin qu'il était cette coupe. Il l'était vraiment, au plus profond de son être. Elle n'était rien d'autre que le vrai « lui », tel qu'il était venu au monde. Il s'étonnait de le voir réapparaître, intact et peut-être même plus fort que jadis, jaillissant d'entre les couches accumulées mais superficielles, plaquées, de ce qu'on avait entendu faire de lui. La famille, les écoles, le travail... Peut-être, en y regardant de plus près, aurait-on pu discerner, sur les parois à vif de ces fissures, les strates laissées par chacune de ces attentives contraintes. Peut-être ce moule aurait-il pu résister, tenir bon toute une vie durant, pourvu qu'aucun obstacle ne soit venu éprouver sa solidité.

L'accident était survenu. Il serait bien temps de chercher à en discerner les causes lorsque tout cela serait passé. Les effets, eux, étaient évidents. Qu'il paraissait soudain à Simon étroit, monotone et sans relief, le chemin que les uns et les autres, les uns après les autres, lui avaient imposé ! Qu'il se trouvait faible et naïf d'avoir jamais imaginé, jamais osé d'autres voies.

Là, assis sur sa borne, le chien à ses pieds et le regard perdu dans le paisible ordonnancement de ce paysage, Simon ne parvenait plus à se reconnaître dans cet enfant, cet adolescent puis cet homme qui n'avait jamais senti en lui la chaleur de cette petite flamme, pourtant bien existante. Elle aurait pu lui dire, s'il lui avait prêté la moindre attention, que cette acceptation passive d'un devoir trop bien tracé n'était pas tout, qu'il existait d'autres choses et qu'il ne tenait qu'à lui de savoir en trouver les ressources nulle part ailleurs qu'en lui-même.

Il n'en éprouvait pourtant aucun regret. Ce moule brisé, il sentait bien qu'il n'en abandonnait pas les morceaux là, au bord du chemin. Il avait la conviction que tout ce qui était en lui, ce qui tenait à sa nature et ce qu'on lui avait fait acquérir, était en train de se fondre en une nouvelle harmonie. C'était cette étonnante alchimie, que n'avaient jamais su réaliser ni son éducation ni son instruction, qui était en train de s'opérer.

C'était lourd, c'était fort, c'était quelque chose de très vaste, dont il ne discernait pas encore exactement les contours. Tout juste savait-il avec une grande certitude que c'était comme une nouvelle amitié, avec son foisonnement d'espoirs et de découvertes à venir...

37

Avec un sens pratique que seule peut donner une longue expérience, Angéline avait garni le sac de Simon de telle sorte que, sans l'encombrer déraisonnablement, il y avait là de quoi tenir le spectre de la faim à bonne distance durant plusieurs jours. Comme le soir venait et que subsistait tout de même l'hypothèque du toit où passer la nuit, le chien ne trouva rien de mieux que de dénicher une grange cachée derrière un petit boqueteau. Malgré ses allures engageantes, elle laissa tout de même Simon hésitant quelques instants.

On l'aurait été à moins ! Partant de la réflexion raisonnable que l'histoire ne se répétait jamais deux fois à l'identique, ou que, à tout le moins, le risque qu'il en soit ainsi était infinitésimal, Simon, pressé par le besoin, finit par faire taire ses préventions. Il se résolut à pousser la porte au pied de laquelle le chien s'était assis, attendant sans équivoque qu'il la lui ouvre.

C'était qu'il n'avait pas tort, le bougre ! Il y avait là, à côté de quelques outils agricoles bien rangés, un stock de foin en vrac au creux duquel dormir serait sans conteste un plaisir bien au-delà de ce que peut fournir le meilleur des matelas ! Riche de cette conviction, Simon passa la soirée en se prélassant sur le tapis d'herbe fraîchement tondu qui, entre quelques arbres, s'étendait devant la grange. Il se reput des provisions d'Angéline, puis, étendu sur le dos, un brin d'herbe entre les dents, il se perdit dans les arcanes d'une rêverie débridée.

L'immense limpidité du ciel vespéral, dans laquelle son regard s'égarait, était un champ à la fois trop vaste et trop profond pour que son esprit ne s'y prenne pas pour quelque poulain imprévisible et fantasque, ivre de liberté et d'espace. Il cabriola et galopa longtemps aux limites floues du sommeil. Celles-ci finirent tout de même par gagner juste assez de terrain pour qu'il y bascule entier et que sa conscience s'éteigne doucement sur la douce certitude d'un instant d'une rare qualité...

Seule la fraîcheur du petit matin parvint à le réveiller. Frigorifié, il lui fallut encore comprendre ce qu'il faisait là avant de se précipiter vers son duvet qui l'attendait, déjà ouvert sur le lit de foin. Il s'y enferma et se réendormit presque instantanément...

Le soleil était déjà haut dans le ciel lorsque le chien, n'y tenant plus, avança une patte prudente et se mit à gratter délicatement le duvet. Cela faisait plusieurs heures qu'il se tenait là, assis au pied de la couche rustique de Simon, à ne pas quitter des yeux son visage endormi. Bien sûr, gratter ainsi ne se faisait pas, il en avait parfaitement conscience. C'était là le fait de chiens indélicats ou voulant jouer, à l'égard de leur maître, d'une familiarité qu'il trouvait dégradante.

Il ne s'était résolu à passer outre à ces préventions qu'en pensant au chemin à faire. Ce n'était pas dans les habitudes de Simon de traîner ainsi au lit. Le chien estima qu'à cette exception pouvait bien correspondre celle du seul moyen dont il disposait pour que les choses rentrent dans l'ordre.

Il lui fallut pourtant gratter longtemps et de plus en plus fort pour que Simon consente enfin à ouvrir un œil.

– Qu'est-ce que c'est ? grogna-t-il d'une voix encore embrumée de sommeil.

Il se mit sur le dos, s'étira nonchalamment, se frotta les yeux en bâillant à se décrocher la mâchoire, puis bondit soudain et s'assit dans le foin.

– Le feu ! s'exclama-t-il. Ne me dis pas qu'il y a le feu !

Le calme olympien du chien, assis au pied du duvet, et le silence paisible du lieu eurent tôt fait de le rassurer. Au moins, l'émotion l'avait-elle réveillé pour de bon. Il consulta sa montre.

– Tu as vu l'heure ? Tu aurais pu me réveiller avant. Allez, ouste ! En route.

Les chiens doivent posséder un sens profond de la philosophie pour ne jamais se départir de leur calme et garder le sourire, quoi qu'il arrive et quelque sommet qu'atteigne la mauvaise foi des hommes qu'ils fréquentent ! Estimant à juste titre que rien d'autre n'importait que l'urgence qu'il y avait à reprendre le chemin, celui-ci ne fronça même pas les sourcils.

Il alla même jusqu'à s'abstenir de manifester le moindre signe d'impatience durant tout le temps qu'il fallut encore à Simon pour se préparer un petit café et beurrer deux tartines. Il les trempa consciencieusement avant de songer à refermer son sac sur l'invraisemblable quantité d'objets divers et variés qu'il lui fallait inévitablement étaler tout autour de lui à chaque fois qu'il bivouaquait. C'était là, du point de vue du chien, d'étonnantes complications auxquelles il avait bien dû s'habituer, faute de comprendre leur nécessité...

Ils partirent enfin. La montagne n'était plus qu'un lointain souvenir. Même la large vallée qu'ils avaient suivie, la veille au soir, s'en était allée vers son destin pendant qu'ils s'enfonçaient dans une région doucement vallonnée, parcourue de frais ruisseaux courant au milieu de vastes pâturages habités d'abondants troupeaux de vaches blanches presque toutes accompagnées de leurs veaux.

Il arrivait à leur chemin de traverser ces étendues d'herbe sans que la moindre clôture établisse la limite du domaine de chacun. Le chien, prudemment, se tenait à bonne distance de ces mères encornées et très pointilleuses sur les dangers qu'il pouvait faire courir, selon leur instinct, à leur progéniture. Simon, peu au fait des mœurs de ces animaux, préférait adhérer sans discuter aux façons de faire du chien.

Cela les amena à plusieurs reprises à devoir effectuer de longs détours. Simon, qui aimait fouler l'herbe épaisse de ces prés que la saison constellait de petites fleurs multicolores, ne s'en formalisa pas. Il alla même jusqu'à y trouver un certain plaisir. Le chien, lui, visiblement, s'en impatientait et cela ne manqua pas d'attirer l'attention de Simon.

– Oh, le chien, voulut-il blaguer, tu as un rendez-vous ?

L'autre préféra faire celui qui n'avait pas entendu. Il pressa simplement le pas au point qu'il eut tôt fait de distancer Simon. Il en aurait fallu bien plus, ce matin-là, pour que celui-ci consente à renoncer à se promener. Sans s'émouvoir, il se contenta de suivre des yeux la tache de plus en plus petite qui filait loin devant lui. Un mouvement de terrain le déroba à sa vue. Il réapparut sur le coteau suivant, toujours plus petit, filant vers une destination probablement bien déterminée.

Simon, qui savait bien que cela le concernait au premier chef, s'en étonna bien quelques instants. Que lui réservait donc l'étrange animal ? Il y avait désormais assez de précédents pour que la question vaille d'être posée. Elle ne parvint pourtant pas à troubler sa sérénité. À quoi bon se torturer l'esprit pour une réponse qu'il ne détenait évidemment pas ? Il saurait bien assez tôt. D'ailleurs, il n'était pas dans un état d'esprit propre à s'inquiéter. Rien, pas même le retard qu'il avait pris, ce matin-là, en ne se réveillant pas, ne lui semblait de nature à écorner, si peu soit-il, l'espèce de tranquille béatitude dans laquelle il allait.

Réfléchir, tenter de comprendre le pourquoi de cet état qui n'avait pas toujours été le sien, loin s'en fallait, lui semblait constituer un effort totalement superfétatoire. Il se sentait bien, en parfaite harmonie avec le temps, les paysages dans lesquels il allait, et cela lui suffisait. La conscience lui vint vaguement que c'était là la conséquence directe et heureuse de ses cogitations de la veille, mais il n'eut pas envie de s'y replonger.

De même, il savait qu'il y avait quelque chose de changé en lui ; quelque chose d'important. Il s'en souciait d'autant moins que la même conviction lui soufflait qu'il n'y avait que du bon dans ce changement. Il serait bien temps d'en définir le sens lorsque tout son être ne serait plus accaparé par le bonheur simple mais total qu'il y avait à marcher dans l'herbe, au milieu des fleurs, dans la sérénité d'un paysage somptueux, sous la vivifiante caresse d'un soleil sans entrave.

Le chien l'attendait au sommet d'une côte, assis au pied du piquet auquel s'accrochait la porte fermant l'estive qu'ils venaient de traverser. Simon la franchit. Le chien, sans attendre, prit le milieu du chemin empierré sur lequel elle ouvrait, et lui signifia clairement qu'il entendait qu'on pressât le pas.

– Oh, le chien, tu as le feu au derrière ou quoi ? s'étonna Simon. Regarde donc un peu à tes pieds au lieu de foncer comme une bête.

Si le chien releva l'incongruité du propos, il ne le manifesta pas, tout occupé qu'il était à ce qu'on ne perdît plus de temps. Simon, pourtant, s'était contenté de traverser le chemin. À ses pieds s'ouvrait une vallée un peu plus profonde que celles qu'il venait de franchir. Le chemin en descendait le coteau, en prenant le temps de baguenauder entre des vignes dont les rangs impeccables dévalaient la pente jusqu'à un gros bourg. Les toits de lauzes et d'ardoises bleutées se pressaient, environnés de quelques prés très verts et de bouquets d'arbres, autour d'une grande église dont le clocher massif était surmonté d'une fine flèche. Malgré la distance, il parut à Simon qu'il y avait là quelque chose d'extrêmement attirant ; une de ces rares osmoses entre un pays, ses hommes et l'envie que l'on a, au moment précis où on les découvre, d'entrer en dialogue avec eux.

– C'est là que tu m'emmènes ? demanda-t-il au chien.

Le frétillement de la queue et la pétillance du regard, dans l'ombre des épais sourcils, furent une réponse assez affirmative pour que le halètement de la langue pendante qui les accompagnait ne fît, en quelque sorte, qu'ajouter un point d'exclamation au propos par ailleurs parfaitement explicite.

– Alors, allons-y ! décida Simon.

Entre les vignes et les rosiers en fleurs que des vignerons soigneux avaient plantés à chaque bout de rang, il n'en prit pas moins tout son temps pour se régaler de la découverte progressive du village que le chemin, dans ses détours parfaitement imprévus, semblait mettre en scène avec un malin plaisir. Il arrivait qu'un mouvement de terrain le dérobe totalement à son regard. Ce n'était que pour mieux le révéler, d'un seul coup, au détour du prochain virage, encore plus précis, encore plus attirant qu'à l'instant où il l'avait perdu de vue.

Au fur et à mesure qu'ils approchaient, les prés étroits, qui tapissaient le fond de la vallée, lui révélaient le cordon vif-argent du ruisseau qu'ils bordaient. Au pied des bouquets de vernes et de peupliers qui les ombrageaient, apparaissaient puis disparaissaient, au gré des fantaisies du chemin, quelques bêtes venues là chercher un abri contre l'assaut incessant des mouches.

Ils furent bientôt assez près du village pour pouvoir percevoir la rumeur qui en montait, faite de tout ce qui indique l'activité des hommes. Un tracteur entrevu dans une cour de ferme, le bruit lancinant d'une scie ou d'un tarare, un appel, bref et sonore, l'aboiement d'un chien... L'impatience prit enfin Simon d'être au milieu de tout cela. À la plus grande surprise du chien, il allongea le pas.

L'idée venait de lui revenir de tous ces hommes, ces femmes et ces enfants dont aucun ne pouvait plus lui être indifférent depuis qu'ils l'avaient pris aux mailles du filet qui les liait entre eux, au reste de l'humanité, à lui, Simon, et même aux chardonnerets et aux hirondelles qui ne nichent qu'aux angles des fenêtres d'où émane ce flux étrange, imperceptible et pourtant d'une force infinie.

Pour la première fois, il ressentait sa solitude. Ce n'était pas une souffrance, juste une anomalie, quelque chose qui le faisait temporairement différent. Il lui semblait bon d'être seul pour le plaisir de l'idée qu'il se faisait, et dont il se délectait, de l'accueil qu'allaient lui faire ces hommes-là. Il ne les connaissait pas encore, ne les avait jamais vus, mais il ne doutait pas un seul instant qu'ils allaient lui apporter quelque chose, comme il se plairait peut-être à leur laisser un peu de lui-même.

Depuis que, convalescent dans le camp des forestiers, il avait entrevu ce qu'il y avait d'aberrant à s'imaginer différent des autres, il s'était fait à l'idée qu'il n'y avait pas plus à attendre d'une vue trop idyllique de l'humanité. La perfection n'existait pas plus que l'étanchéité des cloisonnements qu'il s'était figuré exister entre les hommes.

C'était nu comme l'enfant qui vient de naître qu'il allait vers ces hommes dont il entendait déjà, parmi les bruits montant du village, les rires et les appels. Peu allait leur importer, au moment où ils allaient le recevoir, qu'il soit de bonne famille, de bonne éducation, bardé de diplômes et titulaire d'un emploi avantageux. Ce n'était pas sur ces cartes-là qu'ils allaient le juger. Peut-être serait-ce sur un simple sourire échangé, peut-être même sur une seule poignée de main, des choses auxquels les apparences importent peu !

Peut-être, à l'inverse, allait-il y avoir, parmi eux, un Sigismond... C'était le risque à courir en regard duquel pouvait être mise avec une certaine confiance la certitude qu'il y aurait alors au moins un Freddy, un Arsinoé ou un comte Josserand-Athanase Beaufrémont de Richetaille.

Curieux, impatient, Simon allait à grandes enjambées qui réjouissaient le chien. Celui-ci allait et venait de part et d'autre du chemin, faisant mine de suivre la piste imaginaire d'un gibier quelconque, ou bien il filait loin devant Simon et revenait vers lui plus vite encore, le contournait en gambadant et repartait aussi vite vers les premières maisons du village.

Enfin, le rude empierrage du chemin céda la place au modeste bitume d'une ruelle entre les premiers murs de laquelle Simon prit plaisir à faire résonner ses pas. Elle était bordée de maisonnettes modestes qu'entouraient de vastes potagers pour la plupart fort bien tenus. Par-dessus les haies soigneusement tondues qui les séparaient de la rue, Simon échangea quelques civils bonjours avec des jardiniers paisibles et graves qui le regardaient passer sans interrompre leur ouvrage. Assise devant sa porte sur une chaise de jardin, une vieille femme suspendit le mouvement rapide de ses aiguilles à tricoter en le voyant apparaître. Elle le suivit longuement des yeux. Pour la remercier de ce regard qu'il sentait peser sur lui et qui était comme une récompense à sa longue attente d'une humanité à retrouver, il lui adressa un large sourire. Elle le lui rendit et il pensa que cela était de bon augure.

Le chien, loin devant lui, semblait avoir jeté aux orties ses habitudes de froides distances et faisait fête à un gamin tout heureux de l'aubaine. Il gambadait autour de lui, venait se trémousser d'aise à ses pieds pendant que l'autre le caressait. Puis, faisant mine de le fuir, il repartait en bondissant et en zigzaguant, entraînant le gosse ravi dans de folles courses qui tantôt les éloignaient de Simon, tantôt les en rapprochaient. Il finit par les rejoindre.

– Eh bien, le chien ! s'étonna-t-il. En voilà, une fête !

Le gamin se méprit. Gêné, il crut à un reproche. Il s'arrêta net et leva sur Simon un regard vaguement inquiet. Il devait avoir une petite dizaine d'années. Plutôt maigrelet, mais l'œil vif, le cheveu en bataille et le maillot, à l'effigie d'une équipe de football en vogue, portant les stigmates évidents des heures passées à jouer dans les ruisseaux et dans les bois, il plut d'emblée à Simon.

– On ne faisait rien de mal, m'sieur ! voulut-il se défendre alors que le chien, peu soucieux de l'intervention de Simon, attendait à trois pas que reprenne le jeu, langue pendante et lumière des grands jours dans l'œil.

Simon éclata de rire.

– Bien sûr que vous ne faisiez rien de mal ! rassura-t-il. Fait-on mal quand on joue ?

Rassuré, le gamin retrouva sur-le-champ son aplomb d'enfant du pays conscient de tout ce dont l'étranger peut lui être redevable. Pendant que le chien, désabusé, partait explorer une cour de ferme voisine, il toisa Simon des pieds à la tête.

– D'où tu viens ? demanda-t-il.

Question piège comme seuls les enfants savent en poser. Simon savait-il seulement d'où il venait ?

– Oh ! De très loin, éluda-t-il.

– Ah bon ? Et tu vas rester ici ?

Simon eut bêtement l'impression d'être pris en faute. Comment faire admettre à ce gosse qu'il se souciait fort peu de savoir d'où il venait, s'il resterait dans ce pays, puis où il irait ? Il se tourna dans la direction qu'avait prise le chien. Ce fut à peine s'il eut le temps de le voir disparaître derrière le coin d'une étable. Il eut l'impression d'être abandonné, livré sans défense à l'acuité redoutable du regard que le bonhomme posait sur lui.

– Je ne sais pas, dit-il à tout hasard. Peut-être...

– Bien sûr, corrigea le gosse. Bien sûr que tu vas rester ici. Viens, je vais te montrer.

Sans se soucier le moins du monde de l'étonnement de Simon, il se saisit de sa main et fit le geste de l'entraîner. Puis il se ressaisit et, sans lâcher Simon, il lui fit face.

– Comment il s'appelle, ton chien ?

– Euh...

Fallait-il que ce soit bête ! C'était bien la première fois, depuis qu'ils traînaient ensemble, que Simon devait se demander comment il allait bien pouvoir expliquer leurs étonnants rapports. Il choisit pourtant de dire simplement la vérité.

– D'abord, ce n'est pas mon chien. Et puis... son nom... je n'en sais rien. Je l'ai toujours appelé le chien. Ça semble lui suffire.

À sa plus grande surprise, son jeune interlocuteur parut se satisfaire de sa réponse.

– Ah bon ! se contenta-t-il de commenter. Et toi ? Comment tu t'appelles ? Moi, c'est Romaric.

Soulagé, Simon secoua la petite main qui tenait toujours aussi fermement la sienne.

– Eh bien, Romaric, dit-il, je suis enchanté de faire ta connaissance. Moi, c'est Simon.

– Simon ! répéta le gosse. Ce n'est pas mal, Simon. Eh bien viens, Simon ! Je vais te montrer.

Et il l'entraîna vers le village.

38

Main dans la main, Romaric et Simon descendirent la ruelle, mais, lorsqu'ils atteignirent son confluent avec la rue principale du pays, le gamin tourna le dos à la place et à l'église entrevues sur la droite. Plein d'autorité, il prit la direction des prés auxquels les dernières maisons cédaient la place à quelques centaines de mètres de là.

– Tu m'emmènes où, comme ça ? s'étonna Simon.

– Tu vas voir, je vais te montrer, se contenta de répéter le gamin.

Ils n'eurent pas à aller bien loin. Sur la gauche de la route, déjà cernée par la verdure, se dressait une petite maison à l'allure simple mais soignée. De part et d'autre d'un portillon de bois vernis, la haie vive qui fermait son jardin était taillée avec un tel soin qu'on eût cherché en vain une brindille dépassant l'autre.

C'était là, indubitablement, que Romaric avait décidé de conduire Simon. Trois pas avant d'atteindre le portillon, il lâcha soudain sa main et se précipita en avant.

– Claudius ! s'exclama-t-il en disparaissant au coin de la haie. Regarde, regarde, Claudius ! Je t'amène quelqu'un !

Simon, interdit, s'immobilisa. Il était maintenant assez près pour découvrir, au-delà du portillon, une pelouse irréprochablement verte au milieu de laquelle se dressait un énorme cerisier. Au pied de celui-ci, assis sur un banc de pierre, un vieil homme, les deux mains appuyées sur son bâton, lui adressait un sourire engageant. Romaric, sans façon, s'était assis auprès de lui, au bord extrême du vieux banc, balançant dans le vide ses jambes maigrelettes que d'énormes baskets éculées, sur lesquelles s'enroulait l'effondrement de ses chaussettes, faisaient ressembler à des pattes de mouche.

Le vieil homme porta une main placide à la pipe qu'il fumait. Il la retira lentement d'entre ses dents.

– Entrez donc, jeune homme, dit-il. Donnez-vous la peine d'entrer et venez vous asseoir là, auprès de moi, si ce galopin veut bien vous laisser un peu de place !

De sa canne, il fit mine de porter des coups dans les jambes de Romaric qui s'enfuit en riant.

– Entrez donc, venez. Soyez sans crainte, insista le vieux.

Simon, interloqué et indécis, aurait pu rester planté longtemps devant le portillon si le chien n'avait pas soudain jailli. Sortant d'on ne sait où, il le contourna vivement et ne ralentit même pas l'allure pour faire irruption dans le jardin où ses retrouvailles avec Romaric n'auraient pas été plus exubérantes s'ils s'étaient connus de toujours et avaient été séparés durant six longs mois.

Claudius, impassible, semblait ne trouver là rien que de très normal. Il persistait à adresser à Simon le sourire le plus engageant qui soit.

Alors Simon se décida. À son tour, il franchit le portillon de bois vernis et, traversant la pelouse, il vint s'asseoir près du vieil homme au moment où celui-ci, profitant d'un bref instant d'essoufflement de Romaric, se penchait vers lui.

– Va dire à l'Amélie qu'on a de la visite, lui demanda-t-il. Et puis, tiens, pendant que tu y es, apporte donc sa chaise de jardin.

Sans se faire prier, le gamin, jusque-là vautré dans l'herbe, se redressa prestement et se dirigea vers la maisonnette.

– Viens avec, dit-il familièrement au chien qui lui emboîta le pas.

Simon se faisait l'impression d'avoir été projeté, d'un instant à l'autre, dans un univers trop propret, trop précis, trop délicatement ordonné pour être totalement dans le domaine du possible. Romaric, toujours suivi du chien, revenait déjà. Il portait un fauteuil de jardin en rotin qu'il vint poser près de Simon.

– Elle vient, annonça-t-il. Elle finit sa vaisselle et elle vient, crut-il nécessaire de préciser.

Claudius haussa les épaules.

– Les femmes, dit-il. Toujours une vaisselle à finir. Comme si ça ne pouvait pas attendre !

Il y avait beaucoup plus d'indulgence que de réel reproche dans sa voix. Peut-être même, pensa Simon, le ton trop facilement bourru cachait-il surtout une bonne dose de tendresse.

– Ainsi donc, attaqua tout à coup Claudius, vous connaissez le comte de Richetaille. Peut-être même arrivez-vous de chez lui ? Comment va-t-il, ce vieil original ?

Simon n'en revenait pas. Il n'avait pas encore ouvert la bouche ! Comment ce vieux bonhomme pouvait-il savoir ?

– Comment ?... C'est que... Parce que..., bafouilla-t-il.

– Le chien ! crut bon de préciser Claudius. Le chien, bien sûr. Je parie que c'est lui qui vous a amené ici.

– Non, c'est moi ! prétendit revendiquer Romaric.

– Ah oui, la belle affaire ! Toi, tu serais bien le genre de galopin à faire traverser la rue à un aveugle qui ne veut pas changer de trottoir ! Tu as bien du mérite à avoir conduit ce monsieur jusqu'ici. Puisque, de toutes les façons, il y venait !

Il n'y avait pas là de quoi apaiser l'étonnement de Simon.

– Parce que..., répéta-t-il bêtement.

– Bien sûr, confirma le vieux. Le chien n'avait pas besoin de ce bourriquet pour vous conduire jusqu'à moi. Au fait, vous ne m'avez pas répondu. J'espère qu'il va bien, mon ami de Richetaille ?

– Le mieux du monde, s'empressa de confirmer Simon que la curiosité prenait d'en savoir un peu plus. Parce que vous connaissez le chien ? insista-t-il comme si ce n'était pas évident.

– Si je connais le chien ! Ça fait longtemps, pourtant, que je ne l'avais pas vu. Au fait, et Arsinoé ? Comment il se porte, ce fou, cet illuminé ?

– Ma foi, plutôt bien, préféra répondre Simon, résigné à devoir subir encore le choc de quelques surprises.

Il ne s'attendait pourtant pas à celle que lui réservait le vieux Claudius.

– La grange ! s'exclama-t-il tout à coup. Quelle affaire ! Vous avez été bougrement imprudent, mais vous avez filé juste à temps, il faut le reconnaître, estima-t-il encore alors qu'arrivait une forte femme au chignon grisonnant, encore occupée à s'essuyer les mains au vaste tablier de cuisine qu'elle n'avait pas pris le temps d'ôter.

– Ma femme, l'Amélie, présenta Claudius. Monsieur Simon, ajouta-t-il. C'est bien ça, n'est-ce pas ? C'est Simon ?

Romaric, qui s'était assis en tailleur dans l'herbe, le chien roulé en boule à ses côtés, eut la bonne idée d'épargner à Simon d'avoir à répondre.

– Bien sûr, que c'est Simon, pérora-t-il. Moi, je le savais, que c'est Simon.

– Oh, toi, monsieur je-sais-tout !

– Ben oui, quoi. Il me l'a dit dans la rue qu'il s'appelait Simon. Pas vrai, Simon ?

L'interpellé parvint à grimacer un semblant de sourire à l'adresse du gosse.

– Oui, c'est vrai, confirma-t-il d'une voix blanche.

Il était terrorisé. Cette affaire-là ne le lâcherait donc jamais ? Était-il tombé dans un piège ? La même angoisse qui l'avait saisi au château de Richetaille, quand ce brave Jo, sans penser à mal, y avait fait allusion, lui glaçait à nouveau le sang.

– Il faut dire, cette Ermeline, quelle engeance ! grinça Amélie.

Ce ne fut pas pour rassurer Simon. Ils avaient pourtant l'air tellement engageant, ce vieil homme assis sous son arbre et cette vieille femme à ses côtés, dans son fauteuil de rotin. C'était justement ce qui aurait dû alerter Simon. Il commençait à l'entrevoir. Sans la moindre méfiance, il était tombé dans les griffes d'un tribunal. L'arbre de justice ! C'était donc cela. Le grand cerisier avait été érigé en arbre de justice.

On l'attendait là pour quelque simulacre de procès au cours duquel, sans qu'il puisse se défendre, allaient lui être comptées à charge toutes ses turpitudes, sans préjudice des accusations dont il ne pourrait pas plus se défendre. On le condamnerait... Il était condamné par avance. Sigismond, peut-être, attendait que soit jouée cette parodie de justice pour apparaître. Peut-être même était-il là, derrière le coin de la maison...

– Non ! s'exclama-t-il. Vous n'avez pas le droit...

– Oh ! fit Romaric en écarquillant les yeux.

Amélie tourna un regard désolé vers son mari. Sans laisser paraître la moindre émotion, adossé au tronc du cerisier, Claudius s'environnait comme à plaisir d'un nuage de fumée bleue qu'il tirait de sa pipe.

– Allons, jeune homme, reprit-il posément. Ne discutez pas ainsi du droit sans savoir. Qui vous parle de vous mettre en accusation ? Croyez-vous que le vieux Claudius ne sait pas ce qui s'est passé ? À rester ainsi au pied de mon cerisier, j'en sais plus, vous pouvez me croire, qu'à courir le monde comme vous le faites. Sigismond est un drôle de personnage, peu fréquentable, j'en conviens, mais reconnaissez avec moi que vous avez été pour le moins léger, dans cette affaire.

À moitié rassuré, Simon jugea préférable d'admettre.

– C'est vrai, dit-il laconiquement.

– Que diriez-vous d'une tasse de thé ? intervint Amélie avec cet à-propos bien féminin qui consiste à savoir jouer ingénument du coq à l'âne pour détourner les conversations des pentes trop glissantes.

– Bonne idée, ça, s'empressa de renchérir Claudius qui connaissait son Amélie sur le bout des ongles.

– Et toi, vaurien ? en rajouta Amélie en ébouriffant au passage la chevelure déjà passablement hirsute de Romaric. Un jus d'orange, ça te dirait ?

Des yeux et du menton, le gamin acquiesça avec gourmandise. La vieille femme s'éloigna.

– Bon, il faut dire, reprit Claudius lorsqu'elle fut hors de portée de voix, la Ermi... Si j'étais plus jeune...

Il avait dans l'œil une petite flamme égrillarde qui fit éclater de rire Simon.

– À la bonne heure, dit le vieux. Je préfère ça.

Le silence qui s'établit avait le confort des instants apaisés succédant aux tempêtes. Ils s'en délectèrent longuement, jusqu'à ce que la petite voix haut perchée de Romaric y tombe comme un pavé dans la mare.

– Tu connais Ivanohé, toi ?

Il fallut quelques instants à Claudius pour comprendre.

– Ivanohé ? commença-t-il. Qui te parle d'Ivanohé ?... Ah ! Arsinoé, bougre de farceur ! Tu ne le connais pas, toi.

– C'est qui ?

Bien que prévisible, la question parut laisser Claudius perplexe durant quelques instants.

– Un homme qui vit loin d'ici, se contenta-t-il enfin d'expliquer. Mais alors, quel homme ! ne put-il s'empêcher d'ajouter. Quelqu'un, que cet Arsinoé-là ! Pas vrai ? dit-il encore en se tournant vers Simon.

– Un homme remarquable, oui.

Le qualificatif ne parut pas emporter l'enthousiasme de Claudius.

– Tout dépend de ce qu'on entend par remarquable, corrigea-t-il. Mais enfin, un personnage, un personnage qui ne peut pas laisser indifférent. Vous avez séjourné longtemps chez lui ? Bien sûr, avec tout ce qui vous est arrivé là-haut ! Il faut déjà le vouloir, pour habiter dans sa cagna. Il a dû vous casser les oreilles avec toutes ses théories. Les fils de Caïn et les descendants d'Abel ! Je parie que vous en êtes ?

Simon confirma.

– Tiens donc ! Avec de Richetaille et moi, ça commence à faire du monde. On va bientôt pouvoir créer un club.

– Un club de quoi ? voulut savoir Amélie qui revenait, porteuse d'un plateau qu'elle posa sur la petite table de jardin, devant le banc.

– De rien ! la rabroua Claudius. Ce n'est pas une affaire de femme, ça. Pas vrai ?

D'un clin d'œil ironique, il voulait prendre Simon à témoin. Celui-ci se garda bien de répondre. On servit le thé. Romaric eut son verre de jus d'orange. La conversation, qui tournait depuis trop longtemps autour du pot, allait pouvoir devenir plus sérieuse.

39

– Attention ! reprit Claudius. Tout ce que dit ce vieux fou d'Arsinoé n'est pas totalement dénué de sens.

Simon se fit plus attentif. Leur tasse de thé à la main, sous le grand cerisier, ils offraient l'image engageante de gens paisibles et rangés papotant autour des derniers potins du pays.

– Bon, l'histoire du cultivateur opposé au pasteur, elle a bon dos, moi je veux bien, dit encore Claudius qui avait de la suite dans les idées. On peut lui en faire dire, des choses, à cette histoire-là !

Même Romaric, son verre de jus d'orange déjà vide à la main, semblait suspendu aux paroles du vieux. On sentait qu'il était parti pour en dire long et qu'il ne fallait surtout pas l'interrompre. Amélie, sirotant son thé à toutes petites gorgées, portait sur son mari un regard mi-attendri mi-amusé. Elle n'avait évidemment plus rien à apprendre de tout cela.

– Mais tu vois, continuait Claudius que la passion poussait à user du tutoiement, moi, je pense qu'il y a tout de même quelque chose de vrai là-dedans qu'il ne faut pas louper. Après tout, tant que les hommes n'ont été que chasseurs ou à la rigueur pasteurs, ils devaient bien se chamailler de temps à autres entre eux, mais ça ne devait jamais aller beaucoup plus loin.

» Seulement, voilà, il y en a un, un beau jour, qui a eu l'idée de mettre une graine en terre avec l'intention bien arrêtée d'en récolter un épi. Ça alors, c'est une affaire ! Il faut voir ce que ça représente, cette affaire-là. Il paraît que c'est en Mésopotamie ou quelque chose comme ça, que c'est arrivé, cette histoire. Imagine-toi ça : un vieux gars de ce temps-là qui pose ses javelots, ses massues, ses flèches et tout ce que tu veux, qui se penche vers la terre et qui y enfonce une graine, une petite graine de rien du tout, et qui se dit : « Cette graine-là, elle va me donner à manger plus sûrement que ma cueillette, ma chasse ou mon troupeau de quelques biques encore à moitié sauvages. »

» Qu'est-ce qu'il fait, cet homme-là ? Qu'est-ce que tu fais, toi, quand il y a une chose à laquelle tu tiens ? Tu la surveilles, pardi. Et voilà notre homme qui surveille. Il surveille quoi ? Les bêtes qui pourraient venir lui boulotter sa graine qui pousse ; les hommes surtout, les autres, les pasteurs ou les chasseurs qui pourraient venir la lui barboter.

» C'est ce qui change tout ; c'est ça, la différence. Parce que ça marche, son truc, à notre homme, de mettre des graines dans la terre pour en récolter des épis. Ça marche si bien que ça fait naître l'envie chez les autres. Voilà, le grand mot est lâché : l'envie ! L'envie des autres, qui voudraient bien lui piquer sa récolte, et son envie à lui d'en faire toujours plus.

» Rien à faire : la machine est en route, plus rien ne pourra l'arrêter. Parce que, qu'est-ce qu'il va faire, notre homme ? Il faut être logique. Il va décréter que le bout de terre qu'il a défriché, qu'il a cultivé, qu'il a ensemencé, eh bien, il est à lui et à lui tout seul. Deuxième grand mot : la propriété.

» Il va les reprendre, ses armes qu'il avait abandonnées pour semer sa graine. Il va bien y être obligé. Seulement, cette fois, ce ne sera plus pour chasser le gibier. Ce sera pour défendre son bien, sa propriété, contre les autres hommes qui le jalousent. Et puis, après, de fil en aiguille, ce sera pour conquérir celle du voisin qui lui fait envie, et ainsi de suite... Ça n'a pas de fin, cette histoire-là, et ça a un nom : la guerre ! Que tu le veuilles ou non, il faut bien l'admettre, la guerre, elle a été inventée en même temps que l'agriculture, ou la propriété, comme tu veux, mais ça va ensemble. Tu peux retourner cette affaire-là comme tu le voudras, il n'y a pas à en revenir, c'est comme ça.

» Attends ! Ne me fais pas dire ce que je n'ai pas dit. Je n'ai pas dit que l'agressivité n'était pas dans la nature de l'homme. Sûr qu'il y en a plus d'un qui ont dû s'étriper bien avant tout ça, pour la possession d'une femme ou pour le bout de bidoche à découper sur le cadavre d'une bête tuée à la chasse. Mais c'était quoi ? Des rixes, des règlements de comptes, des bagarres de sorties de bals ! Quand il s'est agi de défendre ce qu'il possédait, ses champs, ses récoltes et puis, plus tard, les bâtiments, les villages qu'on avait construits dessus, alors, là, vieux gars, c'est que ça a été autre chose. On est passé à la dimension supérieure, du petit artisanat à l'industrie lourde, si tu me permets l'expression !

– Quand je le dis qu'il n'y a plus à espérer...

Trois regards consternés convergèrent sur Amélie qui avait surpris tout le monde en lâchant ces quelques mots sur un ton lugubre.

– Est-ce que j'ai dit ça ? s'emporta Claudius. C'est vrai, quoi, tu comprends toujours tout de travers. Tu as tes idées fixes et tu n'en loupes pas une pour les ramener.

Amélie ne broncha pas. C'est à peine si elle eut un

petit geste du menton, comme pour confirmer qu'elle campait résolument sur ses positions. Simon pensa à une sorte de ballet bien réglé dont les protagonistes auraient été les premiers à s'offusquer si l'un ou l'autre avait dérogé à la règle immuable de leurs antagonismes de façade.

– Ce que j'en dis, reprit Claudius en tournant ostensiblement le dos à sa femme, c'est pour expliquer la parabole du cultivateur auquel Dieu préfère le pasteur. Les Écritures, c'est plein de paraboles comme ça auxquelles on trouve plein d'interprétations plus ou moins fumeuses, alors que, la plupart du temps, elles ne sont qu'une façon d'exprimer la vérité de ce qui s'est passé. Du moins... c'est ce que je crois, moi.

Il se tut, mais tout indiquait, sa façon de se tenir comme le regard qu'il posait sur Simon, que l'essentiel restait à venir. Peut-être fallait-il que les mots se mettent en place, qu'ils soient soigneusement pesés, l'un après l'autre, pour qu'aucun d'eux ne puisse trahir la pensée. Il eut un sourire presque contrit, comme si, par avance, il s'excusait.

– Tu vas rire, dit-il. Tu vas dire que le vieux Claudius, il décaroche... Mais... Allez, bon... je dis tout de même...

Amélie, bien sûr, voyait venir. Elle se trémoussait sur son fauteuil de jardin, l'air un peu outré.

– Claudius... appela-t-elle. Peut-être... Tu vas peut-être choquer monsieur. Des fois... Est-ce que tu sais ce qu'il pense, cet homme-là ? Déjà que, moi, je ne trouve pas ça très bien...

– Toi, bien sûr, si ce n'est pas M. le curé qui l'a dit...

– Oh ! Claudius...

Il fit mine de hausser les épaules, mais c'était à son tour de paraître gêné. La curiosité de savoir commençait à dévorer Simon.

– Dites toujours, encouragea-t-il. Je ne suis pas du genre à me formaliser, soyez sans crainte. Au contraire, ça m'intéresse.

Il y eut du soulagement dans l'œil de Claudius. Au moins ne pourrait-il pas être accusé d'avoir parlé inconsidérément. Il en sut gré à Simon. Il eut encore un regard mi-amusé mi-triomphant pour Amélie, et il se jeta à l'eau.

– Ce que je vais dire..., commença-t-il, je sais, ce n'est pas ce qui est écrit. C'est même l'inverse. Mais, après tout, qu'est-ce qu'on en sait ? Hein, qu'est-ce qu'on en sait ?

Il hésitait encore, c'était visible, et ne savait pas trop comment lâcher ce qu'Amélie considérait tout aussi clairement comme une énormité.

– C'est pourtant vrai qu'on ne sait rien d'autre que ce qui est écrit, reprit-il. Et moi, ça me gêne. Moi, je n'aime pas gober tout cru des machins comme ça simplement parce que c'est écrit. Surtout quand il y a quelque chose qui ne va pas. Ce n'est pas clair, leur histoire du jardin d'Éden. Que Dieu ait été en colère, moi je veux bien. Mais qu'il en ait chassé les hommes, là, ça ne marche plus. Tu trouves ça logique, toi ? Après tout, en admettant que, tout ça, ce ne soit pas une simple légende, ces hommes et ces femmes-là, Adam, Ève et leurs enfants, c'était tout de même comme qui dirait sa famille, à Dieu. C'est lui qui les avait créés. Et tu trouves normal, toi, qu'il les chasse comme ça, comme des malpropres, comme des gens qui ne lui seraient rien ?

» Tiens, imagine un père qui se dispute avec ses enfants. Ça se voit, non ? Est-ce qu'il va les chasser de chez eux, même si c'est lui qui le leur a donné, ce chez-eux ? Évidemment pas ! Qu'est-ce qu'il va faire ? Il va rentrer chez lui. Là, je veux bien. Il rentre chez lui et il les laisse se débrouiller.

» Et moi je dis que les hommes n'ont pas été chassés du jardin d'Éden. C'est Dieu qui en a claqué la porte et qui est rentré chez lui... Enfin, chez lui, je me comprends. Une fois qu'il n'a plus été physiquement présent, les hommes ont commencé à lui créer – remarque bien que je n'ai pas dit inventé ! – un domaine sur mesure, un domaine inaccessible qu'ils ont tout naturellement situé dans ce qui leur paraissait le plus hors de leur portée : le ciel, bien sûr.

» Tu vois ce que je veux dire ?

Claudius, en se redressant et en s'adossant à nouveau au tronc du cerisier, eut un regard rapide vers sa femme. La moue sceptique qu'elle affichait lui parut s'apparenter suffisamment à une contenance qu'elle se donnait pour qu'il puisse oser continuer. Simon, captivé, se contenta d'acquiescer du menton. Dans l'herbe, Romaric, que le propos commençait à dépasser sérieusement, s'appliquait à titiller le chien endormi avec assez de constance pour pouvoir espérer qu'ils reprennent leurs jeux où ils les avaient laissés.

– Oh mais, attends ! reprit Claudius en levant un index pédagogique. C'est que ça change tout, si on pense comme ça. Il faut bien voir. Dieu dans le ciel, les hommes dans le jardin d'Éden, ça veut dire quoi ? Hein, à ton point de vue, ça veut dire quoi, ça ? Ça change quoi ? Ça veut dire, petit gars, que le jardin d'Éden, on y est toujours. Ce n'est rien d'autre que la terre, le jardin d'Éden, un point, c'est tout ! Il n'y a pas à en revenir. Et ce que ça change, eh bien, c'est simple, c'est le regard même qu'on porte sur ce qui nous entoure et sur nous-mêmes. Tu me diras ce que tu voudras, mais si les gens avaient un peu plus de considération pour le milieu où ils ont la chance de vivre, sûr qu'ils commenceraient à voir les choses d'une autre façon...

– Mon pauvre vieux Claudius, tu dis n'importe quoi ! Ne l'écoutez pas, monsieur, interrompit tout à coup Amélie.

Elle en avait trop entendu. Ou alors c'était comme une convention, le repoussoir, la contradiction qui arrivait juste à point nommé pour relancer le propos. Simon n'en dit évidemment rien, mais il eut tendance à pencher pour cette seconde hypothèse.

– Qu'est-ce que tu nous casses les oreilles avec ton jardin d'Éden ? dit-elle sans que Claudius cherchât à reprendre la parole. C'est toi-même qui nous expliquais, il n'y a pas cinq minutes, que c'était la guerre partout.

Il prit l'air le plus agacé qu'il put trouver.

– Tu n'y comprendras donc jamais rien ! gronda-t-il sans vraiment convaincre. Est-ce que j'ai dit que c'était les hommes qui faisaient le jardin d'Éden ? Je dis qu'il existe, que nous y vivons, mais je ne dis pas que nous le méritons. Ça non ! Je ne le dis pas. C'est toujours la même histoire. La maison que le père donne à ses enfants, elle peut être aussi belle et confortable que tu veux ; s'ils ont décidé de ne pas l'entretenir et de s'y chamailler, ce ne sera pas de sa faute si elle devient décrépie. Encore qu'eux, ils sauront ce qu'ils détruisent. Nous, sait-on seulement où on est et ce qu'on y fait ? Imagine simplement qu'il n'y ait pas eu cette erreur au départ. Parce que je pense que c'est une erreur. Imagine qu'on nous ait toujours dit que nous vivions dans le jardin d'Éden. Tu ne crois pas qu'on aurait du même coup appris à la regarder d'un autre œil, notre bonne vieille terre ?

Le vieil homme s'interrompit tout à coup. Il considéra longuement Simon, toujours silencieux et attentif, à côté de lui. Il semblait qu'un autre aspect de son propos venait de lui apparaître et qu'il le laissait paisiblement prendre ses aises en lui.

– Parce que, au fond, reprit-il tout à coup, qu'est-ce qu'ils t'ont dit, le Freddy et l'Arsinoé ?...

L'air stupéfait de Simon l'arrêta net. Il eut un très bref instant d'hésitation, puis comprit.

– Ben oui, quoi, le Freddy aussi, je le connais. On se connaît tous, par ici. Remarque, lui, je ne l'ai jamais rencontré. C'est que ça fait loin, sa cabane de pêcheur. Mais qu'est-ce que ça change ? Je les connais bien, marche, ses théories... « Tout ce qui est à moi est à toi, tout ce qui est à toi est à moi... » Bon ! Léger, non ? Un peu usé, récupéré par tout le monde. Mais si tu y réfléchis bien, qu'est-ce qu'ils cherchent, l'un comme l'autre, le Freddy comme Arsinoé ? Le paradis sur la terre, rien de plus... Ce n'est déjà pas mal, tu me diras. Le seul problème, c'est qu'ils voudraient que l'homme soit aussi parfait que le paradis ! C'est là où ça cloche, leur truc. L'homme, il est ce qu'il est, on ne le changera pas.

Pour la première fois depuis que Claudius parlait, Simon tiqua. Il y avait là une généralisation qu'il trouvait excessive.

– Pas tous les hommes, voulut-il plaider. Regardez : vous, Freddy, Arsinoé, le comte...

Claudius eut un sourire épanoui.

– Tu n'auras donc pas marché pour rien, apprécia-t-il.

Il redevint grave.

– Mais il y a aussi des Sigismond... Si on y regarde bien, sans vouloir être particulièrement pessimiste, je crois bien qu'il y a tout de même bien plus de Sigismond que d'Arsinoé. Tu ne penses pas ?

– Peut-être, admit Simon avec la conviction qu'il en serait convenu bien plus facilement à quelques jours de là.

– Ce qu'il y a de plus intéressant, reprit Claudius qui ne lâchait pas son raisonnement, c'est qu'il y a partout, dans tous les milieux, dans toutes les situations, des gens qui vivent comme si le paradis était sur terre et d'autres pour qui, quoi qu'il arrive, ce sera toujours l'enfer. Ce n'est pas une question de croyance. C'est bien plus profond, plus ancré en nous, plus dans notre nature que ça. Va dans les quartiers les plus pauvres, là où la misère est la plus noire, va dans les pays où le quotidien est la faim, et tu trouveras toujours des gens pour garder le sourire, la joie de vivre, la disponibilité nécessaire pour parvenir encore à se réjouir de petits riens auprès desquels les autres passent sans même les voir.

Ce fut plus fort que Simon.

– Des chardonnerets ou des hirondelles qui viennent nicher là où les hommes se réinstallent...

Claudius parut sidéré. Romaric lui-même, qui n'avait pas réussi à réveiller le chien et qui rêvassait dans l'herbe, se redressa tout à coup.

– C'est comme nous, tous les printemps ! déclara-t-il d'une petite voix haut perchée.

Ils sourirent. Amélie se pencha vers lui et, une nouvelle fois, aggrava le désordre de sa tignasse.

– De quoi tu te mêles ? dit-elle avec plus de tendresse que de reproche.

– Si, insista le gamin. Même des culs-rouges. Ils ne viennent s'installer que près des maisons habitées. Tu n'as qu'à aller voir chez la vieille Georgette. Depuis qu'elle est morte et que sa maison est fermée, eh ben, il n'y a plus un oiseau qui niche.

– C'est pourtant vrai, confirma Claudius. Ce n'est rien, c'est une broutille, mais la question est de savoir, quelquefois, si ce n'est pas l'essentiel.

– Revenir à l'essentiel, rêva Simon.

– Rectifier les chemins, compléta Claudius. Savoir, quand il le faut, détourner les yeux de nos obsessions et laisser ceux qui savent voir nous montrer ce que nous nous obstinons à ignorer... Oh ! Ce n'est pas grand-chose, ce n'est pas ce qui changera le monde. La guerre sera toujours la guerre et la misère la misère, mais si on savait, simplement, prendre la mesure de la chance que nous avons de vivre dans un tel paradis, de pouvoir, de temps à autre, nous y reposer de nos angoisses...

Il tira de sa pipe un gros nuage de fumée bleutée qui s'éleva doucement vers les branches du cerisier. Puis il eut, de la main, un geste fataliste.

– Qui sait ? dit-il. Ce n'est pas grand-chose, mais si ça suffisait à faire pencher un peu, rien qu'un tout petit peu, la balance du bon côté...

40

À l'intention de Simon, Amélie avait préparé la chambre d'amis. On y accédait par une porte étroite dissimulée, au fond de la salle de séjour, par l'ombre d'une grande armoire en merisier. La pièce était vaste, carrelée de rouge. Le papier peint des murs, gentiment rococo, répétait à l'infini les mêmes scènes champêtres d'un autre temps. Elle n'était meublée que d'une armoire plus haute, plus large et plus impressionnante encore que celle de la salle et de deux chaises disposées de part et d'autre de la tête d'un lit à rouleaux prodigieusement haut. Il était couvert d'un édredon qui parut être à Simon le plus épais qu'il ait jamais vu.

– Passez une bonne nuit, lui souhaita la brave femme en se retirant.

Elle fit le geste de fermer la porte derrière elle, puis se ravisa.

– Et n'allez pas trop vous tracasser de tout ce que vous a dit Claudius, dit-elle. Vous savez, il cause, comme ça, mais c'est un brave homme, il ne faut pas croire !

Une fois seul, Simon alla écarter le lourd rideau à larges motifs de fleurs entrecroisées qui dissimulait une porte-fenêtre. Il dut encore écarter le voilage pour que son regard puisse plonger dans l'ombre de la nuit. La lune n'était encore qu'un espoir qui blanchissait le faîte des collines, légèrement sur sa gauche. Progressivement, pourtant, l'accoutumance de ses yeux à l'obscurité lui permettait de voir naître devant lui les allées bien tracées et les plates-bandes irréprochables du potager de Claudius.

Il finit par ouvrir la porte et par s'asseoir sur la plus haute des trois marches qui donnaient accès à une courette gravillonnée au-delà de laquelle s'étendait le jardin. Dans le silence nocturne parfait, il s'abandonna avec délice à la sensation d'apaisement qui l'avait peu à peu investi, depuis qu'il avait franchi le petit portillon de bois vernis. Les paroles de Claudius, il savait qu'il faudrait leur laisser le temps du cheminement pour qu'il puisse prendre la vraie mesure de ce qu'elles lui apportaient.

Loin de le choquer, elles l'avaient surtout frappé par le simple bon sens de l'expression du vieux et peut-être plus encore par l'ambiance d'étonnante complicité dans laquelle elles avaient été prononcées. Pas un seul instant, bien sûr, il n'avait cru à la réalité des reproches d'Amélie, pas plus, d'ailleurs, qu'à la verdeur avec laquelle Claudius faisait mine de la rabrouer. C'était leur façon à eux de se compléter en même temps qu'à chacun d'affirmer ses convictions.

Le jeu, d'ailleurs, s'était prolongé durant toute la soirée. À la réflexion, il devait se prolonger depuis que ces deux-là formaient un couple... Ça ne datait évidemment pas d'hier et cela avait quelque chose de rassurant qui plaisait beaucoup à Simon.

Lorsqu'il se décida enfin à aller se glisser sous l'énorme édredon, il ne lui fallut pas bien longtemps pour sombrer dans le sommeil le plus profond.

La pleine lune, en émergeant de derrière les collines, eut tôt fait de remarquer qu'il avait laissé grand ouvert l'épais rideau dont elle s'énervait, soir après soir, qu'il empêchât sa lumière d'envahir la chambre. Elle se hâta d'en profiter.

Si elle y contribua, elle ne fut pourtant pas la seule raison de son réveil en pleine nuit. Il eut tout à coup, sans qu'il y ait de transition, la sensation très nette que l'heure du vrai réveil était encore loin, qu'il était parfaitement lucide et qu'il lui fallait être vigilant. Quelque chose s'était déjà produit qu'il n'avait pas pu identifier puisqu'il dormait encore. Il en avait la plus grande certitude en même temps qu'il était persuadé que cela allait se reproduire.

Il se mit vivement sur le dos, les yeux grands ouverts, fixant sans la voir la fine dentelle qui habillait l'abat-jour d'opaline de la suspension, et il attendit, l'oreille aux aguets. Il n'eut pas à patienter longtemps. Ce fut très léger, à peine audible. Encore hésitant, il s'astreignit à la plus grande immobilité et répéta son attente. Cette fois, ce fut un peu plus net, à moins qu'un dernier voile des brumes du sommeil ne se soit dissipé juste à temps pour qu'il ne puisse plus avoir de doute.

Repoussant l'édredon, il bondit du lit, trouva le carreau bien froid, mais n'en gagna pas moins la porte-fenêtre en deux enjambées. Il ne s'était pas trompé : le chien était là et grattait doucement au pied du panneau. Simon ouvrit et s'accroupit.

– Eh bien, qu'est-ce que tu fais là ? s'étonna-t-il. Tu veux rentrer ? Oh ! Je pense qu'Amélie n'y verra pas d'inconvénient. Allez, viens.

Il s'écarta pour le laisser passer, mais le chien n'en profita pas. Bien au contraire, en émettant une drôle de plainte qui ressemblait à s'y méprendre à une prière, il fit un bond en arrière et fit mine de s'éloigner.

– Eh bien, ça alors ! s'exclama Simon. Qu'est-ce que tu veux ? Il y a quelque chose qui ne va pas ?

Le chien s'était arrêté à trois pas, au milieu de la courette et tournait vers Simon un regard implorant. Il continuait de pleurnicher tout doucement, mais de façon continue, comme pour donner plus de poids encore à sa demande.

– Qu'est-ce que tu veux ? répéta Simon. C'est bien la première fois que tu me joues un tour pareil. Tu ne veux tout de même pas qu'on reparte à pareille heure ?

C'était pourtant sans équivoque. C'était bien ce que le chien entendait qu'ils fassent ! À défaut de pouvoir discerner le pétillement de l'œil perdu dans l'épaisseur des sourcils que ne pénétrait pas le clair de lune, le frétillement soudain fébrile de la queue et l'apparition quasi instantanée d'une langue longue comme ça ne laissaient aucun doute sur ses intentions vagabondes.

– À cette heure-ci ! se récria Simon.

L'étonnant gémissement réapparut sur-le-champ, un rien plus comminatoire. Le chien, sans quitter Simon du regard, s'éloigna encore de trois pas. Simon, perplexe, toujours pieds nus sur le carreau, remuant les orteils pour ne pas les laisser gagner par le froid, ne savait plus très bien quelle contenance prendre. Partir ainsi, en pleine nuit ! Il n'y avait pas idée. Et puis, ça ne se faisait pas. Que penseraient Amélie et Claudius en découvrant sa fuite ?

La conviction s'ancrait pourtant en lui que, s'il n'avait pas refusé tout net de céder à cette extravagante demande du chien, c'était que quelque chose en lui, s'il n'y prenait pas garde, n'allait pas tarder à condamner ces belles raisons. Ça ne se raisonnait pas. C'était plus fort que lui : l'envie le brûlait de suivre l'animal. Celui-ci, d'ailleurs, semblait tellement convaincu qu'il avait cause gagnée que, sans plus chercher à convaincre, il se tenait paisiblement assis au milieu de la courette, attendant simplement que Simon en finisse de ses hésitations et de ses complications qu'un chien doit bien apprendre à supporter s'il ne veut pas renoncer à vivre au contact de l'homme !

Ce fut peut-être d'ailleurs cette certitude trop tôt affichée qui fit réagir Simon. Il n'allait tout de même pas sacrifier l'amitié des deux vieux sur l'autel des volontés et des caprices d'un chien ! Non, décidément, malgré tout le désir qu'il en avait, ce n'était pas possible de partir ainsi. Il fallait attendre que la maison soit réveillée.

Il signifia sa décision au chien, ne se laissa pas attendrir par ses grands airs de désespoir, lui proposa une dernière fois de venir finir la nuit sur sa descente de lit. Comme l'autre, buté, s'obstinait à ne rien vouloir entendre hormis le départ immédiat, Simon referma la porte-fenêtre, prit soin de tirer le rideau et vint se recoucher.

De toutes les heures qui restaient encore à attendre avant que vienne celle du réveil, il ne parvint plus à fermer l'œil. Il s'épuisa en vain à chercher à deviner les raisons qui pouvaient bien pousser le chien, depuis Richetaille, à se montrer si impatient, et lui-même si disposé à en faire autant.

Le petit déjeuner, chez Claudius et Amélie, était une sorte de rituel auquel rien n'aurait pu les empêcher de sacrifier. Simon l'apprécia à sa juste valeur. Tout en affirmant haut et fort qu'il avait passé une excellente nuit, il n'eut pas trop du café que lui servit Amélie et des épaisses tartines beurrées qu'il y trempa pour l'aider à reprendre pied. Il était suffisamment réveillé, lorsque Claudius ouvrit la porte, pour pouvoir éclater de rire sans retenue : le chien était roulé en boule sur le paillasson et posait sur lui un regard peu amène !

Claudius lui-même s'en étonna.

– Oh ben, vieux gars, s'exclama-t-il, c'est que tu as l'air bien pressé de partir, toi !

Le sac à l'épaule, Simon en était à se pencher pour recevoir, de la part d'Amélie, deux bises claquantes en guise d'au revoir lorsque parut Romaric. L'heure matinale ne changeait rien au désordre ordinaire de sa tignasse et, si les chaussettes n'étaient pas encore totalement effondrées sur les baskets, le léger blouson qu'il portait semblait avoir déjà affronté tous les sous-bois et les ruisseaux du pays.

– Viens, Claudius, décréta-t-il. On part avec Simon.

Bien que l'idée ne parût pas lui déplaire, le vieux commença par prendre un malin plaisir à trouver mille bonnes raisons de ne pas y accéder trop vite. Le gosse se fit implorant.

– Oh, Claudius ! Allez, viens. Ça nous fera une promenade. Jusqu'au gros chêne, pas plus loin...

Ce fut Amélie qui trancha.

– Eh bien, Claudius, dit-elle, pourquoi tu n'irais pas ? Arrête donc de faire enrager ce gamin.

Il ne déplaisait pas à Simon d'avoir ainsi leur compagnie pendant un bout de chemin. Jusqu'à ce que la haie d'un virage la dérobât à sa vue, en se retournant tous les trois pas, il adressa des signes de la main à Amélie qui, depuis le perron de la maison, son éternel torchon à la main, les regardait s'éloigner. Puis, la main du gamin bien calée dans la sienne, il s'appliqua à régler son pas sur celui du vieux.

Ils marchèrent longtemps en silence. Romaric avait eu tôt fait de préférer accompagner, loin devant eux, les gambades du chien. Le chemin suivait d'abord le fond de la vallée, serpentant entre les prés, longeant parfois la rivière. Lorsqu'ils atteignirent la lisière des bois, il s'infléchit à gauche et se mit à grimper raide sous le couvert épais d'une belle futaie de hêtres et de bouleaux. Solidement appuyé à son bâton, Claudius allait bon pas, l'air grave de celui qui rumine les mots qu'il voudrait prononcer. Simon en était conscient. Il attendait. Dans la côte, il fallait ménager son souffle. Elle s'éternisa. Ils peinèrent longtemps avant que le sommet apparût.

Lorsqu'ils l'eurent atteint, Claudius s'arrêta. S'appuyant d'une fesse sur son bâton dont il avait coutume de se faire ainsi un siège rustique, il s'épongea le front.

– Eh ! fit-il avec un large sourire. C'est qu'on n'a plus vingt ans !

– Vous marchez comme un jeune homme, voulut le flatter Simon.

De la main, le vieux tempéra les choses.

– Un jeune homme, un jeune homme... Peut-être plus tout à fait. Mais enfin, il ne faut pas se plaindre. Ça pourrait être pire.

Romaric et le chien avaient filé. On entendait encore, loin devant, les cris de l'un, les aboiements de l'autre. Claudius écouta, eut un sourire indulgent, puis reprit sa marche. Il allait sans se hâter. Pour l'heure, pensa Simon, l'important n'était pas de se presser.

– Tu vois, attaqua enfin le vieux, tout ce qu'on a dit, hier, c'était quoi ? Des mots, rien que des mots... Mais tout de même, j'aimerais bien qu'il t'en reste quelque chose. Je sais, on ne refait pas le monde avec des mots. On ne refait rien avec des mots, il faut être réaliste. Tu vas repartir vers ta ville, ton travail. Je suppose que tu as un travail ? Bon ! Tout ça, ça va te paraître si loin... C'est là, le drame. Notre monde, on l'a bâti comme si on avait perdu à jamais le jardin d'Éden. Sûr que ce serait différent si on ne nous avait pas mis cette erreur dans la tête. À quoi ça tient ! Sait-on même celui qui, le premier, a écrit que Dieu avait chassé l'homme du jardin d'Éden ?

Il fut secoué par une drôle de petite quinte de rire.

– Si ça tombe, reprit-il, riant toujours, ce jour-là, il s'était peut-être bien levé du mauvais pied. Sa femme qui lui faisait la soupe à la grimace ou alors, je ne sais pas, moi, le ragoût de mouton de la veille qui lui restait sur l'estomac. Et vlan ! Le voilà qui nous pond une ânerie pareille ! À quoi ça tient, tout de même, répéta-t-il.

Ils allèrent quelques pas en silence. Claudius, visiblement, continuait à ruminer.

– Bon, dit-il d'un ton conciliant, probablement qu'il n'était pas fait autrement que nous, cet homme-là. On n'est pas infaillibles. Mais le pire, c'est notre acharnement à ne pas vouloir revenir sur nos erreurs. Tu ne trouves pas ? Combien ? Je ne sais pas, moi : peut-être plus de deux mille ans que ça dure, cette histoire-là. Encore, on n'est plus au temps où on te mettait sur le bûcher pour moins que ça. N'empêche, va émettre une idée comme celle-là... Illuminé, mon petit gars ! Tu passeras pour un illuminé et rien d'autre. Alors que, quoi ? Ce n'est pas la logique même ? Regarde ! Tu as vu l'Amélie ? Une brave femme, l'Amélie. Et pourtant ! Une idée comme ça, toute simple ; mais, mon pauvre ami, c'est l'hérésie, pour elle ! Pas moyen de lui faire entendre. Pour un peu, elle réveillerait l'Inquisition... Bon, j'exagère un peu, d'accord. Mais c'est pour dire. Alors, tu vois, moi, je me contente de la vivre, cette idée que le jardin d'Éden, eh bien, on est dedans, tout bêtement. Il suffit de savoir le voir. Et puis, surtout, ça me sert bien pour juger les gens. Ah, vieux gars, alors là, je peux le dire, j'ai l'œil ! Depuis le temps ! Je les repère du premier coup, ceux qui savent prendre leur bonheur là où il est et le répandre autour d'eux. Ces gens-là, ils ne peuvent pas être mauvais. Souviens-toi de ça. Essaie, tu verras. Au moins, tu sais à qui tu parles.

Au bout d'une grande allée toute droite, qu'ils suivaient sans se presser, se dressait un arbre géant. Un vieux chêne qui étendait loin autour de lui des branches énormes et noueuses. Romaric et le chien les attendaient à son pied.

– Voilà, dit Claudius en se laissant aller sur un vieux banc de pierre qu'on avait installé près du tronc multiséculaire. C'est là qu'on va se quitter, ajouta-t-il.

Il leva les yeux vers l'ombre de l'épais feuillage où, à peine gênés par leur arrivée, une vaste population de passereaux menait grand tapage.

– Cet arbre, reprit-il, on dit qu'il était déjà là du temps des Gaulois... Celui-là ou un de ses prédécesseurs, bien sûr. Enfin, il y a toujours eu un arbre dans ce carrefour, voilà ce qu'on dit. Il paraît que c'était à la fois leur temple, le lieu de réunion de leur gouvernement et l'endroit où ils rendaient la justice. Si c'est la vérité, et j'ai dans l'idée que ça peut l'être, c'est que ce n'était pas rien, cet arbre-là. Et tu crois qu'ils s'imaginaient chassés de je ne sais quel jardin, les vieux gars de ce temps-là ? Tu crois qu'ils passaient leur temps à geindre sur une faute qu'ils n'avaient pas commise ? Vrai, je crois bien qu'on ferait mieux d'être un peu moins sûrs de nous et de prendre exemple sur eux.

Il se releva en s'appuyant sur son bâton et vint donner une bourrade amicale à Simon.

– Allons, dit-il, assez palabré. Tout ça, tu en feras ce que tu voudras.

Les sourcils froncés mais l'œil amusé, il le considéra un long moment.

– M'est avis que ça ne sera pas totalement perdu, conclut-il.

41

Très longtemps, la silhouette massive du vieux chêne accompagna la marche de Simon.

Le pays était accidenté. Il eut à franchir plusieurs vallées. À chaque fois qu'au terme de longues côtes, qu'il montait en ménageant son souffle, il atteignait une éminence, il lui suffisait de se retourner pour retrouver son houppier gigantesque. De plus en plus éloigné mais toujours aussi repérable, il dominait le paysage de toute sa formidable stature et de sa position parfaitement bien choisie, dans un col visible de fort loin.

Simon se retourna sur cet étonnant signal aussi longtemps qu'il le put. Des hommes, voici bien plus de deux mille ans, avaient choisi de symboliser le lieu de leur culte, de leur justice, de leur gouvernement par un arbre. Ils avaient pris soin de l'installer de telle sorte qu'il soit, par-dessus le marché, comme l'amer sur lequel le voyageur guidait ses pas. D'autres hommes, bien après ces fondateurs et alors que leur société était déchue depuis longtemps, avaient eu le souci de préserver le géant et même de lui assurer une succession à chaque fois qu'il venait à mourir...

Les dernières paroles de Claudius continuaient de trotter dans la tête de Simon. Plus il allait, plus il lui semblait que le vieux avait délibérément conclu son propos sur cette espèce d'hommage étonnant rendu aux « vieux gars de ce temps-là ». Il n'avait pas dit « Gaulois », il n'avait pas dit « Celtes ». À force de trop peu en savoir sur ceux-là, on les a tant récupérés, on les a mis à tant de sauces pas toujours très goûteuses, que Claudius, prudent, tout en établissant une sorte de filiation respectueuse entre eux et lui, avait bien pris soin de ne pas tomber dans le même travers. « On dit... » avait-il pris soin de préciser, même s'il était évident que c'était pour lui chose acquise. Il ne s'en était pas caché.

D'ailleurs, cela importait peu. Après tout, on pouvait aussi bien appliquer la même précaution à son discours de la veille : « On dit » que ce ne sont pas les hommes, mais bel et bien Dieu qui aurait déserté le jardin d'Éden...

Bien que le terrain ne soit pas aisé, Simon allait bon train, trouvant un grand plaisir à laisser son esprit courir librement au fil des réflexions suggérées par cette espèce de lien de plus en plus ténu, au fur et à mesure qu'il s'éloignait, qu'établissait le vieil arbre avec l'homme étonnant qui l'avait conduit jusque-là. Il retrouvait avec une sorte de jubilation le bonheur qu'il y avait à rythmer ses pensées de ses pas. Peut-être était-ce la promesse de ce bien-être simple qui l'avait mis à deux doigts, la nuit dernière, de céder à l'invitation du chien. Il avait tenu bon. Il n'était pas parti. Il ne le regrettait évidemment pas, mais il lui semblait qu'il y avait, au-delà de tout cela, dans l'ombre de sa pensée, quelque chose d'autre, une nouvelle dimension qui commençait à se profiler.

Pour la première fois depuis qu'il marchait, l'idée lui vint qu'approchait le moment où il faudrait bien rendre des comptes. Le Simon qui allait ainsi aux trousses d'un chien, se retournant à chaque sommet de côte pour contempler la silhouette désormais minuscule d'un arbre plus grand que les autres, était-il toujours celui qui s'était à regret éloigné de sa ville, à quelques jours de là ?

Il avait conscience que la question était d'importance. Il l'éluda pourtant. Il n'avait pas envie, pas encore envie peut-être, de se demander quel ressort méconnu, au plus profond de son être, lui avait fait prêter une oreille, certes d'abord sceptique, puis attentive et enfin passionnée, aux propos plus ou moins mystiques de Freddy, d'Arsinoé, du comte de Richetaille puis, surtout, de Claudius. Lui le matérialiste, le cartésien, qui avait toujours affiché un agnosticisme se voulant inébranlable, fondement même de sa conception un peu cynique de l'existence, quelle pente l'avait entraîné à se poser la question de ce qu'il pouvait bien y avoir, derrière le seul aspect des choses, pour que la plus grande détresse ne parvienne pas à altérer le bonheur de ceux qui semblaient savoir y accéder ?

Rien n'y faisait : il préférait ne pas chercher à comprendre. Pour l'heure, il lui suffisait de se savoir imprégné de cette nouvelle conscience. D'avoir ressenti le plaisir simple et néanmoins nouveau pour lui de procéder d'un tout qui se nomme l'humanité au sein duquel, quoi qu'il en ait pensé jusque-là, rien ne le différenciait fondamentalement du plus modeste, lui semblait amplement suffisant. Savoir pourquoi et comment ces changements s'étaient opérés en lui, pourquoi et comment il avait abdiqué cette différence un peu méprisante, qu'il revendiquait jusque-là, lui importait peu. Il lui suffisait de vivre sans question le bien-être apaisant qu'il ressentait à aller ainsi par les chemins, derrière le chien.

Perdu dans ses pensées, ce fut à peine s'il vit le temps passer. La fatigue n'eut pas plus de prise sur lui. Le chien, qui trottinait toujours au même rythme, parut s'en étonner. Parfois, il jetait subrepticement un coup d'œil derrière lui, comme s'il voulait s'assurer que Simon suivait bien, mais il ne ralentit pas son allure.

Ce soir-là, le coucher du soleil fut comme un prodigieux naufrage. Ils marchaient à l'ouest. Ce fut un spectacle grandiose dont Simon, dans son rêve, se plut à s'imaginer qu'il était donné pour eux seuls.

Longtemps après que le vieux chêne eut définitivement disparu, ils avaient atteint une vallée bordée de collines enforestées. Depuis, leur chemin suivait la rivière qui l'habitait sans jamais beaucoup s'en éloigner. Des heures durant, Simon avait pris plaisir à marcher dans l'ombre des aulnes et des peupliers au-delà desquels il voyait miroiter les tourbillons d'un flot rapide qui ne cessait de chantonner en musardant entre les pierres rondes de ses rives. Parfois, il entrevoyait l'éclair argenté du flanc d'une truite venue cueillir un moucheron à la surface. Il eut même la chance de voir filer, d'un rocher à peine émergeant vers l'abri discret d'une vieille souche à demi mise à nu par les crues, la flèche bleue d'un martin-pêcheur. C'était à peine si les hérons, dans les prés humides les environnant, ou sur le sable blond de minuscules criques, au long de la rivière, interrompaient à leur passage leur patiente quête d'un vermisseau ou d'une ablette.

Puis, les reflets de l'eau avaient paru s'éteindre. Surpris, Simon avait levé le nez. Alors que le soleil était encore loin de sombrer derrière l'écran sombre des futaies qui coiffaient les collines, de longues écharpes blanches s'étaient nonchalamment étendues au travers de l'azur. Peu à peu, elles se teintèrent de rose pâle, puis l'or s'en mêla. Ce fut comme si, très lentement, un incendie énorme se saisissait du ciel, déversant sur la terre d'immenses quantités de poudre scintillante qui embrasaient à leur tour les coteaux encore ensoleillés. Par contraste, ceux que l'ombre avait déjà gagnés n'en semblaient que plus sombres, presque hostiles.

Lorsqu'il les atteignit, le soleil, énorme, parut s'abîmer sur les flèches noires des sapins derrière lesquels il s'engloutit lentement. Il fallut longtemps encore pour que s'estompent les somptueuses lueurs de métal en fusion dont il avait, ce soir-là, dramatisé à plaisir son naufrage quotidien. Simon, sans ralentir le pas, en surveilla méticuleusement la lente extinction. Ce ne fut que lorsque disparut enfin la dernière flammèche à peine rosée, laissant place à la grisaille blême du soir, qu'il prit conscience qu'une brume légère s'était levée et qu'il marchait sans voir où il posait les pieds. Devant lui, c'était à peine s'il devinait encore la silhouette du chien, à qui il en aurait fallu plus pour ralentir son allure.

L'idée qu'il n'était que temps de penser à l'étape ne lui vint pas. Suivant le chien, qui ne semblait pas plus s'en soucier, il allait et s'en trouvait bien. La nuit se fit, d'abord noir d'encre. Il pressa un peu le pas, à moins que ce ne soit le chien qui ait légèrement modéré le sien. Ils furent assez près l'un de l'autre pour ne pas se perdre de vue.

Parfois, la brume s'estompait et les pierres du chemin formaient devant eux une sorte de long tapis grisâtre qu'ils suivaient en confiance. Parfois, lorsqu'ils venaient de trop près côtoyer la rivière désormais invisible, mais dont le chant inlassable continuait de les accompagner, leurs pas s'enfonçaient à nouveau dans la couche cotonneuse d'un brouillard rampant très légèrement scintillant. Il leur donnait l'impression d'aller à la surface d'un lac imaginaire.

Puis, au-dessus des collines, à l'est, le ciel s'éclaircit. Il sembla qu'une lumière pâle, vaguement laiteuse, débordait la ligne sombre des forêts et s'écoulait lentement sur la vallée. Des formes émergeaient de l'obscurité sans que Simon puisse les identifier. Un paysage fantasmagorique, sans ombre et sans relief, se mettait doucement en place. Lorsque la lune, enfin, se leva, les fonds embrumés qui les environnaient se mirent à scintiller doucement sans que Simon pût discerner clairement où commençait ni où se terminait l'illusion lacustre qui en naissait.

Il avait perdu la notion du temps. Il lui semblait que venait de s'abolir la dernière et infime nuance qui distinguait encore son état de celui du voyageur absolu, celui pour qui plus rien n'existe que l'errance. Il s'en trouvait bien, détaché de tout ce qui n'était pas sa marche et le lent défilé des formes et des perspectives étranges qui l'environnaient.

Le chien s'arrêta si soudainement que, perdu dans son rêve, il ne le vit pas et lui allongea un coup de pied par mégarde. L'autre émit une petite plainte, mais ne bougea pas. Simon s'excusa, eut le geste d'une caresse. Il le retint juste à temps. Ce n'était pas dans leurs conventions.

C'est alors qu'il eut conscience qu'il devait attacher son attention à quelque chose d'important. Il ne savait pas encore de quoi il s'agissait, mais il avait la ferme conviction que c'était essentiel. Se redressant, il détailla lentement le paysage qui les environnait. À sa gauche, le vallon était noyé de brume. Plus loin, il lui semblait que les collines se relevaient énergiquement en sombres parois noires de forêts. À droite, un bref talus était couronné d'une haie. Dans cette haie, juste devant Simon, au faîte de trois marches rustiques, le portillon, qui donnait accès au jardin potager, semblait attendre qu'il le pousse.

Simon marqua le coup. Il lui fallut quelques instants pour se persuader qu'il s'agissait bien du même portillon, pas celui soigneusement vernis de chez Claudius ; le portillon rustique, épais que l'envie lui avait pris de franchir, par une belle nuit de clair de lune. Il baissa les yeux. Assis à ses pieds, le chien, déjà totalement oublieux du coup involontaire qu'il avait reçu, langue pendante et œil brillant doucement dans la nuit, balayait énergiquement la poussière du chemin du plumet de sa queue.

– Alors, voilà, dit Simon. C'est ici qu'on se quitte, mon vieux. J'ai été drôlement content de faire ta connaissance.

Il se pencha et sa main trouva tout naturellement la tête du chien. Il la caressa longuement.

– Allons, dit-il. Il faut y aller.

Il fit deux pas jusqu'aux marches, se retourna : le chien avait disparu.

Simon gravit les marches et poussa le portillon. Il émit un grincement discret et de bon aloi. Le gravillon de l'allée crissa si bien sous ses pieds que l'envie le prit de dormir. La porte de sa chambre était grande ouverte. Il la franchit, la referma soigneusement derrière lui, se mit rapidement en pyjama, se glissa sous l'énorme édredon et sombra aussitôt dans un profond sommeil...

42

Lorsque le timbre de son réveil se mit à grelotter, il fallut un long moment avant que revienne à Simon le minimum de conscience nécessaire pour qu'il lui parût essentiel d'arrêter ce tintamarre. Il sortit un bras gourd de sous l'édredon, tâtonna, ne trouva rien, s'énerva. Où était-il ? Pourquoi sa main ne rencontrait-elle pas ce réveil maudit là où elle en avait l'habitude ?

Il s'agita dans son lit, se contraignit à ouvrir un œil. S'il n'y avait pas eu cette sonnerie horripilante, il ne lui aurait pas déplu de prendre son temps pour comprendre ce qu'il pouvait bien faire dans ce décor étrange. Il repartit à la recherche de son petit réveil de voyage. Il le trouva enfin là où il l'avait posé, la veille au soir, sur le marbre d'une table de nuit dont le style rococo l'avait beaucoup amusé. Le souvenir lui en revenait en même temps que, d'une claque vengeresse, il faisait taire l'ustensile.

Enfin au calme, il s'étendit sur le dos, glissa les mains sous la nuque et se perdit dans la contemplation étonnée de sa chambre d'hôtel. Qu'il ait abouti là après en avoir décidé sur un petit parking où il avait arrêté sa voiture lui revint assez vite à l'esprit. Plus énigmatiques lui semblaient pourtant les raisons qui avaient pu le pousser à un choix si surprenant et si peu dans ses façons de faire ordinaires.

Il ne regrettait pas pour autant sa décision. Il se sentait étonnamment bien et crut pouvoir mettre sur le compte de la profondeur de sa couche et de l'épaisseur de l'édredon l'impression qu'il avait d'émerger à peine d'un sommeil comme il n'en avait plus connu depuis qu'il était enfant.

La sensation fugace l'effleura d'un rêve qu'il avait dû faire. Il devait y être question de chemins ou de quelque chose d'approchant. Il se revit marchant à l'infini. Il n'était pas seul... Il n'eut pas le temps de transborder plus amplement ces bribes de mémoire embrumée du monde du sommeil à celui de la veille. Dans l'interstice des rideaux, un fin rai de lumière venait de fuser. Il se mit à danser allégrement au plafond, captant sur-le-champ toute son attention.

Lorsqu'il voulut y revenir, le rêve s'était envolé. Il ne s'en détourna pas tout de suite pour autant. Il savait que les efforts qu'il aurait pu faire pour en réveiller le souvenir étaient parfaitement inutiles. Il était perdu à tout jamais dans le domaine inaccessible des songes, mais il lui restait tout de même l'impression très forte qu'il avait laissé une trace indélébile tout au fond de son subconscient.

Au reste, la sensation n'avait rien de désagréable, bien au contraire. Simon se trouvait parfaitement à l'aise, plus détendu qu'il ne l'avait jamais été. Il se leva d'un bond et alla ouvrir tout grands les rideaux.

Dans le potager, un vieil homme était occupé à désherber méticuleusement un carré de salades. Il se redressa, se tourna vers Simon et le salua en soulevant brièvement sa casquette. Simon lui rendit son salut en s'inclinant derrière la vitre. Le vieil homme se remit au travail.

Simon l'observa un long moment, puis son regard le dépassa, atteignit le portillon qui, au fond du jardin, dans une trouée de la haie, ouvrait sur la campagne. Plus loin encore, les dernières écharpes de brume, que le soleil levant dissolvait lentement, s'accrochaient aux branches de la futaie partie à l'assaut des collines.

Simon s'étonna de trouver ce paysage tout à fait familier. C'était un peu comme s'il avait toujours vécu là. L'idée le fit sourire. Qu'auraient dit de cela Pierre et Laurette qui avaient eu tant de mal à l'éloigner de sa ville ! Tout étonné, il dut admettre qu'il ne trouvait plus en lui cette sorte de blocage incontournable qui lui faisait froncer les sourcils et hausser les épaules dès qu'on prétendait chanter en sa présence les louanges de quelque décor champêtre que ce soit.

Il se complaisait encore à contempler l'aimable rigueur du potager à laquelle répondait, au-delà de la haie et de son portillon, la douce harmonie des prés et des bois, lorsqu'une horloge, quelque part dans l'hôtel, se mit à sonner. Bien qu'il sût pertinemment l'heure qu'il était, toujours immobile devant la fenêtre, il prit plaisir à compter les coups qui s'égrenaient lentement dans le silence du petit matin. Il y en eut sept.

– Allons, se dit-il. Il n'est plus temps de rêvasser. Il faut y aller.

À la table du petit déjeuner, il retrouva les couples avec lesquels, la veille au soir, il avait échangé quelques mots. Un peu à l'écart, deux ou trois représentants trempaient leurs tartines dans leur café au lait tout en feuilletant leurs catalogues ou leurs fichiers-clients. Simon répondit de bonne grâce aux bonjours empressés de ceux qui, comme lui, profitaient des quelques heures de liberté leur restant avant de retrouver l'agitation de la ville et leurs bureaux. Les représentants ne levèrent pas le nez de leurs paperasses.

Il régnait dans cette salle à manger une curieuse atmosphère de temps vaguement suspendu. C'était comme si chacun avait amené à sa suite quelques brumes de sommeil qui tardaient à se dissoudre. On s'était rangé d'instinct par clans. D'un côté ceux qui étaient là par obligation professionnelle et qui n'entendaient pas qu'on prenne à la légère l'importance de leurs fonctions. De l'autre, ceux que réunissait la même délicate délectation des heures de loisirs que l'on fait durer. Passait entre ces derniers une sorte de complicité qui fit sourire Simon. On se saluait d'une table à l'autre comme si on s'était toujours connus alors que, peut-être, beaucoup de ceux-là ignoraient tout de leurs voisins de palier.

À toute force, il fallait, pour eux, que se prolonge jusqu'à l'ultime limite l'illusion de s'être affranchis, durant deux jours, des contraintes qu'à deux tables de là on revendiquait clairement comme éléments d'importance sinon de supériorité... Et tout cela dans une ambiance feutrée où les mots étaient rares, prononcés posément, presque chuchotés, comme si la trêve nocturne se prolongeait. C'était une sorte de luxe qu'on s'offrait encore de n'avoir à dire que l'essentiel, en prenant son temps et en faisant mine d'ignorer l'agitation du quotidien à laquelle il allait bien falloir revenir.

– Vous avez tout de même passé une bonne nuit ? s'enquit la patronne lorsque Simon vint régler sa note.

La brave femme semblait ne pas pouvoir concevoir qu'il soit possible de dormir du sommeil du juste ailleurs qu'à l'étage. À moins que ce ne soit une façon adroite de désarmer les éventuels reproches avant même qu'ils s'expriment ! Simon prit plaisir à la rassurer. Il ne parvint cependant pas à être totalement pris au sérieux lorsqu'il lui soutint que, s'il repassait par là, il ne voudrait pas d'autre chambre.

Il était pourtant sincère. Pendant qu'il rangeait son portefeuille et qu'ils échangeaient encore quelques banalités, l'idée lui vint qu'elle ne pouvait pas savoir...

Mais savoir quoi au juste ? Il avait la curieuse sensation que quelque chose d'important le reliait désormais à cette chambre, mais il n'avait pas la moindre idée de ce que cela pouvait être. C'était une impression très forte, au point d'en être presque encombrante, mais qui ne suscitait en lui aucune gêne réelle, plutôt, même, une sorte de jubilation d'autant plus étrange qu'il n'en discernait pas la raison.

Il prit plaisir à la laisser ronronner en lui quelques instants encore, pendant qu'il manœuvrait sa voiture pour sortir de la cour de l'hôtel et qu'il l'engageait sur la route d'où, la veille au soir, bloqué par le troupeau de vaches qui n'en finissait pas de traverser la route, il avait reposé son regard sur la façade avenante du petit établissement. Il adressa un dernier sourire à la clématite et au chèvrefeuille qui couraient sur la balustrade de la terrasse, ainsi qu'à la treille qui la couvrait, et se décida enfin à accélérer.

Il lui sembla encore de la plus haute importance de ne pas manquer de repérer le parking sur lequel il avait cédé à l'envie de rebrousser chemin. Lorsqu'il le repéra, loin devant lui, il ralentit. Une voiture pressée le doubla en lui assenant au passage quelques coups de trompe hargneux. Il n'y prêta pas attention. Quelque chose, déjà, avait capté son regard. Un point, puis une petite silhouette, plantée au beau milieu de l'aire, là même où il s'était arrêté la veille. Il ralentit encore.

C'était un chien, un drôle de chien, ni beau ni franchement laid, ni tout à fait petit ni vraiment grand. Il était assis sur son cul et Simon, en passant, eut le temps de voir la langue pendante qui formait un drôle de triangle rose au milieu d'une abondance de poils gris en désordre. Il vit encore la queue qui balayait énergiquement la poussière du parking. Il lui sembla entrevoir la lueur gaie d'un regard plein de vie, dans l'ombre d'épais sourcils en broussaille. Il eut la conviction que le chien le suivait des yeux.

Il était déjà passé. Il chercha à apercevoir une dernière fois l'étrange apparition dans son rétroviseur. Il n'y parvint pas. Il lui fallut se résoudre à reprendre de la vitesse.

« C'est curieux, se dit-il alors que déjà, devant lui, le paysage changeait. Ce clebs... je jurerais que je l'ai déjà vu quelque part... »

DU MÊME AUTEUR

Aux Éditions Albin Michel

LES VOISINS DE L'HORIZON

HISTOIRES RACONTÉES DE BOURGOGNE ET DU MORVAN

JE REVIENDRAI VERS VOUS

LA MUSE DANS LE GRENIER

Aux Éditions de l'Armançon

LE VOL DE LA BUSE, Prix Sully-Olivier-de-Serres 1992

LA CROIX DU CARAGE

Aux Presses de la Cité

LES LABOURS D'HIVER, Prix Émile-Gullaumin 1995

LES TERRES ABANDONNÉES

LA CROIX DE FOURCHE

ÉTRANGERS À LA TERRE

L'HÉRITAGE DE LUDOVIC GROLLIER

L'ALAMBIC

Composition I.G.S.-Charente Photogravure
et impression Bussière Camedan Imprimeries
en février 2004.
N° d'édition : 22276. – N° d'impression : 040430/4.
Dépôt légal : mars 2004.
Imprimé en France.